Mestre dos Mares

A Fragata Surprise

Outras obras do autor publicadas pela Editora Record

Série *Mestre dos mares*

O capitão
O lado mais distante do mundo
Mestre dos mares

PATRICK O'BRIAN

MESTRE DOS MARES

A FRAGATA SURPRISE

Tradução de
ALVES CALADO

EDITORA RECORD
RIO DE JANEIRO • SÃO PAULO

2007

CIP-Brasil. Catalogação-na-fonte
Sindicato Nacional dos Editores de Livros, RJ.

O'Brian, Patrick, 1914-2000
O14f A fragata surprise / Patrick O'Brian; tradução Alves Calado. – Rio de Janeiro: Record, 2007.
(Mestre dos mares)

Tradução de: HMS Surprise
ISBN 978-85-01-07528-4

1. Maturin, Stephen (Personagem fictício). 2. Romance inglês. I. Alves Calado, Ivanir, 1953-. II. Título. III. Série.

CDD – 823
06-3765 CDU – 821.111-3

Título original inglês:
HMS SURPRISE

Layout de capa *Mestre dos Mares*: João Carlos Guedes (Goméia)

Revisão técnica: José Carlos Lopes da Silva

Direitos exclusivos de publicação em língua portuguesa somente para o Brasil adquiridos pela
EDITORA RECORD LTDA.
Rua Argentina 171 – Rio de Janeiro, RJ – 20921-380 – Tel.: 2585-2000
que se reserva a propriedade literária desta tradução

Impresso no Brasil

ISBN 978-85-01-07528-4

PEDIDOS PELO REEMBOLSO POSTAL
Caixa Postal 23.052
Rio de Janeiro, RJ – 20922-970

MARIAE LEMBI NOSTRI

DUCI ET MAGISTRAE

DO DEDICO

SUMÁRIO

CAPÍTULO UM

— Mas devo observar, senhor, que o dinheiro proveniente das presas marítimas é essencial para a Marinha. A possibilidade, ainda que remota, de fazer fortuna através de algum golpe brilhante é um estímulo sem igual para a diligência, a atividade e a atenção constante de cada homem a bordo. Tenho certeza de que os atuais membros do Conselho me apoiarão nisso — disse ele, olhando ao redor da mesa. Várias das figuras uniformizadas levantaram a cabeça e houve um murmúrio de concordância, mas não foi geral; alguns civis tinham um ar enfadado e descomprometido, e um ou dois dos marinheiros permaneceram olhando para as folhas de mata-borrão postas na frente deles. Era difícil captar o clima da reunião, se é que alguma corrente distinta já havia se estabelecido. Esta não era a sessão restrita usual dos lordes comissários do Almirantado, mas era a primeira reunião geral da nova administração, a primeira desde a partida de lorde Melville, com vários membros novos, muitos chefes de departamento e representantes de outros conselhos; estavam tateando o caminho, comportando-se com contenção política, controlando o ardor. Era difícil avaliar a atmosfera, mas mesmo sabendo que não estava com todo o grupo a seu favor, ele ainda não sentia qualquer oposição decidida, pelo contrário, percebia uma oscilação, e esperava que pela força da convicção pudesse levar adiante seu argumento contra a débil relutância do primeiro lorde do Almirantado. — Um ou dois exemplos marcantes desse tipo, no decorrer de uma guerra muito demorada, bastam para estimular o zelo de toda a esquadra através de anos e anos de trabalho duro no mar; ao passo que uma negação, por outro lado, deve necessariamente ter um... deve necessariamente ter o efeito contrário.

Sir Joseph era um chefe de inteligência naval capaz e inteligente, mas não era um orador, em especial diante de uma platéia tão grande; não tinha conseguido encontrar a expressão de ouro; as palavras certas haviam-lhe escapado, e percebia um clima desfavorável, uma falta de convicção, no ar.

— Não posso sentir que Sir Joseph esteja totalmente certo ao atribuir essas motivações de interesse aos oficiais de nossa Marinha — observou o almirante Harte, inclinando a cabeça obsequiosamente na direção do primeiro lorde. Os outros membros da instituição olharam-no rapidamente e uns para os outros. Harte era o mais ansioso perseguidor da grande chance na Marinha, o mais ardente caçador de tudo que estivesse navegando, desde um barco holandês de pesca de arenques até um pesqueiro bretão.

— Estou atado por precedentes — disse o primeiro lorde, voltando um rosto vasto, glabro e inexpressivo de Harte para Sir Joseph. — Houve o caso do *Santa Brigida*...

— Do *Thetis*, senhor — sussurrou seu assistente.

— Quero dizer, do *Thetis*. E meus conselheiros jurídicos dizem que esta é a decisão apropriada. Estamos sujeitos à lei do Almirantado: se a presa foi tomada antes da declaração de guerra os rendimentos vão para a Coroa. São direitos da Coroa.

— A letra rígida da lei é uma coisa, senhor, e a eqüidade é outra. A lei é algo de que os marinheiros nada sabem, mas não existe grupo de homens mais apegado aos costumes e mais atentos à eqüidade e à justiça natural. Esta postura, pelo modo como a vejo, e como eles verão, é a seguinte: vossas excelências, com total conhecimento da intenção dos espanhóis de entrar na guerra, de se juntar a Bonaparte, não perderam a oportunidade. Para travar uma guerra com alguma chance, a Espanha precisava do tesouro enviado do rio da Prata; portanto, vossas excelências ordenaram que ele fosse interceptado. Era essencial agir sem perda de tempo, e a disposição da Esquadra do Canal da Mancha era tamanha que... resumindo, tudo que pudemos mandar foi um esquadrão composto das fragatas *Indefatigable*, *Medusa*, *Amphion* e *Lively*; e elas tinham ordem de deter a força espanhola, que era superior, e levá-la para Plymouth. Com esforços exemplares e, devo dizer, com a ajuda de um notável golpe de inteligência, para o qual não reivindico crédito, o esquadrão chegou ao cabo de Santa Maria a tempo, travou batalha com os espanhóis, afundou um e apresou os outros depois de um combate determinado, não sem sérias perdas de nosso lado. Eles cumpriram a missão; privaram o inimigo de sua fonte e trouxeram para casa cinco milhões de duros. Se agora lhes dissermos que esse dinheiro, esses duros, serão, ao contrário do que é costume, considerados não como prêmio mas como direitos da Coroa, bem, isso terá um efeito tremendamente deplorável em toda a esquadra.

— Mas como a ação ocorreu antes da declaração de guerra... — começou um civil.

— E a *Belle Poule*, em 78? — gritou o almirante Parr.

— Os oficiais e os homens de nosso esquadrão não tiveram nada a ver com qualquer declaração — disse Sir Joseph. — A função deles não era se intrometer em questões de Estado, e sim executar as ordens do Conselho. Atiraram primeiro contra eles; em seguida cumpriram seu dever segundo as instruções, a um custo que não foi pequeno e com enorme vantagem para o país. E se vão ser privados de sua recompensa costumeira eu afirmo: se o Conselho, sob cujas ordens eles agiram, vai se apropriar do dinheiro, o efeito particular sobre os oficiais envolvidos, que foram levados a se acreditar fora do alcance da penúria, ou de qualquer coisa que se assemelhe à penúria, e que sem dúvida se comprometeram com esse acordo, será... — ele hesitou procurando a palavra.

— Lamentável — disse um contra-almirante da esquadra azul.

— Lamentável. E o efeito geral sobre a instituição, que não terá mais esse esplêndido exemplo do que o zelo e a determinação podem realizar, será muito mais amplo, haverá muito mais a ser deplorado. Esta é uma questão arbitrária, senhor, os precedentes apontam em direções contrárias; e nenhum foi julgado em tribunal. E lhe digo com grande seriedade que seria muito melhor que o Conselho usasse seu discernimento a favor dos oficiais e homens envolvidos. Isso pode ser feito sem grande despesa para o país, e o exemplo pagará essa despesa multiplicada por cem.

— Cinco milhões de duros — disse o almirante Erskine, cheio de desejo, no meio de uma hesitação geral. — Era mesmo tanto assim?

— Quem são os oficiais diretamente interessados? — perguntou o ministro.

— Os comandantes Sutton, Graham, Collins e Aubrey, senhor — disse o secretário particular. — Aqui estão os históricos de carreira deles.

Houve silêncio enquanto o primeiro lorde do Almirantado examinava os papéis, silêncio rompido apenas pelo ranger da pena do almirante Erskine convertendo cinco milhões de duros em libras esterlinas, dividindo o resultado pelo valor das presas costumeiras e chegando a uma resposta que o fez assobiar. Ao ver aqueles arquivos Sir Joseph soube que o jogo estava terminado, o novo primeiro lorde podia não saber nada sobre a Marinha, mas era um velho parlamentar, um político astuto e havia dois nomes ali que eram anátema para a administração atual. Sutton e Aubrey jogariam o peso desgraçado da política do partido na balança que oscilava; e os outros dois comandantes não tinham qualquer tipo de influência — fosse parlamentar, social ou de serviço — para alterá-lo.

— Sutton eu conheço do Parlamento — disse o primeiro lorde, franzindo a boca e rabiscando um bilhete. — E o comandante Aubrey... o nome é familiar.

— Filho do general Aubrey, senhor — sussurrou o secretário.

— Sim, sim. Membro da Grande Confusão, que fez um ataque tremendamente furioso contra o Sr. Addington. Ele citou o filho em seu discurso contra a corrupção, lembro. Ele cita o filho freqüentemente. Sim, sim. — O ministro fechou os dossiês pessoais e olhou para o relatório geral. — Ora, Sir Joseph — disse depois de um instante —, quem é esse Dr. Maturin?

— Um cavalheiro sobre quem mandei uma minuta ao senhor na semana passada — disse Sir Joseph. — Uma minuta com capa amarela — acrescentou com leve ênfase, uma ênfase que, no tempo de Melville, seria o equivalente a jogar um tinteiro na cabeça do primeiro lorde.

— É comum que homens do serviço médico recebam patentes temporárias de capitão-de-mar-e-guerra? — continuou o primeiro lorde, deixando de perceber a ênfase e esquecendo-se do significado da capa amarela. Todos os oficiais de Marinha levantaram a cabeça rapidamente, os olhares passando de um para o outro.

— Isso foi feito para Sir Joseph Banks e para o Sr. Halley, senhor, e acredito que para alguns outros cavalheiros cientistas. É um elogio excepcional, mas de modo algum desconhecido.

— Ah — respondeu o primeiro lorde, consciente de que algo no olhar frio e cauteloso de Sir Joseph indicava que tinha cometido uma gafe. — Então não tem nada a ver com este caso particular?

— Absolutamente nada, senhor. E, se me permite voltar por um momento ao comandante Aubrey, devo declarar sem medo de contradição que os pontos de vista do pai não representam os do filho. Longe disso, de fato — disse, não com alguma esperança de consertar a situação, mas para abafar a gafe, para afastar a atenção da mesma, e não ficou insatisfeito quando o almirante Harte, ainda esperando obter favores e ao mesmo tempo querendo satisfazer uma malevolência pessoal, disse:

— Seria adequado pedir que Sir Joseph declare um interesse pessoal?

— Não, senhor, não seria — exclamou o almirante Parr, com seu rosto de vinho do Porto ficando roxo. — Sugestão tremendamente inadequada, pelo amor de Deus. — Sua voz sumiu sob uma série de tosses e grunhidos, através dos quais pôde ser ouvido "suposição infernal... membro novo... mero contra-almirante... merdinha".

— Se o almirante Harte quer sugerir que de algum modo estou preocupado com o bem-estar do comandante Aubrey — disse Sir Joseph com um olhar gélido —, está equivocado. Eu não conheço o cavalheiro. Meu único objetivo é o bem da instituição.

Harte ficou chocado pela recepção do que havia considerado uma observação inteligente, e no mesmo instante recuou suas farpas, que tinham sido plantadas, entre muitas outras, pelo comandante Aubrey em questão. Confundiu-se em desculpas — não pretendera, não quisera, dar a entender suas reais intenções nem transparecer nenhuma censura contra o honradíssimo cavalheiro...

O primeiro lorde, um tanto contrariado, bateu a mão na mesa e disse:

— Mas, de qualquer modo, não posso concordar que cinco milhões de duros sejam uma despesa insignificante para o país; e como já disse, nossos conselheiros jurídicos garantem que eles devem ser considerados como direitos da Coroa. Por mais que, pessoalmente, eu gostasse de acompanhar a sugestão de Sir Joseph, que em muitos sentidos é ótima e convincente, temo que estejamos atados pelos precedentes. É uma questão de princípios. Digo isso com profundo pesar, Sir Joseph, sabendo que essa expedição, essa expedição com sucesso brilhante, estava sob sua égide; e ninguém poderia desejar mais riqueza e prosperidade para os cavalheiros da Marinha do que eu próprio. Mas nossas mãos estão amarradas, infelizmente. No entanto vamos nos consolar com a idéia de que restará uma soma considerável para ser dividida, nada da natureza dos milhões, claro, porém uma quantia considerável, ah, sim. Sim. E com esse pensamento confortável, senhores, acredito que agora devamos voltar a atenção...

Voltaram-na para as questões técnicas de recrutamento compulsório, orçamento e defesa, questões fora da competência de Sir Joseph, e ele se recostou na cadeira, observando os que falavam, avaliando suas capacidades. Medíocres, no geral; e o novo primeiro lorde era um idiota, um mero político. Sir Joseph havia servido sob o comando de Chatham, Spencer, St Vincent e Melville, e esse homem era uma figura digna de pena diante deles. Todos tinham tido seus pontos fracos, em particular Chatham, mas nenhum teria deixado de perceber o aspecto importante — todo o gasto nesse caso teria sido feito pelos espanhóis; os espanhóis é que dariam à Marinha Real o esplêndido exemplo de quatro comandantes apanhados sob uma chuva, um aguaceiro de ouro — o dinheiro não teria saído do país. As fortunas navais não eram muito comuns; e as fortunas existentes haviam sido reunidas por almirantes com comandos lucrativos, levando sua parte de inúmeras capturas das quais eles pessoalmente não participaram, em absoluto. Os comandantes que lutavam em seus navios, esses eram os homens a encorajar. Talvez ele não tivesse enfatizado esse argumento com tanta clareza ou empenho quanto deveria, não estava em forma depois de uma noite insone com sete relatórios de Bolonha para digerir. Mas, de qualquer modo, nenhum outro primeiro lorde do Almirantado, exceto talvez St Vincent, teria feito questão de transformar aquilo em política partidária. E certamente nenhum deles teria dito em voz alta o nome de um agente secreto.

Mas lorde Melville (um homem que realmente entendia a inteligência naval — um esplêndido primeiro lorde) e Sir Joseph eram muito ligados ao Dr. Maturin, seu conselheiro em questões espanholas e especialmente catalãs, um agente tremendamente incomum, totalmente desinteressado, corajoso, detalhista, absolutamente confiável e com qualificações ideais, que jamais havia aceitado a mínima recompensa por seus serviços — e que serviços! Ele é que trouxera as informações que lhes tinham permitido dar esse golpe mutilador. Sir Joseph e lorde Melville haviam pensado na patente temporária como um modo de obrigá-lo a aceitar uma fortuna fornecida pelo inimigo; e agora seu nome fora alardeado em público — nem mesmo na privacidade relativa do Conselho, e sim numa reunião muito mais variada — com a questão dirigida abertamente ao chefe da inteligência naval. Era inqualificável. Contar com a discrição daqueles marinheiros, cuja única noção de lidar com um inimigo tão inteligente quanto Bonaparte era explodi-lo na água, era inqualificável. Para não falar dos civis, dos políticos falastrões, cuja abordagem mais próxima ao perigo era uma luneta nos penhascos de Dover, de onde podiam olhar o exército invasor de Bonaparte, duzentos mil soldados, acampados do outro lado da água. Olhou os rostos ao redor da mesa; estavam ficando acalorados com as jurisdições do serviço de recrutamento e das tripulações dos navios — almirante gritava com almirante em vozes que podiam ser ouvidas em Whitehall, e o primeiro lorde parecia não ter qualquer controle sobre a reunião. Sir Joseph sentiu conforto nisso — talvez a gafe fosse esquecida. "Mas mesmo assim", disse a si mesmo, desenhando em seu bloco as metamorfoses de um *almirante vermelho*: ovo, lagarta, crisálida e imago, "o que direi a ele quando nos encontrarmos? Que tipo de expressão poderei fazer ao vê-lo?"

Em Whitehall uma garoa cinzenta caía sobre o Almirantado, mas em Sussex o ar estava seco — seco e perfeitamente imóvel. A fumaça subia da chaminé da pequena sala de estar em Mapes Court, formando uma pluma alta e reta, trinta metros antes de seu topo se esvair numa névoa azul que se acomodava nas reentrâncias das colinas atrás da casa. As folhagens ainda estavam penduradas, mas por pouco, e de tempos em tempos as folhas de um amarelo luminoso na árvore do lado de fora da janela caíam girando lentamente para se juntar ao tapete dourado embaixo, e, no silêncio, o impacto sussurrante de cada folha podia ser ouvido — um silêncio tão pacífico quanto uma morte fácil.

— Ao primeiro sopro de um vento todas essas árvores estarão nuas — observou o Dr. Maturin. — No entanto, o outono é uma espécie de primavera, também; já que nunca há apenas um broto que não seja empurrado pelo próximo. Dá para ver isso claramente mais ao sul. Na Catalunha, agora, onde você e Jack devem ir assim que a guerra terminar, as chuvas de outono trazem a grama como se fosse um exército de lanças; e mesmo aqui... um pouquinho menos de manteiga, minha cara, por favor. Já estou com a gordura em alto nível.

Stephen Maturin havia jantado com as damas de Mapes: a Sra. Williams, Sophia, Cecilia e Frances — traços marrons de sopa *windsor*, bacalhau, torta de pombo e manjar podiam ser vistos em seu lenço de pescoço, no colete cor de rapé e nas calças castanhas, porque ele era desmazelado ao comer e tinha perdido o guardanapo antes da primeira troca de pratos, apesar dos esforços de Sophia para preservá-lo —, e agora estava sentado de um dos lados da lareira tomando chá, enquanto do outro Sophia tostava bolinhos para ele, inclinando-se sobre o brilho rosa e prateado com uma atenção particular para não queimar o bolinho segurando-o perto demais, nem ressecá-lo segurando-o longe demais. À luz baça, o brilho do fogo banhava seu antebraço e o rosto bonito, exagerando a largura da testa e a linha perfeita dos lábios, enfatizando o viço extraordinário da pele. A ansiedade da jovem com o bolinho afastou a usual reserva de sua expressão; ela possuía o mesmo tique da irmã mais nova, de mostrar a ponta da língua quando estava se concentrando, e isso, com um grau tão alto de beleza, que lhe dava uma aparência absurdamente tocante. Ele a olhou com grande complacência, sentindo um estranho aperto no coração, um sentimento sem nome; ela estava noiva e se casaria com seu amigo particular, o comandante Aubrey, da Marinha; era sua paciente, e os dois eram tão íntimos quanto um homem e uma mulher podem ser quando não há noção de galanteria entre eles — mais íntimos, talvez, do que se fossem amantes.

— Este é um bolinho elegante, Sophia, sem dúvida — disse Stephen. — Mas é o último, e também não recomendo outro para você, minha cara. Está ficando gorda demais. Estava magra e digna de pena há menos de seis meses; mas a perspectiva do casamento lhe faz bem, acho. Você deve ter engordado mais de três quilos, e sua pele... Sophia, por que espetou, transpassou outro bolinho? Para quem é esse bolinho? Para quem é esse bolinho? Diga.

— Para mim, meu caro. Jack disse que eu deveria ser firme. Jack ama a firmeza de caráter. Disse que lorde Nelson...

De longe, bem longe acima do ar imóvel e quase congelado, veio o som de uma trompa nas colinas de Polcary. Os dois se viraram para a janela.

— Será que mataram a raposa? — disse Stephen. — Se Jack estivesse em casa o animal saberia.

— Ah, fico tão feliz por ele não estar lá cavalgando aquele grande e malvado cavalo baio! A raposa sempre conseguia escapar dele, e eu sempre ficava com medo de ele quebrar a perna, como o jovem Sr. Saville. Stephen, pode me ajudar a puxar a cortina?

"Como ela cresceu!", disse Stephen consigo mesmo. E em voz alta, enquanto olhava pela janela, segurando o cordão da cortina numa das mãos:

— Qual é o nome daquela árvore? Aquela fina, exótica, no gramado?

— Nós chamamos de árvore-dos-pagodes. Não é uma verdadeira árvore-dos-pagodes, mas é assim que a chamamos. Meu tio Palmer, o viajante, plantou-a; e disse que era muito parecida.

Assim que falou, Sophia se arrependeu — arrependeu-se antes mesmo de a frase sair, porque sabia aonde a palavra poderia levar a mente de Stephen.

Essas intuições inquietas costumam estar certas: para qualquer um que tivesse a mínima ligação com a Índia, a árvore-dos-pagodes devia necessariamente se associar àquele local. Os pagodes eram pequenas moedas de ouro que lembravam as folhas da árvore, e sacudir a árvore-dos-pagodes significava fazer fortuna na Índia, tornar-se um nababo — uma expressão usual. Tanto Sophia quanto

Stephen se preocupavam com a Índia porque Diana Villiers supostamente estaria lá, com seu amante e mantenedor Richard Canning. Diana era prima de Sophia e já fora sua rival pelos afetos de Jack Aubrey, e ao mesmo tempo objeto da perseguição ansiosa e desesperada de Stephen — uma jovem vistosa com encantos surpreendentes e uma firmeza de caráter inabalável, que fizera parte da vida dos dois até fugir com o Sr. Canning. Era a ovelha negra da família, claro, a ovelha sarnenta, e a princípio seu nome jamais era mencionado em Mapes; no entanto, era surpreendente o quanto eles sabiam sobre seus movimentos e o tamanho do lugar que ocupava nos pensamentos de todos.

Os jornais tinham lhes dito bastante coisa, já que o Sr. Canning era uma espécie de figura pública, um homem rico com interesses em navegação e na Companhia das Índias Orientais, na política (ele e seus parentes possuíam o comando de três distritos eleitorais, nomeando membros para representá-los, já que não podiam fazê-lo pessoalmente, porque eram judeus) e no mundo social, já que o Sr. Canning tinha amigos entre o pessoal do príncipe de Gales. E os boatos que vinham do outro país, onde viviam seus primos, os Goldsmith, tinham lhes dito mais. Porém, mesmo assim, não possuíam nada parecido com as informações levantadas por Stephen Maturin, já que, apesar de sua aparência pouco mundana e da dedicação sincera à filosofia natural, ele tinha amplos contatos e grande habilidade para usá-los. Sabia o nome do navio da Companhia das Índias Orientais em que a Sra. Villiers tinha viajado, a posição de seu camarote, o nome de suas duas criadas, seus parentes e seu passado (uma era francesa, com irmão soldado que caiu cedo na guerra e agora estava preso em Norman Cross). Sabia o número de contas que ela deixara sem pagar e a quanto montavam; sabia muito sobre a tempestade que assolara de modo violentíssimo as famílias Canning, Goldsmith e Mocatta, e que ainda não havia amainado, já que a Sra. Canning (Goldsmith de nascimento) não tinha noção de uma pluralidade de esposas e convocou todos os seus conhecidos para defendê-la com um zelo furioso e incansável — uma tempestade que induzira Canning a partir para a Índia, em missão oficial ligada aos estabelecimentos franceses, na costa de Malabar, um local raro para juntar pagodes.

Sophia estava certa: esses eram de fato os pensamentos que inundaram a mente de Stephen ao ouvir o nome daquela árvore infeliz — esses e muitos outros, enquanto permanecia sentado em silêncio perto do brilho do fogo. Não que esses pensamentos tenham tido de viajar muito; na maior parte do tempo pairavam a pouca distância, prontos para aparecer de manhã quando ele acordava, perguntando-se por que estava tão oprimido de sofrimento; e quando não estavam imediatamente presentes seu lugar era marcado por uma dor física entre a cintura e o peito, numa área que ele poderia cobrir com a palma da mão.

Numa gaveta secreta de sua escrivaninha, o que a tornava difícil de abrir ou fechar, estavam relatórios etiquetados com títulos como *Villiers, Diana, viúva de Charles Villiers, falecido em Bombaim, Esquire,* e *Canning, Richard, da Park Street e Coluber House, co. Bristol.* Esses dois eram tão cuidadosamente documentados quanto qualquer suspeito de trabalhar para os serviços de inteligência de Bonaparte; e ainda que a maior parte dessa massa de papéis tivesse vindo de fontes benevolentes, boa quantidade fora adquirida do modo comum nesse tipo de negócio, e custara um bom dinheiro. Stephen não havia poupado despesas para se tornar mais infeliz, deixando ainda mais clara sua posição de amante rejeitado.

— Por que acumulo todas essas feridas? — perguntava-se. — Com que motivo? Sem dúvida, na guerra, qualquer obtenção de informações é um avanço e posso chamar isso de guerra particular. É para me persuadir de que ainda estou lutando, apesar de ter sido expulso do campo? Bastante racional, mas sem dúvida falso, falastrão demais. — Ele pronunciava essas observações em catalão, já que, sendo uma espécie de poliglota, tinha um modo de adequar seus pensamentos à língua com a qual eles mais combinavam; sua mãe era catalã, o pai um oficial irlandês, e o catalão, o inglês, o francês e o castelhano lhe vinham com tanta naturalidade quanto o respirar, sem preferência, a não ser pelo assunto.

"Como eu gostaria de ter segurado a língua", pensou Sophia. Em seguida olhou ansiosa para Stephen, ali sentado, curvado e olhando para a caverna vermelha abaixo do toro de lenha. "Coitadinho", pensou, "como ele precisa de uns remendos, como precisa de alguém que cuide dele! Realmente não foi feito para andar pelo mundo sozinho; isso é difícil demais para pessoas pouco mundanas. Como ela pode ter sido tão cruel? Foi como bater numa criança. Uma criança. Como o estudo adianta pouco para os homens! Ele não sabe quase nada; só precisaria ter dito: 'seja boazinha e se case comigo', e ela gritaria: 'ah, sim, por favor'. Eu lhe *disse* isso. Não que ela jamais fosse fazê-lo feliz, a..." Vaca era a palavra que lutava para se fazer ouvir; mas lutou em vão. "Nunca mais amarei a árvore-dos-pagodes. Estávamos tão bem juntos, e agora é como se o fogo tivesse apagado... e vai se apagar mesmo, a não ser que eu ponha mais um pedaço de lenha. E está bem escuro." Sua mão foi em direção à corda da sineta para pedir velas, hesitou e voltou ao colo. "É terrível como as pessoas sofrem", pensou. "Como tenho sorte! Às vezes isso me aterroriza. Querido Jack..." Seu olhar interior se encheu com uma imagem luminosa de Jack Aubrey, alto, ereto, alegre, transbordando de vida e afeição direta e explícita, o cabelo louro caindo sobre a dragona de capitão-de-mar-e-guerra e o rosto corado, marcado pelo tempo, aberto num riso intensamente divertido. Ela podia ver a cicatriz maligna que ia do ângulo do maxilar até o couro cabeludo, cada detalhe do uniforme, a medalha do Nilo e a espada curva e pesada que o Fundo Patriótico lhe dera por ter afundado o *Bellone*. Os olhos azuis quase desapareciam quando ele ria — só dava para ver fendas brilhantes, ainda mais azuis no jorro escarlate da alegria. Jamais houvera alguém com quem ela se divertisse tanto — ninguém jamais rira assim.

A visão foi despedaçada pela abertura da porta quando um jorro de luz vindo do corredor mostrou a forma grossa e atarracada da Sra. Williams ali parada, junto à passagem, e sua voz alta exclamou:

— O quê, o que é isso? Sentados sozinhos no escuro?

Seus olhos saltaram de um ao outro para confirmar as suspeitas que vinham crescendo em sua mente desde que o silêncio caíra entre eles — um silêncio do qual ela possuía perfeito conhecimento, já que estivera sentada na biblioteca perto de um armário no lambri: quando a porta do armário era aberta não se podia deixar de ouvir o que era dito na pequena sala de estar. Mas a imobilidade deles, seus rostos honestos e surpresos virados em sua direção convenceram a Sra. Williams de seu erro, e ela disse rindo:

— Uma dama e um cavalheiro sentados sozinhos no escuro, isso jamais aconteceria no meu tempo! Os cavalheiros da família teriam chamado o Dr. Maturin para dar explicações. Onde está Cecilia? Deveria estar fazendo companhia a vocês. No escuro... mas ouvi dizer que você estava pensando nas velas, Sophia. Boa menina. O senhor não acreditaria, doutor — disse ela, virando-se para o hóspede com uma expressão educada; pois ainda que o Dr. Maturin nem de longe pudesse ser comparado com seu amigo, o comandante Aubrey, sabia-se que ele era possuidor de uma banheira de mármore e um castelo na Espanha (um castelo na Espanha!) e podia muito bem servir para sua filha mais nova. Se Cecilia estivesse sentada no escuro com o Dr. Maturin ela jamais teria entrado de supetão. — O senhor não acreditaria em como as velas aumentaram de preço. Sem dúvida Cecilia teria tido a mesma idéia. Todas as minhas filhas foram criadas com um rígido senso de economia, Dr. Maturin; nesta casa não há desperdício. No entanto, se fosse Cecilia no escuro com um rapaz, isso jamais seria feito; o jogo não valeria a vela, de jeito nenhum! Não, senhor! O senhor jamais acreditaria em como o preço da cera subiu desde o início da guerra. Algumas vezes me sinto tentada a usar velas de sebo; mas, por mais pobres que sejamos, não consigo me obrigar a isso, pelo menos não nos cômodos públicos. No entanto tenho duas velas acesas na biblioteca e vocês podem ficar com uma. John não precisa acender os candelabros de lá. Fui obrigada a ter duas, Dr. Maturin, porque estive sentada com meu contador todo esse tempo, quase todo esse tempo. Os escritos, os contratos e os acordos são longos e complicados demais, e nesses assuntos sou uma criança. — A propriedade da criança ultrapassava em muito as fronteiras paroquianas, e os filhos dos arrendatários, mesmo longe em Starveacre, ao ouvirem dizer "A Sra. Williams vem pegar você", ficavam mudos de horror. — Mas o Sr. Wilbraham faz algumas reflexões bastante severas a todos nós por nossas posturas *dilatórias*, como ele diz, porém tenho certeza de que não é nossa culpa, com o comandante Aubrey estando tão longe.

Ela saiu rapidamente para pegar a vela, franzindo a boca. Essas negociações estavam se alongando, não devido a qualquer petulância da parte do Sr. Wilbraham, mas por causa da determinação férrea da Sra. Williams de não abrir mão da virgindade da filha ou de suas dez mil libras até que uma "provisão adequada", um acordo nupcial, fosse assinado, selado e, acima de tudo, o dinheiro vivo fosse entregue. Era isso que segurava o fogo de modo tão estranho: Jack havia concordado com todas as condições, mesmo sendo rapaces; havia amarrado suas propriedades, seus pagamentos, perspectivas e futuros prêmios provenientes de presas marítimas em benefício de sua viúva e de qualquer fruto de sua união para sempre, do modo mais liberal, como se fosse um pobretão, mas mesmo assim o dinheiro vivo não apareceu, e nenhum passo daria a Sra. Williams até que o mesmo estivesse em suas mãos, não sob a forma de promessas, mas em ouro cunhado ou seu equivalente de fundo de cobre, garantido pelo Banco da Inglaterra.

— Pronto — disse ela, voltando e olhando incisivamente para o pedaço de lenha que Sophia tinha posto no fogo. — Um já basta, não é? A não ser que vocês queiram ler. Mas imagino que ainda tenham muito que conversar.

— Sim — concordou Sophia assim que estavam de novo a sós. — Há algo que eu gostaria de lhe perguntar. Estive tentando puxá-lo de lado desde que chegou... É pavoroso ser tão ignorante, e eu não deixaria que o comandante Aubrey soubesse disso por nada nesse mundo; e não posso perguntar à minha mãe. Mas com você é diferente.

— Pode-se contar tudo a um médico — disse Stephen, e um ar de gravidade profissional, anônima, surgiu em seu rosto, parcialmente se sobrepondo à expressão de forte afeto pessoal.

— Um médico? — exclamou Sophia. — Ah, sim. Claro, certamente. Mas o que eu realmente queria falar, Stephen, é dessa guerra. Ela já está durando uma eternidade, afora aquela pequena interrupção. Uma eternidade, e, ah, como eu gostaria que ela parasse!, anos e anos, desde que posso me lembrar; mas acho que nem sempre prestei tanta atenção quanto deveria. Claro, sei que os franceses é que são maus; mas há todas essas pessoas que ficam indo e vindo, os austríacos, espanhóis, russos. Escute, agora os russos são bons? Seria muito chocante, sem dúvida seria traição, colocar as pessoas erradas nas minhas preces. E há todos aqueles italianos, e o coitado do Papa. Mesmo na véspera de partir, Jack mencionou Pappenburg. Ele tinha hasteado a bandeira de Pappenburg, como um ardil de guerra; portanto Pappenburg deve ser um país. Fui de uma falsidade desprezível e só assenti, parecendo o mais esperta que pude, e disse: "Ah, Pappenburg". Estou com tanto medo de que ele me ache ignorante! Coisa que sou, claro, mas não posso suportar que ele saiba. Tenho certeza que há quantidades de moças que sabem onde fica Pappenburg, e Batávia, e essa tal de República da Ligúria; mas nunca estudamos lugares assim com a Srta. Blake. E esse tal reino das Duas Sicílias, consigo encontrar uma no mapa, mas não a outra. Stephen, por favor, me fale sobre a situação atual do mundo.

— É a situação do mundo, minha cara? — disse Stephen, rindo, sem restar qualquer ar profissional. — Bem, por enquanto é bastante simples. Do nosso lado temos a Áustria, a Rússia, a Suécia e Nápoles, que é o mesmo que as suas Duas Sicílias; e do lado dele há toda uma nuvem de pequenos estados, e a Baviera, a Holanda e a Espanha. Não que essas alianças tenham muita conseqüência para um lado ou para o outro: os russos estavam conosco, depois ficaram contra nós até estrangularem o czar, e agora estão conosco; e ouso dizer que mudarão de novo, quando lhes der na veneta. Os austríacos saíram da guerra em 1897 e depois de novo em 1901, depois de Hohenlinden; a mesma coisa pode acontecer de novo a qualquer dia. O que nos importa são a Holanda e a Espanha, porque têm navios; e se algum dia esta guerra for vencida, deve ser vencida no mar. Bonaparte tem uns quarenta e cinco navios de linha, e nós temos uns oitenta, o que parece bastante bom. Mas os nossos estão espalhados por todo o mundo, e os dele não. Os espanhóis têm vinte e sete, para não falar dos holandeses; portanto é essencial impedir que eles se juntem, porque se Bonaparte puder reunir uma força superior no Canal da Mancha, mesmo que por pouco tempo, seu exército de invasão poderá atravessar, que Deus não permita. Por isso Jack e lorde Nelson estão navegando de um lado para o outro ao largo de Toulon, contendo Monsieur de Villeneuve com seus onze navios de linha e sete fragatas, impedindo que eles se juntem aos espanhóis em Cartagena, Cádiz e Ferrol; e é lá que irei me juntar a ele assim que tiver ido a Londres para resolver um ou dois problemas de finanças e comprar uma grande quantidade de garança. Portanto, se tiver algum recado, esta é a hora; porque, Sophia, eu já estou indo.

Ele se levantou espalhando migalhas, e o relógio no armário preto marcou a hora inteira.

— Ah, Stephen, você precisa ir? — exclamou Sophia. — Deixe-me escová-lo um pouco. Não vai ficar para o jantar? Por favor, fique para o jantar, vou lhe fazer queijo tostado.

— Não, minha cara, apesar de você ter sido muito gentil. — Stephen ficou parado como um cavalo enquanto ela o escovava, virava o colarinho e ajeitava a gravata. Desde sua desilusão ele ficara mais descuidado com as roupas; tinha desistido da prática de escová-las ou dar lustro nas botas, e nem o rosto nem as mãos estavam particularmente limpos. — Há uma reunião da Sociedade Entomológica à qual talvez eu consiga chegar, se andar rápido. Pronto, pronto, minha cara, já está bom: nossa! Não estou indo para o tribunal. Os entomologistas não se preocupam com a beleza. Agora me dê um beijo, como uma boa menina, e diga o que devo dizer, que recados devo dar ao Jack.

— Como eu queria, ah, como eu queria estar indo com você... Acho que não adiantaria implorar para ele ser prudente, para não correr riscos, não é?

— Vou mencionar isso, se você quiser. Mas acredite, querida, Jack não é um homem imprudente, pelo menos no mar. Jamais corre riscos sem pesá-los com cuidado, ele gosta demais de seu navio e de seus homens, gosta demais, para jogá-los num perigo sem muita consideração anterior. Não é um daqueles bandoleiros loucos que atacam de qualquer jeito e engolem fogo.

— Ele não faria nada precipitado?

— Jamais na vida. É verdade, você sabe; é bem verdade — acrescentou, sabendo que Sophia não estava totalmente persuadida de que Jack no mar e em terra eram duas pessoas diferentes.

— Bem — disse ela, e fez uma pausa. — Como parece demorar! Tudo parece demorar tanto!

— Bobagem — respondeu Stephen com um ânimo fingido. — O Parlamento vai suspender os trabalhos daqui a algumas semanas; o comandate Hamond voltará ao seu navio e Jack será jogado na praia de novo. Você o verá tanto quanto seu coração desejar. Agora, o que devo dizer?

— Diga que o amo muito, Stephen, por favor; e peço, peço para você também se cuidar muitíssimo.

O Dr. Maturin entrou na reunião da Sociedade Entomológica enquanto o reverendo Sr. Lamb iniciava a leitura de seu artigo sobre Certos Besouros Não-identificados Encontrados na Praia, em Prigle-juxta-Mare, no Ano de 1799. Sentou-se nos fundos e prestou atenção durante um tempo; mas o cavalheiro se afastou do tema (como todo mundo tinha certeza que ele faria) e começou a arengar sobre a hibernação das andorinhas; porque encontrara uma nova base para sua teoria — não somente elas voavam em círculos sempre decrescentes, se conglobavam numa massa e mergulhavam até o fundo de lagos calmos, mas também se refugiavam *nos poços de minas de estanho*, "de minas de estanho da Cornualha, senhores!" A atenção de Stephen se desviou e ele olhou para os entomologistas inquietos; vários seus conhecidos — o digno Dr. Musgrave, que lhe dera de presente uma bela carena quindecimpunctata; o Sr. Tolston, de fama devida aos lucanos; Eusebius Piscator, aquele sueco erudito — e sem dúvida aquelas costas gorduchas e a trança empoada pareciam familiares, não é? Era estranho como nossos olhos deviam captar e armazenar incontáveis medidas e proporções; umas costas eram quase tão reconhecíveis quanto um rosto. Isso também se aplicava ao passo, à postura, à posição da cabeça; que incontáveis referências de cada vez! Essas costas estavam viradas para as suas com uma torção estranha, não-natural, e a mão esquerda do dono estava erguida, pousada no queixo de modo a esconder o rosto, sem dúvida era essa torção que havia atraído seu olhar; no entanto, em todos os seus contatos, ele jamais tinha visto Sir Joseph se retorcer numa atitude assim.

— ... portanto, senhores, acredito que posso declarar, com confiança, que a hibernação das andorinhas, *e de todos os outros hirundinos*, está conclusivamente provada — disse o Sr. Lamb com um olhar desafiador para a platéia.

— Tenho certeza de que todos estamos gratos para com o Sr. Lamb — disse o presidente, numa atmosfera de descontentamento geral, com alguns pés sendo arrastados e murmúrios. — E mesmo achando que agora temos pouco tempo, que talvez nem todos os artigos possam ser lidos, permitam-me chamar Sir Joseph Blain para nos obsequiar com suas observações sobre um verdadeiro ginandromorfismo recentemente acrescentado ao seu Gabinete.

Sir Joseph se levantou em seu lugar e pediu desculpas — tinha deixado as anotações em casa —, não estava perfeitamente bem e não esgotaria a paciência dos participantes do encontro tentando falar sem elas. Pediu perdão, mas teria de se retirar. Era apenas uma indisposição passageira, disse para tranqüilizar os presentes. Os presentes não teriam se importado se ele fosse um grande leproso cheio de manchas. Três entomologistas já estavam de pé, ansiosos pela imortalidade nos Anais da sociedade.

"O que devo deduzir disso?", perguntou-se Stephen, enquanto Sir Joseph passava com um cumprimento distante; e durante o relato seguinte sobre besouros luminosos recebidos recentemente do Suriname (um relato fascinante, que ele certamente deveria ler com grande atenção mais tarde) um pressentimento frio se formou em seu peito.

Saiu da reunião carregando esse pressentimento; mas não tinha andado cem metros antes que um mensageiro discreto o abordasse e entregasse um cartão com uma cifra e um convite não ao apartamento oficial de Sir Joseph, e sim a uma casinha atrás do mercado Shepherd.

— Que bom o senhor ter vindo — disse Sir Joseph, fazendo Stephen sentar-se diante do fogo no cômodo que era claramente biblioteca, escritório e sala de estar; era confortável, até mesmo luxuosa, no estilo de cinqüenta anos atrás; e caixas com borboletas se alternavam com imagens pornográficas nas paredes — aquilo era enfaticamente uma casa privada. — Que gentileza. — Ele estava nervoso e sem jeito, e disse de novo: — Que gentileza! — Stephen não falou nada. — Pedi que viesse aqui porque este é meu... devo dizer, *refúgio* particular, e acho que lhe devo uma explicação em particular. Quando o vi esta noite não o estava esperando; minha consciência me deu um tranco rude, me fez adernar estranhamente porque tenho notícias tremendamente desagradáveis para você, notícias que preferiria mandar outro homem lhe entregar, mas isso necessariamente me cabe. Eu havia me preparado para dá-las em nossa reunião de amanhã de manhã; e devo dizer que faria isso muito bem. Mas ao vê-lo subitamente ali, naquela atmosfera... Resumindo —

disse ele, pousando o atiçador com que vinha mexendo na lareira —, houve uma séria indiscrição no Almirantado. Seu nome foi citado e enfatizado numa reunião geral, em conexão direta com a ação ao largo de Cádiz. — Stephen assentiu com a cabeça, mas continuou sem dizer nada. Sir Joseph, olhando-o disfarçadamente, continuou: — Claro, abafei a indiscrição imediatamente e depois dei a entender que o senhor estava a bordo por acaso, que ia para alguma região indefinida do Oriente numa missão científica ou quase diplomática na qual seria necessária uma patente devido ao seu status, por suas negociações eventuais, citando o precedente de Banks e Halley, que a conexão com o incidente foi puramente fortuita e casual, ocasionada apenas pela necessidade de pressa extrema. Coloquei isso como a história verdadeira, muito mais secreta do que a interceptação, conhecida apenas pelos iniciados e que não deveria ser divulgada de modo algum: isso deveria servir para a maioria dos marinheiros e civis presentes. Mas resta o fato de que, apesar de meus esforços, o senhor foi de certa forma exposto; e isso necessariamente questiona todo o nosso programa.

— Quem eram os cavalheiros presentes? — perguntou Stephen. Sir Joseph lhe passou uma lista. — Uma reunião considerável... Há uma estranha leviandade — disse com frieza — uma irresponsabilidade estranha e débil em jogar desse modo com a vida de homens e com todo um sistema de inteligência.

— Concordo totalmente — exclamou Sir Joseph. — Foi monstruoso. E digo isso sentindo mais dor ainda porque a culpa é minha. Eu havia posto o primeiro lorde a par do assunto e contava totalmente com a discrição dele. Mas sem dúvida tinha me permitido ficar acostumado demais com um chefe em quem podia confiar sem questionamentos, nunca houve um homem mais discreto do que lorde Melville. Um governo parlamentarista é uma coisa lamentável para o setor de informações: novos homens entram, mais políticos do que profissionais, e todos ficamos sem saída. A ditadura é o único sistema que serve para a espionagem: Bonaparte é muito, muito mais bem servido do que Sua Majestade. Mas não devo me esquivar de um segundo assunto infeliz. Ainda que isso se torne questão de notoriedade pública nos próximos dias, acho que devo lhe dizer pessoalmente que o conselho pretende tratar o tesouro espanhol como direitos da Coroa, isto é, não será distribuído como prêmio por captura. Fiz tudo ao meu alcance para evitar essa decisão, mas acho que é irrevogável. Digo-lhe isso com a leve esperança de impedi-lo de se comprometer com qualquer curso de ação a partir da suposição contrária; mesmo uns poucos dias de alerta podem ser melhor do que nenhum. Também lhe digo, lamentando terrivelmente, porque sei bem que você tem outro interesse nessa... nessa questão. Só posso esperar, infelizmente sem muita convicção, que meu alerta possa ter algum... você me entende. E quanto às minhas próprias expressões de extremo pesar, intensa mortificação e preocupação, dou-lhe minha palavra de que nem sei como expressá-las com um décimo da força que elas exigem.

— O senhor é muito bom — disse Stephen — e me sinto muito sensibilizado por essa demonstração de confiança. Não fingirei que a perda de uma fortuna possa ser questão de indiferença para qualquer um: no momento não sinto qualquer emoção além de uma pequena vexação, mas sem dúvida sentirei com o tempo. Mas o interesse ao qual o senhor se refere de modo tão amável é outra coisa: permita que eu deixe claro. Eu quis particularmente servir ao meu amigo Aubrey. O representante dele sumiu com todo o seu dinheiro proveniente de presas de guerra; o tribunal de apelações reverteu a condenação de duas embarcações neutras, deixando-o com onze mil libras de dívidas. Isso aconteceu quando ele estava a ponto de ficar noivo de uma jovem tremendamente amável. Os dois são profundamente ligados um ao outro, mas como a mãe da moça, uma viúva com propriedades consideráveis sob seu controle, é uma avarenta profundamente estúpida, sovina, não-liberal, ávida, tenaz, unha-de-fome, uma avarenta sórdida e tirana, não há esperança de casamento sem que a situação esteja resolvida e ele possa fazer pelo menos algum tipo de acordo financeiro com ela. Esta era a posição que eu me vangloriava de ter resolvido; ou melhor, que o senhor, um destino gentil e a conjectura haviam resolvido para mim. O que vou dizer agora a Aubrey quando encontrá-lo em Minorca? Alguma coisa resultará para ele de toda esta ação?

— Ah, sim, certamente; certamente haverá um pagamento *ex gratia*. De fato, ele pode pagar as dívidas que o senhor menciona, ou quase, mas não será uma riqueza. Ah, não, longe disso. Mas, meu caro, você fala em Minorca. Estou percebendo que quer continuar com nosso plano original, apesar desses contratempos terríveis e desnecessários?

— Creio que sim. — Stephen examinou a lista de novo. — Há muita coisa a ganhar com nossos contatos recentes e muita coisa a perder sem eles... Nesse caso me parece essencialmente uma questão de tempo. Quanto às conversas comuns e aos boatos confidenciais, com toda probabilidade estarei adiante deles, já que parto amanhã à noite. É improvável que informações desse tipo se movam tão rápido quanto um viajante determinado; e de qualquer modo o senhor cuidou dos falastrões mais óbvios. Este é o único nome do qual tenho medo — apontando para a lista. — Como o senhor sabe, ele é pederasta. Não que eu tenha nada contra a pederastia, pessoalmente acho que cada um deve decidir por si mesmo onde está a beleza e, certamente, quanto mais afeição neste mundo, melhor, mas é do conhecimento comum que alguns pederastas são sujeitos a pressões que não se aplicam aos outros homens. Se os encontros deste cavalheiro com Monsieur de La Tapetterie puderem ser discretamente vigiados, e acima de tudo se La Tapetterie pudesse ser neutralizado durante uma semana, eu não hesitaria em ir adiante com nossos arranjos anteriores. Mesmo sem essas precauções duvido que eu devesse cancelar; estas são meras conjecturas, afinal de contas. E não adianta mandar Osborne ou Schikaneder. Gomez não porá a cabeça nas mãos de ninguém, além das minhas; e sem esse contato o novo sistema se desmorona.

— Verdade. E, claro, você entende a posição local muito melhor do que qualquer um de nós. Mas não gosto de pensar em você correndo esse risco a mais.

— É muito pequeno, se é que de fato existe agora. É desprezível se eu tiver ventos favoráveis e o senhor puder calafetar esse vazamento, esse vazamento puramente conjectural. Já que esta viagem específica não tem peso, comparada com os riscos cotidianos do trabalho. Depois, se as conversas bobas tiverem o efeito usual, sem dúvida ficarei sem utilidade durante algum tempo; pelo menos até o senhor me reabilitar, ha, ha, com a missão quase-diplomática ou científica ao cã da Tartária. Quando voltar publicarei artigos tão fantásticos sobre os criptogramas de Kamschatka que ninguém jamais verá de novo a marca da espionagem em minha cabeça.

CAPÍTULO DOIS

Para lá e para cá, para lá e para cá, do cabo Sicié até a península de Giens, virando em roda e voltando, o dia inteiro, semana após semana, mês após mês, independentemente do clima; depois do tiro da noite eles ficavam no mar alto e de manhã voltavam, o esquadrão costeiro de fragatas vigiando Toulon, os olhos da frota do Mediterrâneo, aqueles navios de guerra cujas gáveas pintalgavam o horizonte sul, Nelson esperando pela saída do almirante francês.

O mistral estivera soprando nos últimos três dias e o mar mostrava mais branco do que azul, com o vento da costa cortando ondas pequenas e curtas que faziam os borrifos voarem acima da cintura do navio: as três fragatas tinham reduzido as velas ao meio-dia, mas mesmo assim estavam desenvolvendo sete nós e adernando até as mesas de enxárcia de bombordo se cobrirem de espuma.

A ponta de terra tediosamente familiar do cabo Sicié chegou cada vez mais perto; nesse ar brilhante e limpo sob o céu puro dava para ver as casinhas brancas, carroças se arrastando na estrada até a estação de sinais e as baterias. Mais perto, quase ao alcance dos altos canhões de quarenta e duas libras; e agora o vento chegava em rajadas fortes do terreno elevado.

— Aí no convés — gritou o vigia no topo do mastro. — O *Naiad* está sinalizando por bandeiras, senhor.

— Homens, virar em roda — disse o tenente oficial de quarto, mais pela formalidade do que qualquer outra coisa, já que não somente a fragata *Lively* tinha uma tripulação que trabalhava junta há anos, mas que também havia feito essa manobra centenas de vezes neste mesmo trecho de água, e a ordem praticamente não era necessária. A rotina havia diminuído o zelo dos marinheiros da *Lively*, mas mesmo assim o mestre do navio precisou gritar:

— Cuidado, cuidado agora, com a porcaria dessa escota.

Porque a tripulação fora levada a um tal grau de eficiência silenciosa que a fragata corria o risco de passar o pau da bujarrona por cima do corrimão de popa da *Melpomene*, seu matalote de vante, e cujos talentos e qualidades de navegação não poderiam recomendá-la em lugar nenhum.

No entanto deram a volta em sucessão, cada um passando pelo ponto onde o líder tinha virado; chegaram-se ao vento e voltaram a formar a linha rígida, aproando de novo para Giens, *Naiad*, *Melpomene*, *Lively*.

— Odeio essa virada em sucessão — disse um magro aspirante. — Não dá chance à gente; não se pode ver nada, nem uma salsicha*, nem uma salsicha; nem mesmo o cheiro de uma — acrescentou espiando através do cordame e das velas em direção à abertura entre a península e a ilha de Porquerolles.

— Salsicha — exclamou o outro. — Ah, Butler, que coisa infernal de se dizer. — Ele também se inclinou por cima das macas, olhando para a passagem; já que a qualquer momento a *Niobe* poderia aparecer de volta de seu cruzeiro, pegando água no estreito de Agincourt e voltando a operar na costa italiana, atormentando o inimigo e pegando os suprimentos que pudesse encontrar, e em seguida seria a vez da *Lively*. — Salsicha — gritou ele acima do mistral, enquanto olhava — quente, crocante, espirrando sumo quando a gente morde... bacon... cogumelos!

— Cala a boca, bunda gorda — sussurrou o amigo com um beliscão maligno. — O lorde está com a gente.

---

*No original, "not a sausage": Expressão idiomática britânica atualmente em desuso. Sua tradução mais fiel seria "nadica de nada". (*N. do E.*)

O oficial de quarto havia se afastado em direção ao bordo de sotavento ao ouvir o estalar da saudação do sentinela fuzileiro; e um instante depois Jack Aubrey saiu do camarote, envolvido num tecido grosseiro, com uma luneta embaixo do braço, e começou a andar pelo tombadilho, no bordo voltado para o vento, sagrado para o comandante. De vez em quando olhava as velas: um olhar puramente automático — nada pedia comentários, claro. A fragata era uma máquina totalmente eficiente, trabalhando com suavidade. Para esse tipo de serviço a *Lively* funcionaria perfeitamente, ainda que Jack ficasse deitado em seu beliche o dia inteiro. Nenhuma censura seria possível, mesmo que se sentisse raivoso como Lúcifer depois da queda, o que não era o caso; longe disso; ele e os homens sob seu comando estavam numa situação de bom humor geral nas últimas muitas semanas e meses, apesar do tédio de um bloqueio naval e cerrado, o serviço mais duro e cansativo; já que, apesar de a riqueza talvez não trazer felicidade, a perspectiva imediata da mesma proporciona uma imitação maravilhosamente próxima, e no mês de setembro anterior eles haviam capturado um dos navios mais ricos que existiam. Então seu olhar se encheu de agrado e aprovação; mas mesmo assim não continha aquele amor engenhoso com que observara o primeiro navio sob seu comando — o pequeno, grosso e pouco manobrável *Sophie*. A *Lively* não era de fato seu navio; ele estava apenas no comando temporário, um "comandante eventual" até o momento em que o verdadeiro dono, o comandante Hamond, voltasse de seu mandato em Westminster, onde representava Coldbath Fields no interesse do partido Whig; e ainda que Jack valorizasse e admirasse a eficiência da fragata e sua disciplina silenciosa — ela podia expor toda a vestimenta de lona sem precisar de mais do que uma ordem simples e discreta: "Içar velas", e fazê-lo em três minutos e quarenta e dois segundos — ele não conseguia se acostumar com isso. A *Lively* era um belo exemplo, um exemplo admirável, da condição mental dos *whigs* em seu melhor estado; e Jack era um tóri. Admirava o navio, mas era uma admiração distanciada, como se estivesse encarregado da esposa de um irmão oficial, uma mulher elegante, casta e sem imaginação, levando a vida a partir de princípios científicos.

O cabo Cépet se estendia no través do navio voltado para o vento, e pendurando a luneta ele se alçou para os enfrechates — que se curvaram sob seu peso — e subiu grunhindo ao cesto da gávea maior. Os cajeiros o estavam esperando e tinham dobrado uma varredoura para servir de assento.

— Obrigado, Rowland — disse Jack. — Assento incomum, hein? Hein? — E se deixou afundar sobre ela com um último grunhido, apoiando a luneta na bigota de cima dos véus do mastaréu da gávea e apontando-o para o cabo Cépet: a estação de sinais saltou à vista, brilhante e clara, e à direita a metade leste do Grande Rade, com cinco belonaves de setenta e quatro canhões, três delas inglesas: *Hannibal*, *Swiftsure* e *Berwick*. A bordo da *Hannibal* as tripulações estavam realizando adestramento de rizar, e havia uma quantidade de pessoas subindo pelo cordame da *Swiftsure* para olhar, talvez marujos de primeira viagem, em treinamento. Os franceses quase sempre mantinham esses navios capturados na parte externa do Rade; faziam isso para irritar, e sempre tinham sucesso. Duas vezes por dia ele ficava totalmente vexado, já que toda manhã e toda tarde subia para espiar o Rade. Fazia isso em parte por consciência profissional, mas não havia a mínima probabilidade de que eles saíssem a não ser que houvesse tempo ruim e um vendaval que soprasse a esquadra inglesa para longe do posto; e em parte porque era uma espécie de exercício. Ele estava engordando de novo, mas de qualquer modo não tinha intenção de perder a capacidade de subir e descer pelo cordame, como acontecia com alguns comandantes pesados: a sensação dos ovéns sob suas mãos, o solecar e o retesar dos cabos de bordo, o arfar e o balançar das ondas quando ele chegava ao topo o deixavam profundamente feliz.

O resto do ancoradouro estava aparecendo, e franzindo a testa Jack girou a luneta para inspecionar as fragatas rivais: sete delas imóveis, e apenas uma tinha se movido desde a véspera. Belos navios, mas em sua opinião eles davam inclinação demais aos mastros.

Agora o momento vinha chegando. A torre da igreja estava quase alinhada com a cúpula azul, e ele focalizou com atenção renovada. A terra praticamente não parecia se mover, mas gradualmente os braços do Petite Rade se abriram, e ali estava o porto interno, uma floresta de mastros, todos com suas vergas, todos em aparente prontidão para sair e lutar. Uma bandeira de vice-almirante, uma de contra-almirante, uma flâmula de comodoro: nenhuma mudança. Os braços estavam se fechando; deslizaram juntando-se imperceptivelmente e o Petite Rade se fechou.

Jack mudou a visada até que a colina de Faro surgisse, depois a colina atrás, e examinou a estrada em busca da pequena hospedaria onde ele, Stephen e o comandante Christy-Pallière tinham comido e bebido num jantar fantástico há não muito tempo, junto com outro oficial da marinha francesa cujo nome esqueceu. Na época fazia um calor intenso, agora um frio intenso. Na época, comida maravilhosa — meu Deus, como tinham se empanzinado! — agora comida pouca e comum. Ao pensar naquela refeição seu estômago deu uma reviravolta, a *Lively*, mesmo se considerando o navio mais rico dos presentes e se conduzindo com uma certa reserva com relação aos pobretões que a acompanhavam, estava tão limitada de provisões frescas, tabaco, lenha e água quanto o resto da esquadra, e por causa de uma morrinha entre as ovelhas e uma cisticercose entre os porcos, até os suprimentos dos oficiais estavam sendo suplementados com a carne seca de cavalo, velha, dos seus tempos de "jovem cavalheiro", enquanto toda a guarnição vinha comendo biscoitos de navio há um bom tempo. Para o jantar de Jack havia um pequeno quarto dianteiro de cordeiro, não totalmente saudável. "Será que devo convidar o oficial de quarto?", pensou. "Já faz um tempo que não recebo ninguém no camarote, a não ser para o desjejum." E também já fazia um tempo que não falava com ninguém em pé de igualdade ou com qualquer troca livre de idéias. Seus oficiais — ou melhor, os oficiais do comandante Hamond, uma vez que Jack não tivera influência em sua escolha ou formação — o recebiam para jantar uma vez por semana na praça d'armas, e ele os convidava com freqüência ao camarote, quase sempre um desjejum com o oficial e o aspirante do quarto da manhã; mas essas nunca eram ocasiões animadas. Os cavalheirescos, mas ligeiramente animados freqüentadores da praça d'armas eram rígidos observadores da etiqueta naval que impedia qualquer subordinado de falar com o comandante sem que este lhes dirigisse a palavra antes; e tinham se acostumado totalmente ao capitão Hamond, para cuja mente esse era um rigor adequado. E além disso eram um grupo de homens orgulhosos — a maioria dos quais podia se dar a esse luxo — e tinham horror das manobras insinuantes, das bajulações que eram vistas em alguns navios, ou qualquer sugestão disso. Uma vez tinham tido sido forçados a receber um tenente moderno exageradamente dócil e em dois meses o obrigaram a se mudar para a *Achilles*. Mantinham esse procedimento com bastante rigor; e sem desgostar nem um pouco de seu comandante temporário — de fato o valorizavam tremendamente tanto como marinheiro quanto como comandante guerreiro — inconscientemente lhe impunham um papel olímpico; e às vezes o silêncio em que ele vivia o deixava absolutamente abandonado. Mas só às vezes, já que não costumava ficar à toa; havia serviços que até mesmo o mais perfeito imediato não podia deixar de fazer, e à tarde ele supervisionava as lições dos aspirantes em sua câmara. Era um grupo agradável de jovens, e nem mesmo a presença divina do comandante, a severidade do professor e o exemplo arrumado, rígido, dos mais antigos podia reprimir sua animação. Nem mesmo a fome conseguia isso, e eles vinham comendo ratos neste último mês, e mais, ratos apanhados nas entranhas do navio pelo encarregado do porão e expostos no bailéu, muito bem esfolados, abertos e limpos, como ovelhas minúsculas, para ser vendidos por um preço que subia semana a semana, até chegar ao chocante nível atual de cinco *pence* cada.

Jack gostava dos garotos e, como muitos outros comandantes, se importava muito com sua educação profissional e social, com seus pagamentos e até com sua moral; mas sua constância durante as aulas não era totalmente desinteressada. Em seu tempo ele fora um garoto estúpido com os números, mal ensinado a bordo, e mesmo sendo um marinheiro nato só conseguira chegar a tenente através de um febril aprendizado por repetição, pela interposição da Providência e pela presença de dois comandantes amigáveis a bordo. Apesar das pacientes explicações de seu caro amigo Queenie sobre tangentes, secantes e senos, jamais conseguira captar com firmeza os princípios da trigonometria esférica; sua navegação tinha sido um simples progresso empírico de A a B, navegação a vela do modo mais simples; mas felizmente a Marinha sempre lhe proporcionara, como proporcionava a todos os outros comandantes, um mestre com conhecimento da arte. Mas agora, talvez afligido pela atmosfera científica e hidrográfica na *Lively*, estudava a matemática e, como outros estudantes tardios, avançava a passo rápido. O professor era excelente quando estava sóbrio, e, independentemente do que os aspirantes aprendessem, Jack lucrava com as aulas. À noite, depois de divulgar os quartos de serviço, trabalhava em cálculos lunares ou lia Grimble sobre Seções Cônicas, com prazer verdadeiro, nos intervalos entre escrever a Sophia e tocar seu violino.

— Como Stephen vai ficar pasmo! — refletia. — Vou bancar o filósofo para cima dele. E como gostaria que o desgraçado estivesse aqui!

Mas a questão de saber se deveria convidar o Sr. Randall para jantar ainda estava em suspenso, e ele ia decidir isso quando o chefe dos gajeiros tossiu significativamente.

— Perdão, senhor — disse ele — mas acho que a *Naiad* viu alguma coisa.

A voz com sotaque *cockney* saía de modo estranho do rosto amarelo e dos olhos puxados; mas o *Lively* estivera em águas orientais por anos e anos, e sua tripulação, amarela, marrom, preta e nominalmente branca, vinha trabalhando por tanto tempo junta que todos falavam com o sotaque de Limehouse Reach, Wapping ou Deptford Yard.

Bunda Alta não era o único a ter captado a agitação no convés do navio mais de vante. O Sr. Randall Filho entrou rapidamente, vindo de seu posto encharcado pelos borrifos d'água no lais da verga da cevadeira e correu escorregando pelo convés em direção aos colegas: seu apito de sete anos podia ser ouvido nos topes em volume máximo enquanto ele gritava:

— Ela está contornando a ponta! Ela está contornando a ponta!

A *Niobe* apareceu como que por mágica, do meio das ilhas Hyères, que se sobrepunham, rasgando a água sob velas papafigos e gaíras, formando uma bela onda de proa. Podia estar trazendo alguma comida, algum prêmio (todas as fragatas tinham concordado em dividir), e, de qualquer modo, trazia uma quebra na monotonia extrema; foi recebida calorosamente.

— E lá está o *Weasel* — gritou o menino.

O *Weasel* era um grande cúter, o mensageiro que de vez em quando fazia contato entre a esquadra e as fragatas no porto. Ele também certamente estaria trazendo suprimentos, notícias do mundo lá fora — que combinação feliz!

O cúter estava sob uma perfeita nuvem de velas, adernando a quarenta e cinco graus; e os homens do esquadrão, parado próximo de Giens, saudaram ao vê-lo atravessar a esteira da *Niobe* e depois cruzar para barlavento, com a intenção óbvia de aumentar a velocidade. Joanetes e uma bujarrona surgiram a bordo da fragata, mas o joanete de traquete se fendeu ao ser caçado, e antes que os agitados marinheiros da *Niobe* pudessem fechar o caminho, o *Weasel* já estava no seu través de boreste, atrapalhando-a cruelmente, tirando o vento de suas velas. A onda de proa da *Niobe* diminuiu e o cúter passou rapidamente, com os tripulantes comemorando feito loucos, para deleite de todos. Estava com o galhardete numeral da *Lively* desfraldado — ordens a bordo para a *Lively* — e veio pela linha, orçando a sotavento da fragata, sua enorme vela mestra tremulando, estalando como uma galeria de tiros. Mas não fez menção de arriar um escaler: ficou ali com seu comandante berrando no meio do vento, pedindo uma espia.

"Não há suprimentos?", pensou Jack no ninho de pega, franzindo a testa. "Desgraça." Passou uma das pernas sobre o pavês, tateando para sentir os ovéns da enxárcia: mas alguém tinha visto um familiar saco púrpura subindo pela escotilha principal do cúter, e houve um grito:

— Correio.

Ao ouvir essa palavra Jack se inclinou para o brandal e saltou no convés como se fosse um aspirante, esquecendo a dignidade e raspando na escada suas finas meias brancas. Parou a um metro dos contramestres e do marinheiro do convés enquanto os dois sacos vinham se sacudindo sobre a água.

— Alguém dê uma mão aqui — gritou. E quando finalmente os sacos estavam a bordo ele precisou se esforçar muito para controlar a impaciência enquanto o aspirante os entregava solenemente ao Sr. Randall; e enquanto os trazia ao tombadilho o Sr. Randall tirou o chapéu e disse:

— *Weasel*, do capitânia, senhor.

— Obrigado, Sr. Randall — disse Jack, levando-os para a sua câmara com uma boa mostra de deliberação. Ali rasgou os lacres do saco de correio com uma pressa furiosa, arrancou o cordão e folheou as cartas: três envelopes dirigidos ao comandante Aubrey, H.M.S. *Lively*, na letra redonda porém decidida de Sophia, cartas gordas, no mínimo de três páginas. Enfiou-as no bolso e sorrindo virou-se para a pequena sacola oficial, abriu a lona manchada, o envelope de seda olcada e depois o pequeno envelope contendo suas ordens, leu-as, franziu os lábios e leu de novo.

— Hallows — gritou. — Avise o Sr. Randall e o mestre-arrais. Aqui, cartas para o intendente distribuir. Ah, Sr. Randall, sinalize para a *Naiad*, por favor: permissão para ser destacado. Sr. Norrey, por favor trace rumo para Calvette.

Pela primeira vez não havia uma pressa extrema; pela primeira vez aquela "estafante impressão de pressa, de *não perder um minuto*, sem dúvida" da qual Stephen havia reclamado com tanta freqüência, estava ausente. Esta era a temporada de ventos do norte quase ininterruptos no oeste do Mediterrâneo, do mistral, do gargoulenc e da tramontana, todos se mantendo firmes na direção de Minorca e do ponto de encontro da *Lively*; mas era importante não chegar cedo demais ao largo da ilha, não chamar atenção nem atrair suspeitas; e como as ordens de Jack, com as instruções gerais de "incomodar os navios, as instalações e as comunicações do inimigo" lhe permitiam grande liberdade de ação, agora a fragata seguia pelo golfo de Lyon em direção à costa de Languedoc, com o máximo de pano possível e o corrimão de sotavento desaparecendo de vez em quando sob as águas brancas e agitadas. O treino de artilharia da manhã — bordada após bordada no mar que não se opunha — e agora essa velocidade gloriosa ao sol luminoso tinham acabado com os olhares atravessados e os murmúrios de descontentamento da véspera — nada de suprimentos nem de folga; aquelas ordens desgraçadas tinham-nos frustrado, e eles xingavam o desgraçado do *Weasel* por suas cabriolas em má hora, por sua corrida idiota, pela paixão por se mostrar, tão típica daqueles maricas de terceira.

— Se ele tivesse vindo como um cristão, e não um turco, a gente já deveria estar na metade do caminho para Elba — disse Java Dick. Mas isso fora ontem, e agora o exercício animado, o esquecimento rápido, a possibilidade de alguma coisa se anunciando a cada nova milha do horizonte aberto, e acima de tudo o sentimento confortável e disseminado de riqueza próxima, haviam restaurado a complacência da *Lively*. Seu comandante sentiu isso enquanto fazia uma última inspeção pelo convés antes de ir para a câmara receber os convidados, e sentiu isso com uma certa pontada de emoção, difícil de definir: não era inveja, já que era mais rico do que qualquer grupo deles que se reunisse, mais rico *em potencial*, acrescentou, com um cruzamento habitual dos dedos.

No entanto era inveja também: eles tinham um navio, faziam parte de uma comunidade muito unida. Tinham um navio e ele não tinha. No entanto não era exatamente inveja, não como quem diria inveja... belas definições voaram ao vento, enquanto a ampulheta era virada, o fuzileiro dava quatro badaladas no sino e o aspirante de serviço lançava a barquinha. Entrou rapidamente na grande cabine, olhou para a mesa comprida posta transversalmente ao navio, com seus pratos de prata luzindo ao sol e lançando mais sóis para se juntar à ondulação do mar refletida no teto (quanto tempo o metal sólido suportaria tanto polimento?), copos, pratos, tigelas, tudo muito bem arrumado, o despenseiro e seus ajudantes parados junto às garrafas, parecendo feitos de madeira.

— Tudo pronto, Killick? — perguntou ele.

— Perfeitamente, senhor — respondeu seu despenseiro, olhando para além dele e sinalizando com um movimento elegante do queixo.

— São muito bem-vindos, senhores — disse Jack virando-se na direção do queixo. — Sr. Simmons, por favor, ocupe a cabeceira da mesa; Sr. Carew, pode se sentar... calma, calma. — O capelão, desequilibrando-se por um movimento brusco do navio, caiu na cadeira com tanta força que quase a fez atravessar o piso. — Lorde Garron, aqui; Sr. Fielding e Sr. Dashwood, por favor tenham a gentileza — sinalizando o lugar deles. — Agora, antes mesmo de começarmos — continuou enquanto a sopa fazia seu caminho perigoso pela câmara — peço desculpas por este jantar. Com a melhor vontade do mundo... permita-me, senhor — extraindo a peruca do vigário da terrina e servindo-lhe uma concha — Killick, um gorro para o Sr. Carew, limpe isto e avise ao aspirante de serviço. Ah, Sr. Butler, meus cumprimentos ao Sr. Norrey, e acho que podemos carregar a vela ré durante o jantar. Com a maior boa-vontade do mundo, este jantar só perde para o banquete de

Barmecide*. — Essa foi boa, e ele baixou os olhos modestamente mas lhe ocorreu que os Barmecides não eram notáveis por servir carne fresca aos convidados, e ali, nadando na tigela do capelão, estava a forma inconfundível de um barqueiro, o maior dos répteis que se arrastava sobre os biscoitos velhos, aquele liso, com cabeça preta e um gosto estranhamente frio. A sopa, claro, fora engrossada com migalhas de biscoito para suportar o balanço do navio. O capelão não estava há muito tempo no mar; talvez não soubesse que não havia mal no barqueiro, nada da amargura comum dos gorgulhos; e talvez o bicho o fizesse se incomodar com a comida. — Killick, outro prato para o Sr. Carew: há um cabelo na sopa dele. Barmecide... Mas eu gostaria particularmente de convidá-los, já que esta é provavelmente a última vez que terei a honra. Vamos para Gibraltar, passando por Minorca; e em Gibraltar o comandante Hamond voltará ao navio. — Exclamações de surpresa, prazer, civilidade misturada com lamento. — E como minhas ordens exigem que eu ataque as instalações inimigas ao longo da costa, além de seus navios, claro, não creio que teremos muito tempo livre para jantar assim que tivermos passado pelo cabo Gooseberry. Como espero que encontremos algo digno da *Lively*! Lamentaria ter de entregá-la sem pelo menos um pequeno ramo de louros na proa, ou qual seja o lugar adequado para os louros.

— O louro cresce neste litoral, senhor? — perguntou o capelão. — Louro selvagem? Sempre imaginei que fosse grego. Mas não conheço o Mediterrâneo, a não ser por livros; e pelo que lembro, os antigos não davam atenção ao litoral de Languedoc.

— Bom, creio que já foi colhido por lá, senhor — disse Jack. — E dizem que cai muitíssimo bem com peixe. Uma ou duas folhas dão um belo relevo ao paladar, porém em quantidade maior é veneno mortal, pelo que me disseram.

*Abundante apenas na aparência. De *Barmecide*, um nobre das mil e uma noites que serviu um festim imaginário a um mendigo. (*N. do T.*)

Considerações gerais sobre peixe, uma carne saudável, ainda que os pescadores não gostassem; linguados de Dove foram recomendados; porcos-do-mar, rãs, papagaios-do-mar eram considerados peixes para propósitos religiosos pelos papistas; cisnes, baleias e esturjão, peixe real; uma anedota sobre uma ostra ruim comida pelo Sr. Simmons no banquete do lorde prefeito.

— Este peixe agora é o único prato que posso recomendar com louvor — disse Jack quando um atum substituiu a terrina de sopa: — foi apanhado da amurada por aquele chinês da sua divisão, Sr. Fielding. O baixinho. Não o Bunda Baixa, nem o Bunda Alta, nem o Barriga-de-geléia.

— John Satisfação, senhor?

— Esse mesmo. Um sujeito tremendamente engenhoso e alegre, e hábil; teceu uma linha comprida com fios dos rabos-de-cavalo de seus colegas e usou como isca um pedaço de pele de porco na forma de um peixe, e assim o pegou. E mais, temos uma decente garrafa de vinho para acompanhar. Não que eu reivindique qualquer crédito pelo vinho, vejam bem; foi o Dr. Maturin que o escolheu. Ele entende dessas coisas. Ele próprio planta uvas. Por sinal, vamos parar em Minorca para pegá-lo.

Eles ficariam deliciados em vê-lo de novo, esperavam que ele estivesse muito bem e estavam ansiosos pelo encontro.

— Minorca, senhor? — exclamou o capelão, entretanto, tendo pensado nisso. — Mas não devolvemos Minorca aos espanhóis? Ela não é espanhola agora?

— Bom, sim, é — respondeu Jack. — Acho que ele tem um passe para viajar, suas propriedades ficam naquelas bandas.

— Nesta guerra os espanhóis são muito mais civilizados do que os franceses, em termos de viagens — observou lorde Garron. — Um amigo meu, católico, recebeu licença para ir de Santander a São Tiago de Compostela por causa de uma promessa, sem problema, viajou como um cavalheiro particular, sem escolta, sem nada. E nem os franceses são tão maus quanto se trata de homens letrados. Vi no

The Times que o *Weasel* trouxe um cientista de Birmingham que tinha ido a Paris receber um prêmio do instituto deles. Os cientistas é que sabem viajar, com ou sem guerra; e acredito, senhor, que o Dr. Maturin seja um genuíno figurão em termos científicos, não é?

— Ah, é sim — disse Jack. — Uma espécie de almirante Crichton: amputa uma perna num instante, diz o nome latino de qualquer coisa que se mexa. — Seu olhar captou um rápido gorgulho amarelo correndo sobre a toalha da mesa. — Fala línguas como uma Torre de Babel ambulante, todas menos a nossa. Santo Deus — disse ele, rindo de bom grado. — Até hoje não creio que ele saiba a diferença entre bombordo e boreste. Que tal bebermos à sua saúde?

— De todo o coração, senhor — exclamou o imediato, com um olhar cônscio aos seus colegas, e todos compartilharam o brinde mais ou menos, como Jack tinha observado na primeira vez em que compareceram à sua câmara. — Mas se me permitir, o *Times*, senhor, ao qual Garron se refere, tinha um anúncio muito, muito mais interessante, uma novidade que fez sensação entre os oficiais, que têm a lembrança mais viva da Srta. Williams, com entusiasmo sem limites. Senhor, será que posso oferecer nossas mais calorosas congratulações e desejar toda a felicidade em nosso nome, e sugerir que há um brinde que deve preceder até mesmo ao do Dr. Maturin?

Lively
no mar
Sexta-feira, 18

Querida,

Bebemos à sua saúde três vezes três na segunda-feira; pois o tênder da esquadra nos trouxe ordens enquanto estávamos patrulhando o cabo Sicié, junto com o correio e suas três cartas queridas, que praticamente compensaram o fato de termos sido destacados da comissão. E, sem que eu soubesse, também trouxe um exemplar do *Times* onde estava publicado o nosso anúncio; que ainda nem tinha visto.

Convidara a maior parte dos oficiais para jantar, e aquele bom sujeito, o Simmons, puxou o assunto, desejando beber à sua saúde e felicidade e dizendo as coisas mais agradáveis a seu respeito — eles tinham a lembrança mais viva da Srta. Williams no Canal, curta demais, onde seu mais dedicado, etc., muito bem dito. Fiquei vermelho como uma tampa de canhão recém-pintada e baixei a cabeça como uma donzela, e juro que fiquei à beira de abrir o berreiro como uma donzela. Ah, queria tanto que você estivesse na minha câmara de novo! — tudo voltou com tanta clareza! E ele continuou, dizendo que foi autorizado pelos outros oficiais a perguntar se você preferiria um bule de chá ou um de café, com uma inscrição adequada. Beber à sua saúde me recuperou, e eu disse que achava que deveria ser um bule de café, pedindo que a inscrição poderia dizer que a *Lively* preservava a lembrança mais viva*. Isso foi muito bem recebido, e até o capelão (um sujeito sem graça) riu calorosamente mais tarde, quando o chiste foi explicado a ele.

Então, naquela noite, com uma bela brisa nos joanetes, avistamos o cabo Gooseberry e arribamos na direção da estação de sinais: desembarcamos a algumas milhas dele e seguimos pelas dunas, para tomá-lo por trás, já que, como eu suspeitava, seus dois canhões de doze libras estavam postos de modo a só poderem disparar para o mar, ou no máximo conteirar a 75° da costa, se ficassem transversos. Foi uma caminhada longa, com a areia solta voando ao vento que sempre sopra nessas bandas, enchendo os olhos e os narizes e entrando no fecho de nossas pistolas. O capelão diz que os Antigos não davam atenção a este litoral; e os Antigos sabiam das coisas, sem dúvida — uma tempestade de areia infernal depois da outra. Mas finalmente chegamos, orientando-nos pela bússola, sem que eles nos percebessem, gritamos e atacamos o lugar diretamente. Os franceses saíram assim que chegamos, todos menos um pequeno alferes que lutou como um herói até que Bonden lhe deu uma chave de pescoço por trás, quando ele irrompeu em lágrimas e largou a espada. Nós inutilizamos os canhões, destruímos o semáforo, explodimos o paiol de munição e voltamos correndo aos escaleres, que tinham remado para

*No original, "the *Lively* preserved the *liveliest* memory". (*N. do T.*)

perto, e levamos seus códigos de sinalização. Foi um belo trabalho, ainda que lento: se tivéssemos de contar com as marés, que aqui não existem, você sabe, estaríamos lamentavelmente mal. A tripulação da *Lively* não está acostumada a esse tipo de cabriolas, mas alguns deles se saem bem, e todos são bem dispostos.

O pequeno alferes ainda estava movido por grande paixão quando o levamos a bordo. Segundo ele, nunca teríamos ousado mostrar a cara se a *Diomède* ainda estivesse no litoral; seu irmão estava a bordo do navio, que teria nos explodido de vez; disse que alguém devia ter nos contado: havia traidores em toda parte e ele fora traído. Disse algo sugerindo que o navio fora para Port-Vendres há três dias ou três horas, mas falava tão depressa que não tivemos certeza — não falava inglês, claro. Então, com um mar de través enquanto nos afastávamos, ele não falou mais, coitado: calou-se totalmente, enjoado feito um cachorro.

A *Diomède* era uma das pesadas fragatas francesas de quarenta canhões de dezoito libras, um encontro do tipo que eu vinha desejando e desejo ainda mais agora, porque — não pense mal de mim, querida — devo passar o comando deste navio dentro de alguns dias, e esta pode ser minha última chance para me distinguir e ganhar outro; e como qualquer um pode lhe dizer, em tempos de guerra um navio é tão necessário para um marinheiro quanto uma esposa. Não imediatamente, claro, mas bem antes de tudo acabar. Portanto fomos para Port-Vendres (você irá encontrar no mapa, bem no canto inferior direito da França, onde as montanhas correm até o mar, logo antes da Espanha), apresando alguns barcos pesqueiros no caminho e passando pelo cabo Béar pouco depois do pôr-do-sol, com a luz ainda nas montanhas atrás da cidade. Compramos os peixes das barcas-longas e prometemos devolver seus barcos, mas eles estavam muito sombrios, e não conseguimos saber nada — "A *Diomède* estava em Port-Vendres? — Sim, talvez. — Ela foi para Barcelona? — Bem, talvez. — Será que eles eram um bando de idiotas que não entendiam francês nem espanhol? — Sim, Monsieur" — abrindo as mãos para mostrar que eram apenas uns pobres coitados, que pena. E o jovem alferes, ao ser pressionado, ficou altivo — espantado pelo fato de um oficial inglês esquecer de si a ponto de esperar que ele ajudasse a interrogar prisioneiros; e fez um discurso sobre *Honneur* e *Patier*, que ouso dizer seria bem edificante se pudéssemos entender alguma coisa.

Assim mandei Randall numa das barcas-longas para olhar o porto. É um porto comprido com uma virada brusca e uma boca estreita demais protegida por um largo quebra-mar e duas baterias, uma de cada lado, e outro canhão de vinte e quatro libras no alto, em Béar: uma navegação complicada, fazer um navio entrar ou sair com o infernal vento tramontano soprando transversal à boca estreita, mas dentro há um porto excelente, abrigado, com água profunda até o cais. Ele voltou; tinha visto uma boa quantidade de embarcações dentro, e um grande navio de pano redondo na extremidade mais distante; não tinha certeza se era a *Diomède* — com dois barcos a remo montando guarda e a escuridão da lua — mas era provável.

Para não entediá-la com detalhes, querida Sophia, pusemos cinco quartéis de amarra em nossa melhor âncora de proa unhada no fundo de uma arenosa para agüentar a fragata em caso de a bateria elevada derrubar alguma verga, fundeamos antes do amanhecer com uma moderada brisa nor-nordeste e começamos a atirar contra as baterias que guardavam a entrada. Então, quando havia luz suficiente, e era um dia luminoso, mandamos todos os marujos do navio nas embarcações miúdas, usando as casacas vermelhas dos fuzileiros, subindo pelo litoral até um povoado depois da próxima ponta de terra; e, como eu esperava, todos os cavaleiros, umas duas tropas, vieram pela sinuosa estrada litorânea (a única) para impedir que eles desembarcassem. Mas antes de amanhecer tínhamos mandado as barcas-longas, atulhadas de homens sob as escotilhas, para o outro lado de Béar, perto da terra; e ao nosso sinal eles partiram à bolina cochada para a terra (essas velas latinas aproveitam o vento de modo espantoso), desembarcaram na pequena praia deste lado do cabo, correram para trás da bateria sul, tomaram-na, viraram os canhões para a outra, por cima da água, e a arrasaram, ou arrasaram o que a fragata havia deixado dela. Nesse ponto nossos barcos tinham voltado a toda pressa e pulamos dentro; e enquanto a fragata mantinha um fogo contínuo contra a estrada litorânea para impedir a volta dos soldados, remamos o mais rápido possível para o porto. Eu tinha grandes esperanças de pegá-la, mas infelizmente não era a *Diomède* — apenas um grande navio-transporte de material chamado *Dromadaire*. Não ofereceu resistência de verdade, e um grupo tirou-o do porto com as velas de gávea; mas então uma rajada de vento infeliz veio das montanhas, e como o navio era um bicho instável e ruim de manobrar, colidiu com a boca do porto e fez água aberta ao bater no quebra-mar. Por isso nós o queimamos até a linha-d'água, pusemos fogo em todo o resto, menos nos barcos de pesca, explodimos as instalações militares de cada lado com sua própria pólvora e pegamos todo o nosso pessoal: Killick tinha passado parte do tempo fazendo compras, e trouxe comida, leite fresco, manteiga, café e o máximo de ovos que conseguiu pôr no chapéu. A guarnição da *Lively* se comportou bem — nada de invadir lojas de vinho — e foi bom ver os fuzileiros formados no cais, tão bem-arrumados como se fossem divisões, se bem que parecessem dignos de pena e perdidos nas camisas xadrezes e sobrecasacas de marinheiro. Voltamos aos barcos, todos sóbrios e corretos, e fomos para a fragata.

Mas agora o forte lá em cima, no cabo Béar, estava disparando contra a fragata, de modo que ela havia se virado presa à amarra; e duas canhoneiras tinham vindo pela costa para ficar entre nós e ela. Estavam nos salpicando com metralha de seus canhões de 18 libras, e não havia nada a fazer senão neutralizá-los; coisa que fizemos, e nunca fiquei tão surpreso na vida como quando vi a guarnição da minha lancha no instante em que estávamos para abordar a mais próxima. Como você sabe, eles são principalmente chineses ou malaios — um pessoal calmo, educado e bem-comportado. Metade deles mergulhou direto no mar e o resto se agachou junto à amurada. Apenas Bonden, Killick, o jovem Butler e eu fizemos uma espécie de grito de guerra quando chegamos a contrabordo da fragata, e eu disse a mim mesmo: "Jack, você ficou a sotavento, saiu com um punhado de sujeitos que não vão segui-lo." Mas não houve nada disso, por isso fizemos nossa comemoração sem ânimo e pulamos a bordo.

Parou, com a tinta secando na pena: a impressão ainda era imensamente forte — os chineses enxameando pela amurada no último segundo para evitar os mosquetes, atacando silenciosamente o inimigo em pares, um fazendo-o tropeçar, ignorando golpes, o outro cortando sua garganta até o osso, deixando-o instantaneamente para pegar o próximo — sistemáticos, eficientes, trabalhando da popa para a proa, com apenas alguns poucos gritos em falsete para orientar: sem fúria, sem raiva acalorada. E imediatamente após o primeiro assalto, os homens de Java surgindo pelo outro bordo, tendo mergulhado por baixo da quilha, com as mãos morenas e molhadas agarrando o corrimão por toda a extensão da canhoneira: franceses gritando, correndo de um lado para o outro do convés escorregadio, a grande latina balançando para lá e para cá; e continuava aquele trabalho silencioso corpo-a-corpo, apenas faca e cabos — uma ânsia terrível e silenciosa. Seu oponente na proa, um marinheiro atarracado e decidido, com gorro de lã, caindo finalmente por sobre a amurada, a água se nublando vermelha acima dele. Ele próprio gritando:

— Amarre aquela escota ali. Leme de ló. Prisioneiros para a escotilha de proa — e a resposta chocada de Bonden:

— Não tem nenhum prisioneiro, senhor.

E então o convés, vermelho brilhante ao sol; os chineses agachados aos pares, metodicamente, rapidamente despindo os mortos, os malaios empilhando as cabeças em montes arrumados como balas de canhão, e um remexendo na barriga de um cadáver. Dois homens já na roda do leme, com seu espólio ao lado, num monte: a escota bem amarrada. Ele vira algumas coisas feias — o matadouro de um navio de setenta e quatro canhões durante uma dura batalha naval, abordagens às dúzias, a baía de Aboukir depois que o *Orion* explodiu — mas sentiu o estômago se fechar e teve ânsias de vômito. A captura fora profissional, mais profissional, impossível, e o deixara enjoado com seu trabalho.

Uma impressão forte, mas como passá-la quando você não é grande coisa com a pena? À luz do lampião olhou o talho no antebraço, sangue novo ainda brotando através da bandagem, e refletiu; subitamente lhe ocorreu que, claro, não tivera a menor vontade de contar aquilo; nem nada parecido. Para a doce Sophia, a vida no mar seria... bem, não exatamente um piquenique eterno, mas algo que não era totalmente diverso; dificuldades ocasionais, certamente (escassez de café, leite fresco, legumes), e armas disparando de vez em quando, um entrechoque de espadas, mas sem nenhuma pessoa de verdade se machucando: os que por acaso morriam, morriam instantaneamente, de ferimentos que não podiam ser vistos; eram apenas números na lista de baixas. Mergulhou a pena e continuou.

Mas eu estava enganado: eles abordaram pelos dois lados, comportaram-se de modo notável e o trabalho terminou em alguns minutos. A outra canhoneira se afastou assim que a *Lively*, atirando muito bem com os canhões de proa, mandou umas duas balas por cima dela. Assim, rebocamos os barcos, juntamo-nos à fragata, fizemos vela na metade do tempo normal, recolhemos a amarra e partimos para o mar, indo em direção LSE1/2L; pois acho que não poderemos ir a Barcelona atrás da *Diomède*, já que isso nos levaria muito a sotavento de Minorca e eu poderia me atrasar para o encontro, o que não seria nada bom. Como está, temos tempo e até demais e esperamos avistar Fornells ao amanhecer.

Querida Sophia, você me perdoará esses borrões, sem dúvida; o navio está balançando num mar de bochecha, navegando à capa seguida, e a maior parte do dia passei tentando estar em três lugares ao mesmo tempo, se é que não mais. Você dirá que eu não deveria ter ido à terra em Port-Vendres, e que isso foi egoísta e insensível para com Simmons; e de fato, em termos gerais, o comandante deveria deixar essas coisas para o seu imediato — é sua grande chance de se distinguir. Mas eu não sabia exatamente como eles iriam se comportar, entende? Não que duvidasse da conduta deles, mas me parecia que talvez fossem do tipo de homens que lutariam melhor numa batalha defensiva ou numa batalha naval comum — que talvez carecessem da velocidade e da ousadia para esse tipo de coisa, por falta de prática — eles não tiveram qualquer treino nesse sentido. Por isso agi em plena luz do dia, porque é mais fácil ver o que está errado; e fico feliz por ter feito isso, já que em alguns momentos a coisa foi por pouco. No total, todos se comportaram bem — os fuzileiros fizeram maravilhas, como sempre — mas uma ou duas vezes as coisas poderiam ter se desencaminhado. O navio foi atingido em alguns lugares, o mastro de traquete foi ferido na romã, o lais da verga da vela grande de ré foi arrancado e o cordame foi meio cortado; mas ele poderia combater amanhã mesmo, e nossas perdas foram muito pequenas, como você verá na carta pública. O comandante sofreu apenas de extrema apreensão por sua segurança pessoal e a perda total de sua xícara do café-da-manhã, despedaçada quando caiu quando a louça foi retirada para a ação.

Mas prometo não fazer isso de novo; e esta é uma promessa que ouso dizer que o destino me ajudará a cumprir, já que, se este vento se mantiver, estarei em Gibraltar dentro de alguns dias, sem navio com o qual possa fazer.

Com o qual possa fazer, escreveu ele de novo; e apoiando a cabeça nos braços caiu no sono.

— Fornells um ponto a boreste, senhor — disse o imediato.

— Ciente — respondeu Jack em voz baixa. Sua cabeça doía como se fosse rachar, e ele estava cheio da tristeza que tantas vezes surge depois de uma ação. — Não o perca de vista. A canhoneira já foi limpa?

— Não, senhor. Acho que não — disse Simmons.

Jack ficou quieto. Simmons tivera um dia difícil na véspera, machucando a canela seriamente enquanto subia correndo os degraus de pedra do cais de Port-Vendres, e naturalmente estava menos ativo;

mas mesmo assim Jack ficou um pouco surpreso. Foi até a amurada e olhou para o barco apreendido: não, com toda certeza não tinha sido limpo. A mão cortada, que da última vez ele vira vermelha e brilhante, agora estava de um marrom enegrecido e encolhida — parecendo uma enorme aranha morta. Virou-se de costas, olhou para o alto, para o mestre do navio e sua faxina no cordame, para o outro lado enquanto o carpinteiro e seus ajudantes trabalhavam num buraco de tiro, e com o que pretendia que fosse um sorriso disse:

— Bem, primeiro o mais importante. Talvez possamos mandá-la para Gibraltar esta noite. Mas antes eu gostaria de fazer uma inspeção rigorosa.

Foi a primeira vez que ele teve de censurar Simmons, ainda que indiretamente, e o coitado recebeu isso muito mal; foi mancando, conseguindo acompanhar o passo do comandante, o rosto tão preocupado que Jack ia murmurar alguma observação tranqüilizante quando Killick apareceu de novo.

— O café está pronto, senhor — disse irritado; e quando Jack entrou correndo na câmara ouviu as palavras

...agora está frio como uma pedra...

...na mesa desde as seis badaladas...

...eu vivo dizendo a ele...

...o maior trabalho para conseguir, e agora é deixado esfriando...

Essas palavras pareciam dirigidas ao fuzileiro de sentinela, cujo semblante horrorizado, de recusa a ouvir ou participar de qualquer modo, estava em proporção direta ao respeito, até mesmo do espanto reverente, com que Jack era visto no navio.

Na verdade o café ainda estava tão quente que quase queimou sua boca.

— Café maravilhoso, Killick — disse depois do primeiro bule.

Com um grunhido carrancudo e, sem se virar, Killick respondeu:

— Imagino que o senhor vá querer outro bule inteiro, senhor.

Quente e forte, como descia bem! Uma atividade prazerosa começou a se esgueirar em sua mente entorpecida e letárgica. Cantarolou uma ária do *Fígaro*, interrompendo para passar manteiga num novo pedaço de torrada. Killick era um desgraçado intratável que achava que, se salpicasse o discurso com uma boa quantidade de "senhor", as palavras no meio não teriam importância: mas mesmo assim havia conseguido em terra esse café, esses ovos, essa manteiga, essa comida fresca e colocado na mesa na manhã seguinte a uma batalha acalorada — o navio ainda liberado para a ação e o material da cozinha derrubado devido aos tiros dados do cabo Béar. Jack conhecia Killick desde seu primeiro comando, e enquanto ele subia de posto a independência carrancuda de Killick aumentara; agora estava mais irritado do que o usual porque Jack havia estragado seu uniforme número três e perdido uma luva:

— A casaca se rasgou em cinco lugares, corte de alfanje no antebraço, como é que eu vou cerzir *isso*? Buraco de bala todo chamuscado, nunca vou conseguir tirar as marcas de pólvora. A calça toda imunda e esse sangue nojento em tudo que é canto, como se o senhor tivesse chafurdado num matadouro de porcos, senhor. O que a senhorita diria eu não sei, senhor. Que Deus me cegue. Dragona arrebentada, picada em pedacinhos. Meu Deus, que vida!

Do lado de fora dava para ouvir bombas, a mangueira sendo carregada e o grito de "Torce e passa, torce e passa", que significava que os esfregões estavam sendo passados na canhoneira; e agora, depois de Killick ter apresentado de novo seu uniforme da véspera, com uma lembrança detalhada do custo do mesmo, o Sr. Simmons mandou perguntar se ele tinha um momento.

Minha nossa, pensou Jack, será que fui tão desagradável e intimidante assim?

— Mande-o entrar. Entre, entre, Sr. Simmons; sente-se e tome uma xícara de café.

— Obrigado, senhor — disse Simmons lançando-lhe um olhar de avaliação. — Cheiro maravilhoso, a mente agradece. Aventureime a perturbá-lo, senhor, porque Garron, examinando a cabine da canhoneira, encontrou isto numa gaveta. Não entendo francês tão bem quanto o senhor, mas dando uma olhada achei que o senhor deveria ver imediatamente. — Ele passou um livro largo e fino, com a capa feita de lâmina de chumbo.

— Ei, ei! — exclamou Jack com olhar luminoso e vivo. — Isso é uma palmeira em Galaad, santo Deus... sinais secretos, códigos por números, luzes, reconhecimento na névoa, sinais espanhóis e de outros aliados. O que o senhor acha que significa *banière de partance*? *Pavillon de beaupré* é bandeira de nacionalidade. *Misaine* é mastro do traquete, *Hunes de perroquet*? Bem, danem-se os *hunes de perroquet*, as figuras são bastante claras. Uma beleza, não é? — Ele voltou para o início. "Válido até o vigésimo quinto. Eles mudam com a lua, acho. Imagino que podemos lucrar com isso, é um pequeno tesouro enquanto dura. Como estão indo com a canhoneira?

— Bem adiantados, senhor. Ela estará pronta para o senhor assim que o convés secar. — Havia uma superstição na marinha, de que a umidade era mortal para os oficiais superiores e que seus efeitos malignos aumentavam segundo o posto; poucos primeiros-tenentes saíam antes que a lavagem matinal dos conveses estivesse quase terminada, e nenhum capitão-de-fragata ou capitão-de-mar-e-guerra saía antes que eles tivessem sido lavados, com o rodo passado e totalmente enxugados. Nesse momento a canhoneira estava sendo enxugada.

— Eu tinha pensado em mandá-la para Gibraltar com o jovem Butler, um ou dois sargentos responsáveis e a guarnição da lancha. Ele se saiu muito bem, matou à pistola o comandante dela, e os outros também, ao seu jeito pagão. O comando faria bem a ele. Tem alguma observação a oferecer, Sr. Simmons? — perguntou examinando o rosto do imediato.

— Bem, senhor, já que teve a gentileza de me perguntar, será que eu poderia sugerir outra tripulação? Não digo absolutamente nada contra esses homens. São quietos, atentos, sóbrios, não dão problema, nunca precisaram ser castigados, mas nós tiramos os chineses de um junco armado e sem carga, quase certamente pirata, e os malaios vieram de um parau do mesmo tipo, e acho que, se forem mandados embora, eles podem se sentir tentados a retornar à vida antiga. Se tivéssemos encontrado qualquer prova deveríamos tê-los enforcado. Tínhamos preparado o lais da verga para isso, mas o comandante Hamond, sendo um magistrado em casa, tinha escrúpulos com relação a provas. Houve alguns boatos de que eles as comeram.

— Piratas? Sei, sei. Isso explica muita coisa. Sim, sim, claro. Tem certeza?

— Não tenho qualquer dúvida, tanto a partir das circunstâncias quanto por observações que eles deixaram escapar desde então. Nestes mares, um barco em cada dois é pirata, ou será, se a ocasião surgir, desde o golfo Pérsico até Bornéu. Mas eles procuram coisas diferentes aqui, e para dizer a verdade, agora eu odiaria ver Bunda Alta ou John Satisfação balançando numa forca; eles melhoraram maravilhosamente desde que chegaram; pararam de rezar para imagens e de cuspir no convés, e ouvem com o respeito devido os trechos que o Sr. Carew lê para eles.

— Ah, *agora*, não há dúvida — exclamou Jack. — Se o Auditor geral da Esquadra me mandasse enforcar um marinheiro capaz, quanto mais o chefe dos gajeiros, eu lhe diria... eu recusaria. Mas, como o senhor diz, não devemos induzi-los à tentação. Foi apenas um pensamento fugaz; ela pode muito bem permanecer perto de nós. De fato seria melhor. Mas o Sr. Butler ficará com ela. Por favor, tenha a gentileza de escolher uma tripulação adequada.

A canhoneira permaneceu a contrabordo, e ao entardecer a lancha da *Lively* cruzou sua popa indo na direção de terra, para a silhueta escura da ilha. O Sr. Butler, ocupando seu próprio tombadilho, ordenou a continência numa voz que começou profunda e disparou num guincho estrangulado, ruborizado: sua primeira experiência na angústia do comando.

Jack, envolto numa capa e com uma lanterna furta-fogo entre os joelhos, sentou-se entre as escotas de popa cheio de uma antecipação prazerosa. Não via Stephen Maturin há muito tempo, tempo que fora alongado ainda mais pela monotonia do bloqueio naval: como se sentira solitário sem aquela voz áspera e desagradável! Duzentos e cinqüenta e nove homens vivendo em promiscuidade, promiscuidade extrema na coberta inferior, e o ducentésimo sexagésimo um eremita: claro que isso era a vida comum dos comandantes, era a condição naval, e como todos os outros tenentes ele retesara os nervos para alcançar esse isolamento nítido; mas admitir o fato servia pouquíssimo para alterar o sentimento. Não havia consolo na filosofia. Stephen devia ter visto Sophia há apenas algumas semanas, talvez até menos; certamente teria mensagens dela, possivelmente uma carta. Pôs a mão secretamente na dobra do peito e caiu num devaneio. Um mar de popa moderado balançava a lancha que ia na direção da terra; com o ritmo das ondas, o movimento longo e os estalos dos remos ele cochilou, sorrindo no leve sono.

Conhecia bem o riacho, como de fato conhecia a maior parte da ilha, tendo estacionado ali quando ela era possessão britânica; chamava-se Cala Blau, e ele e Stephen costumavam vir de Por Mahon para olhar dois falcões de pernas vermelhas que tinham o ninho no penhasco acima.

Reconheceu-o imediatamente quando Bonden, seu patrão da lancha, ergueu o olhar da agulha magnética iluminada e deu uma ordem em voz baixa, mudando o rumo um pouquinho. Ali estava a curiosa rocha em pico, a capela arruinada no horizonte, e o lugar ainda mais negro, embaixo da face do penhasco, que na verdade era uma caverna onde as focas se reproduziam.

— Arvorar remos — disse em voz baixa e virou a lanterna furta-fogo na direção da costa, olhando através da escuridão. Nenhuma luz respondeu. Mas isso não o preocupou. — Remar avante — disse, e quando os remos mergulharam segurou o relógio diante da luz. Tinham acertado bem o tempo: faltavam dez minutos. Não que

Stephen tivesse um senso naval de tempo, ou que por sua natureza fosse tê-lo algum dia; e de qualquer modo este era apenas o primeiro dos quatro dias de tentativas de encontro.

Olhando para o leste viu as primeiras estrelas das Plêiades no horizonte claro; uma vez antes havia apanhado Stephen numa praia solitária quando as estrelas estavam exatamente assim. A lancha ficou caturrando suavemente, mantendo-se a popa da virada com um toque dos remos. Agora as plêiades haviam subido inteiras, toda a constelação. Sinalizou de novo.

Nada é mais provável do que ele não conseguir acender uma luz, pensou, ainda sem qualquer apreensão. De qualquer modo gostaria de caminhar por lá de novo; e vou lhe deixar um sinal secreto.

— Adiante, Bonden — disse. — Com cuidado, com cuidado. Sem nenhum barulho.

O barco deslizou sobre a água negra iluminada pelas estrelas, parando duas vezes de novo para escutar: uma vez ouviram a fungada de uma foca rompendo a superfície, depois nada, até que a areia raspou sob a proa.

Andou de um lado para o outro junto à linha-d'água na praia em forma de meia-lua, com as mãos às costas, criando várias marcas secretas que fariam Stephen rir caso perdesse esse primeiro encontro: algum nível de tensão, certamente, mas nada da ansiedade devoradora daquela primeira noite há tanto tempo, ao sul de Palamós, quando não fazia idéia das habilidades do amigo.

Saturno subiu atrás das Plêiades: cada vez mais, a quase dez graus de altura acima do horizonte. Ele ouviu barulho de pedras no caminho do penhasco, acima. Com o coração animado ergueu os olhos, captou a forma que se movia lá em cima e assobiou baixo *Deh vieni, non tardar.*

Não houve resposta por um momento, depois uma voz da metade do caminho:

— Comandante Melbury?

Jack parou atrás de uma pedra, pegou uma pistola no cinto e a engatilhou.

— Desça — disse em voz agradável; e direcionando a voz para a caverna: — Bonden, parta.

— Onde está o senhor? — sussurrou a voz ao pé do penhasco.

Quando Jack teve certeza de que não havia movimento no caminho acima, afastou-se da pedra, caminhou pela areia e iluminou com sua lanterna um homem de capa marrom, rosto moreno com expressão fixa, cautelosa, exagerada nessa luz súbita contra a escuridão.

— Comandante Melbury?

— Quem é o senhor? — perguntou Jack.

— Joan Maragall, senhor — sussurrou ele, no inglês com sotaque forte de Minorca, muito parecido com o de Gibraltar. — Vim a mando de Esteban Domanova. Ele diz: Sophia, Mapes, Guarnerius.

Melbury Lodge era a casa que eles haviam compartilhado; o nome inteiro de Stephen era Maturin y Domanova; mais ninguém na terra sabia que Jack quase comprara um Guarnerius. Desengatilhou a pistola e guardou-a de novo.

— Onde ele está?

— Foi capturado.

— Capturado?

— Capturado. Mandou que eu desse isto ao senhor.

No facho da lanterna o papel mostrava um emaranhado de linhas desconexas: *Caro J* — algumas palavras, fileiras de figuras — a assinatura S, esticando-se no canto, uma curva ondulada.

— Esta não é a letra dele — ainda sussurrando no escuro, a cautela ainda crescendo sobre essa certeza de desastre completo. — Esta não é a letra dele.

— Ele foi torturado.

CAPÍTULO TRÊS

Sob a lâmpada balouçante na câmara ele observou atentamente o rosto de Maragall. Era um rosto duro, um tanto jovem, com rugas, marcas de varíola e dentes ruins; uma expressão doentia num dos olhos, mas o outro era grande e parecia gentil. O que deduzir dele? O fluente inglês de Minorca, perfeitamente compreensível mas *estrangeiro*, era difícil de avaliar em termos de integridade. O papel aberto sob a luz fora escrito com um pedaço de carvão; quase toda a mensagem havia desaparecido, borrada. *Não* — talvez espere; depois várias palavras sublinhadas com apenas a linha restando — *mande isso a* — um nome: St Joseph? — *não confie.* Depois o resto de figuras, cinco fileiras dolorosas, e o S esticado.

A coisa toda poderia ser uma armadilha elaborada: também poderia destinar-se a incriminar Stephen. Ele prestou atenção às palavras, examinou o papel, avaliou as possibilidades, com a mente trabalhando depressa. Em algumas ocasiões havia algo muito jovem e ligeiramente ridículo em Jack; era um lado dele que Sophia amava além de qualquer medida; mas ninguém que o olhasse agora, ou em ação, acreditaria na existência disso.

Fez Maragall repetir a narrativa — o primeiro problema seguindo-se a uma denúncia às autoridades espanholas, rapidamente resolvido pela apresentação de um passaporte americano e a intervenção do vigário-geral: o Señor Domanova era um americano de origem espanhola. Então a interferência dos franceses, que o removeram para o seu quartel-general apesar de protestos violentos. O ciúme entre os aliados franceses e espanhóis em todos os níveis, administração, exército, marinha, população civil — o modo francês de se comportar como se estivessem em território conquistado, o que estava juntando até mesmo catalães e castelhanos. Ódio particular contra essa suposta comissão francesa de compra, que na verdade era uma unidade de espionagem, pequena mas muito ativa, à qual se juntara recentemente um tal coronel Auger (um idiota) e o capitão Dutourd (brilhante), vindos direto de Paris, intensamente recrutando informantes. O ódio crescente contra os franceses, quase universal a não ser por parte de alguns oportunistas e dos líderes da Fraternitat, uma organização que esperava usá-los, e não os ingleses, contra os castelhanos — para obter a independência catalã com Napoleão e não com George III.

— E o senhor pertence a uma organização diferente? — perguntou Jack.

— Sim, senhor. Sou o chefe da Confederacio na ilha; por isso conheço Esteban tão bem. Por isso pude mandar mensagens para sua cela e receber respostas. Somos a única organização que tem apoio amplo, a única que realmente faz alguma coisa além de discursos e denúncias. Temos dois homens na sede deles durante o dia, e meu irmão, que é padre, já entrou lá várias vezes, e eu mesmo pude levar o láudano que ele pediu e falei com ele por alguns minutos por entre as barras, quando ele me disse as palavras que eu deveria dizer.

— Como ele está?

— Fraco. Eles são implacáveis.

— Onde ele está? Onde fica o quartel-general?

— O senhor conhece Port Mahon?

— Sim. Muito bem.

— Sabe onde o comandante inglês morava?

— A casa de Martinez?

— Isso mesmo. Eles a ocuparam. A casinha no fundo do quintal é usada para interrogatórios; fica mais longe da rua. Mas dá para ouvir os gritos mesmo da igreja de Sant'Ana. Algumas vezes, às três ou quatro da manhã, eles levam corpos e jogam no porto, atrás dos curtumes.

— São quantos, lá?

— Cinco oficiais agora, e uma guarda no alojamento de Alfonso. Uma dúzia de homens fica de serviço de cada vez, a guarda muda às sete horas. Não há sentinelas do lado de fora, nada que apareça, é tudo muito calmo e recolhido. E há alguns civis, intérpretes, empregados, faxineiros; dois deles pertencem a nós, como eu dizer... disse.

Oito badaladas; o quarto de serviço foi rendido lá em cima. Jack olhou o barômetro — baixando, baixando.

— Escute, Sr. Maragall. Devo lhe dizer qual é meu curso de ação em termos gerais: tenha a gentileza de fazer qualquer observação que lhe ocorra. Tenho uma canhoneira francesa aqui, capturada ontem: vou levá-la a Port Mahon, desembarcar uma equipe, digamos, na Escada de Johnson ou em Boca Chica, seguir em grupos separados por trás da igreja de Sant'Ana até o muro do jardim, tomar a casa o mais silenciosamente possível e voltar à canhoneira ou passar por trás da cidade até Cala Garay. Os pontos fracos são: entrada do porto, guias, linhas alternativas de retirada. Em primeiro lugar, pode me dizer se há algum navio francês no porto? Como as embarcações francesas são recebidas, quais as formalidades, visitas, atracadouros?

— Isso está longe de minha capacidade. Sou advogado — disse ele depois de uma pausa longa. — Não, não há nenhum navio francês no momento. Quando chegam eles trocam sinais perto do cabo Mola. Mas que sinais? E há o barco da vigilância sanitária, para verificação de peste e saúde; se tiverem ficha limpa de saúde o prático o leva até o cais, ou então à área de quarentena. Acho que no cais francês acima da alfândega. O comandante espera pelo comandante do porto, mas quando? Eu poderia lhe dizer isso, tudo isso, se tivesse tempo. Meu primo é o médico.

— Não há tempo.

— Sim, senhor, há tempo — disse Maragall lentamente. — Mas o senhor pode mesmo entrar no porto? Está contando com que eles não disparem contra a bandeira francesa, com sinais usados para confundir?

— Eu entrarei.

— Muito bem. Então se o senhor me puser em terra antes do amanhecer, posso encontrá-lo no barco da vigilância sanitária ou dizer ao meu primo o que ele deve fazer; posso encontrá-lo, de qualquer modo, cuidar de qualquer formalidade necessária e dizer o que conseguimos arranjar. O senhor falou sobre guias. Certamente. Outras linhas de retirada, sim. Devo fazer consultas.

— O senhor acha que é um plano viável?

— Sim. Para entrar, sim. Para sair... bem, o senhor conhece o porto tão bem quanto eu. Canhões, baterias espalhadas por mais de seis quilômetros. Mas é o único plano, com tão pouco tempo. Seria terrível entrar e depois levantar suspeitas com algum pequeno absurdo que meus amigos poderiam lhe dizer num momento. O senhor está em dúvida quanto a me deixar em terra, não é?

— Não, senhor. Não sou grande político nem avaliador de caráter, mas meu amigo é: fico feliz em arriscar a cabeça a partir da escolha dele. — Mandando chamar o oficial de serviço, disse: — Sr. Fielding, vamos entrar no porto. Para Cala Blau? — olhando para Maragall, que assentiu. — Para Cala Blau. Todo o pano que ela agüentar; o escaler azul deve estar preparado para uso imediato. — Fielding repetiu a ordem e saiu rapidamente, gritando antes mesmo de passar pela sentinela:

— Quarto, quarto, virar de bordo!

Jack ouviu os pés correndo por um momento e disse:

— Nesse meio-tempo vamos examinar os detalhes. Posso lhe oferecer um pouco de vinho, um sanduíche?

— Quatro badaladas, senhor — disse Killick, acordando-o. — O Sr. Simmons está na câmara.

— Sr. Simmons — disse Jack com voz áspera e formal. — Vou levar a canhoneira a Port Mahon ao pôr-do-sol. Esta é uma expedição para a qual não pedirei que nenhum oficial me acompanhe; creio que nenhum tem conhecimento íntimo da cidade. Gostaria de levar, da guarnição da lancha, os que se apresentarem como voluntários, mas deve ser dito a eles que esta é uma expedição em que... é uma expedição com algum perigo. A pinaça deve ficar na caverna em Cala Blau desde a meia-noite até o pôr-do-sol seguinte, quando, a não ser que receba ordens, deve se juntar de novo ao navio no ponto de encontro que marquei aqui. A lancha deve ficar em Rowley's Creek, com as mesmas ordens. Devem levar suprimentos para uma semana. A fragata permanecerá ao largo, a barlavento do cabo Mola, depois de arriar as embarcações, e se aproximar de terra ao amanhecer usando bandeira francesa, mas permanecendo fora do alcance de tiros; espero me juntar a ela nessa hora ou durante o curso do dia. Se não aparecer às seis horas ela deve prosseguir para o ponto de encontro sem perda de tempo; e depois de esperar lá por vinte e quatro horas deve ir para Gibraltar. Aqui estão suas ordens; verá que escrevi claramente o que repito agora: não deve haver qualquer tentativa de me resgatar. Essas ordens devem ser seguidas ao pé da letra. — A idéia daqueles homens bons, corajosos mas essencialmente pouco empreendedores e sem imaginação andando por uma terra desconhecida, com a fragata podendo cair presa de canhoneiras espanholas ou das grandes baterias de St Philip ou do cabo Mola o fez repetir essas palavras. Então, depois de uma ligeira pausa e num tom hesitante, disse: — Meu caro Simmons, aqui estão alguns documentos pessoais e cartas que peço que tenha o incômodo de enviar de Gibraltar para casa, no caso de as coisas darem errado.

O imediato baixou o olhar, depois o ergueu de novo para o rosto de Jack; estava profundamente perturbado e obviamente procurava as palavras. Jack não queria ouvi-las: este problema era seu — ele era o único homem a bordo, afora seus seguidores, que conhecia Port Mahon de trás para a frente, e acima de tudo o único que estivera no jardim de Molly Harte e em sua sala de música; e nesse auge de tensão fria não queria qualquer gesto. Não tinha emoção para desperdiçar com mais ninguém.

— Faça a gentileza, Sr. Simmons, de falar com a guarnição da lancha — disse com um traço de impaciência. — Os que quiserem ir serão tirados da escala de serviço; devem descansar. E eu gostaria de trocar uma palavra com meu patrão da borda. A canhoneira irá a contra bordo; embarcarei nela quando estiver pronto. É só, Sr. Simmons.

— Sim, senhor — respondeu Simmons. Em seguida se virou junto à porta e parou, mas Jack já estava ocupado com os preparativos.

— Killick — disse ele —, minha espada está cega por causa de ontem. Leve-a ao armeiro; quero-a afiada como navalha. E mande-o olhar minhas pistolas: novas pederneiras. Bonden, aí está você. Lembra-se de Mahon?

— Como a palma da minha mão, senhor.

— Bom. Vamos levar a canhoneira para o porto esta noite. O doutor está preso lá, e o estão torturando. Está vendo aquele livro? Ali há os códigos de sinais deles: verifique as bandeiras e lanternas da canhoneira e veja se tudo está lá. Se não, pegue. Leve seu dinheiro e roupas quentes: talvez tenhamos de ir até Verdun.

— Sim, sim, senhor. Aí está o Sr. Simmons, senhor.

O imediato informou que toda a guarnição da lancha havia se apresentado como voluntária: ele os havia tirado da escala de serviço.

— E, senhor — acrescentou ele —, os oficiais e marinheiros vão ficar muito chateados se alguns deles não forem junto, se o senhor não escolher alguns deles. Peço que não me desaponte e a toda a praça d'armas, senhor.

— Sei o que quer dizer, Simmons, entendo os sentimentos deles. Eu sentiria o mesmo. Mas esta é uma... expedição muito particular. Minhas ordens devem ser cumpridas. A canhoneira está a contrabordo?

— Já está se aproximando pela alheta, senhor.

— Deixe o Sr. West e sua turma verificar o cordame antes de eu embarcar, daqui a meia hora. E a guarnição da lancha deve receber gorros de lã vermelha, estilo Mediterrâneo — disse olhando o relógio.

— Sim, senhor — respondeu Simmons num tom chapado, morto, sofrido.

Meia hora depois Jack chegou ao convés num uniforme velho e com botas de cano alto, capa e um chapéu simples, meio de lado. Olhando para o céu, disse:

— Só voltarei ao navio depois de Port Mahon, Sr. Simmons. Às oito badaladas do quarto da tarde mande a lancha, por favor. Adeus.

— Adeus, senhor.

Apertaram-se as mãos. Jack saudou os outros oficiais tocando o chapéu e eles o desceram do navio.

Assim que estava a bordo da canhoneira pegou a cana do leme e a fez virar rapidamente a sotavento com a brisa fresca entrando pela alheta de bombordo. A ilha erguia-se ao sul, promontório após promontório estendendo-se até ao longe, e ele manobrou-a numa curva longa e doce. Não era uma das canhoneiras Toulon comuns, nem as pesadas embarcações espanholas que saíam de Algeciras sempre que havia calmaria, esgueirando-se pela água parada; não era uma daquelas carruagens flutuantes que ficavam junto ao porto com um único canhão pesado, caso contrário ele jamais a teria trazido, mas sim uma barca-longa com meio convés e um trilho longo que permitia seu canhão ser trazido e guardado de encontro ao mastro curto, grosso e inclinado para vate — uma embarcação perfeitamente capaz de percorrer o Mediterrâneo, de entrar e sair de qualquer porto.

Mas não era fácil de manobrar. Enquanto a virava contra o vento a cana do leme ficou dura sob sua mão, e ele sentiu o peso daquele canhão na proa. Mas quando estava na posição certa, apontando a menos do que cinco, mantive o rumo, jamais se oferecendo para abater ou aguçar-se, enfrentando bravamente as ondas baixas; e os borrifos voavam até a popa.

Esse era o tipo de coisa que ele entendia. A imensa vela latina com a verga curva não era tão familiar quanto uma embarcação de vela redonda ou um cúter, mas a essência era a mesma, e ele era como um bom cavaleiro montando um cavalo animado de outro estábulo. Fez a canhoneira passar por todos os testes — não era espetacular, mas teimosa, firme e segura — traçando grandes curvas de giro ao redor da fragata, indo de um lado a outro até o sol baixar longe, no oeste.

Levou-a sob o bordo a sotavento da *Lively*, sinalizou para a lancha e foi para cobertas abaixo. Enquanto a tripulação de gorros vermelhos embarcava, sentou-se na câmara do falecido capitão, um cômodo baixo e triangular na popa, examinando as cartas náuticas e o livro de sinais: não que tivesse muita necessidade dos dois — as águas de Minorca eram familiares para ele, e as fileiras de bandeiras e luzes estavam nítidas em sua mente — mas qualquer contato com o navio neste ponto significava um desperdício daquela força particular da qual ele precisaria dentro de algumas horas. Dentro de algumas horas, se ao menos o barômetro que vinha baixando e a aparência feia do céu não significassem uma tempestade.

Bonden informou que todos os homens estavam presentes e sóbrios, e Jack foi para o convés. Estava totalmente contido: balançou a cabeça impaciente diante dos vivas roucos, espontâneos, virou o leme para boreste e guinou para o cabo a leste. Viu Killick espreitando, contra suas ordens, carrancudo, com um cesto de comida e algumas garrafas, mas olhou para trás procurando o contramestre, entregando a cana do leme e dando-lhe o rumo a ser seguido. Depois começou a andar de um lado para o outro, avaliando o progresso do vento, a velocidade da canhoneira, a mudança na forma da terra.

O litoral estava a cerca de uma milha náutica a boreste, promontórios conhecidos, praias, riachos curvando-se lentamente; muito parecido com um sonho; e os homens estavam quietos. Ele teve um sentimento momentâneo de que sua caminhada e volta, caminhada e volta nesse silêncio estava tirando-o da realidade, estragando sua concentração, e desceu agachando-se para entrar na câmara.

— Você está aprontando uma das suas de novo, estou vendo — disse com frieza.

Killick não ousou falar, mas pôs diante dele carne de carneiro fria, pão e manteiga e um clarete.

— Devo comer — disse Jack a si mesmo, e deliberadamente encarou a refeição. Mas o estômago estava fechado, até o vinho parecia forte na garganta. Isso não lhe havia acontecido antes, em nenhuma ação, emergência ou crise. — Não significa nada — disse empurrando as coisas de lado.

Quando chegou de novo ao convés o sol se encontrava a apenas um palmo da terra alta a oeste, e, amplo pela altura de boreste, estava o cabo Mola. O vento havia aumentado, soprando forte, e os homens estavam esgotando a água: seria perigoso montar o cabo e talvez eles tivessem de entrar rapidamente. Mas até agora estavam dentro do horário previsto. Ele queria passar pelas baterias externas ainda de dia, com a bandeira francesa vista claramente, e seguir pelo porto comprido enquanto a escuridão caísse. Olhou para o estandarte tricolor na ponta do mastro, as içadas de bandeiras que Bonden havia colocado junto às adriças de sinal, e pegou o leme.

Não havia tempo para reflexão: agora ele estava totalmente engajado em resolver problemas materiais imediatos. O promontório e as espumas brancas corriam na direção deles; precisava contornar a ponta no local exato, e mesmo com a melhor avaliação um redemoinho junto ao penhasco poderia encalhá-lo ou levá-lo a sotavento.

— Certo, Bonden — disse quando a estação de sinais surgiu à vista. As bandeiras foram içadas, abriram-se e se mostraram claramente. Seu olhar saltou do mar e da vela retesada para as alturas, onde a bandeira espanhola estava parada na brisa. Se o seu sinal estivesse certo ela seria colocada a meio. Imóvel no tope do mastro, imóvel e lisa como uma tábua a distância. Imóvel, até que finalmente foi posta a meio e içada de novo.

— Reconheceram — disse ele. — Caçar o pano. A postos junto à adriça, aí. — Os marinheiros estavam em seus postos, silenciosos, olhando do céu para a vela rígida. Braceando e contraindo a boca ele carregou o leme trazendo-a para o vento: a canhoneira respondeu instantaneamente, sua amurada de sotavento desaparecendo cada vez mais abaixo da espuma: o vento vinha de través, a canhoneira se inclinou, inclinou, e ali estava St Philips, no bochecha de bombordo. Uma ampla linha de espuma branca, marcando o limite do vento forte, um quarto de milha adiante: ela atravessou, disparando na água calma sob a sombra do cabo, deslizando compassada.

— Satisfação, assuma o leme — disse ele. — Bonden, manobre o barco.

Os dois lados, aproximando-se do porto, iam se juntando, e onde quase se uniam ficava a boca estreita com suas pesadas baterias de cada lado. Algumas das casamatas estavam iluminadas, mas ainda havia luz suficiente sobre a água para que um vigia notasse um oficial no leme — uma visão pouco natural. Mais perto, mais perto: e a canhoneira passou em silêncio pela boca, perto o bastante para se jogar um biscoito na boca dos canhões de quarenta e duas libras à beira d'água. Uma voz ao crepúsculo gritou:

— *Parlez-vous français?* — e deu uma gargalhada. Outra gritou: — *Hijos de puta.*

Adiante ficava o trecho amplo com a ilha hospital, o leprosário, a uma milha pela bochecha de boreste; o último reflexo do dia tinha deixado o topo das colinas, e o porto comprido estava preenchido com um roxo profundo que escurecia até o negrume. Algumas rajadas do tramontana lá de fora encarneiravam a superfície, algumas vezes rajadas fortes; e lá, mais além das luzes — elas aumentavam a cada momento — ficava a abertura entre os morros onde um sopro daqueles tinha afundado a *Agamemnon,* em 98.

— Estingar — disse ele. — Guarnecer remos. — Fixou a ilha do leprosário, olhando até seus olhos se encherem d'água; e finalmente um barco se movimentou. — Silêncio de proa a popa — gritou. — Nada de saudações, nada de falar: vocês me ouviram?

— Barco pela bochecha de boreste, senhor — murmurou Bonden em seu ouvido.

Ele assentiu.

— Quando eu acenar a mão assim — disse ele — movam os remos. Quando eu acenar de novo, parem.

Lentamente foram se aproximando, e ainda que sua mente estivesse tão fria e lúcida quanto ele desejaria, descobriu que tinha parado de respirar: inspirou fundo com um suspiro e o barco saudou:

— *Ohé, de la barca.*

— *Ohé* — respondeu ele, e balançou a mão.

O barco chegou a contrabordo, enganchou e um homem saltou desajeitado para a amurada; Jack segurou os braços dele e o fez passar por cima, olhando seu rosto. Era Maragall. O barco se afastou; Jack assentiu significativamente para Bonden, balançou a mão e levou Maragall para a Câmara.

— Como ele está? — sussurrou.

— Vivo, ainda lá. Falam em transferi-lo. Não mandei nenhuma mensagem, não recebi nenhuma. — Seu rosto estava tenso e numa palidez mortal, mas ele conseguiu movê-lo na forma de um sorriso e disse: — Então o senhor entrou. Sem problema. Deve ficar atracado no velho cais de víveres; eles deram o lugar sujo porque vocês são franceses. Escute, eu tenho quatro guias e a igreja estará aberta. E às duas e meia ponho fogo no armazém do Martinez perto do arsenal. Foi Martinez que o denunciou. Isso permitirá que um amigo, um oficial, leve as tropas; às três não haverá soldados nem policiais num raio de um quarto de milha ao redor da casa. Nossos dois homens, que trabalham lá, estarão na igreja para mostrar o caminho dentro da casa. Certo?

— Certo. Quantos homens estão dentro esta noite?

— Barco cumprimentando, senhor — disse Bonden, enfiando a cabeça.

Os dois saltaram das cadeiras e Maragall olhou por sobre a água. As luzes de Mahon estavam aparecendo ao redor da ponta, colocando em silhueta uma faluca negra a cem jardas de distância. A faluca saudou de novo.

— Está perguntando como está lá fora — sussurrou Maragall.

— Vento forte. Gáveas rizadas nos últimos.

Maragall gritou em catalão e a faluca partiu para bombordo, pela escuridão. De volta à câmara ele enxugou o rosto, murmurando:

— Ah, se ao menos tivéssemos mais tempo, mais tempo! Quantos homens? Oito e um cabo: provavelmente todos os cinco oficiais e um intérprete, mas o coronel pode não ter voltado. Está jogando cartas na cidadela. Qual é o seu plano?

— Desembarcar em grupos pequenos entre duas e três horas, chegar à igreja de Sant'Ana pelas ruas de trás, tomar o muro dos fundos e a casa do jardim. Se não, atravessar o pátio, lacrar as portas e atravessar a casa. Se possível em silêncio, e voltar à canhoneira. Se houver briga, atravessar por terra. Tenho barcos em Cala Blay e em Rowley's Creek. Você pode conseguir cavalos? Precisa de dinheiro?

Maragall balançou a cabeça impaciente.

— Não é só o Esteban. Se os outros prisioneiros não forem soltos, ele será apontado, identificado, e Deus sabe quantos outros com ele. Além disso, alguns são homens nossos.

— Sei — respondeu Jack.

— Ele mesmo lhe diria isso — sussurrou Maragall com urgência. — Deve parecer um levante de todos os prisioneiros.

Jack assentiu, espiando pela janela de popa.

— Estamos quase chegando. Venha ao convés para a atracação.

O antigo cais de víveres estava se aproximando, e com ele o fedor de imundície estagnada. Passaram pela casa da alfândega, cheia de luzes, e entraram na escuridão mais adiante. O barco da vigilância sanitária saudou, recuando e virando para o outro lado do porto. Maragall respondeu. Alguns instantes depois Bonden murmurou:

— Guarnecer remos — e guiou a canhoneira gentilmente ao longo da lateral preta e oleosa. Amarraram o barco a dois cabeços e ficaram ali em silêncio, com as batidas da água no lado de boreste e o ruído difuso da cidade no outro. Para além do cais de pedra havia uma vaga planície de lixo, uma fábrica abandonada do lado mais distante, uma galeria de fabricação de cabos e um estaleiro com a cerca quebrada. Dois gatos invisíveis uivavam no meio do lixo.

— O senhor entende? — insistiu Maragall. — Ele diria exatamente a mesma coisa.

— Faz sentido — respondeu Jack incisivamente.

— Ele diria isso — repetiu Maragall. — O senhor sabe onde está?

— Ali está a igreja dos Capuchinhos. E aquela é a de Sant'Ana — disse balançando a cabeça em direção a uma torre. Ficava bem acima deles, já que, neste ponto, na extremidade do porto, um penhasco se erguia íngreme a partir do terreno baixo, um penhasco longo que começava no meio da cidade, de modo que esta parte de Mahon ficava bem alta sobre a água.

— Preciso ir — disse Maragall. — Estarei aqui à uma, com os guias. Pense, eu lhe peço, pense no que eu disse: devem ser todos.

Eram oito horas. Espiaram um ancorete, atracaram a canhoneira pela popa, com os remos prontos à mão, e ficaram ali numa solidão abominável: Jack mandou servir uma refeição aos homens em grupos de seis, apinhados na câmara pequena, enquanto o resto se abrigava sob o convés parcial — apenas uma luz, pouco movimento ou som, nenhuma aparência de atividade.

Como suportavam bem a espera! Um murmúrio baixo de conversa, o leve estalar dos dados; o chinês gordo roncando como um porco. Podiam acreditar num líder onisciente que tinha tudo sob controle — preparativos meticulosos, sabedoria, conhecimento do local, aliados seguros: Jack não podia. A cada quarto de hora os sinos das igrejas soavam por toda Port Mahon; e um deles, com o agudo rachado, era de Sant'Ana, que ele freqüentemente ouvira daquela mesma casa do jardim com Molly Harte. Oito e quinze; oito e meia; nove. Dez.

Pegou-se olhando para Killick, que disse:

— Três badaladas, senhor. O cavalheiro voltou. Aqui está o café, senhor, e toucinho frito. Ponha alguma coisa na pança, senhor, Deus ama a gente.

Como todos os outros marinheiros, Jack havia dormido e acordado em todas as latitudes e todas as horas da noite e do dia; também ele tinha o truque de saltar de um sono profundo pronto para subir ao convés, altamente desenvolvido pelos anos e anos de guerra; mas desta vez foi diferente — não estava apenas totalmente acordado e pronto para ir ao convés — era outro homem. A tensão desesperadora se fora e era outro homem. Agora o cheiro do ancoradouro imundo era o cheiro da ação próxima — tomou o lugar do aroma pungente da pólvora. Comeu o desjejum com voracidade ansiosa e depois foi falar com a tripulação sob a luz da lua em quadratura, agachando-se a meio convés. Eles ficaram pasmos com sua animação contida, tão diferente do distanciamento selvagem de quando vinham juntos ao litoral; também ficaram pasmos por terem passado a badalada da uma hora, da uma e meia, à espera, e nada de Maragall.

Eram quase duas horas quando ouviram passos correndo no cais.

— Desculpe — disse ele, ofegando. — Fazer as pessoas se mexerem neste país... Aqui estão, os guias. Está tudo bem. Na igreja de Sant'Ana às três horas, certo? Eu estarei lá.

Jack sorriu e disse:

— Certo. Adeus. — E virando-se para os guias na sombra. — Quatro grupos, cinco minutos cada, hein? Satisfação, depois Java Dick, Bonden você vai atrás.

Finalmente pulou em terra, no chão rígido, imóvel, depois de meses no mar.

Tinha pensado que conhecia Port Mahon, mas em cinco minutos subindo por aqueles becos escuros e íngremes, sem nada além de um gato saltando junto às portas e uma vez o som de um bebê sendo acalmado, estava perdido; e quando passaram agachados por um túnel baixo e fedorento ficou pasmo ao se ver na familiar pracinha da igreja de Sant'Ana. A porta da igreja estava escancarada e eles entraram em silêncio. Uma vela numa capela lateral, e perto da vela dois homens segurando lenços brancos. Eles sussurraram para o guia, um padre ou um homem vestido de padre, e se adiantaram para falar com ele. Jack não podia ouvir o que diziam, mas captou a palavra *foch* repetida várias vezes, e quando a porta se abriu de novo viu um brilho vermelho no céu. Os fundos da igreja estavam se enchendo enquanto os guias traziam os outros grupos: homens unidos e silenciosos, cheirando a alcatrão. O brilho de novo, e ele foi olhar — um incêndio perto do porto, com fumaça subindo rapidamente para o sul, iluminada de vermelho por baixo — enquanto olhava ouviu um grito agudo: uma agonia aguda e borbulhante sendo interrompida bruscamente. Vinha de uma casa a pouca distância.

Ali estava Bonden com o último grupo, atravessando a praça encurvados.

— Ouviu aquilo, senhor? São os desgraçados.

— Silêncio, idiota — disse ele muito baixo.

O relógio zumbiu e marcou: três horas. Maragall apareceu vindo das sombras.

— Venha — disse Jack, correu da praça para o beco na esquina, seguiu pelo beco, junto ao comprido muro branco até onde uma figueira se curvava por sobre o topo. — Bonden, me dá um apoio. — E subiu. — Arpéus. — Prendeu-os ao redor do tronco, sussurrou: — Pulem sem fazer barulho, sem fazer barulho, ali — e se jogou no pátio.

Ali estava a casa do jardim, as janelas cheias de luz: e dentro da sala comprida três homens de pé sobre uma grade comum; um civil sentado a uma mesa, escrevendo; um soldado encostado à porta. O oficial que estava gritando inclinado sobre a grade se moveu de lado para bater de novo, e Jack viu que não era Stephen que estava deitado de braços e pernas abertos no chão.

Atrás dele havia o som fraco de homens pulando do muro.

— Satisfação — sussurrou —, seus homens rodeiem pelo outro lado, até a porta. Java Dick, aquele arco com a luz. Bonden, comigo.

O grito borbulhante subiu de novo, enorme, para além de qualquer medida humana, intolerável. Dentro da sala o rapaz incrivelmente bonito tinha se virado e agora estava olhando para cima com um sorriso triunfante para os outros oficiais. Sua casaca e o colarinho estavam abertos, e ele tinha algo na mão.

Jack desembainhou a espada, abriu a janela comprida: os rostos se viraram, indignados, depois chocados, espantados. Três passos longos, e equilibrando-se, segurando furiosamente o punho da espada, deu um golpe de trás para a frente contra o rapaz, e com as costas da mão contra o homem ao lado dele. Instantaneamente a sala estava cheia — gritos, movimentos bruscos, golpes, o ruído surdo de corpos, um grito do último oficial, cadeira e mesa caindo, o civil negro com dois marinheiros em cima, um grito abafado. O soldado correndo pela porta — um grito animal do outro lado dela; e silêncio. O rosto demente, inumano, do homem na grade, com suor escorrendo.

— Tirem-no — disse Jack, e o homem gemeu, fechando os olhos enquanto a tensão relaxava.

Esperaram, prestando atenção: mas ainda que pudessem facilmente escutar as vozes de três ou quatro soldados discutindo no térreo e alguém assobiando docemente lá em cima, não houve reação. Vozes altas, didáticas, exortatórias, continuando sem se alterar.

— Agora para a casa — disse Jack. — Maragall, qual é a sala da guarda?

— A primeira à esquerda, sob a passagem em arco.

— Sabe o nome de algum deles?

Maragall falou com o homem que estava com os lenços.

— Só Potier, o cabo, e Normand.

Jack assentiu.

— Bonden, lembra-se da porta no pátio da frente? Guarde-a com seis homens. Satisfação, seu grupo fica neste pátio. Java, o seu fica dos dois lados da porta. Os homens de Lee venham comigo. Silêncio, silêncio, hein?

Atravessou o pátio, as botas fazendo barulho nas pedras e pés com ruído suave passando por ele: pausa de um momento para a última verificação, e gritou:

— Potier.

No mesmo instante, como um eco de cima da escada, veio o grito:

— Potier.

E o assobio, que havia parado, recomeçou, parou, e:

— Potier! — de novo, mais alto. A discussão na sala da guarda afrouxou, prestando atenção; e de novo: — Potier!

— *J'arrive, mon capitaine* — gritou o cabo; saiu da sala, ainda falando para dentro dela antes de fechar a porta. Um soluço, um som ofegante e atônito, e silêncio. Jack gritou:

— Normand.

E a porta se abriu de novo; mas foi um rosto carrancudo, interrogativo, quase cheio de suspeitas que se esticou para fora, bateu a porta diante do que viu.

— Certo — disse Jack, e jogou seus cem quilos contra ela. A porta explodiu para dentro, estremecendo enquanto se abria; mas restava apenas um homem deste lado da janela aberta e apinhada: eles o caçaram numa volta rápida. Gritos no pátio.

— *Potier* — vindo de cima, e o assobio começou a descer a escada —, *qu'est-ce que ce remue-ménage*?

À luz da grande lanterna sob o arco Jack viu um oficial, um oficial alegre, com cores vivas, cheio de bom humor espalhafatoso e uniforme bem cortado, tão oficial que ele sentiu uma pausa momentânea. Dutourd, sem dúvida.

O rosto de Dutourd, em vias de assobiar de novo, transformou-se em incredulidade: a mão se estendeu para uma espada que não estava ali.

— Segurem-no — disse Jack aos marinheiros sombrios que se aproximavam. — Maragall, pergunte onde está Stephen.

— *Vous êtes un officier anglais, monsieur?* — perguntou Dutourd, ignorando Maragall.

— Responda, que Deus apodreça sua alma desgraçada — gritou Jack com um jorro de tamanha fúria a ponto de tremer.

— *Chez le colonel* — disse o oficial.

— Maragall, quantos ainda restam?

— Esta pessoa é o único homem que resta na casa: diz que Esteban está na sala do coronel. O coronel ainda não voltou.

— Venham.

Stephen os viu entrar em seu sonho infinito: eles tinham estado ali antes, mas jamais juntos. E jamais naquelas cores opacas. Sorriu ao ver Jack, ainda que o rosto do pobre Jack estivesse com uma preocupação chocante demais, branco, perturbado. Mas quando as mãos de Jack começaram a soltar as correias seu sorriso se transformou num rigor quase apavorado: o furioso jato de dor juntou duas realidades remotas.

— Jack, com cuidado, meu caro — sussurrou enquanto o colocavam gentilmente numa poltrona. — Poderia me dar alguma coisa para beber, pelo amor de Deus? *En Maragall, valga'm Deu* — disse sorrindo por cima do ombro de Jack.

— Libere a sala, Satisfação — disse Jack afastando-se. Vários prisioneiros tinham aparecido, alguns se arrastando, e agora dois deles correram decididos para Dutourd que estava imóvel, apavorado, encostado num canto.

— Aquele homem precisa de um padre — disse Stephen.

— Nós devemos matá-lo? — perguntou Jack.

Stephen assentiu.

— Mas primeiro devemos escrever ao coronel, trazê-lo aqui. Dizer que há uma informação vital, que o americano falou, que não pode esperar. Não pode: é vital.

— Diga a ele, senhor — disse Jack a Maragall, olhando por cima do ombro com a expressão de afeto profundo ainda no rosto. — Diga que ele precisa escrever esse bilhete. Se o coronel não estiver aqui em dez minutos vou matá-lo naquela máquina.

Maragall levou Dutourd até a mesa, pôs uma pena em sua mão.

— Ele diz que não pode — informou Maragall. — Diz que sua honra como oficial...

— Sua o quê? — gritou Jack, olhando para a coisa de onde havia desamarrado Stephen.

Gritos, agitação, uma queda durante a subida.

— Senhor — disse Bonden —, este sujeito entrou pela porta da frente. — Dois de seus companheiros empurraram um homem para dentro da sala. — Acho que os prisioneiros deram umas pancadas nele durante a subida.

Olharam o coronel agonizante, morto, e na pausa Dutourd girou, chocou-se contra a lâmpada e pulou pela janela.

— Enquanto tentava escapar — disse Stephen quando Java Dick veio dar o informe. — Ah, sem dúvida também... também... Jack, e agora? Mal consigo me arrastar, infelizmente.

— Vamos carregá-lo até a canhoneira.

— Há a maca em que eles transportam os suspeitos mortos — disse Maragall —, atrás da porta.

— Joan — disse-lhe Stephen —, todos os papéis importantes estão no armário à direita da mesa.

Gentilmente, gentilmente pelas ruas abertas, Stephen olhando as estrelas e o ar puro entrando fundo nos pulmões. Ruas mortas, com uma única figura que espiou aquele cortejo familiar e desviou o olhar rapidamente: direto até o cais e mais adiante. A canhoneira: o grupo de Satisfação chegando antes deles, a postos nos remos compridos. Bonden informando:

— Todos presentes e em boas condições, senhor.

Adeus, adeus, Maragall: Deus esteja com você e que mais nada de novo surja. A água negra passando rápido, rápido, lambendo o costado. O carrilhão estrangulado de um relógio em meio aos embrulhos de saque sob o convés-parcial. Silêncio atrás deles: Mahon ainda dormindo a sono solto.

A ilha do leprosário ficou para trás; as lanternas de sinalização balançando, respondidas da bateria com a bandeira erguida regulamentar e um último grito decisivo de "Cochons". E a percepção abençoada de que o amanhecer trazia o abrandamento usual da tramontana — e que a vela adiante, a sotavento, era o *Lively*.

— Deus sabe que eu faria a mesma coisa de novo — disse Jack, inclinando-se sobre a cana do leme para aproximar a canhoneira, os borrifos do mar ardendo em seus olhos cansados, vermelhos. — Mas acho que preciso do mar inteiro para me limpar.

CAPÍTULO QUATRO

— Será que o cavalheiro enfermo tomaria um *posset** antes de ir? — perguntou a proprietária do Crown. — O dia está horrível. Portsmouth não é Gibraltar, e ele está bem pálido. — Ela estava a ponto de se apropriar do "mais adequado para um rabecão do que uma carruagem" dito pela arrumadeira, quando lhe ocorreu que talvez isso pudesse provocar uma reflexão sobre a melhor diligência do Crown, agora parada junto à porta.

— Certamente, Sra. Moss; idéia fantástica. Vou levá-lo. A senhora pôs um fogareiro na diligência, não é?

— Dois, senhor, reavivados e reavivados nesta meia hora. Mas ainda que fossem duzentos eu não o deixaria viajar de estômago vazio. Não poderia convencê-lo a ficar para o jantar, senhor? Ele comeria uma torta de ganso; e não há nada mais fortificante do que torta de ganso, como todo mundo sabe.

— Tentarei, Sra. Moss; mas ele é teimoso como uma abelha no pé de um touro.

— Os enfermos são todos iguais — disse a Sra. Moss, balançando a cabeça. — Quando cuidei do Moss em seu leito de morte ele era igualmente irritante e briguento! Nada de torta de ganso, nada de mandrágora, nada de *posset*, de jeito nenhum.

— Stephen — exclamou ele, com um espalhafatoso fingimento de alegria —, engula isso logo, está bem?, e vamos embora. Seu sobretudo está esquentando?

*Bebida feita de leite quente, cerveja e vinho, originalmente usada na cura de resfriados. (*N. do T.*)

— Não vou beber — disse Stephen. — É outro dos seus desgraçados *possets*. Será que eu sou criança, pelo amor de Deus, para ser atormentado, sufocado, destruído com xaropes?

— Só um golezinho — insistiu Jack. — Vai deixar você em condições para a viagem. A Sra. Moss não gosta da idéia de você viajar; e devo dizer que concordo com ela. Mas trouxe para você uma garrafa do Revigorante Instantâneo do Dr. Mead; contém ferro. Agora só uma gota, misturada com o *posset*.

— Sra. Moss... Sra. Moss... Dr. Mead... ferro, certamente — exclamou Stephen. — Nos tempos atuais há uma tendência muito maligna para...

— O sobretudo, senhor — disse Killick. — Quente que nem torrada. Agora vista antes que ele esfrie.

Abotoaram-no de cima a baixo, ajeitaram-no e o carregaram escada abaixo, cada um segurando um cotovelo, de modo que os pés dele roçavam os degraus, até onde Bonden esperava, junto à diligência. Puseram-no naquele calor sufocante com sorrisos de compreensão por cima de sua cabeça enquanto ele gritava que o estavam sufocando com seus desgraçados tapetes e peles de carneiro — será que pretendiam enterrá-lo vivo? Sob os pés havia palha suficiente para um regimento de cavalos. Killick e Bonden estavam enfiando os últimos punhados e Jack estava junto à outra porta, a ponto de entrar, quando sentiu um toque no ombro. Virando-se viu um homem com rosto gasto e um cajado com coroa no topo — um olhar rápido mostrou dois outros junto à cabeça dos cavalos e um reforço de corpulentos guardas do xerife, com porretes.

— Comandante Aubrey? — perguntou o homem. — Em nome da lei devo pedir que me acompanhe, é a pequena questão de Parkin e Clapp; o julgamento o chama. Sem problema, senhor? Vamos andar ao lado em silêncio, sem escândalo? Eu irei atrás, se o senhor preferir, e Joe irá na frente.

— Muito bem — respondeu Jack, e inclinando-se na janela disse: — Stephen, estou em cana — Parkin e Clapp — uma apreensão. Por favor fale com o Fanshaw. Escrevo para você no Grapes, talvez me junte a você lá. Killick, tire minha valise. Bonden, acompanhe o doutor: cuide dele, hein?

— Está indo para qual cadeia? — perguntou Stephen.

— A de Bolter. Na Vulture Lane — respondeu o policial com o cajado. — Tem todo o luxo possível, toda a consideração, todas as conveniências.

— Vão embora — disse Jack.

— Maturin, Maturin, meu caro Maturin — exclamou Sir Joseph. — Como estou chocado, como estou preocupado, como estou comovido!

— É, é — respondeu Stephen irritado —, dá para ver, sem dúvida, mas estas são apenas seqüelas superficiais. Não houve lesão essencial. Vou ficar muito bem. Mas por enquanto tive de pedir que o senhor me visitasse aqui; não poderia subir a escada. Foi bondade sua; gostaria de poder recebê-lo melhor.

— Não, não, não — exclamou Sir Joseph. — Gosto demais de seus aposentos. Outra era. Muito pitoresco. Rembrandt. Que lareira esplêndida! Imagino que esteja confortável, não é?

— Sim, obrigado. Eles estão acostumados ao meu jeito, aqui. Seria perfeito se ao menos a dona da casa não se achasse no dever de bancar o médico, meramente porque fico na cama durante algumas horas do dia. "Não, senhora", digo a ela. "Não vou beber o Licor de Godfrey nem vou experimentar as gotas de Ward. Eu não lhe digo como temperar esse salpicão, já que a senhora é cozinheira; por favor não diga como ordenar minha dieta pois, como sabe, sou médico". "Não, senhor", diz ela, "mas a nossa Sarah, que teve exatamente a mesma coisa que o senhor, já que foi atacada na luta de cães com ursos há seis meses, aproveitou-se tremendamente do Godfrey; portanto peço, senhor, experimente esta colherada". Jack Aubrey foi exatamente a mesma coisa. "Não pretendo ensiná-lo a velejar sua chalupa, seu tombadilho ou sei lá como chama essa porcaria dessa máquina; portanto não finja..." ,Mas são todos iguais. Tisanas de charlatões de feira, remédios de velhas... bah! Se a fúria pudesse consertar meus tendões eu estaria compacto como um litospermo.

Sir Joseph tinha pretendido sugerir as águas de Bath, mas disse:

— Seu amigo está bem? Sinto-me infinitamente agradecido a ele; foi um golpe tremendamente heróico. Quanto mais reflito sobre isso, mais sinto orgulho dele.

— Sim. Sim, foi. Parece-me que esses golpes só podem ser realizados através de muito trabalho, planejamento, preparação ou realizando-os de supetão; e para isso é necessária uma qualidade muito especial, uma virtude cujo nome não sei. *Baraka*, dizem os mouros. Ele a possui em alto grau; e o que seria uma temeridade criminosa em outro homem é conduta correta nele. No entanto o deixei numa cadeia em Portsmouth.

Espanto; preocupação.

— Sim. A virtude dele parece se aplicar apenas ao mar; ou ao seu caráter marítimo. Foi preso por dívida a pedido de uma corja de advogados. Fanshaw, o representante dele, disse-me que foi por uma quantia de setecentas libras. O comandante Aubrey sabia que o tesouro espanhol não deveria ser considerado como presa naval, mas não tinha idéia de que a notícia havia se espalhado na Inglaterra; tampouco eu, e devo confessar, já que não houve anúncio oficial. No entanto, não devo importuná-lo com meus descontentamentos pessoais.

— Caro senhor, caro Maturin, peço que sempre fale comigo como um amigo pessoal, um amigo que lhe tem grande estima, à parte de todas as considerações oficiais.

— Isso é gentileza, Sir Joseph; é muita gentileza. Então vou lhe dizer que temo que os outros credores dele possam ficar sabendo de suas dificuldades renovadas e o cubram de processos em que ele ficará terrivelmente envolvido. Meus meios não me permitem livrá-lo; e ainda que o pagamento *ex gratia* que o senhor teve a bondade de mencionar talvez pudesse eventualmente extinguir boa parte da dívida, restará uma quantia considerável. E um homem pode apodrecer numa prisão tanto por algumas centenas de libras quanto por dez mil libras.

— O pagamento não foi feito?

— Não, senhor. E detecto uma certa relutância em Fanshaw para fazer um adiantamento. Diz que essas coisas são muito incomuns, que o evento é dúbio, o atraso desconhecido, e que seu capital estava muito empenhado.

— Isso não é da minha área, claro: a lenta Diretoria de Transportes e o Setor de Contabilidade, mais lento ainda, precisam entregar os papéis. Mas acho que posso prometer algo para apressar. Enquanto isso o Sr. Carling trocará uma palavra em particular com Fanshaw, e tenho certeza de que você poderá cobrar dele a quantia que menciona.

— Gostaria que abrisse uma janela, Sir Joseph?

— Se não for incomodá-lo. Você não está sentindo um pouquinho de calor?

— Não. O que eu preciso é do sol dos trópicos, e um balde de carvão é o equivalente mais próximo. Mas nem de longe é a mesma coisa para um corpo de constituição normal, concordo. Por favor, tire o casaco, afrouxe a gravata. Não estou em condições de cerimônia, veja bem, com o gorro de dormir e o edredom de pele de gato. — Ele começou a puxar um sistema de cordas e presilhas ligadas à janela, mas afundou de volta, murmurando: — Jesus, Maria e José. Não tenho força, não tenho força nenhuma! Bonden!

— Senhor? — respondeu Bonden aparecendo instantaneamente à porta.

— Guarneça este briol, dê voltas e amarre-o à ré, certo? — disse Stephen, olhando para Sir Joseph com orgulho disfarçado.

Bonden ficou boquiaberto, captou a intenção do doutor e se adiantou. Mas quando estava com a mão na corda parou e disse:

— Mas não sei, senhor, se uma corrente de vento seria bom. Nós não estamos muito animados esta manhã.

— Veja como é, Sir Joseph. A disciplina se despedaçou; jamais uma ordem é cumprida sem reclamações intermináveis. Que desgraça, senhor!

Bonden abriu a janela alguns centímetros, carrancudo, atiçou o fogo e saiu balançando a cabeça.

— Acho que *vou* tirar o casaco — disse Sir Joseph. — Então você acha que um clima quente seria bom?

— Quanto mais quente, melhor. Assim que possa, pretendo ir a Bath, chafurdar na água quente e sulfurosa.

— Exatamente o que eu ia observar! — exclamou Sir Joseph. — Fico felicíssimo em ouvir. Era exatamente o que eu recomendaria se... — se você não tivesse parecido tão selvagem, explosivo, obstinado e rabugento, pensou; mas disse: — se eu tivesse o direito de aconselhá-lo. É a melhor coisa para juntar as fibras; minha irmã Clarges soube de um caso, talvez não exatamente idêntico... — Ele sentiu que estava em terreno perigoso, tossiu, e sem transição falou: — Mas voltando ao seu amigo: o casamento não resolveria a situação dele? Vi os anúncios no *Times*, e pelo que sei a jovem é uma herdeira muito considerável, não? Lady Keith me disse que a propriedade é muito bela; está entre as melhores terras agrícolas do país.

— É mesmo, sem dúvida. Mas está totalmente nas mãos da mãe da jovem; e essa mãe é a fera menos romântica que jamais pôs o corpo atarracado e gordo diante da terra que protesta; ao passo que Jack não é. Ele tem as idéias mais estranhas sobre o que constitui um cafajeste, e o maior desprezo pelos caçadores de fortuna. Criatura romântica. E é o pior mentiroso que o senhor pode imaginar: quanto precisei lhe dizer que o tesouro espanhol não seria prêmio de guerra, e que ele era um pobretão de novo, ele fingiu saber há muito tempo; riu, me confortou com tanto carinho quanto uma mulher, disse que estava resignado há meses, que eu não me preocupasse, que não se importava. Mas sei que durante toda aquela noite ele escreveu para Sophia, e tenho certeza moral de que a liberou do noivado. Não que isso tenha o menor efeito sobre *ela*, aquela criatura doce — acrescentou, recostando-se nos travesseiros com um sorriso.

Bonden entrou, cambaleando sob o peso de dois baldes de carvão, e atiçou o fogo.

— Sir Joseph, gostaria de tomar um pouco de café? Ou quem sabe um cálice de Madeira? Eles têm um excelente Sercial aqui, que recomendo conscienciosamente.

— Obrigado, obrigado... será que eu poderia tomar um copo d'água? Um copo d'água fresca seria muitíssimo aceitável.

— Um copo d'água, Bonden, por favor, e uma garrafa de Madeira. E se eu encontrar mais um ovo cru batido com rum na bandeja, Bonden, vou jogá-lo na sua cabeça. Esse — disse ele bebericando o vinho — foi o aspecto mais doloroso da minha jornada, dar a notícia. Ainda mais doloroso do que o fato de que meu... chamemos de *interrogatório*, ter sido feito pelos franceses, a nação que mais amo.

— Que homem civilizado não ama? Pondo de lado seus governantes, seus políticos, suas revoluções, e esse horrível *engouement* por Bonaparte.

— Exato. Mas aqueles não eram homens novos. Dutourd era um engenheiro, *ancien régime*, e Auger, um dragão. Oficiais regulares, tradicionais. Essa foi a parte horrível. Eu pensava que conhecia a nação muito bem, morei lá, estudei em Paris. Mas Jack Aubrey teve uma atitude direta com eles. Sim. Como eu estava dizendo, ele é uma criatura romântica. Depois desse caso jogou a espada no mar, mas sei o valor que ele dava à arma. E além disso adora guerrear, não existe homem mais disposto no quesito batalha; mas depois é como se não sentisse que a guerra consiste em matar os oponentes. Há uma contradição aí.

— Fico muito feliz em saber que você vai a Bath — disse Sir Joseph, para quem os conflitos do coração de um comandante de uma fragata jamais pareceram mais interessantes do que a restauração da saúde de seu amigo; já que, ainda que nos relacionamentos comuns o chefe da inteligência naval fizesse lembrar mais um iceberg do que um ser humano, ele tinha afeto verdadeiro, um verdadeiro sentimento afetuoso por Maturin. — Fico muito alegre, porque lá você conhecerá meu sucessor, e de vez em quando deverei ir também. Estarei ansioso por desfrutar de sua companhia e fazer com que você o conheça melhor. — Ele sentiu a força do olhar de Stephen diante da palavra *sucessor*, desfrutou daquilo por um momento e prosseguiu: — Sim, vou me aposentar, vou para meus besouros de Sabina; tenho uma casinha nas planícies, um paraíso de coleópteros. Como me sinto ansioso por isso! Não sem um certo pesar, claro; no entanto, isso é diminuído pelo fato de que deixo minhas preocupações, nossas preocupações, em boas mãos. Você conhece o cavalheiro.

— Conheço?

— Sim. Quando desejou que eu mandasse uma pessoa de confiança para pegar seu relatório por causa da situação de suas mãos... (ah, foi bárbaro, bárbaro, tê-lo usado tanto) pedi que o Sr. Waring fosse. Você esteve sentado com ele durante duas horas! — disse, saboreando o triunfo.

— O senhor me deixa perplexo. Estou pasmo! — disse Stephen irritado. Mas então um sorriso se abriu em seu rosto: aquele homem sem graça, sem qualquer coisa notável, aquele Sr. Waring, responderia de modo encantador. Ele fizera seu trabalho sem qualquer tipo de agitação, com eficiência; e as únicas perguntas tinham sido diretas ao ponto; não revelara coisa alguma, nenhum conhecimento especial, nenhum interesse particular; parecia algum funcionário público opaco, respeitável, no ponto intermediário da hierarquia.

— Ele tem a maior admiração pelo seu trabalho, e um conhecimento completo da situação. O almirante Sieverwright servirá como figura de proa por ele. Um sistema muito melhor. Mas você lidará diretamente com ele quando eu tiver ido. Vocês irão se dar muito bem, tenho certeza: ele é um *profissional.* Foi ele quem lidou com o falecido Monsieur de La Tapetterie. Acredito, por sinal, que você lhe deu a entender que possuía alguns outros papéis ou observações que estavam um tanto fora dos limites de seu relatório.

— Sim. Se o senhor tiver a gentileza de me passar aquele objeto coberto de couro... obrigado. A Confederacio queimou a casa. Como aqueles sujeitos adoram um incêndio! Mas antes de sairmos pedi que o chefe deles removesse os documentos importantes, dos quais lhe ofereço estes, como presente pessoal por sua aposentadoria. Chegam ao senhor por direito, já que seu nome aparece neles: *les agissements néfastes de Sir Blaine* na página três, e *le perfide Sir Blaine* na página sete. É um relatório redigido nominalmente pelo coronel Auger, mas de fato pelo muito mais brilhante Dutourd, para seu homólogo em Paris, mostrando o estado atual da rede de inteligência militar deles na parte leste da península, *inclusive Gibraltar*, com avaliação dos agentes, detalhes de pagamentos, e assim por diante. Não está terminado, mas é toleravelmente completo, e autêntico até mesmo nas manchas de sangue. O senhor encontrará um certo número de surpresas, em particular o Sr. Judas Griffiths; mas no todo espero que irá gratificá-lo. Ah, termos esse documento para a Inglaterra! No meu estado de conhecimento de ontem parecia-me um documento que deveria passar das minhas mãos diretamente às suas — disse ele, entregando-o.

Sir Joseph pegou-o com os olhos brilhantes, foi rapidamente até a luz e sentou-se ali de lado, devorando as páginas, relatos e listas muito bem organizados.

— Que cachorro! — exclamou baixinho. — Cachorro esperto. Edward Griffiths, Edward Griffiths, comece a rezar, meu chapa. Na própria embaixada? Então Osborne estava certo... o cachorro... Que Deus abençoe minha alma.

— Bem — disse em voz alta. — Terei de compartilhar isto com meus colegas da Cavalaria de Guarda e do Ministério do Exterior, claro; mas o documento em si eu guardarei... *Le perfide Sir Blaine*... para cantar vantagem à vontade sobre ele, em meu tempo de lazer: que documento! Estou muito agradecido, Maturin. — Ele fez como se fosse apertar a mão de Stephen, mas se conteve ao vê-la, tocou-a gentilmente e disse: — No quesito troca de surpresas, fui completamente derrotado.

O carteiro era um visitante raro em Mapes. O administrador da Sra. Williams morava no povoado, e seu contador a visitava uma vez por semana; ela possuía poucos conhecidos com quem trocasse cartas, e esses poucos escreviam raramente. No entanto, para a filha mais velha da casa, o passo do carteiro, seu modo de abrir o portão de ferro, era perfeitamente nítido, e assim que o ouviu ela saiu correndo da sala, seguiu por três corredores e desceu a escada até o saguão. Mas chegou tarde demais. O mordomo já havia posto o *The Ladies' Fashionable Intelligencer* e uma única carta em sua bandeja e estava levando para a sala do café-da-manhã.

— Alguma coisa para mim, John? — gritou ela.

— Só a revista e uma coisinha sem importância, Srta. Sophia — disse o mordomo. — Estou levando para a patroa.

Instantaneamente Sophia detectou a evasão e disse:

— Dê-me esta carta imediatamente, John.

— Minha patroa disse que devo entregar tudo a ela, para impedir equívocos.

— Você deve me dá-la diretamente. Você pode ser preso e enforcado por reter cartas dos outros; é contra a lei.

— Ah, Srta. Sophia, isso valeria a perda do meu emprego.

Nesse ponto a Sra. Williams saiu da sala do café-da-manhã, pegou a correspondência e desapareceu, com as sobrancelhas negras se juntando na testa. Sophia acompanhou-a, ouviu o envelope sendo rasgado e disse:

— Mamãe, dê-me esta carta.

A Sra. Williams virou o rosto irado, vermelho-escuro, para a filha e disse rispidamente:

— Você dá ordens nesta casa, senhorita? Que vergonha! Eu a proibi de se corresponder com aquele bandido.

— Ele não é bandido.

— Então por que está na prisão?

— A senhora sabe perfeitamente bem, mamãe. É por uma dívida.

— Na minha opinião isso é pior ainda: defraudar pessoas de seu dinheiro é muito pior do que bater na cabeça delas. É crime com agravante. De qualquer modo eu a proibi de se corresponder.

— Nós estamos noivos e vamos nos casar: temos todo o direito de nos correspondermos. Não sou criança.

— Bobagem. Nunca dei nada além de um consentimento condicional, e agora acabou. Estou cansada de lhe dizer isso. Todas essas belas palavras dele não passam de fingimento. Nós escapamos por pouco; muitas mulheres desprotegidas foram levadas por belas palavras e promessas mirabolantes sem sequer uma migalha de suporte financeiro do governo para sustentá-las quando chega a hora. Você diz que não é criança; mas *é* criança nesses assuntos e precisa de proteção. É por isso que pretendo ler suas cartas; se você não tem nada de que se envergonhar, por que deveria ser contra? Sempre achei que a inocência é o escudo da própria inocência... Como você parece irritada e maligna, minha nossa, Sophia! Mas não vou deixar que seja vítima do primeiro homem que deseje sua fortuna, mocinha. Não vou admitir correspondência de um assaltante na minha casa; já houve muito disso, com seu primo indo preso, ou para o xilindró, ou sei lá como vocês dizem em seu modo moderno de falar: quando eu era menina não havia nada disso. Mas na minha época nenhuma moça seria ousada a ponto de falar com a mãe assim, nem seria tão maldosamente desobediente; até a jovem mais descarada morreria de vergonha, tenho certeza. — A bronca da Sra. Williams ficou mais lenta durante as últimas frases, porque estava lendo avidamente enquanto falava. — De qualquer modo, toda essa sua violência cabeçuda é desnecessária: você provocou minha enxaqueca em troca de nada. Esta carta é do Dr. Maturin, e você não precisa se ruborizar ao ouvi-la:

"Minha cara Srta. Williams,

Devo pedir seu perdão por ditar esta carta; um infortúnio com minhas mãos torna difícil que eu escreva. Cumpri imediatamente a incumbência da qual você teve a gentileza de me honrar, e tive a sorte de obter todos os livros de sua lista com meu livreiro, o respeitável Sr. Bentley, que me permite um desconto de trinta por cento." — Uma espécie de aprovação franzida surgiu na parte inferior do rosto da Sra. Williams. — "E mais, tenho um mensageiro, na forma do reverendo Sr. Hinksey, novo reitor do Swiving Monachorum, que passará por Champflower a caminho de ser investido, ou empossado, como creio que devo falar." Isso mesmo; para um clérigo dizemos empossado. Ah, Sophia, devemos ser as primeiras a falar com ele. "Ele tem uma enorme carruagem, e como ainda não possui família, assume o cargo de clérigo de Eldin, Duhamel, Falconer e o resto da região; o que poupará você não somente da espera, mas também da quantia de meia coroa, o que não é de ser desprezado." Não, de fato: oito coroas são uma libra; não que um certo cavalheiro pareça achar isso. "Fico feliz em saber que você estará em Bath, já que isso me permitirá o prazer de prestar meus respeitos à sua mãe; estarei lá no dia vinte. Mas espero que essa viagem não signifique um declínio na saúde dela, ou qualquer inquietação quanto ao seu problema anterior." Ele é sempre tão solícito com relação aos meus sofrimentos! Ele realmente deveria se casar com Cissy: se ela puder pegá-lo, isso significaria um médico na família, sempre à mão. E o que significa um pequeno papismo? Somos todos cristãos, acredito. "Por favor, diga a ela que, se eu puder ser de alguma utilidade, estou à disposição: estarei hospedado na casa de Lady Keith, em Landsdowne Crescent. Estarei sozinho, já que o comandante Aubrey está detido em Portsmouth." Ele pensa como eu, como um homem de bons julgamentos. "E assim, minha cara Srta. Williams, com meus cumprimentos à sua mãe, à Srta. Cecilia e à Srta. Frances..."

— ... etc; etc. Uma carta muito bonita, muito respeitosa, expressa de modo bastante adequado; mas ele poderia ter encontrado entre seus conhecidos alguém que lhe franqueasse a correspondência, para não pagá-la. Letra de homem, pelo que vejo, e não de mulher. Ele certamente ditou esta carta a um cavalheiro. Pode ficar com ela, Sophia. Não farei qualquer objeção a ver o Dr. Maturin em Bath; ele é um homem sensato, *ele* não é esbanjador. Seria muito bom para Cecilia. Nunca houve um cavalheiro que precisasse mais de esposa; e certamente sua irmã necessita de marido. Com todos esses oficiais da milícia por aí, e com o exemplo que ela tem em casa, não haverá como segurá-la. Quanto mais cedo estiver casada e em segurança, melhor. Quero que você deixe os dois juntos em Bath o máximo possível.

Bath, com seus terraços subindo um acima do outro ao sol; a abadia e as águas; os raios do sol atravessando inclinados o vapor, e Sir Joseph Blaine e o Sr. Waring caminhando de um lado para o outro na galeria do banho do Rei, onde Stephen estava sentado e se cozinhando até o relaxamento completo, vestido com um camisolão e alojado num nicho de pedra, parecendo gótico. Outras imagens masculinas sentavam-se dos dois lados, algumas escrofulosas, algumas reumáticas, com gota ou tísicas, outras meramente gordas demais, olhando sem muito interesse para as imagens femininas, muitas delas na mesma situação, do outro lado; enquanto uma dúzia de peregrinos andavam na água, ajudados por auxiliares. A forma poderosa de Bonden, com ceroulas de lona, veio através do vapor até o nicho de Stephen, pegou-o e o fez andar de um lado para o outro, dizendo com autodomínio completo, já que este era o seu elemento, qualquer que fosse a temperatura:

— Com licença, senhora, abram caminho para o colega.

— Ele está melhor hoje — disse Sir Joseph.

— Muito melhor — respondeu o Sr. Waring. — Caminhou mais de um quilômetro na quinta-feira, e ontem foi até a casa de Carlow. Eu não acharia isso possível. O senhor viu o corpo dele?

— Só as mãos — disse Sir Joseph, fechando os olhos.

— Ele deve ter uma força de vontade incomum, uma força de constituição incomum.

— E tem, e tem — disse Sir Joseph, e os dois continuaram andando de um lado para o outro durante um tempo. — Ele vai voltar ao assento. Veja, ele sobe com bastante agilidade; as águas lhe fizeram um bem infinito, eu as recomendei. Dentro de alguns minutos ele vai a Landsdowne Crescent. Talvez devamos caminhar lentamente pela cidade. Estou numa ansiedade infantil para falar com ele.

— Forte, é, certamente ele está forte — disse ele abrindo caminho pela multidão. — Vamos até o sol. Que dia magnífico! Eu quase poderia andar sem o sobretudo. — Em seguida se inclinou para o outro lado, beijando a própria mão. — Sou seu servo, senhora. Aquela era uma conhecida de Lady Keith, tem grandes propriedades em Kent e Sussex.

— Mesmo? Eu poderia tomá-la por uma cozinheira.

— Sim. Mas é uma propriedade muito boa. Como eu ia dizendo, ele está forte, mas não sem suas fraquezas. Um dia desses culpou seu amigo particular de ter idéias românticas, o amigo que vai se casar com a filha da mulher que acabei de ver, e se eu não estivesse tão chocado com sua condição física, me sentiria tentado a rir. Ele próprio é um perfeito Quixote: apoiava entusiasticamente a Revolução até 93; era um Irlandês Unido até o levante, conselheiro de lorde Edward. Seu primo, por sinal.

— Ele é um Fitzgerald?

— Feito do outro lado da cerca. E agora a independência catalã. Ou talvez eu deva dizer: a independência catalã desde o início, simultaneamente com as outras. Mas sempre de coração e alma, sangue e bolso na mesma causa da qual não pode receber qualquer benefício pessoal concebível.

— Ele é romântico no sentido comum?

— Não. Na verdade é tão casto que numa ocasião ficamos inquietos: Velha Sutileza ficou particularmente perturbado. Mas houve uma ligação, e isso fez nossa mente descansar. Uma jovem de muito boa família, a coisa terminou de modo infeliz, claro.

Na Pulteney Street foram parados por dois grupos de conhecidos, e por um cavalheiro de posição tão elevada que não havia como dispensá-lo rapidamente; portanto passou-se algum tempo até que chegassem a Landsdowne Crescent, e quando perguntaram pelo Dr. Maturin ficaram sabendo que ele tinha companhia. Mas depois de um momento foram convidados a subir e o encontraram na cama, com uma jovem sentada ao lado. Ela se levantou e fez uma reverência — uma jovem solteira. Os lábios dos dois se apertaram e seus queixos recuaram para dentro dos lenços de pescoço brancos e impecáveis. Aquela pessoa era muito, muito linda para ser descrita como companhia, ainda mais no quarto de um cavalheiro.

— Minha cara, permita-me apresentar Sir Joseph Blaine e o Sr. Waring. Srta. Williams — disse Stephen.

Eles baixaram a cabeça de novo, cheios de um novo respeito pelo Dr. Maturin, e um respeito diferente, porque quando ela se virou e encarou a luz eles viram que era uma jovem perfeitamente adorável, pura, fresca, sem igual. Sophia não se sentou; disse que precisava deixá-los — e infelizmente devia mesmo; deveria acompanhar sua mãe às termas e a hora já havia passado — mas se a perdoassem ela devia primeiro... remexeu em seu cesto coberto, pegou uma garrafa, uma colher de prata enrolada em papel de seda e uma caixa de pílulas douradas. Encheu a colher, guiou-a com atenção fixa para a boca de Stephen, derramou dentro o líquido esverdeado, deu-lhe dois comprimidos e com uma firme benevolência observou até que fossem engolidos.

— Bem, senhor — disse Sir Joseph quando a porta havia se fechado. — Dou-lhe os parabéns pelo seu médico. Não me lembro de ter visto uma jovem mais linda, e tenho idade suficiente para ter visto a duquesa de Hamilton e lady Coventry antes de se casarem. Eu consentiria em deixar minhas velhas cãibras se redobrarem, para ser medicado por tal mão; e eu também engoliria como um cordeiro. — Ele deu um risinho. O Sr. Waring também.

— Façam a gentileza de dizer o que desejam, senhores — disse Stephen incisivamente.

— Mas sério, por minha honra — disse Sir Joseph, e com o maior respeito possível pela senhorita. Não creio ter tido tanto prazer ao ver uma jovem. Que graça! Que frescor! Que cor!

— Ah! — exclamou Stephen. — Vocês deveriam vê-la quando ela está arrumada; deveriam vê-la quando Jack Aubrey está por perto.

— Ah, então *essa* é a jovem em questão? *Essa* é a galante noiva do comandante? Sim. Tolice a minha. Deveria ter captado o nome. Isso explica tudo. — Uma pausa. — Diga, caro doutor, é verdade que está um tanto recuperado?

— Bastante, obrigado. Ontem andei um quilômetro e meio sem fadiga; jantei com um velho camarada de bordo; e esta tarde pretendo dissecar um velho mendigo com o Dr. Trotter. Dentro de uma semana estarei de volta à cidade.

— E acha que um clima quente irá recuperá-lo por completo? O senhor pode suportar muito calor?

— Sou uma salamandra.

Os dois olharam a salamandra, lamentavelmente pequena e distorcida naquela cama enorme; ele ainda parecia mais adequado a um rabecão do que a uma carruagem, quanto mais a uma viagem por mar; mas se curvaram ao conhecimento superior, e Sir Joseph disse:

— Então, nesse caso, não terei escrúpulos em exercer minha vingança; e acredito que irei surpreendê-lo tanto quanto você me surpreendeu em Londres. Muitas verdades são faladas como brincadeira.

Uma variedade de outros ditados saltou à mente indignada de Stephen — palavras e penas são carregadas pelo vento; dize-me com quem andas e te direi quem és; casa de ferreiro, espeto de pau; os prazeres passam e a tristeza fica; amor, sofrimento e dinheiro não se podem esconder — mas não emitiu nada além de uma fungadela, e *Sir* Joseph continuou em sua voz prosaica:

— Há um costume no departamento, de que, quando se aposenta, o chefe tem alguns privilégios tradicionais; assim como um almirante, ao arriar seu pavilhão, pode fazer algumas promoções. Neste momento há uma fragata sendo preparada em Plymouth para levar nosso enviado, o Sr. Stanhope, a Kampong. O comando foi meio prometido a três cavalheiros diferentes e há o usual... resumindo: tenho a disposição do mesmo. Parece-me que, se você fosse com o comandante Aubrey, isso o reabilitaria em seu caráter puramente científico; não concorda, Waring?

— Sim — respondeu Waring.

— Isso irá restaurar sua saúde, confio e rezo; e irá remover seu amigo dos perigos que você mencionou. Há tudo a favor. Mas há uma desvantagem séria: como você bem sabe, tudo, *tudo* que é decidido por nossos colegas nos outros departamentos do Almirantado ou do Comando da Marinha é realizado com deliberações intermináveis, se é que chega à maturidade, ou numa pressa furiosa. O Sr. Stanhope embarcou em Deptford há um bom tempo, com sua comitiva, e esperou lá durante duas semanas, dando jantares de despedida; depois deixaram-no no Tore, onde ele deu mais dois; então os lordes notaram que a fragata *Surprise* não tinha fundo, ou mastros, ou velas, puseram-na em terra durante uma tempestade e a mandaram a Portsmouth para ser consertada. No intervalo, ele perdeu seu secretário oriental, seu cozinheiro e seu valete; e o touro premiado que ele deveria levar ao sultão de Kampong definhou e morreu; enquanto a fragata perdia a maior parte do efetivo de seus oficiais por movimentação e grande parte de seus marinheiros devido às convocações do almirante comandante naval do porto. Mas agora tudo isso mudou! Os víveres estão sendo postos a bordo dia e noite, o Sr. Stanhope está sendo transferido da Escócia e a fragata deve suspender em uma semana. Você acha que estará em condições de partir com ela? E o comandante Aubrey está solto?

— Perfeitamente em condições, meu caro — exclamou Stephen, enchendo-se de vida nova. — E Aubrey deixou a cadeia no momento em que o contador de Fanshaw o libertou, uma maré à frente de um jorro de intimações. Ele subiu instantaneamente a bordo do navio-transporte de material, foi até o Pool of London e se enfurnou no Grapes.

— Então vamos aos detalhes.

— Bonden — gritou Stephen —, pegue pena e tinta, e escreva...

— Escrever, senhor?

— Sim. Sente-se diante do papel e escreva: Landsdowne Crescent. Barret Bonden, você está arribado?

— Bom, sim, senhor, estou meio virado por d'avante. Acho que consigo ler bem depressa, se a letra for grande; consigo fazer uma tabela de serviço.

— Não faz mal. Vou lhe ensinar quando estivermos no mar, no entanto... isso não é grande coisa, olhe só os idiotas que escrevem o dia inteiro. Mas em terra é útil. Você sabe andar a cavalo, não?

— Bom eu *já* montei, senhor; umas três ou quatro vezes, quando estava em terra.

— Bem. Faça o favor de dar um pulo... uma *corrida*, até o Paragon e dizer à Srta. Williams que, se sua caminhada da tarde levá-la por acaso perto de Landsdowne Crescent, ela me agradaria de modo infinito; depois vá ao Saracen's Head, com meus cumprimentos ao Sr. Pullings, e diga que eu gostaria muito de vê-lo assim que ele tiver um momento.

— Ao Paragon, senhor, e ao Saracen's Head: ir a Landsdowne Crescent imediatamente.

— Pode correr, Bonden, se quiser. Não há um momento a perder.

A porta da frente bateu; pés partindo para a esquerda pelo crescente, e uma pausa longa, longa. Um melro cantando pela débil aproximação da primavera nos jardins do outro lado da rua; a voz de um vendedor de milho cantando: "Trabalho se eu tivesse, trabalho se eu tivesse" se aproximando, afastando-se à distância. Reflexões sobre a etiologia do milho; sobre o duto biliar da Sra. Williams. A porta da frente de novo, ecoando na casa vazia — os Keith e todos os seus serviçais, menos uma velha, estavam fora — passos na escada, uma conversa animada e contínua. Ele franziu a testa. A porta se abriu e Sophia e Cecilia entraram, com Bonden piscando e balançando o polegar por trás da cabeça delas.

— Meu Deus, Dr. Maturin — exclamou Cecilia —, o senhor está na cama! Nossa! Ora, finalmente estou no quarto de um cavalheiro, isto é, não pretendo demorar nem um pouco, mas como o senhor está? Imagino que tenha acabado de vir do banho, e está suando. Bem, e como está? Encontramos Bonden no momento em que íamos saindo, e falei imediatamente: preciso perguntar como ele está, não o vemos desde a terça-feira! Mamãe ficou muito...

Uma batida dupla, trovejante, lá embaixo; Bonden desapareceu. Poderosas vozes marinheiras na escada — uma observação estrondosa sobre a "figura com cobertura de estopa", que só poderia se referir a Cecilia e seu cabelo louro muito frisado — e o Sr. Pullings apareceu, um rapaz alto, de aparência gentil, membros frouxos, seguidor de Jack Aubrey, se é que um comandante tão desafortunado poderia ter seguidores.

— Vocês conhecem o Sr. Pullings, da Marinha, não é? — disse Stephen.

Claro que conheciam — ele estivera duas vezes em Melbury Lodge — Cecilia havia dançado com ele.

— Que divertido! — exclamou ela, olhando-o com grande complacência. — Adoro bailes.

— Sua mãe me disse que você também tem ótimo gosto em arte — disse Stephen. — Sr. Pullings, por favor, mostre o novo Ticiano de lorde Keith à Srta. Cecilia: está na galeria, *junto com muitas outras pinturas*. E, Pullings, por favor explique a cena de batalha, o Glorioso Primeiro de Junho. Explique em detalhes específicos, por favor — gritou enquanto eles saíam. — Sophia, minha cara, depressa agora: pegue pena e papel. Escreva:

— "Caro Jack,
Temos um navio, o *Surprise*, que vai para as Índias Orientais, e devemos nos encontrar em Plymouth imediatamente..."

Ha, ha, o que ele dirá diante disso?

— *Surprise!* — foi o que ele disse, numa voz que fez as janelas da frente do Grapes tremerem. No balcão, a Sra. Broad largou um copo.

— O comandante teve uma surpresa — disse ela, olhando placidamente os cacos.

— Espero que seja agradável — respondeu Nancy, pegando-os. — Um cavalheiro tão bonito!

O viajado Pullings, discretamente virado para a janela enquanto Jack lia a carta, voltou-se ao ouvir o grito.

— *Surprise!* Deus ama o meu coração, Pullings. Sabe o que o doutor fez? Arranjou um navio para nós, o *Surprise*, para as Índias Orientais, partir imediatamente. Killick, Killick! Baú de viagem, mala, valise pequena; corra ao escritório e compre passagens na diligência de Plymouth.

— O senhor não vai de diligência — disse Killick. — E também não vai de carruagem, não com todos aqueles vagabundos esperando na margem. Eu preferiria um rabecão, um belo rabecão com quatro cavalos.

— *Surprise!* — exclamou Jack de novo. — Não ponho os pés nela desde que era aspirante. — Viu-a claramente, a pouco mais de duzentos metros, ao sol brilhante do Porto Inglês, uma fragata compassada, linda, de vinte e oito canhões, construída na França, com proa bojuda e linhas lindas, bolineira, rígida, uma bela embarcação, rápida quando bem manobrada, espaçosa, seca... Jack havia navegado nela sob o comando de um comandante rígido e um imediato ainda mais rígido. Tinha feito a maior parte do aprendizado nela e gravado suas iniciais no ninho de pega. Será que ainda estavam lá? Era uma fragata velha, certamente, e que fora recolhida para reparos, mas que navio para se comandar!... Dispensou o pensamento ingrato de que jamais haveria uma presa a tomar no oceano Índico, já fora limpo há muito, e disse: — Poderíamos dar vela grande e joanetes ao *Agamenon*, velejar numa bolina... Terei a escolha de um ou dois oficiais, certamente. Você irá, Pullings?

— Ora, claro, senhor — surpreso.

— A Sra. Pullings não faz objeção? Não, hein?

— A Sra. Pullings vai abrir o berreiro, sem dúvida; mas depois vai se animar. E ouso dizer que ficará muito satisfeita ao me ver de novo, no fim da viagem; mais satisfeita do que agora, talvez. Eu fico triste em casa, no meio de vassouras e panelas. O casamento não é como estar a bordo, senhor.

— Não, Pullings? — perguntou Jack olhando-o pensativo.

Stephen continuou com seu ditado:

> "*Surprise*, para levar o enviado de Sua Majestade ao sultão de Kampoong. O Sr. Taylor, do Almirantado, está *au courant*, tem prontos todos os papéis necessários. Calculo que se você pegar a estrada de Bath e se desviar em Dayrolle's passará por Wolmer Cross mais ou menos às quatro da manhã do dia três, assim chegando a bordo durante a trégua dos cobradores, no domingo. Vou esperá-lo em Cross durante um tempo, num coche, e se não tiver a sorte de vê-lo, prosseguirei com Bonden e vou aguardá-lo no Blue Posts. Parece que é uma fragata das pequenas; está com carência de oficiais, marinheiros e — a não ser que Sir Joseph tenha falado numa hipérbole zombeteira — de um fundo.
>
> Com toda a pressa..."

— Acelere, Sophia. Ande, ande. Você jamais vai engordar como escrivã. Não sabe escrever hipérbole? Terminou, finalmente? Por favor, mostre.

— Jamais — exclamou Sophia, dobrando a carta.

— Acredito que você tenha posto mais do que eu ditei — disse Stephen, estreitando os olhos. — Você se ruboriza extremamente. Ao menos anotou o ponto de encontro?

— Wolmer Cross, às quatro da madrugada do dia três. Stephen, eu estarei lá. Pularei minha janela e o muro do jardim. Você deve me pegar na esquina.

— Muito bem. Mas por que não sai pela porta da frente como uma cristã? E como vai voltar? Ficará tremendamente comprometida se for vista se esgueirando por Bath ao amanhecer.

— Quanto mais, melhor — disse Sophia. — Assim não terei reputação de sobra, e precisarei casar o mais rápido possível. Por que não pensei nisso antes? Ah, Stephen, você tem idéias maravilhosas.

— Bem. Na esquina, então, às três e meia. Vista uma capa quente, dois pares de meias e ceroulas de lã grossa. Vai estar frio; talvez tenhamos de esperar muito tempo; e mesmo assim talvez não o vejamos, o que vai esfriá-la ainda mais. Já que você deve considerar que um desapontamento depois da queda umedece... silêncio, dê-me a carta.

Três e meia da madrugada; um forte nordeste uivando acima dos topos das chaminés de Bath; o céu claro e uma lua torta espiando o Paragon. A porta do número sete se abriu apenas o suficiente para deixar Sophia sair e depois bateu com um estrondo tremendo, chamando a atenção de um grupo de soldados bêbados que começaram instantaneamente a ulular. Sophia caminhou com grande ar de decisão e objetivo em direção à esquina, vendo, com desespero, que não havia sinal de nenhum coche — nada além de uma fileira de portas estendendo-se para sempre sob a lua fantasmagórica, estranha, desumana, deserta e inimiga. Passos atrás dela, aproximando-se — cada vez mais depressa; um lamento baixo.

— Sou eu, senhorita, Bonden. — E num momento tinham virado a esquina, subindo no cheiro de couro velho da primeira de duas carruagens postais paradas a distância discreta da casa. Os casacos vermelhos dos cocheiros pareciam pretos ao luar.

Seu coração batia tão depressa que Sophia mal conseguiu falar durante cinco minutos.

— Como isto é estranho à noite — disse quando estavam saindo da cidade. — Parece que todo mundo morreu. Olhe o rio, está perfeitamente preto. Nunca saí a esta hora, antes.

— Não, minha cara, imagino que não — respondeu Stephen.

— É assim toda noite?

— Algumas vezes é mais doce: esse vento desgraçado sopra quente em outras latitudes. Mas sempre à noite o velho mundo volta a ser o que era. Preste atenção. Ouviu? Ela deve estar na floresta acima da igreja. — Era o grito de uma raposa, infernal o bastante para gelar o sangue de um apóstolo; mas Sophia estava ocupada espiando Stephen à luz fraca do luar, cutucando suas roupas.

— Ora — exclamou ela —, você saiu sem nem mesmo vestir seu pavoroso sobretudo rasgado. Ah, Stephen, como pode estar tão abandonado? Deixe-me envolvê-lo na minha capa; é forrada de pele.

Stephen resistiu ansiosamente à capa, explicando que quando a pele tinha um certo grau de proteção, quando era protegida de dissipar seu calor natural por uma determinada espessura de tegumento, todas as outras coberturas eram não somente supérfluas, mas danosas.

— Mas com um cavaleiro não é o mesmo caso — disse ele. — Recomendei fortemente que Thomas Pulling pusesse um oleado entre seu colete e a camisa antes de partir; o simples movimento do cavalo, independentemente da velocidade do vento, levaria para longe o colchão de calor emanante, poderia rasgá-lo. Numa carruagem razoavelmente bem construída, por outro lado, não precisamos temer nada desse tipo. Abrigar-se do vento é tudo; o contente esquimó, abrigado em sua casa de neve, ri da tempestade e passa sua longa noite de inverno numa alegria confortável. Uma carruagem razoavelmente construída. É o que eu digo: jamais deveria aconselhá-la a correr pelas estepes da Tartária numa *tarantass** com o seio desnu-

---

*Carruagem usada na Rússia, cujas rodas são substituídas por esquis quando neva. (*N. da E.*)

dado aos ventos ou coberto apenas com uma blusa de algodão. Nem num cabriolé aberto.

Sophia prometeu que nunca faria isso; e enrolada nessa capa ampla eles calcularam de novo a distância de Londres a Bath, a velocidade de Pulling indo, a de Jack vindo.

— Você deve se preparar para não ficar desapontada, minha cara. A probabilidade de ele manter... não o encontro, mas a sugestão que eu lancei, é muito pequena. Pense nos acidentes em cento e tantos quilômetros de estrada, na possibilidade... não, na probabilidade de ele cair, de o cavalo derrubá-lo e quebrar os joelhos, nos perigos da viagem, como ladrões, salteadores de estrada... mas silêncio, não devo alarmá-la.

As carruagens postais tinham reduzido a velocidade a pouco mais do que uma caminhada.

— Devemos estar perto do cruzamento — disse Stephen, olhando pela janela. Ali a estrada passava entre árvores, a fita branca se perdia em longos retalhos de escuridão total. Entre árvores, assobiando e suspirando no vento nordeste; e ali, numa das poças de luz entre elas, estava um cavaleiro. O cocheiro o viu no mesmo instante, puxou as rédeas e gritou para a carruagem de trás.

— É Butcher Jeffrey, Tom. Devemos virar?

— Há mais dois deles atrás de nós, demônios assassinos e terríveis. Vamos com calma, Amos, e seja humilde. Cuidado com os cavalos do patrão e dê uma boa gorjeta a eles.

Barulho rápido e decidido de cascos, e Sophia sussurrou:

— Não atire, Stephen.

Dando as costas para a janela aberta, Stephen disse:

— Minha cara, não tenho intenção de atirar. Eu... — Mas nesse momento o cavalo estava parado junto à janela, com o hálito quente entrando em forma de vapor e uma grande forma escura inclinando-se baixo, sobre a crina, escondendo o luar e preenchendo a carruagem com o murmúrio mais civilizado do mundo:

— Perdão, senhor, por incomodá-lo...

— Poupe-me — exclamou Stephen. — Leve tudo que tenho, leve esta jovem, mas me poupe, me poupe!

— Eu sabia que era você, Jack — interrompeu Sophia, segurando a mão dele. — Sabia com certeza. Ah, estou tão feliz em vê-lo, querido!

— Vou lhes dar meia hora — disse Stephen. — Nem um instante a mais; esta jovem deve retornar para sua cama quente antes que o galo cante.

Ele caminhou até a outra carruagem, onde Killick, com satisfação infinita, estava contando a Bonden sobre a partida de Londres — num rabecão até Putney, com o Sr. Pullings numa carruagem enlutada atrás, montes de vagabundos de cada lado da rua, tirando os chapéus e fazendo reverências respeitosas.

— Eu não teria perdido isso, não teria perdido, nem em troca de um salário de um mestre de navio.

Stephen andou de um lado para o outro; sentou-se na carruagem; andou de um lado para o outro — conversou com Pullings sobre as viagens do jovem à Índia, ouviu cobiçoso o relato do calor demorado dos ancoradouros de Hooghly, o país abafado atrás, o sol implacável, o calor descendo até mesmo da lua à noite.

— Se eu não chegar logo a um clima quente — observou ele — você pode me enterrar e dizer: "Ele, por mero sofrimento, pereceu." — Apertou o botão de seu relógio, e numa calmaria do vento o pequeno sino prateado bateu quatro vezes, e depois três vezes para os quartos de hora. Nenhum som vinha da carruagem à frente; mas enquanto ficava parado, indeciso, a porta se abriu. Jack entregou Sophia e gritou:

— Bonden, volte ao Paragon na outra carruagem com a Srta. Williams. Venha pela diligência postal. Sophia, querida, entre. Deus a abençoe.

— Deus o abençoe e cuide de você, Jack. Faça o Stephen se enrolar na capa. E lembre-se, para sempre e sempre, independentemente do que digam, para sempre e sempre e sempre.

CAPÍTULO CINCO

O sol golpeava das alturas do meio-dia sobre Bombaim, impondo um silêncio sobre aquela cidade apinhada, de modo que até mesmo nos bazares mais afastados o barulho constante das ondas podia ser ouvido — a pintura do oceano Índico, de um ocre opaco sob um céu quente demais para estar azul, um céu esperando pela monção do sudoeste; e ao mesmo tempo longe, longe em direção oeste, bem por sobre a África e mais além, ele se erguia acima do horizonte e lançava um dardo feroz para acertar os frouxos joanetes e sobrejoanetes da *Surprise*, numa calmaria sobre os marulhos densos pouco ao norte do equador e a cerca de trinta graus a oeste de Greenwich.

O jorro de luz desceu até as velas de gávea, aos papafigos, brilhou sobre o convés esbranquiçado, e era dia. De repente em todo o leste era dia: o sol iluminou o céu até o zênite e por um momento a noite pôde ser vista sobre a bochecha de boroeste, correndo em direção à América. Marte, pousando na beira da borda ocidental, sumiu abruptamente; toda a tigela do céu ficou brilhante e o mar escuro voltou ao azul cotidiano, profundo.

— Com licença, senhor — gritou o capitão da guarda de ré, curvando-se sobre o Dr. Maturin e gritando no saco que cobria sua cabeça. — Por favor, agora.

— O que é? — perguntou Stephen finalmente, com um rosnado bestial.

— São quase quatro badaladas, senhor.

— Bom, e daí? É domingo de manhã, com toda a certeza, e você precisa esfregar o convés? — O saco, usado por causa do luar, abafava suas palavras mas não o gemido de um homem arrancado de um relaxamento completo e um sonho erótico. Sob o convés da fragata o calor era sufocante; ela se encontrava mais do que apinhada com o Sr. Stanhope e sua comitiva; e Stephen havia adormecido no convés, com cada rendição de serviço sendo feita por cima dele.

— Essas velhas marcas de piche — disse o capitão da guarda de ré numa voz cheia de lisonja, razoável. — Como é que o tombadilho iria ficar com todas essas manchas de piche quando formos montar a igreja? — Então, como o Dr. Maturin mostrava sinais de dormir outra vez, voltou ao: — Com licença, senhor. Com licença, por favor.

No calor, o alcatrão do cordame derretia e caía no convés; o piche usado para calafetar as costuras também derretia; e Stephen, tirando o saco, viu que os homens tinham lavado, areado e esfregado com zorra toda a área ao seu redor — que ele estava numa ilha manchada, rodeado por marinheiros impacientes, ansiosos para acabar o serviço, barbear-se e colocar as roupas de domingo. Dormir estava fora de cogitação: ele se levantou e tirou a cabeça do saco, murmurando:

— Não se tem paz nesse casco, nessa banheira infernal. Perseguição. Limpeza ritual supersticiosa, judaica. Idiotas arcaicos. — E caminhou rigidamente até a amurada. Mas quando se levantou o sol lançou um calor grato e vivo direto em seus ossos; um galo no cercado ali perto cantou, levantando-se nas pontas dos pés, e instantaneamente uma galinha gritou avisando que tinha posto um ovo, um ovo! Ele se espreguiçou, olhou em volta, encontrou os rostos pétreos e desaprovadores dos homens da guarda de ré e percebeu que o grude nos pés era causado pelo alcatrão, pelo piche e a resina nos sapatos: uma trilha de pegadas sujas atravessava o convés limpo, desde o local onde ele havia dormido até a amurada onde se encontrava agora. — Ah, perdão, Franklin — gritou. — Acho que sujei o chão. Venha, me dê um raspador, areia e uma vassoura.

Os olhares ásperos desapareceram.

— Não, não — exclamaram eles. Era só um pouquinho de piche, não era sujeira, tirariam num instante. Mas Stephen tinha apanhado uma pequena zorra e estava concentradamente espalhando o piche mais longe, mais fundo e mais amplamente, rodeado por um círculo de marinheiros ansiosos e agitados quando soaram as quatro badaladas, e para infinita irritação da guarda de ré uma sombra imensa caiu sobre o convés: o comandante, totalmente nu e carregando uma toalha.

— Bom dia, doutor — disse ele. — O que está fazendo?

— Bom dia, meu caro — respondeu Stephen. — É a porcaria desta mancha. Mas vou tirá-la. Vou extirpar essa mancha.

— O que acha de nadar um pouco?

— De todo o coração. Em menos do que um instante. Tenho uma teoria... um pouquinho de areia, ali, por favor. Uma faquinha. Não. Não, minha hipótese não era viável. Talvez água-régia, solução salina...

— Franklin, mostre ao doutor como fazemos isso na Marinha. Meu caro amigo, será que eu poderia sugerir que você tirasse os sapatos? Assim talvez eles não tenham de raspar através do piso do convés e deixar Sua Excelência sem um teto sobre a cabeça.

— Solução excelente — disse Stephen. Em seguida andou na ponta dos pés descalços até uma caronada e sentou-se olhando para as solas viradas para cima. — Marcial nos diz que na época dele as damas da cidade tinham *sequi me* gravados nas sandálias; de onde é razoável concluir que Roma era muito lamacenta, já que a areia não manteria a pegada. Hoje vou nadar por toda a extensão do navio.

Jack subiu na amurada de oeste e olhou para a água. Estava tão clara que dava para ver a luz passando sob a quilha da fragata: o casco projetava uma sombra púrpura sob a água, do lado oeste, proa e popa nítidas, mas vaga embaixo por causa da saia de algas se arrastando — uma pesada incrustação apesar do cobre novo, porque haviam ficado um bom tempo ao sul do trópico. Mas não era uma forma agourenta à espreita; havia apenas um cardume de peixinhos e alguns caranguejos nadando.

— Então venha — disse mergulhando.

O mar estava mais quente do que o ar, mas havia uma sensação revigorante no jorro de bolhas junto à pele, a água passando pelo cabelo, o gosto limpo de sal na boca. Olhando para cima viu a superfície prateada, o casco da *Surprise* atravessando-a e o cobre limpo perto da linha-d'água refletindo um violeta extraordinário no mar. Depois uma explosão branca quando Stephen despedaçou o espelho d'água, mergulhando em pé do talabarcão, seis metros acima. Seu ímpeto o levou cada vez mais para baixo e Jack notou que ele estava segurando o nariz. Ainda estava segurando-o quando chegou à superfície, mas depois soltou-o para nadar ao seu modo usual — espasmos curtos, catalépticos, com os olhos muito fechados e a boca apertada numa determinação selvagem. Alguma qualidade inerentemente plúmbea em sua pessoa o mantinha muito baixo na água, o nariz se esforçando para ficar logo acima da superfície; mas ele havia feito grande progresso desde o dia em que Jack o lançara pela primeira vez por sobre a amurada preso a uma espia de proa, três dias depois de saírem da Madeira, duas mil milhas e muitas semanas de viagem ao norte, ou melhor, muitas semanas orientando o pano, esperando pegar uma sugestão de brisa nos sobrejoanetes e nas varredouras, e assobiando à espera de um vento; pois apesar de terem pegado os alísios de nordeste perto das Canárias e descido a vinte e cinco graus de latitude, dia após dia de navegação suave, mal tocando uma escota ou um braço de verga e freqüentemente computando duzentas milhas entre um meio-dia e outro, o sol ficando mais alto a cada latitude que tomavam, tinham chegado às Variáveis muito ao norte da linha do equador, e a partir daí não tiveram sequer uma sugestão dos alísios de sudeste, ainda que nessa época do ano eles deveriam ser esperados bem acima do equador. Agora trezentas milhas de calmaria ou de brisas caprichosas freqüentemente frustrantes — semanas rebocando a proa, trazendo-a para a orça para se aproveitar delas, rodando as vergas, levando o equipamento antiincêndio ao topo para molhar as velas, baldes de água jogados nos sobrejoanetes para ajudá-los a se abrir — só para descobrir que a brisa havia morrido ou os tinha abandonado para ondular o mar a dez milhas de distância. Mas principalmente uma calmaria mortal e a *Surprise* deslizando imperceptivelmente para o oeste na corrente equatorial, muito lentamente girando sobre si mesma. Um mar sem vida, as ondas invisíveis a não ser pela oscilação enjoativa do horizonte enquanto a fragata balançava sem vela para estabilizá-la; quase nenhuma ave, muito poucos peixes — a única tartaruga e o mergulhão de ontem parecendo uma maravilha em nove dias; jamais uma vela sob a cúpula pura do céu; o sol martelando doze horas por dia. E estavam ficando com pouca água... quanto tempo duraria o que restava? Ele dispensou os cálculos por enquanto e nadou em direção ao barco a reboque, onde Stephen estava agarrado à amurada e gritando algo sobre o Helesponto, incompreensível devido à respiração ofegante.

— Está me vendo? — gritou ele enquanto Jack se aproximava. — Nadei por toda a extensão: quatrocentas e vinte braçadas sem pausa!

— Muito bem — respondeu Jack, subindo no barco com um movimento fácil. — Muitíssimo bem. — Cada braçada devia ter impelido Stephen por pouco mais de sete centímetros, já que a *Surprise* era um navio de apenas vinte e oito canhões, de sexta categoria*, pesando 579 toneladas, do tipo grosseiramente chamado de fragata jumento pelos que não pertenciam a ela. — Gostaria de subir a bordo? Deixe-me dar uma mão.

— Não, não — gritou Stephen, afastando-se. — Eu me viro perfeitamente bem. Por enquanto estou tranqüilo. Mas agradeço.

*Sexta categoria (*Sixth-rate*) era a designação usada pela Marinha Real inglesa para pequenos navios de guerra tendo entre 18 e 28 canhões de nove libras num único convés. Os navios de sexta categoria tinham uma tripulação de cerca de 150 homens e pesavam entre 450 e 550 toneladas. Em geral eram pequenas fragatas. (*N. do T.*)

— Ele odiava ser ajudado. Mesmo no início da viagem, quando seus pobres membros torcidos mal o levavam pelo convés; detestava isso, no entanto fazia diariamente várias caminhadas da grinalda de popa a redor de proa e de volta; diariamente, depois de terem chegado à altura de Lisboa havia se arrastado até o mastaréu da gata, não permitindo que ninguém além de Bonden o ajudasse, enquanto Jack olhava de baixo em agonia e dois marinheiros corriam pelo convés com uma defensa para aparar sua queda. E toda tarde ele obrigava a mão mutilada a subir e descer pelas cordas emudecidas de seu violoncelo enquanto o rosto sério ficava de um cinza mais pálido. Mas, Deus, que progresso havia feito! Essa última natação frenética estaria infinitamente além de suas forças há apenas um mês, para não dizer da época em que estavam em Portsmouth.

— O que você estava dizendo sobre o Helesponto? — perguntou Jack.

— Qual é a largura dele?

— Bom, não mais do que uma milha, mais ou menos; dá para acertar um tiro de um lado ao outro.

— Na próxima vez que subirmos pelo Mediterrâneo — disse Stephen — vou atravessá-lo a nado.

— Tenho certeza que sim. Se um herói pôde, tenho certeza que outro poderá.

— Olhe! Olhe! Sem dúvida aquilo é uma andorinha-do-mar, logo acima do horizonte — gritou Stephen.

— Em que direção?

— Ali, ali. — Stephen se soltou para apontar. Afundou imediatamente, borbulhando; mas a mão que apontava permaneceu acima da superfície. Jack agarrou-a, puxou-o a bordo e disse:

— Venha, vamos subir pela escada de popa. Estou sentindo cheiro do nosso café, e temos uma manhã movimentada à frente. — Em seguida guarneceu a boça, puxou o barco até a popa da fragata e guiou a escada para Stephen poder segurar.

O sino tocou; e ao som do apito do mestre do navio as macas voaram para cima, quase duzentas, para ser guardadas com a velocidade do relâmpago nas trincheiras, todas viradas para o mesmo lado; e em meio ao jorro de marinheiros, Jack se mantinha alto e magnífico num florido roupão de seda, olhando incisivo de um lado para o outro do convés. O cheiro de café e bacon era quase mais do que ele podia suportar, mas pretendia supervisionar toda aquela operação: não estava sendo realizada tão agilmente quanto ele pretendia, e algumas macas estavam frouxas, objetos meio pendentes. Hervey teria de começar a usar uma braçadeira de novo. Pullings, que estava de serviço no horário, encontrava-se na proa, fazendo uma das macas ser retrincafiada num tom de voz pouco dominical — ele obviamente era da mesma opinião. O costume de Jack era convidar o oficial de serviço da manhã e um dos mais jovens para tomar café com ele, porém mais tarde este seria um dia particularmente social, e Callow, o calouro em questão, tinha explodido numa erupção de espinhas adolescentes, o bastante para tirar o apetite de qualquer um. O caro Pullings certamente iria perdoá-lo.

Uma perturbação na maré trouxe um civil cambaleando ao tombadilho superior. Era o Sr. Atkins, o secretário do enviado, um sujeitinho estranho que já lhes dera um bocado de problemas — estranhas idéias sobre a própria importância, as acomodações possíveis numa pequena fragata e as tradições navais; algumas vezes altivo e ofendido, algumas vezes exageradamente familiar.

— Bom-dia, senhor — disse Jack.

— Bom-dia, comandante — exclamou Atkins, acompanhando Jack, que começava sua caminhada habitual. Sem qualquer idéia da sacrossantidade de um capitão; e apesar de sua rabugice de antes do café-da-manhã, Jack não poderia lhe falar sobre isso. — Tenho boas notícias para o senhor. Sua Excelência está muito melhor hoje, muito melhor do que o vimos desde o início da viagem. Ouso dizer que ele tomará ar neste momento. E acho que posso me aventurar a sugerir — sussurrou ele, segurando o braço relutante de Jack e soltando bafo em seu rosto — que um convite para o jantar poderia ser aceitável.

— Fico felicíssimo em saber que ele está melhor — respondeu Jack, soltando-se. — E confio em que em breve teremos o prazer de sua companhia.

— Ah, o senhor não precisa ficar ansioso, não precisa fazer nenhum grande preparativo. Sua Excelência é muito simples, não tem distância nem orgulho. Um jantar simples serviria muito bem. Que tal hoje?

— Acho que não — disse Jack, olhando curiosamente para o homenzinho ao lado. — Hoje eu janto com os oficiais na praça d'armas. É o costume.

— Mas sem dúvida, comandante, sem dúvida nenhum compromisso prévio pode ficar no caminho... do representante direto de Sua Majestade!

— As tradições navais são sagradas no mar, Sr. Atkins — respondeu Jack, virando-se e erguendo a voz. — Gajeiros no velacho, aí. Cuidado com o que vão fazer com o polé. Sr. Callow, quando o Sr. Pullings vier para a popa, por favor repasse a ele meus elogios, e diga que eu ficaria feliz se ele tomasse o café-da-manhã comigo. Espero que se junte a nós, Sr. Callow.

Café-da-manhã, finalmente, e a maré do bom humor natural de Jack subiu. Estavam apinhados, os quatro, numa área de carga — o camarote amplo fora dado ao Sr. Stanhope — mas o confinamento fazia parte da vida naval, e acomodando-se na cadeira ele esticou as pernas, acendeu o charuto e disse:

— Coma, meu jovem. Não se incomode comigo. Olhe, há uma pilha de bacon sob aquela tampa; seria uma pena jogar fora.

Na pausa agradável que se seguiu, rompida apenas pelo barulho das mandíbulas do aspirante devorando vinte e sete pedaços de bacon, eles ouviram o grito ecoar pelo navio:

— Estão ouvindo aí, popa e proa? Limpeza para a parada às cinco badaladas. Túnicas de brim e calças brancas. Ouviram aí?

Camisa limpa e barba feita às cinco badaladas. — Também ouviram, claramente através da fina antepara do camarote, a voz metálica do Sr. Atkins, aparentemente arengando com o chefe, e as respostas em voz baixa do Sr. Stanhope. O enviado era um homem distante, gentil, grisalho, muito educado, e era um espanto ter de ficar preso a um sujeito tão afobado a seu serviço; o Sr. Stanhope estava doente quando subiu a bordo, tinha sofrido abominavelmente de enjôos até Gibraltar, depois de novo até às Canárias; e havia piorado no balanço forte da zona das calmarias, quando a *Surprise*, como um tronco no mar oscilante, freqüentemente parecia a ponto de jogar os mastros longe. Essa recaída fora acompanhada por um ataque de gota que, subindo até o estômago, tinha-o mantido no camarote. Eles haviam visto muito pouco o pobre cavalheiro.

— Diga, Sr. Callow — começou Jack, em parte por um desejo de não ouvir muito e em parte para fazer com que o convidado se sentisse bem —, como está a alimentação dos aspirantes? Não tenho visto o seu carneiro há mais de uma semana. — A criatura velhíssima, entregue ao fornecedor insuspeito como se fosse um filhote, fora uma visão familiar, andando lentamente de um lado para o outro no convés.

— Acabando, senhor — disse Callow, afastando a mão do cesto de pães. — Nós o comemos em setenta norte, e agora estamos só com a galinha. Mas damos ração a ela, senhor, e ela talvez ponha um ovo.

— Vocês não chegaram aos moleiros, não é? — perguntou Pullings.

— Ah, chegamos sim, senhor — exclamou o aspirante. — Eles já estão custando três pence, o que é uma desgraça... uma tremenda vergonha.

— O que são moleiros? — perguntou Stephen.

— Ratos, desculpe a má palavra — respondeu Jack. — Só que nós chamamos de moleiros para fazer com que seja mais fácil comer, e talvez porque eles sejam poeirentos, de tanto ficar entrando na farinha e nas ervilhas.

— Meus ratos não tocam nada além dos melhores biscoitos, ligeiramente umedecidos com manteiga derretida. Eles são obesos; as barrigas orgulhosas se arrastam no chão.

— Ratos, doutor? — exclamou Pullings. — Por que o senhor mantém ratos?

— Quero ver como eles se saem, observar os movimentos deles — respondeu Stephen. Na verdade estava realizando uma experiência, alimentando-os com garança para ver quanto tempo ela demorava até penetrar nos ossos, mas não mencionou isso. Sua mente gostava de segredos; a área de discrição havia crescido e crescido, e agora cobria as criaturas globulares, do tamanho de gatinhos, que cochilavam nas noites quentes e nos dias sufocantes em seu paiol.

— Moleiros — disse Jack, a mente voltando à sua juventude faminta. — No chaço mais de ré do alojamento de bombordo tem um buraco onde nós costumávamos pôr um pedaço de queijo e pegá-los com um nó corrediço quando eles punham a cabeça para fora, indo pelo canal até a padaria. Pegávamos três ou quatro por noite no quarto de 0h às 4h, na base das Ilhas de Sotavento. Heneage Dundas — assentindo para Stephen — costumava comer o queijo depois.

— O senhor foi aspirante na *Surprise*? — exclamou o jovem Callow, espantado, *espantado*. Se tivesse pensado a respeito, teria suposto que os comandantes brotavam totalmente prontos da testa do Almirantado.

— Fui sim — respondeu Jack.

— Santo Deus, senhor, ela deve ser muito, muito velha. O navio mais velho da frota, imagino.

— Bem — disse Jack —, ela é bem velha sim. Nós a capturamos no início da última guerra, ela era a *Unité* francesa, e na época não era mocinha. Você consegue comer outro ovo?

Callow saltou, quase caiu da cadeira devido ao cutucão de Pullings por baixo da mesa, mudou seu *Sim, senhor, por favor* para *Não, senhor, muito obrigado*, e se levantou.

— Nesse caso — disse Jack —, talvez você pudesse fazer a gentileza de mandar seus colegas para a câmara, com os diários de navegação.

O resto da manhã, até as cinco badaladas do término do quarto de 8h às 12h, ele passou com os aspirantes, depois com o mestre do navio, o artilheiro, o carpinteiro e o intendente, revisando as contas. As provisões estavam bastante boas: carne de boi, de porco, ervilhas e biscoitos para seis meses, mas todo o queijo e a manteiga teriam de ser condenados. Por mais empedernido que fosse, Jack se encolheu diante das amostras que o Sr. Bowes lhe mostrou. E pior, muito pior, a água estava perigosamente escassa. Uma negociata na tanoaria dera à *Surprise* uma fileira de barris que bebiam quase tanto quanto os tripulantes do navio, e o novo tanque de ferro tinha vazado em silêncio. Ele ainda estava afundado em papéis quando Killick entrou carregando sua melhor casaca de uniforme e apontou o queixo para ele.

— Sr. Bowes, vamos terminar isto mais tarde — disse Jack. E enquanto se vestia (o tecido bom parecia ter dez centímetros de grossura naquele calor de rachar) pensou na água, em sua posição, tão a oeste depois dessas semanas à deriva que quando pegassem os alísios de sudeste talvez fosse difícil dobrar o cabo de São Roque, no Brasil. Dava para ver a *Surprise* exatamente na carta náutica; suas observações da lua repetidas concordavam bastante com os cronômetros e com as opiniões do mestre-arrais e do Sr. Harvey; e na carta ele podia ver o litoral do Brasil, a não muito mais de quinhentas milhas de distância. Além disso, perto do equador os alísios costumavam vir do sul. Enquanto estava se preocupando com esses problemas e com os botões, o lenço de pescoço e o cinto da espada, sentiu o navio inclinar ao vento, inclinar de novo, e muito lentamente a fragata começou a falar — o som da água viva correndo pelo costado. Olhou a agulha acima. OSO½O. Será que o vento morreria logo?

Quando chegou ao convés apinhado, ainda mais quente, ele ainda soprava. O navio tinha acabado de alcançar velocidade que permitia o governo, à bolina cerrada o quanto podia — vergas totalmente braceadas, velas como tábuas. Seu gorducho e míope imediato, o Sr. Hervey, suando no uniforme, sorriu nervoso para ele, mas com mais confiança do que o usual. Sem dúvida isso estava certo, não estava?

— Muito bem, Sr. Hervey — disse ele. — Era o que estávamos querendo, não era? Que dure bastante. Talvez devamos mantê-la um pouquinho fora, caçar a vela mestra, dar uma braça a ela. — Hervey, graças a Deus, não era um daqueles imediatos sensíveis, precisando de orientação permanente. Não tinha grande opinião sobre sua própria habilidade marinheira, assim como todo mundo, e desde que fosse tratado com gentileza jamais se ofendia. Hervey repassou as ordens; a *Surprise* começou a deslizar pela água como se pretendesse cruzar o equador diagonalmente antes do anoitecer; e Jack disse: — Acho que devemos tocar parada.

O imediato se virou para Nicolls, o oficial do turno, e disse:

— Tocar formatura — disse Nicolls ao contramestre do turno. — Sr. Babbington, tocar parada — e Babbington abriu a boca para se dirigir ao tocador de tambor. Mas antes que qualquer som emergisse, o marinheiro, com uma expressão firme e hierática, criou trovão em seu tambor, tantarara-tan, e todos os oficiais correram para os seus lugares.

Como aviso ou alerta, o toque de tambor era um fracasso, já que não havia nada de inesperado nele. A tripulação do navio estivera enfileirada há um bom tempo no tombadilho, nos talabarcões e no castelo de proa, de pé ao longo dos locais designados no convés enquanto os aspirantes passavam por eles, tentando fazê-los se empertigar, manter a formatura em ordem, repuxando lenços de pescoço, passadeiras, fitas de chapéus. Mas o reunir era entendido por todos os tripulantes como uma cerimônia formal, tão formal quanto uma dança, uma dança lenta, solene, com o comandante abrindo o baile.

Isso ele fez assim que todos os oficiais tinham dado o pronto a Hervey e o havia informado do fato. Virou-se primeiro para os fuzileiros. De sua posição na parte de ré do tombadilho não tinham a proteção do toldo, e estavam ali numa rígida perfeição de alvaiade e vermelho, mosquetes e rostos queimando ao sol. Retribuiu a continência do oficial deles e andou lentamente pela fileira. Sua opinião sobre a posição de um suporte de couro, a quantidade de pó no cabelo deles, o número e o brilho dos botões, não tinha valor; de qualquer modo Etherege, o tenente dos fuzileiros, era um oficial competente e certamente seria impossível achar uma falha. Mas o papel de Jack em tudo isso era ser o olho de Deus, e realizou sua inspeção com gravidade impessoal. Como homem sentia pena dos fuzileiros queimando ali; como comandante deixou-os em seu sofrimento imóvel — o alcatrão já estava pingando nos toldos enquanto o sol juntava mais força ainda — e com as palavras:

— Alto padrão, Sr. Etherege — voltou à primeira divisão dos marinheiros, os homens do castelo de proa, comandados pelo Sr. Nicolls, o segundo-tenente. Eram os melhores marinheiros do navio, todos considerados capazes; a maioria de meia-idade, alguns bastante velhos; mas nenhum, em todos aqueles anos no mar, ainda aprendera a ficar em posição de sentido. Seus chapéus de palha eram tirados rapidamente à sua aproximação e os dedos dos pés ficavam bem perto do alinhamento, mas esse era o auge da formalidade. Eles alisavam os cabelos, puxavam as calças frouxas feitas em casa, olhavam ao redor, sorriam, tossiam, ficavam boquiabertos, encarando, muito diferentes dos soldados. Um grupo reconfortante de homens do castelo de proa, refletiu enquanto passava lentamente pelo convés silencioso com o Sr. Hervey, marinheiros salgados até os ossos: várias carecas estranhamente brancas na claridade difusa sob o toldo, um contraste marcante com os rostos marrom-escuros, mas todos com o cabelo que restava preso num rabo-de-cavalo comprido, algumas vezes com um pedaço de cabo. Ali havia uma massa de conhecimento naval: mas, enquanto retribuía a continência de despedida de Nicolls, notou, com choque súbito, que o rosto do tenente estava mal barbeado e que o sujeito em si, seu lenço e seu uniforme, estava sujo. Praticamente nunca vira algo assim num oficial, tampouco vira tamanha expressão de indiferença e cansaço velados.

Foi até os homens do mastro de traquete sob o comando de Pullings, que o cumprimentou como se nunca tivessem se visto antes, com um:

— Presentes, bem vestidos e limpos, senhor — e passou a andar atrás do comandante e do imediato. Ali estava a experiência, ali estava a vaidade pecaminosa: todos os marinheiros usavam suas melhores roupas, claro, calças branquíssimas e túnicas com golas azuis abertas; mas os mais jovens tinham fitas presas nas costuras, lenços maravilhosos parecendo echarpes no pescoço, cachos caindo baixos e brincos de ouro brilhando.

— Qual é o problema com Kelynach, Sr. Pullings? — perguntou ele, parando.

— Caiu da verga do joanete na sexta-feira, senhor.

É, ele se lembrava da queda. Espetacular, mas de sorte, um mergulho direto que o lançou, sem bater em vergas ou cabos, direto na água, de onde foi içado sem qualquer problema. Aquilo não poderia explicar sua expressão sombria, o olhar opaco, a falta de vida. As perguntas não produziram nada, ele estava "muito bem, senhor, ótimo". Mas Jack tinha visto antes aquele rosto inchado e o olho fundo; tinha visto com muita freqüência; e quando chegou aos marujos recrutados de Babbington e viu isso de novo em Garland, um "inocente" cujo tempo de vida no mar não o havia ensinado a usar mais do que um lambaz, e mesmo assim a usar mal, um simplório gigante que sempre ria de um jeito tímido quando era chamado, disse a Hervey:

— O que acha deste homem?

O imediato inclinou a cabeça para a frente para focalizar o rosto de Garland e respondeu:

— Este é Garland, senhor, um bom sujeito, cumpre o dever, mas não é muito inteligente.

Nenhuma alegria ruborizada, nenhum movimento lateral acompanhou essa observação; o inocente ficou parado feito um boi.

Jack passou aos artilheiros, na maior parte sujeitos honestos e lentos que ele havia encontrado no estado usual de negligência, mas cujas vidas ele transformaria num sofrimento até que aprendessem a servir às suas peças como deveriam servir a seu Deus. O jovem Conroy era o último da divisão: um rapaz de olhos azuis, alto como Jack, mas muito mais magro, com um rosto de menina absurdamente belo e liso; sua beleza deixou Jack totalmente incólume (isso não poderia ser dito de todos os seus companheiros de navio) mas a argola de osso que prendia seu lenço, não. Na face externa do osso — uma vértebra de tubarão — Conroy havia esculpido uma imagem tão perfeita do *Sophie*, o primeiro navio comandado por Jack, que ele o reconheceu de imediato. Conroy provavelmente era parente de alguém que pertencera àquela embarcação, um homem casado que sempre mandava para casa o salário e os prêmios. Será que ele estava navegando com o filho de um velho companheiro? Idade, idade, minha nossa. Não era hora de falar, e de qualquer modo Conroy, mesmo não sendo bobo, tinha uma gagueira chocante a ponto de fazer com que parecesse. Mas Jack olharia no livro de parada quando tivesse tempo.

Agora o castelo de proa, onde foi recebido pelo mestre do navio, o carpinteiro e o artilheiro, sofrendo e imóveis em seus uniformes raramente usados; e imediatamente o sentimento opressivo da velhice sumiu, porque ali estavam os oficiais da fragata, e um deles, Rattray, estava com ela desde o início. Fora mestre da *Surprise* quando Jack era ajudante de contramestre, e Jack se sentiu dolorosamente jovem sob o olhar ansioso, grisalho, respeitoso mas um tanto cínico. Sentiu que o olhar do sujeito atravessava direto sua dragona de capitão-de-mar-e-guerra e não pensou muito no que ele via por baixo, mas não se deixou enganar pela pompa. Por dentro Jack concordava, mas recolhendo-se ao seu papel enrijeceu-se quando trocaram as cortesias formais e passou com certo alívio para o mestre d'armas e os marujos do navio, sentindo uma vingança maligna ao refletir de novo que Rattray jamais fora um grande mestre sob o ponto de vista da disciplina, e que agora havia passado de seu auge também nas faixas no aparelho do navio da arrumação. Os marujos pareciam bem lépidos, mas aqui de novo havia mais manchas do que o usual ou do que era agradável; um deles tinha uma monstruosa marca preta no ombro da túnica. Alcatrão.

— Mestre d'armas — disse Jack —, qual é o significado disto?

— Caiu do cordame sobre ele, senhor, neste minuto: eu vi caindo. — O rapaz, uma criaturinha curva e adenoidal, com a boca permanentemente aberta, parecia perfeitamente aterrorizado.

— Bem, acho que podemos chamar isso de ato de Deus. Não deixe acontecer de novo, Peters. — Então, vendo na borda do olhar de seu oficial que três marujos da última fileira tinham se provocado mutuamente até um auge de riso estrangulado, retorcendo-se em silêncio, ele passou rapidamente para os marinheiros recrutados de bombordo e a guarda de ré. Ali, a qualidade caía lamentavelmente: um grupo estúpido, desajeitado de marinheiros de água doce, ainda que alguns dos recém-chegados pudessem melhorar. A maioria parecia de sujeitos animados, de boa índole; apenas três ou quatro eram barganhados das galés; mas ali de novo viu mais rostos sombrios, desanimados.

A tripulação estava inspecionada: não era má, de jeito nenhum, e pela primeira vez ele não tinha carência de homens. Mas o pobre e doente Simmons, seu predecessor, deixara a disciplina afrouxar antes de morrer; os meses em Portsmouth não tinham feito bem; e Hervey não era o homem para montar uma tripulação eficiente. Era um sujeito amigável, consciencioso, companhia muito agradável quando conseguia suplantar a timidez, e um profundo matemático; mas não conseguia ver de uma ponta do navio à outra, e mesmo que tivesse olhos de lince, não era marinheiro. E pior ainda, não tinha autoridade. Sua gentileza e ignorância haviam sido o próprio diabo para a *Surprise*; e de qualquer modo teria sido necessário um oficial excelente para enfrentar a perda de metade do pessoal da fragata, convocado pelo comandante naval do porto, e sua substituição pela tripulação da *Racoon*, entregue à *Surprise* em grupo ao retornar de uma missão de quatro anos na base da América do Norte sem ter permissão de pôr os pés em terra. O pessoal da *Racoon*, o da *Surprise* e o pequeno grupo de primeira viagem ainda não tinham se misturado; ainda havia ciúmes desagradáveis e as graduações freqüentemente eram absurdamente erradas. O chefe dos gajeiros não conhecia seu trabalho, por exemplo; e quanto aos artilheiros... Mas não era com isso que ele estava preocupado enquanto entrava na cozinha. Tinha um navio encantador, por mais frágil e velho que fosse, bons oficiais e bom material. Não, o que o assombrava era pensar em escorbuto. Mas talvez estivesse enganado; aquelas expressões opacas podiam ter centenas de outras causas; e sem dúvida era muito cedo na viagem para o surgimento do escorbuto, não era?

O calor da cozinha o imobilizou. No convés estivera quente a ponto de ofegar, mesmo com a brisa abençoada, aqui era como entrar direto num forno de padaria. Mas o cozinheiro de três pernas — três pernas porque suas duas tinham sido arrancadas no Glorioso Primeiro de Junho, e ele havia suplementado as duas fornecidas pelo hospital com uma terceira, engenhosamente presa no traseiro, para impedi-lo de mergulhar em seus caldeirões ou no fogão quando o mar estivesse agitado. Agora o fogão era de um rosa-cereja na semi-escuridão, e o rosto do cozinheiro brilhava de suor.

— Muito bem-arrumada, Johnson. Perfeita — disse Jack recuando um passo.

— O senhor não vai inspecionar os cobres, senhor? — exclamou o cozinheiro com o sorriso brilhante desaparecendo, de modo que na escuridão comparativa todo o seu rosto pareceu sumir.

— Certamente que vou — respondeu Jack, calçando a luva branca cerimonial. Com isso passou a mão pelos cobres brilhantes, olhou os dedos como se realmente esperasse encontrá-los com uma crosta de sujeira oleosa e gordura. Uma gota de suor tremeu na ponta de seu nariz e outras escorreram por dentro da casaca, mas ele olhou para a sopa de ervilhas, os fornos e os dois quintais de pudim de passas, pudim de domingo, antes de ir para a enfermaria onde o Dr. Maturin e seu ossudo assistente escocês o esperavam. Tendo feito a vistoria dos catres (um braço quebrado, uma hérnia com pústula, quatro pústulas simples) com o que pretendia que fossem observações encorajadoras — estão parecendo melhor — logo estariam em forma — de volta com os colegas para atravessar a linha — ele parou sob a abertura da vela, aproveitando o relativo frescor de 40°, e disse em particular a Stephen:

— Por favor, inspecione as divisões em formatura com o Sr. M'Alister enquanto estou embaixo. Alguns homens me parecem com uma terrível aparência de escorbuto. Espero estar errado, é cedo demais, mas está parecendo tremendamente.

Agora o convés dos alojamentos, com um gato de aparência doente que ficou sentado desafiando-os com uma insolência estudada, de patas cruzadas, e seu amigo particular, um papagaio verde igualmente esquálido, deitado de lado, prostrado de calor, que disse:

— Erin, vá se catar — num tom baixo uma ou duas vezes enquanto Jack e Hervey caminhavam de cabeça baixa pelas mesas impecáveis do rancho, meninos ajudantes, bancos, baús, todo o convés absolutamente limpo, com luzes brilhantes vindas das grades e das escotilhas. Nada muito errado aqui; nem no alojamento dos aspirantes, nem, claro, na praça d'armas. Mas no paiol das velas, onde o mestre do navio se juntou a eles, uma visão muito chocante — mofo na primeira vela de estai que ele virou, e pior quando as outras foram tiradas.

Aquele era um trabalho porco, relaxado e extremamente perigoso. O pobre Hervey torceu as mãos, e o mestre, mesmo feito de material mais sério, foi rapidamente reduzido à mesma condição. A raiva não fingida de Jack, seu desprezo absoluto pelas desculpas dadas

— "acontece depressa demais perto do equador — nenhuma água doce para tirar o sal — o sal atrai a umidade — é difícil dobrá-las assim com todos esses toldos" — causou uma péssima impressão em Rattray.

Suas observações sobre a eficiência exigida num navio de guerra foram dadas em pouco mais do que um tom casual, mas não eram inaudíveis, e quando ele saiu depois de ter olhado os porões, o paiol da amarra e o piques tanque de vante, o pessoal da fragata tinha um ar que misturava prazer e apreensão. Estavam adorando o fato de o mestre do navio ter levado uma bronca — isto é, todos que não passariam a sagrada tarde de domingo "levando todas para fora, senhor, até a última estai de tempestade, cada *toldo*, cada saia de vela: ouviu, agora?" — mas apreensivo com a hipótese de seus próprios pecados serem descobertos, que fossem ressaltados em seguida; porque esse comandante era uma porcaria de um tártaro, companheiro, um osso duro de roer.

Mas ele voltou ao tombadilho sem morder nem espancar ninguém no caminho, espiou por entre os toldos para a pirâmide de lona, ainda apenas pendendo, e disse ao Sr. Hervey:

— Vamos arrumar a igreja, por favor.

Cadeiras e bancos apareceram no tombadilho; o armário dos sabres de abordagem, decentemente coberto com bandeiras de sinalização, tornou-se um púlpito; o sino do navio começou a tocar. Os marinheiros se dirigiram à popa; os oficiais e os civis da comitiva do enviado ficaram de pé em seus lugares, esperando o Sr. Stanhope, que caminhou devagar até sua cadeira à direita da do comandante, apoiado num dos lados por seu capelão e do outro por seu secretário. Parecia cinzento e descorado em meio a todos aqueles rostos de um vermelho-mogno — quase fantasmagórico, jamais quisera ir para Kampong; nem mesmo sabia onde Kampong ficava até que lhe deram esta missão; e odiava o mar. Mas agora que a *Surprise* estava navegando à brisa suave o balanço era muito menos incômodo — praticamente imperceptível desde que ele mantivesse o olhar longe da amurada e do horizonte mais além — e o familiar serviço da igreja anglicana era um conforto para ele dentre todas aquelas estranhas complexidades de cabos, madeira e lona e esse ar intoleravelmente aquecido e irrespirável. Seguiu o culto com uma atenção tão profunda quanto a dos marinheiros; juntou-se a eles nos conhecidos salmos com uma fraca voz de tenor, abafada pelo trovão profundo do comandante à esquerda e no entanto docemente prolongado na voz remota, celestial, do vigia galês lá em cima junto à bandeira no sobrejoanete da proa. Mas quando o pastor anunciou o texto do sermão, a mente do Sr. Stanhope vagueou distante até o frio da igreja paroquial perto de onde morava, à luz fraca de safiras na janela do leste, à tranqüilidade dos túmulos da família, e fechou os olhos.

Vagueou sozinho. No momento em que o reverendo Sr. White disse: "Sexto versículo do salmo 75: *A promoção não vem do leste, nem do oeste, nem do sul*", a flácida devoção dos aspirantes a sotavento e dos tenentes a barlavento reviveu, saltou para a vida. Eles se empertigaram em atitudes de tensa expectativa; e Jack, que poderia ser chamado para pregar se estivesse comandando um navio sem capelão, refletiu: "Um texto muito bom, sem dúvida."

No entanto, quando finalmente pareceu que a promoção também não vinha do norte, como os aspirantes mais inteligentes haviam suposto, e sim de uma linha de conduta que o Sr. White se propunha a descrever sob dez títulos principais, eles lentamente afrouxaram de novo; e quando descobriu-se que até mesmo essa promoção não era do mundo atual, eles o abandonaram totalmente em favor de reflexões sobre o jantar, o jantar de domingo, o pudim de passas que estava cozinhando sob o sol equatorial sem mais do que uma brasa para mantê-lo na fervura. Olhavam para as velas, agora parrejando enquanto a brisa morria, e ponderavam a possibilidade de uma vela auxiliar ser colocada na lateral, para ajudar. "Se eu conseguir vencer o velho Babbington", pensou Callow, que também tinha sido convidado para jantar na sala d'armas às duas horas, "terei dois jantares. Posso descer correndo no momento em que tivermos acertado o curso, e...

— Ó do convés — veio o grito do céu. — Ó do convés. Vela à vista!

— Onde? — gritou Jack enquanto o capelão parava.

— Dois pontos na bochecha de boreste, senhor.

— Mantenha-a longe, Davidge — disse Jack ao timoneiro que, mesmo no meio da congregação, não fazia parte dela, e que jamais abrira a boca para hino, salmo, resposta ou oração. — Continue, Sr. White, por favor, peço perdão.

Olhares dispararam para um bordo e outro do tombadilho superior — suposições loucas, empolgação intensa. Jack sentia uma enorme pressão moral crescendo ao redor, mas afora um rápido olhar para o relógio permaneceu imóvel, ouvindo o capelão com a cabeça ligeiramente de lado, grave, atento.

— Décimo e último — disse o Sr. White, falando mais depressa.

Abaixo, no sombreado e vazio convés dos alojamentos, Stephen andava de um lado para o outro, lendo o capítulo sobre escorbuto no *Doenças dos Marinheiros*, de Blane, ouviu o grito, parou, parou de novo e disse ao gato:

— Que negócio é esse? Grito de vela à vista e nenhum tumulto, nenhuma atividade instantânea? O que está acontecendo?

O gato franziu os lábios. Stephen reabriu o livro e leu até ouvir os duzentos "Amém" acima da cabeça.

No convés, a igreja estava desaparecendo em meio a uma agitação universal — olhares para o comandante, olhares por cima dos panos das macas, em direção ao horizonte, onde um clarão de branco podia ser visto subindo. As cadeiras e os bancos foram levados rapidamente para baixo, as almofadas para ajoelhar transformadas de novo em buchas para os grandes canhões, os sabres de abordagem retomaram seu caráter simples do Velho Testamento, mas como os primeiros nove títulos do discurso do Sr. White haviam demorado muito, muito tempo, quase até o meio-dia, sextantes e quadrantes já vieram subindo antes que os livros de orações tivessem desaparecido. O sol estava próximo ao zênite e era quase o momento de medir sua altura. O toldo do tombadilho foi enrolado, a luz nua e implacável golpeou; e quando o mestre-arrais, seus ajudantes, os aspirantes, o imediato e o comandante ocuparam seus postos costumeiros para esse momento importante, o início do dia naval, não tinham mais sombra do que um pequeno poço de escuridão aos pés. Eram cinco minutos solenes, particularmente para os aspirantes — seu comandante insistia na observação precisa — e no entanto ninguém parecia se incomodar muito com o sol: ninguém, até que, indo até Jack, Stephen Maturin disse:

— O que foi que eu ouvi sobre uma vela estranha?

— Só um momento — respondeu Jack, subindo na borda falsa do tombadilho superior, levantando o sextante, trazendo o sol ao horizonte e anotando a leitura na pequena tabuleta de marfim. — Vela? Ah, são somente os Rochedos de São Paulo, você sabe. Eles não vão fugir. Se esta brisa não nos abandonar, você irá vê-los logo depois do jantar, são de uma curiosidade prodigiosa: gaivotas, mergulhões, e assim por diante.

A notícia correu instantaneamente pelo navio — eram rochas, e não barcos; qualquer marinheiro de água doce que tivesse viajado mais longe do que Margate conhecia os Rochedos de São Paulo — e todos os tripulantes voltaram à ansiosa espera do jantar, que se seguiu logo após a observação da altura. Os cozinheiros de todos os ranchos estavam com seus rígidos ajudantes perto da cozinha; o encarregado do porão começou a misturar o grogue, observado com intensidade pelos intendentes e pelos contramestres; o cheiro de rum se misturou ao da comida e se espalhou pelo convés; saliva brotou em cento e noventa e sete bocas; o mestre ficou parado segurando seu apito na antepara do castelo de proa. No talabarcão o mestre-arrais baixou seu sextante, foi em direção à popa, até o Sr. Hervey, e disse:

— Doze horas, senhor, cinqüenta e oito minutos norte.

O imediato virou-se para Jack, tirou o chapéu e disse:

— Doze horas, senhor, por favor, e cinqüenta e oito minutos norte.

Jack se virou para o oficial de quarto e disse:

— Sr. Nichols, marque doze.

O oficial de quarto gritou para o seu ajudante:

— Marque doze.

O ajudante de serviço disse ao contramestre:

— Tocar oito badaladas.

O contramestre rugiu para o sentinela fuzileiro:

— Virar a ampulheta e tocar o sino!

E ao primeiro toque Nicoll gritou por toda a extensão do navio, para o mestre do navio:

— Apitar para o rancho.

O mestre apitou, sem dúvida, mas o tombadilho pouco escutou, devido ao entrechoque dos taifeiros, os gritos dos cozinheiros, as batidas de pés e o ruído confuso dos vários ranchos batendo os pratos. Nesse clima os homens jantavam no convés, em meio aos canhões, cada rancho se posicionando o mais precisamente possível acima de sua mesa lá embaixo, e assim Jack guiou Stephen até seu camarote.

— O que você acha do pessoal? — perguntou ele.

— Você estava certo — respondeu Stephen. — É escorbuto. Todas as minhas fontes concordam: fraqueza, dor muscular difusa, manchas roxas, gengiva dolorida, mau hálito. E M'Alister não tem dúvida. É um sujeito inteligente; já viu muitos casos. Examinei o assunto e descobri que quase todos os homens afetados vieram do *Racoon*. Ficaram meses no mar antes de ser entregues a nós.

— Então é aí que está o problema. Claro. Mas você conseguirá curá-los. Ah, sim, *você* vai cuidar deles diretamente.

— Gostaria de ser capaz de compartilhar sua confiança; gostaria de me sentir convencido de que nosso suco de lima não é adulterado. Diga, alguma coisa verde cresce naqueles seus rochedos?

— Nem uma folha de capim, nem uma folha de capim. E também não tem água.

— Bem — disse Stephen encolhendo os ombros. — Farei o melhor possível com o que temos.

— Tenho certeza de que fará, meu caro Stephen. — Jack tirou a casaca e, com ela, parte de sua preocupação. Possuía uma fé ilimitada nos poderes de Stephen; e mesmo já tendo visto uma tripulação tremendamente afetada pela doença, praticamente sem gente capaz de içar uma âncora ou o velame, quanto mais lutar com o navio, pensou nas quarentas, nas grandes tempestades do oeste ao sul do equador, com uma mente mais tranqüila. — É um grande consolo ter você a bordo: é como navegar com um pedaço da Cruz Verdadeira.

— Bobagem, bobagem — disse Stephen impaciente. — Gostaria que você tirasse da cabeça essa idéia equivocada. A medicina pode fazer muito pouco; a cirurgia menos ainda. Posso purgar você, sangrar você, matar seus vermes num instante, encanar sua perna ou amputá-la, e isso é praticamente tudo. O que podiam Hipócrates, Galeno, Rhazes, o que pode Glane, o que pode Trotter fazer por um carcinoma, um lúpus, um sarcoma? — Ele tentara freqüentemente erradicar a fé simples de Jack; mas Jack o vira trepanar o artilheiro do *Sophie*, serrar um buraco no crânio dele e expor o cérebro; e Stephen, olhando o sorriso de Jack, seu ar de reserva educada, soube que desta vez também não tivera sucesso. Os tripulantes do *Sophie*, todos eles, *sabiam* que se o Dr. Maturin quisesse poderia salvar qualquer um, desde que a maré não tivesse virado; e Jack era um marinheiro tão completo a ponto de compartilhar todas as crenças deles, ainda que de forma um tanto mais elaborada. Disse:

— O que acha de um cálice de Madeira antes de irmos à praça d'armas? Acho que eles mataram o porquinho para nós, e o Madeira é um alicerce capital para a carne de porco.

O Madeira se saiu muito bem como alicerce, um Borgonha como acompanhamento e o Porto como digestivo; se bem que todos teriam sido melhores se estivessem um pouquinho abaixo da temperatura do sangue. "Não se sabe quanto tempo o corpo humano pode suportar esse abuso", pensou Stephen olhando ao redor da mesa. Estava comendo biscoito esfregado com alho e tinha bebido um café preto, fraco e frio, baseado tanto na teoria quanto na prática pessoal; mas enquanto olhava ao redor foi obrigado a admitir que até agora os corpos estavam suportando aquilo toleravelmente bem. Jack, com uma grossa camada de pudim sobre quase um quilo de carne de porco e legumes, talvez estivesse um pouquinho mais perto da apoplexia do que o usual, mas os olhos azuis brilhantes em seu rosto escarlate não estavam injetados — não havia perigo imediato. O mesmo podia ser dito do gordo Sr. Hervey, que havia comido e bebido além de sua contenção habitual, o rosto rotundo parecia o sol nascente, supondo que o sol se franzisse de alegria. Todos os rostos ali, a não ser o de Nichols, estavam de um belo vermelho, mas o de Hervey brilhava mais do que os outros. Havia uma simplicidade no imediato; nenhuma controvérsia aparecendo, nenhum fingimento, nenhum tipo de agressão. Como um homem assim se comportaria num combate corpo-a-corpo? Será que sua educação (e Hervey era o próprio cavalheiro) iria colocá-lo em desvantagem fatal? De qualquer modo ele estava bem deslocado aqui, coitado; era muito mais adequado a uma paróquia ou a uma escola. Era vítima de inumeráveis conexões navais, uma família influente cheia de almirantes cujo bem supremo era uma bandeira e que através de pistolões e qualquer outra forma de corrupção decente pretendia impeli-lo ao comando na menor idade possível. Havia passado para tenente diante de uma banca de protegidos de seu avô, que anotaram gravemente que tinham examinado "O Sr. Hervey... que parece ter 20 anos. Ele apresentou certificados... de sua Diligência e Sobriedade; é capaz de costurar com um cabo, fazer nós, rizar uma vela, velejar, calcular as Marés, fazer a navegação estimada de um Navio através de Navegação Plana e Mercator; observar pelo Sol ou por Estrelas e calcular a declinação magnética da agulha, e é qualificado para dar o Serviço de um Marinheiro capaz e Aspirante" — tudo mentira, a não ser pela parte matemática, já que praticamente não tinha experiência no mar. Seria promovido a capitão-de-fragata assim que chegassem ao seu tio, o almirante da base das Índias Orientais; e alguns meses depois seria um capitão-de-mar-e-guerra ansioso, ineficaz, hesitante. Ele e o intendente ficariam mais felizes se trocassem de lugar; Bowes, o intendente, não pudera ir para o mar quando menino, mas sendo enamorado pela vida naval (seu irmão era comandante) tinha comprado um cargo de intendente, e apesar do pé torto havia se destacado em várias expedições desesperadas. Estava sempre no convés, entendia perfeitamente as manobras e se orgulhava de velejar num barco; sabia muito sobre o mar, e mesmo não sendo um intendente especialmente bom, era honesto: coisa incomum. Pullings era o que sempre fora, um jovem magro, amável, de membros frouxos, adorando ser tenente (sua maior ambição), adorando estar no mesmo navio do comandante Aubrey. Como conseguia se manter tão magricelo, comendo com a avidez impensada de um lobo? Harrowby, o mestre-arrais: rosto largo, em forma de pá, aberto num sorriso — estava sorrindo agora, com a bocarra aberta nos cantos, fechada no meio. Isso dava impressão de falsidade; talvez injustamente, já que, mesmo sendo um homem ignorante e confiante, não poderia haver duplicidade consciente nele. Não tinha dentes. Cabelos ralos cortados curtos; vasta testa em cúpula, normalmente pálida, agora vermelha e cheia de gotas de suor. Navegador indiferente, parecia. Devia as promoções a Gambier, aquele almirante evangélico, e quando estava em terra era pregador laico, pertencendo a alguma seita do oeste do país. Stephen costumava vê-lo na enfermaria, visitando os doentes.

— Há coisa boa em todos eles — dizia ele. — Devemos trazê-los ao nosso nível.

Maturin:

— Como você propõe fazer isso?

Harrowby:

— Conto com a unção e o magnetismo pessoal.

Mas de fato ele lhes trazia vinho e galinha; escrevia cartas para eles e dava ou emprestava pequenas quantias de dinheiro. Estava pronto e ansioso para dar; talvez mais pronto do que outros para receber. Ativo, zeloso, saudável, extremamente limpo, um tanto empolgado. Captou o olhar de Stephen e abriu ainda mais o sorriso, assentindo gentilmente.

Etherege, o tenente fuzileiro, estava vermelho como sua casaca; no momento abria disfarçadamente o cinto, olhando ao redor com uma benevolência geral. Era um homem pequeno, de cabeça redonda, que falava raramente; no entanto não dava impressão de taciturnidade — sua expressão animada e seu riso freqüente substituíam a conversa. Na verdade tinha muito pouco a dizer, mas era bem-vindo onde quer que fosse.

Nicolls: era outra coisa. O único rosto comparativamente pálido no círculo animado: homem de cabelo preto, contido, que não devia ser pressionado. Seria o esqueleto nesta festa organizada, um tanto formal, se não estivesse se esforçando obviamente para o convívio social; mas o rosto era fixo na infelicidade, e sua atual dedicação ao Porto não parecia estar lhe fazendo muito bem. Stephen o vira bastante em Gibraltar, anos antes, e tinham jantado juntos no 42nd Foot, em Chatham, quando Nicoll tivera de ser carregado de volta ao navio, cantando como um canário; mas isso foi imediatamente antes de seu casamento, e sem dúvida ele estava sob tensão nervosa. Naquela época, Stephen havia pensado que ele era um típico oficial da marinha, um tanto reservado mas boa companhia, um daqueles que combinavam naturalmente boa criação com a dureza necessária para o trabalho, com uma antepara entre as duas coisas. Típico oficial da marinha, a expressão não era desprovida de significado, mas como defini-la? Em toda reunião de marinheiros você veria alguns, de quem o resto parecia ser variante; mas como eram poucos para colorir toda uma profissão! Para colori-la — para estabelecer seu tom. De imediato ele não podia pensar em mais de uma dúzia dentre as centenas que havia conhecido: Dundas, Riou, Seymour, Jack, talvez Cochrane; mas não, Cochrane em terra era espalhafatoso demais para ser típico, muito cheio de si, cônscio demais de seu próprio valor, afetado demais por aquele amor escocês por uma encrenca; e havia aquele título infeliz pendurado em seu pescoço, um peso amado. Havia algo de Cochrane em Jack, uma inquieta impaciência de autoridade, uma forte persuasão de estar certo, mas não o bastante para desqualificá-lo, não o bastante; e de qualquer modo, vinha diminuindo nesses últimos anos.

Quais eram as constantes? Uma elasticidade alegre, uma prontidão competente, uma sociabilidade aberta, uma certa candura. Quanto disso era o mar, o estímulo comum? Até que ponto a profissão era a escolha daqueles que compartilhavam uma mente parecida?

— O comandante está se retirando — sussurrou seu vizinho, tocando seu ombro e curvando-se para falar em seu ouvido.

— Ora, está mesmo — disse Stephen, levantando-se. — *Ele pescou seu peixe.*

Subiram lentamente a escada de tombadilho. O calor no convés era ainda mais forte do que embaixo, agora que a brisa tinha morrido totalmente. A bombordo uma vela fora baixada na água, presa com bóias nas extremidades e pesada no meio para formar uma piscina, e metade da tripulação do navio estava se debatendo nela. A boreste, talvez a duas milhas de distância, jaziam os rochedos, não mais se parecendo com navios, mas ainda com uma luminosidade branca ofuscante desde a borda do mar azul profundo até o topo, cerca de quinze metros acima da superfície, no caso do maior — tão brancos que as espumas lentas pareciam creme, em comparação. Uma nuvem de mergulhões voava acima, com uma mistura de adorinhas-do-mar, mais escuras e menores: de vez em quando um mergulhão penetrava no mar criando um esguicho parecido com o de uma bala de dois quilos.

— Sr. Babbington, por favor, empreste-me sua luneta — gritou Stephen; e quando tinha olhado durante um tempo: — Ah, como eu gostaria de estar lá. Jack... isto é, comandante Aubrey. Posso pegar uma embarcação miúda?

— Meu caro doutor, tenho certeza que não teria pedido se tivesse se lembrado de que esta é a tarde de domingo. — A tarde de domingo era sagrada. Era a única folga dos homens, caso o vento, o tempo e a malícia do inimigo permitissem, e eles se preparavam para ela com enorme labor no sábado e na manhã de domingo. — Agora devo descer e ir àquele infernal paiol — disse dando as costas rapidamente para o desapontamento do amigo. — Você não vai se esquecer que deve falar com o Sr. Stanhope antes de formatura?

— Eu o levo, se o senhor quiser — disse Nicolls um instante depois. — Tenho certeza de que Hervey nos deixará pegar o bote.

— Que bondade a sua! — exclamou Stephen, olhando o rosto de Nicolls. Um tanto tomado pelo vinho, mas perfeitamente no controle. — Eu agradeceria tremendamente. Dê-me tempo para pegar um martelo, algumas caixinhas, um chapéu, e já estou com o senhor.

Arrastaram-se pelo escaler, a lancha e um dos cúteres até o bote — estavam todos a reboque, para impedir que se abrissem no calor — e foram remando. O ruído alegre diminuiu atrás deles; sua esteira se alongou pelo mar vítreo. Stephen tirou a roupa e se sentou nu com seu chapéu de palha; estava adorando o calor, e esta fora a sua prática diária desde a latitude da Madeira. No momento estava com uma desagradável cor marrom-acinzentada, cheio de manchas da cabeça aos pés, já que o marrom inicial havia escurecido até um cinza derramado; não era muito dado a se lavar — não havia água doce disponível, de qualquer modo — e o sal de quando havia nadado estava sobre ele como poeira.

— Estive pensando nos oficiais da Marinha agora mesmo — observou — e tentando citar as qualidades que fazem a gente dizer: "Este homem é um marinheiro", no sentido positivo. Daí parti para refletir que o típico oficial da marinha é tão raro quanto um cadáver anatomicamente típico; isto é, ele é rodeado pelo que, por falta de palavra melhor, devo chamar de espécimes insatisfatórios, ou subespécies. E fui levado à reflexão de que, ainda que haja muitos aspirantes bons, ou pelo menos amigáveis, há menos tenentes bons, um número ainda menor de bons comandantes e quase nenhum almirante bom. Uma explicação possível pode ser a seguinte: além da competência profissional, da resignação alegre, de um fígado excelente, da autoridade natural e de uma centena de outras virtudes, deve haver a qualidade muito mais rara de resistir aos efeitos, aos efeitos desumanizadores, do exercício da autoridade. A autoridade é um solvente da humanidade: olhe qualquer marido, qualquer pai de família, e note a absorção da pessoa pelo personagem, do indivíduo pelo papel. Depois multiplique a família e a autoridade por algumas centenas e veja o efeito num comandante de navio, para não falar de um monarca absoluto. Certamente o homem em geral nasce para ser oprimido ou solidário, se quiser ser totalmente humano; a não ser que por acaso seja imune ao veneno. Na natureza do serviço naval esta imunidade só pode ser detectada tarde: mas certamente existe. De que outra forma poderíamos explicar os raros almirantes, mas totalmente humanos e portanto eficientes, que vemos, como Duncan, Nelson...

Viu que a atenção de Nicolls havia se desviado e deixou a voz se reduzir a um murmúrio sem fim aparente, pegou um livro no bolso do casaco e, como o céu mais próximo estava vazio de pássaros, começou a ler. Os remos guinchavam de encontro aos toletes, as pás mergulhavam com um ruído constante e o sol batia forte: o barco se arrastava pelo mar.

De vez em quando Stephen olhava para cima, repetindo suas expressões em urdu e avaliando o rosto de Nicolls. O sujeito estava mal, e já vinha assim há algum tempo. Estivera mal em Gibraltar, mal na Madeira e pior desde São Tiago. Nesse caso o escorbuto estava fora de questão: sífilis, vermes?

— Perdão — disse Nicolls com um sorriso artificial. — Acho que perdi o fio da meada. O que o senhor estava dizendo?

— Estava repetindo frases deste livrinho. É tudo que pude pegar, afora a gramática de Fort William, que está no meu camarote. É um livro de expressões, e acho que devem ter sido compiladas por um homem desapontado: *Meu cavalo foi comido por um tigre, leopardo, urso; eu gostaria de alugar um palanquim; não existem palanquins nesta cidade, senhor — todo o meu dinheiro foi roubado; gostaria de falar com o coletor; o coletor morreu, senhor — fui espancado por civis.* Mas ao mesmo tempo também é impudico, pobre alma em chamas: *Mulher, quer deitar comigo?*

Com um esforço para demonstrar interesse educado, Nicolls disse:

— É a língua que o senhor fala com Achmet?

— Sim, de fato. Todos os nossos lascares a falam, mesmo vindo de diferentes partes da Índia: é a língua franca deles. Escolhi Achmet porque é a língua materna dele; e é um sujeito solícito, paciente. Mas não sabe ler nem escrever, por isso estudo minha gramática, na esperança de fixar o coloquial. Você não acha que uma língua falada vem e some da mente, deixando poucos traços a não ser que você a ancore com a escrita?

— Não sei: não sou bom em falar estrangeiro, nunca fui. Fico pasmo ao ouvir o senhor falando com aqueles negros. Mesmo em inglês, quando se trata de qualquer coisa mais delicada do que içar velas eu acho... — Ele parou, olhou por cima do ombro e disse que não havia como desembarcar desse lado; era íngreme demais; porém talvez tivessem mais sorte do outro. O número de pássaros vinha aumentando enquanto se aproximavam da rocha, e agora, quando viraram para o lado sul, as andorinhas e os mergulhões eram densos acima, entrando e saindo de suas áreas de pesca numa espantosa complexidade de caminhos cruzados, todos os pássaros estranhamente mudos. Stephen olhou-os, igualmente em silêncio, perdido em admiração, até que o barco raspou em pedra coberta de algas e se inclinou quando Nicolls o fez entrar numa pequena baía abrigada, empurrou-o para fora da arrebentação e ajudou Stephen a sair.

— Obrigado, obrigado — disse Stephen, subindo pela faixa escura lavada pelo mar até a superfície branca e brilhante mais além: e ali parou totalmente. Bem em frente ao seu nariz, quase tocando-o, havia um mergulhão sentado. Dois, quatro, seis mergulhões, tão brancos quanto a rocha nua em que se sentavam, um tapete de mergulhões, jovens e velhos; e entre eles quantidades de andorinhas-do-mar. O mergulhão mais próximo olhou-o sem muito interesse; um ligeiro grau de irritação foi tudo que ele pôde detectar no comprido rosto reptiliano e no olho redondo e brilhante. Avançou o dedo e tocou o pássaro, que se encolheu; e ao fazer isso um grande alvoroço de asas encheu o ar. Outro mergulhão pousando com uma bela colheita para o enorme filho boquiaberto na rocha nua, a pouco mais de um metro. — Jesus, Maria e José — murmurou empertigando-se para examinar a ilha, um monte liso parecendo um vasto molar gasto, com pássaros apinhados em todas as reentrâncias. O ar quente estava cheio do som deles, vindo e indo; cheio do cheiro amoníaco de seus excrementos e do fedor de peixe; e toda a superfície dura e branca brilhava ao calor com claridade intolerável, de modo que pássaros a cinqüenta metros encosta acima mal podiam ser focalizados, e a crista do morro vibrava como uma corda esticada que fosse tangida. Sem água, totalmente árida. Nenhuma haste de capim, nenhum mato, nem um líquen, fedor, rocha quentíssima e ar imóvel. — Isto é um paraíso — gritou Stephen.

— Fico feliz ao ver que o senhor gosta — disse Nicolls, sentando-se com cuidado no único lugar limpo que pôde encontrar. — O senhor não acha isso meio forte para um paraíso, e quente que nem o inferno? A rocha está queimando através dos meus sapatos.

— Há um odor, claro — respondeu Stephen. — Mas com paraíso quero dizer da docilidade das aves; e não acredito que são elas que fedem. — Ele se abaixou quando uma andorinha-do-mar passou a toda velocidade junto à sua cabeça, fazendo uma curva e freando rápido para pousar. — A mansidão dos pássaros antes da Queda. Acredito que este pássaro me deixará cheirá-lo; acredito nisso, se é que todo o odor não é de excrementos, peixe morto e algas. — Ele se aproximou um pouco mais do mergulhão, um dos poucos que ainda chocava, tocou gentilmente o bico maligno e encostou o nariz nas costas da ave. — Mas eles contribuem um bocado — disse. O mergulhão pareceu indignado, eriçado, impenetravelmente estúpido; emitiu um sibilo baixo mas não se afastou, meramente remexeu o ovo que estava embaixo e olhou um caranguejo que laboriosamente roubava um peixe-voador deixado por uma andorinha na beira de um ninho a menos de um metro de distância.

Do topo da ilha podia ver a fragata, imóvel a duas milhas de distância, as velas frouxas e desanimadas: tinha deixado Nicolls sob um abrigo feito com as roupas dos dois estendidas sobre os remos, o único trecho de sombra em toda aquela rocha maravilhosa. Havia coletado dois mergulhões e duas andorinhas-do-mar: tivera de superar uma extrema relutância em bater na cabeça deles, mas um dos mergulhões, o de pernas vermelhas, quase certamente era de uma espécie não descrita; escolhera pássaros que não estavam procriando, e, segundo sua estimativa, apenas nesta rocha restariam cerca de trinta e cinco mil. Tinha enchido as caixas com vários espécimes de uma mariposa que comia penas, um besouro de gênero desconhecido, dois tatuzinhos aparentemente idênticos aos de uma pilha de turfa da Irlanda, o ágil caranguejo ladrão e um grande número de carrapatos e moscas sem asas que com o tempo iria classificar. Que coleta! Agora estava batendo na rocha com o martelo, não em busca de espécimes geológicos, porque estes já estavam empilhados no barco, mas para alargar uma fenda onde um aracnídeo não identificado se refugiara. A rocha era dura; a fenda profunda; o aracnídeo teimoso. De vez em quando parava para respirar o ar um pouco mais puro ali em cima e olhar o navio: a leste havia muito menos pássaros, mas aqui e ali um mergulhão voava ou mergulhava com as asas fechadas, penetrando no mar. Quando dissecasse aqueles espécimes prestaria atenção especial às narinas; talvez houvesse um processo que impedisse a entrada de água.

Nicolls. O fluxo, o jorro de confiança, prendendo-se a que palavra casual? Algo toleravelmente remoto, já que ele não conseguia lembrar, tinha levado à declaração abrupta: "Eu fiquei em terra desde a época em que recebi o último pagamento da *Euryalys* até ser nomeado para a *Surprise*; e tive um desentendimento com minha mulher." Os protestantes costumavam confessar aos médicos, e Stephen já ouvira essa história antes, sempre com o pedido ritual de conselho — a esposa amargamente ferida, o marido desgraçado tentando reconciliar, a imitação civil de uma vida casada, as palavras comedidas, educação, contenção, ressentimento, o sofrimento vazio de noites e dias, a decadência progressiva de toda a amizade e comunicação — mas ele jamais ouvira isso expresso com uma infelicidade tão desolada e penetrante:

— Eu achei que poderia ficar melhor quando estivesse a bordo — disse Nicolls — mas não fiquei. Então não havia nenhuma carta em Gibraltar, ainda que a *Leopard* tivesse chegado antes de nós, e a *Swiftsure*. Toda vez que eu ficava de serviço de madrugada andava de um lado para o outro pensando na resposta que mandaria às cartas que estariam me esperando na Madeira. Não havia cartas. O malote tinha vindo e ido há duas semanas, enquanto ainda estávamos em Gibraltar; e não houve cartas. Eu tinha realmente pensado que deveria haver um resto... mas não veio nem um bilhete. Não pude acreditar, todo o caminho até os alísios; mas agora acredito, e lhe digo, Maturin, não suporto, não suporto esta morte longa, lenta.

— Certamente haverá um monte delas no Rio — disse Stephen. — Eu também não recebi nenhuma na Madeira, praticamente nenhuma. Certamente serão mandadas ao Rio, conte com isso; ou mesmo a Bombaim.

— Não — respondeu Nicolls com uma certeza desanimada. — Não haverá mais cartas. Eu chateei o senhor muito tempo com minhas coisas, desculpe. Se eu montasse um abrigo com os remos e minha camisa o senhor gostaria de se sentar embaixo? Sem dúvida esse calor vai lhe causar insolação.

— Não, obrigado. O tempo é curto demais. Devo explorar rapidamente esta arca estacionária. Deus sabe quando irei vê-la de novo.

Stephen esperava que Nicolls não se ressentisse mais tarde. A confissão regular era muito mais formal, muito menos detalhada e ampla, muito menos satisfatória em seu aspecto não-sacramental; mas pelo menos o confessor era um padre durante toda a vida, ao passo que um médico era um ser comum na maior parte do tempo — difícil de encarar por cima da mesa de jantar depois daquelas revelações.

Voltou à tarefa, pam, pam, pam. Pausa; pam, pam, pam. E enquanto a fenda lentamente se alargava notou grandes gotas batendo na pedra, secando enquanto caíam. "Não achei que me restasse algum suor", refletiu continuando a bater. Então percebeu que as gotas caíam também nas suas costas, gotas enormes de chuva quente, diferente dos excrementos que os pássaros incontáveis lhe presenteavam.

Levantou-se, olhou em volta, e lá, cobrindo o céu do oeste, havia uma escuridão, e no mar embaixo uma linha branca aproximando-se em velocidade inconcebível. Nenhum pássaro no ar, nem mesmo no apinhado lado oeste. E a distância intermediária estava turva pela chuva que caía. Toda a escuridão era iluminada por baixo com raios vermelhos, visíveis até mesmo nessa claridade. Um instante depois o sol foi engolido e a água quente e escura o golpeou. Não eram gotas, e sim jatos, quentes como o ar e caindo com força enorme; e entre os jatos apertados um jorro de água despedaçada, infinitamente dividida, tão densa que ele mal conseguia sugar o ar. Abrigou a boca com as mãos, respirou mais facilmente, deixou a água jorrar entre os dedos e bebeu-a, litros e litros. Mesmo estando no topo da rocha, o dilúvio cobriu seus tornozelos, e ali estavam suas caixas voando, flutuando para longe. Cambaleando e se agachando no vento ele recuperou duas e se agachou sobre elas; e o tempo todo a chuva corria pelo ar, enchendo seus ouvidos com um estrondo que quase abafava os trovões prodigiosos. Agora a tempestade estava bem acima; o vento o derrubou, e o que ele havia pensado que era o último grau de cataclismo se multiplicou por dez. Enfiou as caixas entre os joelhos e ficou de quatro.

O tempo assumiu outro aspecto; era marcado apenas pelos relâmpagos sucessivos que sibilavam no ar, saltando da nuvem acima, acertando a rocha e pulando de volta para a escuridão. Alguns pensamentos débeis, atordoados, moveram-se por sua mente: "E o navio? Será que algum pássaro consegue sobreviver a isso? Será que Nicolls está em segurança?"

Acabou. A chuva parou instantaneamente e o vento limpou o ar; alguns minutos depois a nuvem tinha passado pelo sol baixo que ficou lá, chamejando num céu perfeito, ainda mais azul. A oeste o mundo estava inalterado, como sempre estivera, a não ser pelas espumas brancas no mar; a leste a tempestade ainda cobria o lugar onde ele vira o navio pela última vez; e, no trecho ensolarado que se alargava entre o rochedo e a escuridão, uma corrente trouxe um jorro de filhotes de pássaros, centenas deles. E ao longo da corrente viu tubarões, alguns grandes, alguns pequenos, subindo até os corpos.

Toda a rocha continuava cheia de pequenos riachos — em toda parte o som da água correndo. Ele desceu a encosta gritando:

— Nicolls, Nicolls!

Alguns pássaros — precisava evitá-los ao pisar — ainda se agachavam sobre os ovos ou filhotes; alguns se limpavam. Em três lugares havia fileiras de andorinhas e mergulhões mortos, chamuscados mas úmidos, fedendo a fumaça. Chegou ao local onde estivera o abrigo: nada de abrigo, nenhum remo caído: e onde haviam alado o barco não havia barco.

Rodeou toda a rocha, inclinando-se contra o vento e gritando para o vazio. E quando pela segunda vez chegou ao lado leste e olhou para o mar a tempestade tinha desaparecido. Não existia navio à vista. Subindo até o topo conseguiu vê-lo, casco abaixo do horizonte e inclinado diante do vento sob o velacho, com o mastro de mezena e o grande desaparecidos. Ficou olhando até que mesmo o tremor de branco houvesse desaparecido. O sol tinha baixado sob o horizonte quando ele se virou e desceu. Os mergulhões já haviam recomeçado a pescar, e os pássaros mais altos ainda estavam ao sol, brilhando em cor-de-rosa enquanto mergulhavam através da luz feroz.

CAPÍTULO SEIS

Foi o escaler que finalmente o resgatou, sob o comando de Babbington, com uma tripulação forte puxando as duas fileiras de remos bem no olho do vento.

— O senhor está bem? — gritou Babbington assim que o viram sentado ali. Stephen não respondeu, mas indicou para o barco vir pelo outro lado.

— O senhor está bem? — gritou Babbington de novo, saltando em terra. — Onde está o Sr. Nicolls?

Stephen assentiu, e numa voz baixa e grasnada disse:

— Estou perfeitamente bem, obrigado. Mas o pobre Sr. Nicolls... Vocês têm água neste barco?

— Pegue o barrilete, aí. Dê uma mão, dê uma mão.

Água. Jorrou dentro dele, irrigando a boca enegrecida e a garganta rachada, enchendo o corpo ressecado até que a pele finalmente começou a suar; e os homens estavam acima dele, perguntando, solícitos, respeitosos, abrigando-o com um pedaço de pano de vela. Não tinham esperado encontrá-lo vivo: o desaparecimento de Nicolls estava no curso natural dos eventos.

— Tem o suficiente para todos? — perguntou ele num tom mais humano, parando.

— Muito, senhor, muito; mais uns dois barris grandes — respondeu Bonden. — Mas o senhor acha certo? Não vai estourar na nossa frente?

Ele bebeu fechando os olhos para saborear a delícia. "Um prazer mais agudo do que o amor, mais imediato, intenso." Com o tempo abriu-os de novo e gritou em voz forte:

— Pare com isso imediatamente. Você, senhor, largue esse mergulhão. Pare com isso, estou dizendo, seus destruidores assassinos, desgraçados. Que vergonha! E deixem essas pedras em paz.

— O'Connor, Boguslavsky, Brown, o resto de vocês, voltem para o barco — gritou Babbington. — Agora, senhor, será que poderia comer alguma coisa? Sopa? Um sanduíche de presunto? Um pedaço de bolo?

— Acho que não, obrigado. Se tiver a gentileza de mandar pôr aqueles pássaros, as pedras e os ovos no barco, e de levar o senhor mesmo as duas caixas pequenas, talvez nós possamos *dar o fora*. Como está o navio? Onde está?

— Quatro ou cinco léguas a sul-sudeste, senhor: talvez o senhor tenha visto joanetes ontem à tarde, não?

— Não. Ele está danificado, há pessoas feridas?

— Sofreu bastante, senhor. Todos a bordo, Bonden? Calma, senhor, calma agora. Plumb, enrole essa camisa para fazer um travesseiro. Bonden, o que está fazendo?

— Pegando o guarda-sol, senhor. Achei que talvez o senhor não se importasse de ficar no leme.

— Saia — exclamou Babbington. — Abra caminho. — O escaler se afastou do rochedo, girou, levantou a bujarrona e a vela grande e disparou para sudeste. — Bem, senhor — disse ele acomodando-se junto ao leme tendo a agulha magnética à frente. — Acho que a fragata foi bem sacudida, e perdemos algumas pessoas: o velho Tiddiman foi varrido da proa e três garotos foram levados pela corrente antes que pudéssemos puxá-los a bordo. Estávamos tão ocupados olhando o céu no oeste que não percebemos a tormenta branca.

— Branca? Mas aquilo era preto como uma sepultura aberta.

— Essa foi a segunda. A primeira foi uma tormenta branca vinda do sul, alguns minutos antes da sua: isso acontece freqüentemente perto do equador, dizem, mas não tão forte. De qualquer modo ela nos acertou sem qualquer aviso. Na hora o comandante estava conveses abaixo, no paiol de velas. Ela acertou pelo alto as gáveas, quase nada na superfície, e fez a gente adernar até a amurada. Todas as velas se soltaram de suas tralhas antes que pudéssemos tocar nas escotas ou nas adriças; não restou um retalho de lona.

— Até a flâmula foi embora — disse Bonden.

— É, até a flâmula: incrível. E os mastaréus do joanete, do grande e da gata, todos tombaram a sotavento, e aí ficamos adernados, todas as vigias abertas e três canhões se soltando. E então o comandante chegou no convés segurando um machado, gritando e tirando tudo do caminho, e aí ela se aprumou. Mas mal conseguimos girar a proa antes que a tempestade negra acertasse. Meu Deus!

— Colocamos um retalho de vela no mastaréu do traquete — disse Bonden — e corremos com o tempo, com o mar de popa, já que havia uns canhões soltos no convés e o comandante desejava que eles não saíssem arrebentando a amurada.

— Eu estava no empunidouro a barlavento — disse Plumb, o voga dos remadores — e demorei meia ampulheta para passar por ele; e o vento soprava tão forte que chicoteou meu rabo-de-cavalo para cima da urraca, deu duas voltas nela e Dick Turnbull teve de cortar o cabelo para me soltar. Foi um momento cruel e difícil, senhor. — Ele virou a cabeça para mostrar a perda — quinze anos trançando com cuidado, penteando, encorajando com o melhor óleo de macáçar, reduzido a um cotoco de seis centímetros.

— Mas pelo menos — disse Babbington — enchemos nossos barris de água. Depois largamos uma mezena temporária e uma gávea e estamos nos virando desde então.

Uma infinidade de detalhes — as perguntas baixas e ansiosas de Babbington sobre Nicolls — a aceitação surpreendentemente rápida, filosófica, de sua morte — mais detalhes de vergas partidas, gurupés acertado por um raio, enormes esforços dia e noite — e Stephen dormiu com o pedaço de bolo na mão.

— Ali está ela — disse a voz de Bonden através do sonho que ia se dispersando. — Içaram um joanete do traquete. O comandante vai ficar muito feliz em vê-lo, senhor. Disse que o senhor não conseguiria durar naquele... rochedo; ficou no convés dia e noite, os marinheiros virando de bordo a cada virada da ampulheta. Deus nos ama — disse ele com um risinho, lembrando-se da compulsão feroz, da pressão implacável sobre homens que estavam praticamente mortos de fadiga. — Ele ficou muito perturbado.

De fato Jack ficara muito perturbado, mas a notícia vinda do topo do mastro, de que o escaler retornava trazendo o cirurgião vivo, tranqüilizou a maior parte de sua mente: mas ainda estava tremendamente ansioso por Nicolls, e as duas emoções ficaram evidentes em seu rosto enquanto ele se inclinava sobre a amurada — grave, e no entanto um jorro de prazer e um sorriso que se alargava. Stephen subiu com agilidade, quase como um marinheiro.

— Não, não, estou perfeitamente bem — disse ele — mas me sinto profundamente preocupado em dizer que o Sr. Nicolls e o barco desapareceram totalmente. Revirei os rochedos naquela noite, no dia seguinte e no outro: não restou qualquer traço.

— Sinto tremendamente por isso — respondeu Jack, balançando a cabeça e olhando para baixo. — Ele era um oficial muito bom. — Depois de um momento disse: — Venha, você deve descer e ir para a cama. M'Alister vai cuidar de você. Sr. M'Alister, por favor leve o Dr. Maturin cobertas abaixo.

— Deixe-me carregá-lo, senhor — disse Pullings.

— Eu lhe dou uma mão — insistiu Hervey.

Todo o tombadilho e a maior parte dos tripulantes olhavam o doutor ressuscitado, seus antigos companheiros de navio com prazer evidente, os outros com grande espanto: Pullings chegou ao ponto de se enfiar entre o comandante e o médico e segurá-lo pelo braço.

— Não tenho a menor vontade de descer — disse Stephen incisivamente, soltando-se. — Só preciso de um bule de café. — Em seguida andou um pouco em direção à popa, viu o Sr. Stanhope e exclamou: — Excelência, devo pedir perdão por não ter mantido meu compromisso com o senhor no domingo.

— Permita-me dar-lhe os parabéns por sua preservação — disse o Sr. Stanhope, avançando e apertando sua mão; falava com mais do que a formalidade normal, já que Stephen estava totalmente nu; e ainda que o Sr. Stanhope tivesse visto homens nus antes, jamais vira um com os olhos tão avermelhados pelo sal e pelo sol intolerável a ponto de brilharem como cerejas, nem vira um tão ressecado, tão enrugado na pele frouxa e enegrecida, tão cheio de crostas e cadavérico.

— Desejo-lhe toda a felicidade em seu resgate, doutor — disse o Sr. Atkins, o único homem a bordo que não ficou satisfeito ao ver o retorno do escaler. Stephen estava ligado à missão com uma tarefa vagamente artística, e as instruções do enviado exigiam que ele procurasse o conselho do Dr. Maturin; o conselho do Sr. Atkins, ou mesmo sua presença, não era mencionado em lugar nenhum, e ele estava dominado pelo ciúme. — Posso lhe pegar uma toalha ou alguma outra vestimenta? — com um olhar para a barriga escrofulosa e encolhida de Stephen.

— O senhor é muito obsequioso; mas esta é a vestimenta com que me apresentarei diante de Deus; acho que ela responde muito bem. Pode ser chamada de "roupa com que nasci".

— Isso deve ter engasgado o sacana — disse Pullings a Babbington, em pouco mais do que um sussurro, com o rosto imóvel. — Essa acertou bem no olho.

De manhã ele apareceu à mesa do café, ansioso e em ponto de bala, à primeira badalada do sino.

— Tem certeza de que não deveria ficar na cama? — perguntou Jack.

— Nunca na vida, meu caro — respondeu Stephen pegando o bule de café. — Não digo o tempo todo que estou bem? Uma fatia daquele presunto, por favor. Não, com toda a seriedade, se não fosse pelo infeliz do Nicolls eu me sentiria satisfeito por ter ficado lá. Foi desconfortável, eu me assei, sem dúvida, mas isso fez coisas extraordinárias para os meus tendões, mais do que as águas de Bath fariam em cem anos. Não sinto dor, nem incômodo! Poderia dançar uma jiga, uma jiga elegante. E afora isso, o que mais iria me permitir dia após dia de observações detalhadas? Só os artrópodes... Antes de dormir ontem à noite, antes de *apagar*, fiz uma quantidade de anotações não-digeridas, e meramente sobre os artrópodes foram 17 páginas! Você deveria vê-los. Você será o primeiro a ler minhas observações.

— Ficarei muito feliz; obrigado, Stephen.

— Depois me banhei com esponja repetidamente, da cabeça aos pés, com água *doce*, sua abençoada água doce; e dormi, dormi! Foi como cair lentamente num vácuo sem fundo, tão fundo que hoje cedo tive dificuldade para lembrar os acontecimentos de ontem: uma vaga memória da enfermaria, que tive de juntar a partir de fragmentos que vinham nadando. Acho que terei um triste relatório para você depois da minha inspeção desta manhã.

— Certamente você parece menos uma vítima de holocausto do que ontem — disse Jack, olhando afetuosamente o rosto dele. — Seus olhos estão quase humanos. Mas — completou sentindo que isso não era perfeitamente educado —, eles terão uma vista encantadora no convés: finalmente pegamos os alísios de sudeste! Estão vindo mais do sul do que eu poderia desejar, mas acho que passaremos pelo cabo de São Roque. De qualquer modo atravessaremos o equador antes do meio-dia, estamos desenvolvendo sete e oito nós desde o início do quarto das 0h às 4h. Outra xícara? Diga, Stephen, o que você bebia naquele rochedo infernal?

— Merda fervida. — Stephen era casto em sua fala, raramente praguejava, jamais dizia um palavrão, jamais alguma coisa indecorosa. Sua resposta espantou Jack, que olhou rapidamente para a toalha da mesa. Talvez fosse um termo que ele tivesse aprendido e compreendido mal. — Merda fervida — disse Stephen de novo. Jack sorriu de um jeito mundano mas sentiu o rubor subindo. — É, havia uma única poça de água da chuva num buraco. Os pássaros defecavam nela copiosamente. Não com intenção, todo o rochedo normalmente fica afundado nos excrementos, mas o bastante para deixar a água imunda ao ponto de causar náusea. No dia seguinte estava mais quente, se possível, e com a reverberação o líquido chegou a uma temperatura extraordinária. Mas eu bebi, até que deixou de ser um líquido; depois passei para o sangue. Sangue dos pobres mergulhões que não suspeitavam de nada, temperado com um pouquinho de água do mar e suco de algas. Sangue... Jack, esse cabo de São Roque, do qual você fala tão ansiosamente, fica no Brasil, não é, o lar do vampiro?

— Perdão, senhor, por interromper — disse Hervey aparecendo à porta —, mas o senhor queria que eu dissesse quando o joanete do grande estivesse pronto para ser içado.

Deixado sozinho, Stephen olhou para a mão sem unhas, flexionou-a com grande complacência — intenção notável, precisa, sem tremer — realizou uma operação delicada no presunto com seu bisturi de bolso e foi até a enfermaria, observando:

— Eu não seria capaz de fazer isso antes de ser fervido em vida, dissecado, mumificado. Abençoado seja o poder do sol.

Naquele dia atravessaram o equador, mas com cerimônias discretas. Não era somente a perda dos colegas e do Sr. Nicolls — uma perda enfatizada pela venda de suas roupas junto ao cabrestante — mas não havia muito espírito de diversão no navio. Netuno veio a bordo com seu tridente, barbeou os garotos e os tripulantes mais jovens de um modo perfunctório, multou Stephen, o Sr. Stanhope e seu pessoal em seis e oito *pence* por cabeça, jogou uma boa quantidade de água no castelo de proa e a meia-nau, e se recolheu.

— Esta foi a nossa saturnália — disse Jack. — Espero que você não tenha desgostado.

— De jeito nenhum. Sou totalmente a favor da alegria inocente; mas fico espantado por você ter tido esse trabalho, com tantas fainas a fazer: todas essas vergas, cabos e velas espalhadas e meio destruídas. E o tempo, pelo que você diz, é precioso demais.

— Ah, não devemos interferir nos costumes. Eles trabalharão dobrado os quartos amanhã, estarão muito mais animados. O costume...

— Vocês são oprimidos pelo costume, na Marinha — disse Stephen. — Badaladas; linguagem esotérica, não vou dizer jargão; cerimônias sem sentido. A venda das roupas do pobre Nicolls, por exemplo, me pareceu uma tremenda impropriedade. E ao Sr. Stanhope também. Ele é um homem muito mais interessante do que seria de supor; lê; toca uma flauta delicada. Mas não vim aqui para elogiar o enviado. Tenho uma coisa muito mais séria para lhe dizer. Os trabalhos incessantes da semana passada exauriram os homens; muitos que não mostravam sinais de escorbuto no último exame agora estão afetados; eis a minha lista. Praticamente todo o pessoal da *Racoon*, muitos da *Surprise* e quatro recrutados. E pior, a tempestade, ao arrebentar meu depósito, transformou meus medicamentos no mais estranho magma, para não falar do resto de suco de lima, que está mais do que duvidoso. Digo-lhe oficialmente, meu caro, e colocarei por escrito se você quiser, que não posso responder pelas conseqüências a não ser que verduras, carne fresca e acima de tudo frutas cítricas sejam fornecidas nos próximos dias. Se eu o entendi, você pretende contornar a extremidade leste do Brasil; e o leste do Brasil — exclamou ele, olhando cobiçoso pela vigia aberta em direção ao oeste — tem um suprimento notável de todas essas mercadorias.

— Então, está bem — disse Jack. — E vampiros.

— Ah, não imagine que não examinei minha consciência — exclamou Stephen, pondo a mão no peito de Jack. — Não suponha que não sei de minha ansiedade para pôr os pés no Novo Mundo o mais cedo possível. Mas venha e olhe para uma amputação de cinco anos que está supurando, ferimentos que já estavam saudáveis e estão se abrindo de novo, gengivas purulentas, os abcessos, febres baixas, extravasamentos lívidos.

— Não falei sério. Mas o fato é que há muitas coisas que preciso levar em conta. — E havia mesmo. Esta era uma viagem muito longa e ele já perdera muito tempo. Com o cabo da Boa Esperança nas mãos dos holandeses de novo precisava ir direto até a latitude 40S, para os grandes ventos de oeste que não falhavam e iriam levá-lo ao oceano Índico a duzentas milhas por dia, para pegar a cauda da monção sudoeste em algum lugar nas alturas de Madagascar. Suas ordens exigiam que ele parasse no Rio, que não estava a muito mais de mil milhas de distância, o que não era muito se os alísios, alcançados com dificuldade, se mantivessem fiéis; ao passo que se permanecesse perto de terra poderia perdê-los. Certamente ficaria emaranhado com as autoridades portuguesas se aportasse no Recife, por exemplo: no mínimo haveria um atraso interminável, e na pior das hipóteses algum incidente feio, detenção, até mesmo violência, já que eles sentem enorme ciúme de navios de guerra estrangeiros em qualquer lugar que não fosse o Rio. Atraso, talvez uma briga, e mesmo assim não haveria certeza de suprimentos. E ainda que Stephen estivesse falando de boa-fé, aquela criatura querida era um filósofo tão passional, com seus insetos, vampiros... — Deixe-me pensar nisso, Stephen. Irei à enfermaria.

— Muito bem. E nesse meio-tempo considere também isto: meus ratos desapareceram. Não foi a tempestade que os levou. A gaiola não estava danificada, mas a porta foi aberta. Eu viro as costas por cinco minutos para tomar ar nos Rochedos de São Paulo e meus valiosos ratos desaparecem! Se este é um dos seus costumes navais, eu poderia desejar que todos vocês fossem crucificados nas suas adriças reais; e açoitados vivos antes de ser pregados. Não é a primeira vez que isso me acontece. Uma áspide perto de Fuengirola, três camundongos no golfo de Lyons. Ratos que eu criava na mão, acarinhava desde Berry Head, entupia com garança refinada duplamente apesar da relutância cada vez maior deles. E agora tudo está perdido, toda a experiência deu em nada, foi absolutamente destruída!

— E por que você os alimentava com garança?

— Porque Duhamel nos diz que o vermelho é fixado e concentrado nos ossos. Eu queria descobrir a taxa de penetração e saber se chegava ao tutano. Mas com o tempo saberei: M'Alister e eu dissecaremos todas as pessoas adequadas, já que o efeito será passado aos que os comeram, claro; e lhe digo com toda a seriedade, Jack, que se você persistir nessa pressa, pressa teimosa e autodestruidora, forçando de velas, sem um momento a perder, a maioria do pessoal passará por nossas mãos, inclusive, sem dúvida, aquele ladrão cujos próprios ossos vão ruborizar de vergonha.

Ele pronunciou estas palavras num guincho agudo ao entrar na enfermaria, para se fazer ouvir acima da forja do armeiro, onde estavam fazendo uma nova bigota ferrada para substituir a que fora levada pela tempestade.

Jack olhou para a enfermaria apinhada; respirou o ar fétido que nenhum ventilador de lona levaria embora; ficou parado enquanto Stephen e M'Alister abriam curativos e mostravam os efeitos do escorbuto em ferimentos antigos; não se abalou sequer um centímetro quando eles o levaram à testemunha principal, o cotoco amputado há cinco anos. Mas quando lhe mostraram uma caixa de dentes e mandaram buscar alguns baús para lhe mostrar com que facilidade os molares saíam, e o fizeram apalpar as gengivas podres, ele disse que estava satisfeito e foi rapidamente para a popa.

— Killick — disse Jack —, não jantarei hoje. Avise ao Sr. Babbington. — Aqui, pelo menos, havia algo agradável para tirar o cheiro de necrotério. — Ah, Sr. Babbington, aí está: sente-se. Imagino que saiba por que o chamei, não é?

— Não, senhor — respondeu Babbington instantaneamente. Valia a pena negar tudo enquanto pudesse.

— Como está o seu tempo de compromisso? Você deve estar perto da hora.

— Cinco anos, nove meses e três dias, senhor. — Depois de seis anos nos livros dos navios um aspirante poderia passar a tenente, poderia trocar de aspirante — um insignificante qualquer que poderia ser desembarcado ou rebaixado a bel-prazer — ou passar para um divino oficial comissionado; e Babbington sabia a data e até a hora.

— Sim. Bem, vou lhe dar uma ordem como tenente interino no lugar do pobre Nicolls. Quando chegarmos ao almirante você já terá cumprido seu tempo e poderá ser avaliado perante a junta; e ouso dizer que o Almirantado confirmará a nomeação. Nunca irão reprová-lo em marinharia, tenho certeza, mas pode ser sensato pedir ao Sr. Hervey para lhe dar uma mão com as medidas de alturas dos astros.

— Ah, obrigado, senhor, obrigado — exclamou Babbington, numa inundação de júbilo. Aquilo não era totalmente inesperado (ele comprara uma das casacas de Nicolls, para o caso de isso acontecer), mas nem de longe era certeza. Braithwaite, o outro aspirante mais antigo (que havia comprado duas casacas, dois coletes e dois calções) tinha bons motivos para querer o cargo; e algumas palavras ásperas haviam sido trocadas entre Babbington e seu comandante na Madeira ("Este navio não é um bordel flutuante, senhor"), e mais ásperas ainda sobre render o quarto na hora certa. Foi um momento agradável, e as palavras gentis com que Jack terminou: "saindo-se bem... responsável, como um oficial... deveria se sentir tão tranqüilo com Babbington chefiando um quarto de serviço quanto com qualquer oficial do navio", trouxe lágrimas aos olhos de Babbington. No entanto, no meio de sua felicidade, seu coração o afligia, e parando junto à porta depois dos cumprimentos usuais ele se virou e disse com voz embargada: — O senhor é tão gentil comigo, sempre foi, que parece que estou sendo um canalha. Talvez o senhor não tivesse feito isso se... mas eu não menti, exatamente.

— Hein? — exclamou Jack, atônito. Mas com as explicações ficou evidente que Babbington tinha comido os ratos do doutor; e que agora lamentava. — Bom, não, Babbington — disse Jack. — Não. Foi uma coisa infernal de se fazer; ruim e indigna. O doutor tem sido seu amigo, nenhum seria melhor. Quem remendou seu braço quando todo mundo jurava que ele deveria ser cortado fora? Quem colocou você na própria cama e ficou sentado ao seu lado a noite inteira, cuidando do ferimento? Quem... — Babbington não pôde suportar; irrompeu em lágrimas. Mesmo sendo um tenente interino, enxugou os olhos com a manga, e através dos soluços deu a entender a Jack que mãos desconhecidas tinham afanado aqueles moleiros para o alojamento dos aspirantes de bombordo; que apesar de ele não ter participado do corte dos bichos, na verdade teria impedido isso, já que sentia o maior apreço pelo doutor, tanto que havia lutado com Braithwaite por sobre um baú por ter chamado o doutor de "holandês esquisito", no entanto, como os ratos já estavam mortos, e temperados com molho de cebola, e ele com tanta fome depois de descer da enxárcia, tinha achado uma pena deixar os outros devorarem tudo. Desde então tinha vivido com a consciência pesada, na verdade esperava receber uma bronca na câmara.

— Você estaria vivendo com estômago pesado se soubesse o que havia neles; o doutor estava...

— Vou lhe contar o que é, Jack — disse Stephen entrando rapidamente. — Ah, perdão.

— Não, fique, doutor. Fique, por favor — exclamou Jack.

Babbington olhou arrasado de um para o outro, lambeu os lábios e disse:

— Eu comi o seu rato, senhor. Sinto muito e peço perdão.

— Foi mesmo? — respondeu Stephen em tom afável. — Bem, espero que tenha gostado. Escute, Jack, quer olhar minha lista agora?

— Ele só comeu o rato quando já estava morto — disse Jack.

— Teria sido uma refeição estranhamente apressada, agitada, se ele tivesse comido antes — respondeu Stephen, olhando atentamente para a lista. — Diga, senhor, por acaso guardou algum dos ossos?

— Não, senhor. Sinto muitíssimo, mas geralmente a gente mastiga tudo, como passarinho. Mas uns rapazes disseram que eles estavam muito escuros.

— Coitados, coitados — disse Stephen em voz baixa, recolhida.

— Quer que eu faça uma anotação sobre este roubo, Dr. Maturin? — perguntou Jack.

— Não, meu caro, de jeito nenhum. A natureza cuidará disso, acho.

Ele voltou à enfermaria, e ali, depois de fazer alguns curativos, perguntou a M'Alister quantos viviam no alojamento dos aspirantes de bombordo. Ao saber que eram seis, escreveu uma receita e pediu que M'Alister preparasse seis bolos.

No convés Stephen tinha consciência de que era observado atentamente, furtivamente; e depois do jantar, num momento em que supostamente estaria numa condição benévola, não ficou surpreso ao receber uma delegação dos jovens cavalheiros, todos lavados e usando casacas apesar do calor. Eles também lamentavam muito ter comido seus ratos; também imploraram seu perdão; e jamais fariam isso de novo.

— Jovens cavalheiros — disse ele —, eu os estava esperando. Sr. Callow, faça a gentileza de levar este bilhete, com meus cumprimentos, ao comandante. — Ele escreveu: "Será que os serviços dos jovens cavalheiros e do escriturário poderiam ser dispensados por um dia?" Dobrou-o e entregou. No intervalo ficou olhando para Meadows e Scott, voluntários de primeira classe com 12 e 14 anos; o secretário do comandante, um cabeludo de 16 anos com os punhos muito além das mangas do paletó do ano anterior; Joliffe e Church, aspirantes de 15 anos: todos mais magros, mais famintos do que suas mães desejariam. E olhavam para ele disfarçadamente, com a alegria insensata usual encolhida, transformada numa solenidade pouco convincente.

— O comandante manda seus cumprimentos, senhor — disse Callow — e diz que com a maior facilidade possível. Uma semana, se o senhor quisesse.

— Obrigado, Sr. Callow. Se me fizer a gentileza de engolir esse bolo medicinal. Sr. Joliffe, Sr. Church...

A *Surprise* estava atravessada, com o precioso vento alísio cantando na mastreação e aparelho, fugindo sem ser aproveitado. No través de boroeste o cabo de São Roque avançava para o mar, um ousado promontório, coberto tão densamente de florestas tropicais que nenhum trecho de terra nua, nem mesmo uma rocha, podia ser visto, a não ser na beira do mar, onde as ondas se quebravam numa praia brilhante, cortada aqui e ali por riachos que penetravam entre as árvores.

Uma daquelas pequenas baías tinha um rio — suas águas barrentas podiam ser vistas se misturando ao azul, espalhando-se de cada lado da pequena barra — e seguindo seu curso dava para vislumbrar os telhados de um povoado a alguma distância no interior. Só os telhados, nada mais: todo o resto do Novo Mundo era antiga floresta luxuriante, uma sólida massa de diferentes tons de verde — nem um fiapo de fumaça, nenhuma cabana, nenhuma trilha. A luneta de Jack, apoiada no pano da maca, trazia a floresta tão perto que ele podia ver troncos meio caídos, presos num emaranhado de trepadeiras gigantes, novas árvores abrindo caminho, e até o escarlate luminoso de um pássaro, a mesma cor de um incêndio de flores um pouco à direita; mas na maior parte do tempo ele a mantinha fixa nos telhados, no riacho, esperando hora após hora surpreender algum movimento.

Sua idéia parecera brilhante à luz da manhã, com o Brasil surgindo no oeste: não iriam ao Recife nem a qualquer outro porto, acompanhariam a costa e mandariam a lancha em terra, até a aldeia de pescadores mais próxima; sem problemas com qualquer autoridade, quase sem perda de tempo. Stephen estava convencido de que qualquer trecho cultivado daquele litoral daria o que ele precisava.

— Só precisamos de coisas verdes — disse olhando o cabo de São Roque. — E o que, afora o vale de Limerick, poderia ser mais verde do que aquilo?

Então viram umas canoas subindo o riacho e os telhados mais além. Como Stephen era o único oficial a bordo que falava português e que teria certeza das necessidades da enfermaria, era sensato que ele fosse; mas tivera de ser convencido. E ao partir, com um sorriso selvagem e secreto parcialmente escondido no rosto, havia jurado por sua honra que não estava influenciado pelos vampiros — que não traria um único vampiro a bordo.

Atrás de Jack o trabalho no navio continuava; eles estavam aproveitando essa pausa para reparar a maior parte do aparelho do mastro grande e guardar de volta as vergônteas; mas a coisa ia devagar, com o mestre do navio e sua faxina impelindo a tripulação esparsa e desanimada com mais barulho e menos efeito do que o usual. O som de discussão distante vinha dos carpinteiros na carlinga de proa; e o Sr. Hervey também estava numa agitação incomum.

— Onde esteve, Sr. Callow? — gritou ele. — Faz dez minutos desde que eu lhe disse para trazer a agulha azimutal.

— Na rotunda, senhor — respondeu Callow olhando nervoso para as costas do capitão.

— Na rotunda, na rotunda! Todo aspirante me dá a mesma desculpa esfarrapada hoje. Joliffe está na rotunda, Meadows está na rotunda, Church está na rotunda. Qual é o problema de vocês? Comeram alguma coisa ou é uma mentira deslavada? Não vou admitir essa preguiça. Não brinque com o dever, senhor, caso contrário vai ser mandado para o topo do mastro logo, logo, sem brincadeira.

Seis badaladas soaram e Jack se virou para cumprir seu compromisso de tomar chá com o Sr. Stanhope. Quanto mais conhecia o enviado, mais gostava dele, ainda que o Sr. Stanhope fosse um dos homens menos impressionantes que ele já conhecera; havia algo tocante em sua ansiedade por não causar problema, sua gratidão por tudo que faziam por ele em termos de acomodação, sua consideração pelos tripulantes inutilmente mal-direcionada, e sua solidez — jamais uma palavra de reclamação depois da tempestade e todo o estrago causado por ela. Ao descobrir que Jack e Hervey eram ligados a famílias que ele conhecia, passou a tratá-los como seres humanos; todos os outros como cães — mas como cães bons e bastante inteligentes numa comunidade que amava os cães. Era cerimoniosamente, naturalmente gentil e tinha um senso de dever enorme e opressivo. Recebeu Jack com renovadas desculpas por fazê-lo na câmara do próprio comandante.

— O senhor deve estar lamentavelmente apertado — disse. — Miseravelmente confinado; é um grande sofrimento — e lhe serviu uma xícara de chá de um modo que fez Jack se lembrar irresistivelmente de sua tia-avó Lettice: os mesmos gestos sacerdotais, a mesma dobra do pulso, a mesma concentração grave. Conversaram sobre a flauta de Sua Excelência, um quarto de tom alto demais neste calor extraordinário; sobre o Rio e as comidas que esperavam ter por lá; sobre a tradição naval de ter treze meses no ano; e o Sr. Stanhope disse: — Freqüentemente tive a intenção de lhe perguntar, senhor, porque meus amigos e conhecidos da marinha costumam se referir com tanta freqüência à *Surprise* como a *Nêmesis.* O nome dela foi trocado, ela foi tomada dos franceses?

— Bom, senhor, é mais uma espécie de apelido que temos no serviço, assim como chamamos a *Britannia* de Old Ironsides. O senhor deve se lembrar da *Hermione*, em 97?

— Um navio com esse nome? Não, creio que não.

— Era uma fragata de trinta e dois canhões, na base das Índias Ocidentais; e lamento dizer que o pessoal dela se amotinou, matou os oficiais e levou-a para La Guayra, no sul do mar das Caraíbas.

— Ah, ah, que coisa mais chocante. Fico perturbado em saber.

— Foi uma coisa feia; e os espanhóis também não queriam abrir mão dela. Então, resumindo, Edward Hamilton, que na época estava com a *Surprise*, foi até lá e cortou-a. Ela estava amarrada de popa e proa em Puerto Cabello, um dos portos mais fechados do mundo, sob as baterias deles, que tinham cerca de duzentos canhões; e os espanhóis estavam montando guarda a remo, também, já que a *Surprise* estava perto de terra e eles percebiam seus movimentos. Mesmo assim, naquela noite ele adentrou o porto com embarcações miúdas, abordou-a e tirou-a de lá. Matou cento e dezenove tripulantes, feriu noventa e sete, com muito pouca perda, mas ele próprio foi tremendamente ferido ah, foi um serviço brilhante! Eu teria dado a mão direita para estar lá. Então o Almirantado mudou o nome da *Hermione* para *Retribution*, e no serviço o pessoal chamava a *Surprise* de *Nêmesis*, vendo que... — Através da gaiúta aberta ele ouviu o homem do gávea do traquete avisar ao convés: a lancha havia saído da margem, seguida por duas canoas. O Sr. Stanhope continuou durante algum tempo, proseando gentilmente sobre nêmesis, resgate, desertores, a inevitabilidade da punição eventual para todas as transgressões, o crime trazia em si as sementes fatais da ruína do criminoso, e lamentando a depravação dos amotinados.

— Mas sem dúvida eles foram induzidos, guiados por algum jacobino ou radical desgraçado, e dominados pelo álcool. Atacar a autoridade propriamente constituída de modo tão bárbaro...! Imagino que foram tratados de modo severo, não?

— Nós temos um jeito rápido de cuidar dos amotinados, senhor. Enforcamos todos em que colocamos as mãos; penduramos no lais da verga ao som da "Marcha do Bandido". Mas foi uma coisa feia — acrescentou; conhecera o infame comandante Pigot, causa do motim, e vários dos homens decentes que tinham sido enganados para participar. Uma lembrança odiosa. — Agora, senhor, se me desculpar, acho que devo ir ao convés ver o que o Dr. Maturin nos trouxe.

— O Dr. Maturin está voltando? Folgo em sabê-lo. Irei com o senhor, se não for incômodo. Tenho grande estima pelo Dr. Maturin, um cavalheiro tremendamente valioso e engenhoso; não tenho qualquer objeção a um pouco de originalidade, meus amigos mesmos costumam me censurar pelo mesmo motivo. Posso lhe pedir que me dê seu braço?

Valioso e engenhoso pode ser, pensou Jack, fixando Stephen com sua luneta, mas também era falso e perjuro. Tinha jurado voluntariamente que não iria mexer com vampiros, e ali, preso ao seu peito, espalhado sobre ele e meio coberto por um dos braços, havia uma coisa verde e peluda como um capacho — um vampiro desprezível e enorme, do tipo mais venenoso, sem dúvida.

— Nunca deveria ter acreditado nele, seu juramento sagrado de manhã e agora ele enche o navio de vampiros; e Deus sabe o que há naquela sacola. Sem dúvida sentiu-se tentado, mas certamente deveria sentir algum rubor pela própria queda, não?

Nenhum rubor; nada além de uma expressão de deleite idiota enquanto subia lentamente pela amurada, atrapalhado pelo fardo e o consolando em português enquanto vinha.

— Estou feliz em ver que teve tanto sucesso, Dr. Maturin — disse Jack olhando para a lancha e as canoas carregadas com montes luzidios de laranjas e toranjas, carne vermelha, iguanas, bananas, verduras. — Mas acho que nenhum vampiro deve ter permissão de subir a bordo.

— Isso é uma preguiça — disse Stephen, sorrindo. — Uma preguiça-de-três-dedos, a preguiça mais afetuosa e arguta que você pode imaginar! — A preguiça virou sua cabeça redonda, fixou os olhos em Jack, emitiu um gemido desesperado e enterrou o rosto de novo no ombro de Stephen, apertando-o a ponto de quase estrangular.

— Ande, Jack, solte o braço direito dela, por favor, não precisa ter medo. Excelência, por favor tenha a gentileza... o braço esquerdo, soltando com cuidado as garras. Pronto, pronto, minha coleguinha. Agora vamos levá-la para baixo. Com cuidado, com cuidado, não assustem a preguiça, por favor.

A preguiça não se alarmava com facilidade: assim que lhe deram um pedaço de amarra tesada no camarote ela foi dormir depressa, pendurada pelas garras e balançando na oscilação do navio como se estivesse em galhos agitados pelo vento em sua floresta natal. De fato, a não ser pela inocente perturbação ao ver o rosto de Jack, era perfeitamente adaptada à vida no mar; não reclamava; não precisava de ar puro nem de luz; prosperava numa atmosfera úmida e confinada; podia dormir em qualquer circunstância; era tenaz com a vida; suportava qualquer dificuldade. Aceitava biscoitos e papa; e à noite bamboleava no convés, andando sobre as garras, e se esgueirava no cordame, pendurada de cabeça para baixo e avançando dois ou três metros de cada vez, com pausas para dormir. Desde o início os marinheiros a adoraram e freqüentemente a carregavam aos mastaréus ou até mais alto; declaravam que ela trazia sorte ao navio, ainda que fosse difícil ver o motivo, já que o vento raramente soprava a leste do sul, e mesmo assim debilmente, dia após dia.

No entanto as provisões frescas tiveram seu efeito espantosamente rápido; numa semana a enfermaria estava praticamente vazia; e a *Surprise*, totalmente tripulada e alegre, tinha recuperado a velha forma, a aparência de mastros altos e aprumada. Voltou ao exercício com os grandes canhões, que fora deixado de lado para os reparos mais urgentes, e todo dia os ventos alísios levavam embora grandes sopros da fumaça de pólvora: a princípio isso perturbou a preguiça; ela se encolhia, quase corria para baixo do convés, com as garras fazendo clac clac no silêncio entre um tiro e outro; mas quando o sol ficou a pino e o vento finalmente chegou firme e forte, ela dormiu durante todo o exercício, pendurada em seu lugar de sempre nas enxárcias do mastro da gata, acima das caronadas do tombadilho, assim como havia dormido durante os tiros de mosquete dos fuzileiros e do treino de pistola de Stephen.

Durante toda essa passagem tediosa, tediosa, mesmo nos alísios de nordeste, a fragata não havia mostrado o que tinha de melhor, mas agora, com o sopro de ar constante e urgente, esse forte oceano de vento, ela se comportava como a velha *Surprise* da juventude de Jack Aubrey. Ele não estava satisfeito com sua mareação nem com o presente caimento dos mastros, nem com os mastros em si, muito menos com o estado do fundo do casco; no entanto, com o vento entrando por ante a ré do través para as velas auxiliares aproveitarem bem, ela corria com a antiga vida e o antigo impulso mágico, um domínio particular, ágil, do mar que ele teria reconhecido imediatamente se fosse posto vendado em seu convés.

O sol havia baixado num breve incêndio carmesim; a noite vinha rapidamente do leste por cima de um céu sem nuvens, um azul mais profundo a cada minuto; e cada topo de onda começava a brilhar com fogo interno. O terceiro-tenente interino parou em seu caminho a barlavento do tombadilho inclinado e gritou para sotavento:

— Sr. Braithwaite, está pronto com a barguinha aí? — Babbington ainda não ousava ser muito duro com seus antigos companheiros de coberta, mas fazia belas cabriolas para os aspirantes do alojamento de boreste — bálsamo para sua alma — e essa pergunta desnecessária se destinava somente a obrigar Braithwaite a repetir:

— Tudo pronto, senhor.

O sino tocou. Braithwaite deitou a barguinha longe da fosforescência mais forte que corria pela lateral da fragata: a linha começou a se desenrolar do carretel. Ao grito do contramestre ele verificou a velocidade, puxou o pino, içou a barguinha para bordo e gritou:

— Conseguimos! Conseguimos! Exatamente onze!

— Não é verdade! — gritou Babbington, com a dignidade toda afundada em deleite. — Vamos tentar outra vez.

Deitaram a barguinha de novo, olharam-no sumir no remoinho brilhante da esteira, mais brilhante agora com a escuridão do céu, e com os dedos na linha corrediça Babbington apertou o décimo-primeiro nó, gritando:

— Onze!

— O que estão fazendo? — perguntou Jack, por trás do empolgado ajuntamento de aspirantes.

— Só estou verificando a precisão do Sr. Braithwaite, senhor — disse o terceiro-tenente. — Ah, senhor, estamos desenvolvendo onze nós! Onze nós; não é fantástico?

Jack sorriu, sentiu o patarrás rígido como ferro e foi para vante, até onde Stephen e o Sr. White, o capelão do enviado, estavam agachados no castelo de proa, firmando-se por causa da inclinação do navio e se agarrando a qualquer coisa, cavilhas, olhais, até o metal incandescente do cavalo.

— Está tudo resolvido? — perguntou.

— Estamos esperando o momento combinado, senhor — disse o capelão. — Talvez o senhor pudesse ter a gentileza de marcar o tempo e ver se tudo está bem: toda uma garrafa de cerveja clara depende disso. No momento em que Vênus se puser, o Dr. Maturin lerá da primeira página em que abrir, somente à luz da fosforescência.

— Nota de rodapé não vale — disse Stephen.

Jack ergueu o olhar, e lá, contra o Cruzeiro do Sul, acima do estai do joanete do traquete, estava a preguiça, balançando tranqüilamente ao ritmo do navio.

— Duvido que vocês tenham muita luz das estrelas — disse ele.

A essa velocidade a onda de proa da fragata subia alta, lavando os corrimões da proa a sotavento com uma fantasmagórica luz azul-esverdeada e lançando gotas fosforescentes por cima deles, mais brilhante ainda do que a esteira que rasgava o mar atrás da popa, uma linha reta com três milhas de comprimento brilhando como um jorro de metal. Por um momento Jack fixou os borrifos luminosos que caíam em redemoinhos a bordo e depois no pano da vela do traquete, lançados pelas correntes de vento desviadas pelas bujarronas e a estai, e então virou o olhar para oeste, onde o planeta estava o mais baixo possível junto ao horizonte. O brilho redondo tocou o mar, reapareceu com o balanço do navio, desapareceu totalmente; e a luz das estrelas perdeu nitidamente a força.

— Alagou — gritou ele.

Stephen abriu o livro e, segurando-o com a página virada para a onda de proa, leu:

> — *Acelerar o suave intercurso de alma a alma*
> *E soprar um suspiro do Indo ao Pólo.*

Sr. White, exultou, triunfo. Reivindico minha garrafa; e meu Deus, meu Deus, como vou desfrutá-la, que sede! Comandante

Aubrey, peço que compartilhe nossa garrafa. Venha, Letargia! — gritou, direcionando a voz para o céu de veludo.

— Ah, ah! — exclamou o capelão, cambaleando através da retranca. — Um peixe... um peixe me acertou! Um peixe-voador me acertou no rosto.

— Ali está outro — disse Stephen, pegando-o. — Note que os seus peixes voam paradoxalmente *a favor* do vento. Imagino que deve haver uma corrente ascendente. Como eles brilham, há um cardume inteiro, vejam! Aqui está um terceiro. Vou oferecê-lo, levemente frito, à minha preguiça.

— Não imagino o que aquela preguiça tem contra mim — disse Jack, recuperando o capelão e guiando-o pela passagem. — Sempre fui educado com ela, mais do que educado; mas nada produz resultado. Não consigo pensar por que vocês falam da perspicácia dela.

Jack era de temperamento otimista; gostava da maioria das pessoas e ficava surpreso quando não gostavam dele. Essa prontidão para agradar fora danosa em anos recentes, mas permaneceu intacta com relação a cavalos, cães e preguiças; sentia-se ferido ao ver lágrimas surgirem nos olhos da criatura quando ele entrava na câmara, e se preparava para ser agradável. Enquanto iam para o Rio sentava-se com ela em momentos variados, falando-lhe em português, mais ou menos, e oferecendo guloseimas que algumas vezes ela comia, algumas vezes deixava escorrer lentamente da boca. Mas somente quando estavam se aproximando do trópico de Capricórnio, com o Rio a pouca distância pela bochecha de boreste, ele viu o bicho reagir.

O tempo havia refrescado até estar quase frio, porque o vento vinha mais do leste, das correntes geladas entre Tristão e o cabo da Boa Esperança; a preguiça ficou espantada com a mudança; evitava o convés e passava o tempo cobertas abaixo. Jack estava em sua câmara, examinando a carta náutica com menos satisfação do que desejaria: progresso, lento, sérios problemas com o mastro grande — incontáveis ventos de proa à noite — e tomando um copo de grogue; Stephen estava na gávea da gata, ensinando Bonden a escrever e examinando o mar em busca de seu primeiro albatroz. A preguiça espirrou, e erguendo os olhos Jack captou o olhar do bicho fixo nele; o rosto invertido tinha uma expressão de ansiedade e preocupação.

— Experimente um pedaço disso, minha velha — disse ele, mergulhando seu bolo no grogue e oferecendo a papa. — Talvez lhe dê um pouco de ânimo. — A preguiça suspirou, fechou os olhos, mas absorveu gentilmente a comida e suspirou de novo.

Alguns minutos depois Jack sentiu um toque no joelho: a preguiça havia descido em silêncio e estava ali de pé, os olhos redondos espiando seu rosto, brilhantes de expectativa. Mais bolo, mais grogue: confiança e estima crescentes. Depois disso, assim que o tambor havia batido o silêncio, a preguiça o encontrava, correndo para a porta sobre as pernas desiguais: recebia sua própria tigela e segurava-a com as garras, enfiando o rosto redondo e franzindo os lábios para beber (a língua era curta demais para lamber). Algumas vezes dormia nessa posição, curvada sobre o vazio.

— Neste balde — disse Stephen entrando na câmara — neste pequeno meio balde, agora, tenho a população de Dublin, Londres e Paris juntas: esses animálculos... qual é o problema com a preguiça? — Ela estava enrolada no joelho de Jack, respirando pesadamente: sua tigela e o copo de Jack estavam vazios na mesa. Stephen pegou-a, olhou seu rosto afável, remelento, sacudiu-a e pendurou-a em seu cabo. Ela se segurou com uma pata dianteira e uma traseira, deixando as outras penderem frouxas, e foi dormir.

Stephen olhou em volta incisivamente, viu a garrafa, cheirou a preguiça e exclamou:

— Jack, você corrompeu minha preguiça.

Do outro lado das anteparas da câmara o Sr. Atkins disse ao Sr. Stanhope:

— Palavras exaltadas entre o comandante e o doutor, senhor. Ôoo, ôoo, bem fortes; ele fala com muita força. Imagino como um homem de espírito suporta isso. Eu lhe daria uma surra.

O Sr. Stanhope não tinha idéia do que era ouvir por trás de anteparas, e não respondeu; mas não conseguiu se impedir de captar sentimentos isolados, como "*... tes moeurs crapuleuses... tu cherches à corrompre mon paresseux... va donc, eh, salope... espèce de fripouille*"*, já que o diálogo havia passado para o francês diante da entrada do impávido Killick.

— Espero que eles não se atrasem para o nosso uíste — murmurou. Agora que o ar tinha ficado respirável, a força do Sr. Stanhope havia renascido, e ele ansiava por aquelas noites jogando cartas, a única quebra no tédio indizível da viagem oceânica.

Não se atrasaram. Apareceram na hora certa; mas seus rostos estavam vermelhos e Stephen trapaceou para ter o enviado como parceiro. Jack jogou abominavelmente; Stephen com uma concentração maligna, lançando seus trunfos como os dentes de uma cobra; superava-se nas autópsias, mostrando claramente como seus oponentes poderiam ter apanhado o único rei, salvado a partida decisiva, superado o ás com um trunfo, e a noite acabou sem que a tensão arrefecesse; eles o olharam nervosos enquanto pagavam a diferença monstruosa, e com um faccioso ar de alegria Jack disse:

— Bem, senhores, se a posição estimada do mestre-arrais forem tão exatas quanto as mãos do Dr. Maturin, e se o vento se mantiver, acredito que acordarão amanhã no Rio de Janeiro: sinto a aproximação da terra, sinto nos ossos.

Na hora morta do quarto de 0h às 4h ele apareceu no convés com a camisola, olhou atentamente a tabela de milhas navegadas à luz da bitácula e pediu que Pullings reduzisse as velas às oito badaladas. Apareceu de novo, como um fantasma inquieto, às cinco badaladas e braceou as velas de gávea por um tempo. Seus cálculos estavam notavelmente exatos e ele entrou com a fragata no Rio exatamente quando o sol se erguia por trás dela e banhava todo o fantástico espetáculo em

*"...seus modos debochados... você quer corromper minha preguiça... tudo bem, vá, devassa... sua canalha". (*N. da E.*)

luz dourada. Mas nem isso respondeu, nem isso fechou a fenda: Stephen, ao ser chamado da cama para ver, observou:

— Curioso como às vezes a natureza pode ser vulgar: meretriz, *ad captandum vulgus effectus**, o tipo de coisa tentada em Astley ou Ranelagh, e felizmente não conseguida.

Ele poderia ter pensado em outras observações, já que a preguiça estivera muito levemente enjoada durante toda a noite em seu camarote, mas nesse momento a *Surprise* irrompeu em chamas e fumaça, saudando o almirante português que estava ali, num carmesim navio de setenta e quatro canhões sob a Ilha dos Ratos.

Jack desembarcou com o Sr. Stanhope depois do café-da-manhã, os tripulantes do escaler barbeados e arrumados com chapéus de palha e blusas brancas e ele próprio em seu melhor uniforme; e quando voltou não havia qualquer traço de reserva, expiação ou altivez em sua expressão. Bonden estava carregando uma sacola, e de longe o grito de Correio circulou pelo navio que esperava.

— Com os cumprimentos do comandante, e ele ficaria feliz se vocês lhe poupassem um momento — disse Church, o ratívoro. Depois, segurando a manga de Stephen, acrescentou num sussurro ansioso: — E, senhor, por favor, poderia dizer uma boa palavra para que Scott e eu fôssemos em terra? Nós *merecemos*.

Imaginando o quanto o Sr. Church achava merecer qualquer coisa diferente de ser empalado, Stephen entrou na câmara. Ela se encontrava cheia de um sorriso róseo, contentamento e cheiro de cerveja preta; Jack estava sentado à sua mesa atrás de várias cartas abertas de Sophia, dois copos e uma jarra.

— Aí está você, meu caro Stephen — exclamou ele. — Venha e tome um copo de cerveja preta, com os cumprimentos dos franciscanos irlandeses. Tenho cinco cartas de Sophia, e há algumas para você, também de Sussex, acho. — Estavam junto a um monte de outras destinadas ao Dr. Maturin, e a letra era indubitavelmente

*Como diz o vulgo. (*N. da E.*)

de Sophia. — Que letra esplêndida a dela, não acha? — disse Jack. — Dá para identificar cada palavra. E, verdade, que estilo! Que estilo! Imagino como ela pode ter conseguido esse estilo: devem ser algumas das melhores cartas que já foram escritas. Há uma aqui falando do jardim e das pêras de Melbury, que lerei para você, e é tão boa quanto qualquer coisa em toda a literatura. Mas peço que não se incomode comigo, se quiser olhar as suas agora. Não faça cerimônia.

— Não farei — disse Stephen distraidamente, colocando-as no bolso e folheando o resto: Sir Joseph, Ramis, Waring, quatro desconhecidos. — Diga, havia alguma carta para o Sr. Nicolls?

— Nicolls? Não, nenhuma. Mas muitas para o resto dos oficiais. Killick!

— O que foi, agora, senhor? — perguntou Killick irritado, com uma colher na mão.

— Taifeiro da praça d'armas: correio. E traga outra garrafa. Stephen, quer olhar isto, por favor? — E entregou uma carta: o Sr. Fanshaw apresentava os cumprimentos ao Comandante Aubrey e tinha a honra de declarar que recebera neste dia a quantia de £9.755, 113s 4d do Almirantado, representando um pagamento extra ao comandante Aubrey com respeito à detenção dos navios *Clara, Fama, Medea* e *Mercedes*, de sua majestade catolicíssima; que os lordes não contemplaram fazer qualquer pagamento de prêmio por captura de prisioneiros, canhões ou mesmo pelos cascos; e que a quantia acima mencionada, descontados os adiantamentos e a comissão usual, tinham sido pagos na conta do comandante A. na casa bancária dos srs. Hoare's.

— Não é o que chamaríamos de uma bela quantia — disse Jack rindo —, porém mais vale um pássaro na mão do que um monte voando por aí, não concorda? E praticamente me livra das dívidas: agora só preciso de uns dois prêmios moderados, e então dou minha palavra de que não sei que objeção a Sra. Williams pode fazer. Com certeza não resta sequer cheiro de um navio mercante deste lado da Batávia; quero dizer, nenhum prêmio legítimo, e Deus me preserve de mandar outro neutro; mas mesmo assim há alguns corsários vindo da Isle de France, e um esbarrão com um ou dois deles... — O velho brilho ansioso e pirata estava em seus olhos; ele parecia cinco anos mais jovem. — Mas, Stephen, estive pensando em você. Devo virar o navio de querena, reabastecê-lo... os pertences e os presentes do Sr. Stanhope estão todos embolados no porão de ré... embicá-lo mais, mudar todo tipo de coisas; e me ocorreu que, agora que você está tão ágil, não gostaria de tirar uma semana de licença e fazer um passeio pelo interior? Onças, avestruzes, unicórnios...

— Ah, Jack, que grande bondade sua! Eu tive de me obrigar por meios violentos a sair do cabo de São Roque, abandonar aquela magnificência vegetal. A floresta brasileira é o abrigo do tapir, da jibóia, do porco selvagem! Você acharia difícil acreditar, Jack, mas nunca vi uma jibóia.

Jibóias ele viu, e segurou também; beija-flores; vaga-lumes; o tucano em sua glória, espiando do ninho; o tamanduá com o filho, tingido de púrpura pelo nascer do sol sobre um pântano desolado; tatus, três tipos de macacos do Novo Mundo; um verdadeiro tapir ele viu, antes de retornar ao navio no Rio, tendo exaurido três cavalos e o Sr. White, seu companheiro, até restar apenas uma sombra. Aqui, fundada por uma única âncora, encontrou uma *Surprise* estranhamente alterada, com um mastro grande de uma fragata de trinta e seis canhões, o traquete e o mastro da gata fortemente inclinados para trás, e os costados pintados de preto e branco — o xadrez de Nelson.

— É um plano meu — disse Jack, recebendo-o a bordo. — Algo entre a *Lively* e a velha *Surprise* que conheci quando era garoto. Irei movê-la em brisas suaves, com sua entrada estreita, veja bem, e acima de tudo vou dar-lhe um nó a mais sob a pressão dos panos. Você vai questionar o excesso de peso nos mastros, eu sei — Stephen estava boquiaberto diante de um papagaio imaturo —, mas joguei fora todo o meu lastro de seixos e substituí por ferro fundido, nem posso dizer como o almirante foi gentil, e o dispusemos bem no fundo do navio. Ela está tão rígida quanto... bom, tão rígida quanto você pode imaginar; e se não pudermos conseguir um nó extra ficarei espantado. Talvez precisemos, porque a *Lyra* esteve aqui, e o pessoal nos disse que Linois passou para o oceano Índico com um navio de linha, duas fragatas e uma corveta. Lembra-se de Linois, Stephen?

— *Monsieur* de Linois, que nos capturou no *Sophie*? Sim, sim. Lembro perfeitamente. Um cavalheiro animado, educado, com colete vermelho.

— E que marinheiro prodigioso! Mas, por mim, ele não nos pegará de novo, não com seu navio de setenta e quatro canhões. Já as fragatas são outra coisa: a *Belle-Poule* é uma brutamontes grande e pesada, quarenta canhões contra os nossos vinte e oito, e são de vinte e quatro libras; mas a *Sémillante* é menor, e podemos ter chance com ela, se ao menos eu conseguir que nosso pessoal se mova rápido e atire com precisão. Seria uma tremenda presa, hein? Ha, Ha!

— Você imagina algum perigo imediato? Esses navios foram vistos no cabo?

— Não, não, estão a dez mil milhas. Entraram no oceano Índico pelo estreito de Sonda.

— Então será que não é meio prematuro para...

— Nem um pouco, nem um pouco. Mesmo segundo o ponto de vista da Marinha, não há um momento a perder. A tripulação nem de longe está pronta, nada como o pessoal da *Lively*, nem um pouco como o da *Sophie*; e, afinal de contas, você sabe, eu quero muito me casar! A idéia de casar impulsiona o homem, por Deus, você não faz idéia. Quero dizer, casar com Sophia: peço perdão se me expressei mal de novo.

— Ora, meu caro, não sou muito amigo de casamento, como você sabe; e algumas vezes me pergunto se você talvez não esteja investindo muito num contrato compelindo-o a ser feliz (se alguma chegada pode ser igual à soma das viagens) se, de fato, não seria melhor viajar indefinidamente. — As cartas que Stephen recebera de Sophia contavam uma terrível história de perseguição; a saúde da Sra. Williams estava realmente se deteriorando. O presidente do Colégio de Médicos e Sir John Butler não eram homens de ser enganados por vapores de hipocondria, e houvera alguns sintomas feios, muito feios. Mas a mente forte e inquieta da mulher havia juntado novas energias. Algumas vezes de uma palidez tocante e atravessada por dores (suportava a dor verdadeira com grande fortaleza), algumas vezes vermelha e furiosa como sempre fora, estava empurrando a filha para o Sr. Hincksey, o novo pastor. Numa voz exausta, do que ela chamava de seu leito de morte, implorava que a filha desistisse desse tal de comandante Aubrey (que jamais iria fazê-la feliz, que estava indo para a Índia todo mundo sabia por quê, que estava indo para a Índia atrás daquela mulher) e que deixasse a mãe morrer em paz, sabendo que estava casada, em segurança, e estabelecida numa casa paroquial em Swiving, tão pertinho, entre todos os conhecidos, tão confortável, e não em alojamentos junto ao mar do outro lado da Inglaterra ou no Peru; casada e estabelecida com um homem que todos os seus amigos aprovavam, um homem com belos meios privados e perspectivas brilhantes, um homem que poderia fazer uma provisão adequada para ela e que cuidaria de suas irmãs quando sua mãe tivesse ido — pobres meninas órfãs! Um homem com relação a quem Sophia não era indiferente, independentemente do que pudesse dizer. O comandante Aubrey logo iria superar isso, se de fato já não tivesse superado, nos braços de alguma vagabunda: como seu precioso lorde Nelson dissera: todo homem era solteiro assim que passava além de Gibraltar; e a Índia ficava muito além de Gibraltar, se o Atlas fosse digno de crédito. De qualquer modo o almirante Haddock e todos os cavalheiros da Marinha que ela conhecera, todos diziam: "A água do mar e a distância lavam o amor." Todos eram da mesma opinião. Ela só falava pelo bem de Sophia; e implorava para não recusar este último pedido, em nome de suas irmãs, mesmo que a felicidade da mãe não significasse nada para ela.

Stephen conhecia Hincksey, o novo sacerdote, um homem alto, bonito, cavalheiresco; um bom erudito; nem um pouco evangélico; divertido, espirituoso, gentil. Stephen amava e estimava Sophia mais do que qualquer mulher que ele conhecia, mas não esperava virtude heróica em ninguém, pelo menos não a virtude heróica de longa duração, com poucos aliados e eles a dez mil milhas de distância. Dez mil milhas, e quantas semanas, meses, até mesmo anos? O tempo significava uma coisa numa vida ativa, sempre mutável; e outra bem diferente numa distante casa provinciana, junto de uma mulher forte e desprovida de escrúpulos, convencida de sua retidão divina.

De qualquer modo, o temor e o ódio da Sra. Williams pelas dívidas eram totalmente genuínos, e isso dava à sua argumentação uma força e uma verdade muito além de seu alcance comum; em sua parte calma, acomodada do país, a prisão — prisão! — por dívidas não acontecia, e as histórias chocantes que ouvia das regiões ao redor ou da metrópole dissoluta e frívola falavam apenas de aventuras vulgares ou coisa pior; toda a sua infância fora tingida por relatos apocalípticos sussurrados, falando de pessoas tão abandonadas por Deus a ponto de perder o capital na Bolha dos Mares do Sul. Por seus próprios esforços a Sra. Williams, como todas as pessoas que ela conhecia, podia ganhar cinco *pence* por dia tirando ervas daninhas ou costurando, mas alguns dos cavalheiros poderiam se sair um pouco melhor cortando feno ou nas colheitas; o acúmulo de cem libras estava absolutamente fora de suas possibilidades, o de dez mil ficava além da imaginação; e eles cultuavam o capital com uma devoção inabalável, incompreensível, firme, não desprovida de práticas supersticiosas.

Stephen havia refletido nisso ao ler as cartas de Sophia; tinha refletido enquanto andava pela floresta brasileira, olhando vastas cataratas de orquídeas e borboletas do tamanho de pratos de sopa; refletia sobre isso agora. O tempo infinitesimal do pensamento! O intervalo mal teve tamanho para a expressão de Jack mudar de embaraço a uma sugestão de ansiedade perplexa, sentindo motivação por trás das palavras de Stephen, antes que uma mensagem com a notícia da lancha saindo de terra com o Sr. Stanhope a bordo a transformasse em prazer e alívio.

— Eu estava com medo de perdermos a maré — disse subindo rapidamente a escada até o formigueiro do convés. Era um formigueiro organizado: mesmo podendo dizer que eles só estavam prontos pela metade, os tripulantes da *Surprise* faziam os preparativos para zarpar com um propósito diligente; agora a *Racoon* estava esquecida, os novatos tinham deixado o arado e o tear muito para trás. E em suas batalhas em terra com a tripulação da *Lyra* os homens da *Liberty* que estavam na fragata haviam lutado como um corpo só — não havia um único homem cujo chapéu de palha não tivesse uma fita com *Surprise* bordado.

A cerimônia de recepção — o Sr. Stanhope jamais chegava a bordo incógnito —, o barulho dos fuzileiros apresentando armas, a ordem há muito esperada de "içar o ferro", o apito do mestre do navio e o som das botas dos soldados correndo para seus lugares junto às barras do cabrestante.

O feitiço da terra, prolongado até o último minuto possível, tinha restaurado o ânimo do Sr. Stanhope; mas, pensou Stephen olhando o rosto dele, não tinha feito grande coisa pela saúde: também havia levado sua capacidade de se equilibrar a bordo. Ele e Stephen estavam discutindo as cartas oficiais que o haviam alcançado da Inglaterra e da Índia quando a maré virou contra o vento, e a *Surprise*, voltando sua proa para o mar, começou a cabriolar como um cavalinho de balanço.

— Perdoe-me, Dr. Maturin — disse ele. — Acho que vou me deitar. Tenho pouca esperança de que isso adiante. Sei que daqui a uma hora esta salivação fria chegará ao paroxismo e me tornarei um ser inumano, indigno de companhia decente. Por quanto tempo, ah, meu Deus, quanto tempo?

Stephen ficou com ele enquanto o conforto humano era suportável, depois deixou-o com seu valete e um balde, observando:

— O senhor ficará melhor em breve, muito em breve; vai se acostumar ao movimento muito mais rápido do que no canal da Mancha, ao largo de Gibraltar, ao largo da Madeira; logo seus sofrimentos terminarão.

Mas acreditava pouco: tinha lido livros de viagens, tinha conversado com Pullings, que, navegando com os homens da Companhia das Índias Orientais indo para a China, fizera esta viagem várias vezes; e conhecia a reputação das altas latitudes do sul. Pois este não era um caminho comum para a Índia; o cabo da Boa Esperança fora devolvido aos holandeses com reverências e sorrisos no ano dois — claramente teria de ser tomado deles outra vez, mas enquanto isso a *Surprise* deveria descer bem ao sul da África, à feroz latitude 40, virar para o leste e depois para o norte até as águas onde sopravam as monções de verão.

A fragata navegando sob os alísios como se estivesse decidida a compensar o tempo perdido; a diferença no velame era aparente a todos a bordo — mais fácil, mais rápida, muito mais elegante. Jack estava fascinado; explicou a Stephen que ela era como uma égua puro-sangue — precisava de mão leve e cuidadosa — precisava ser guiada com pequenos toques — tinha lindos modos *no* vento e permanecia como um cúter — mas um sujeito capcioso poderia lhe fazer mal dando-lhe rédea solta: uma tendência muito ligeira à instabilidade, que exigia grande atenção no leme, para impedi-la de dar a popa ao mar.

— Eu realmente lamentaria vê-la virar de popa — disse balançando a cabeça. — Se ela virasse por d'avante eu não gostaria de responder por aquela verga do traquete danificada; nem pelo mastro em si, a única coisa que não pude trocar. Você se lembra do capuz de reforço do convés, por exemplo? — Stephen tinha uma vaga lembrança de Jack cravando uma espicha na madeira e as lascas macias voando; ele, também, balançou a cabeça, parecendo sério; e com decência parou um momento antes de perguntar quando poderia ter a esperança razoável de ver um albatroz.

— Coitada — disse Jack, com a mente ainda no navio. — Acho que ela está ficando velha: tem todo o espírito do mundo, mas o *anno domini* não pode ser vencido. Albatroz? Bom, acho que poderemos ver um antes de chegarmos à altura do cabo. Darei ordens para que você seja informado assim que um albatroz seja visto.

Dia após dia os graus da latitude observados na passagem meridiana do sol aumentavam: 26°16', 29°47', 30°58'; a cada dia o ar ficava mais frio — camisas de malha e chapéus de pele foram vistos, lamentavelmente reduzidos pela passagem pelos trópicos, e os uniformes não eram mais um tormento para os oficiais; e todo dia, várias vezes por dia, Stephen era chamado ao convés para ver pardelas, pombos-do-cabo, procelárias, porque agora estavam nas ricas águas do Atlântico sul, águas que podiam sustentar e sustentavam o Leviatã, que freqüentemente podia ser visto a distância — uma vez um estrondo na noite, uma interrupção momentânea no seguimento da fragata, mostrou que eles haviam entrado em contato imediato com ele.

Sul e sul para sempre, para além da zona onde nasciam os alísios, atravessando com firmeza ares incertos e variáveis — ares frios, frios — em direção à feroz latitude 40, onde o vento oeste, varrendo sem pausa todo o globo coberto de água, iria levá-los para o leste, além da ponta da África. Semana após semana de navegação decidida, com o sol mais baixo a cada meio-dia, mais baixo e como se estivesse menor: brilhante, mas sem calor: ao mesmo tempo em que a lua parecia crescer.

Era estranho ver com que rapidez esse progresso assumiu a natureza de uma existência comum: a *Surprise* não havia navegado mil milhas antes que a rotina invariável do dia no navio — desde o apito da alvorada até o toque de tambor de "Coração de Carvalho" para o jantar na praça d'armas, daí ao silêncio e os exercícios incessantemente repetidos com os canhões, e até o estabelecimento dos quartos de serviço — obliterasse o início e o fim da viagem, obliterasse até mesmo o tempo, de modo que parecia normal para todos os tripulantes que eles devessem viajar interminavelmente nesse mar infinito e totalmente vazio, olhando o sol diminuir e a lua aumentar.

Ambos estavam no céu numa quinta-feira memorável em que Stephen e Bonden retomaram seus lugares de costume na gávea da gata, dispensando seus habitantes comuns e se acomodando nas varredouras dobradas. Bonden havia ultrapassado os garranchos bem ao norte do equador; havia jogado no mar sua lousa ignóbil em 3°S; agora estava de verga a verga com pena e tinta, e à medida que a latitude sul aumentava, sua letra bem-feita ia ficando cada vez menor, menor e menor.

— Poema — disse Stephen.

Era uma satisfação inexprimível para Bonden escrever em métrica; com um gigantesco sorriso infantil ele abriu o tinteiro e segurou a pena atenta — uma pena de mergulhão.

— Poema — disse Stephen de novo, olhando o mar cinza-azulado sem limites e a lua torta acima. — Poema:

Então sobre a borda final do globo passaremos.
E veremos o oceano inclinado no céu;
Daí nossos vizinhos rolando veremos,
E no mundo lunar andaremos ao léu pelo amor de Deus
acho que vi o albatroz.

—... acho que vi o albatroz — disseram em silêncio os lábios de Bonden. — Não rima. É na outra linha, senhor? — Mas ao não receber resposta do professor rígido ele ergueu os olhos, seguiu o olhar dele e disse: — Ah, viu sim, senhor. Ouso dizer que ele atravessará diretamente nossa esteira e vai nos ultrapassar. São pássaros grandes e maravilhosos, mas meio esquisitos sem a pele. Tem uns sujeitos antiquados que não gostam deles, dizendo que trazem maus ventos.

O albatroz chegou cada vez mais perto, seguindo a esteira do navio num caminho sinuoso, jamais movendo as asas mas chegando numa tal velocidade que o que era um ponto remoto quando Stephen o viu pela primeira vez era uma presença enorme quando Bonden havia terminado sua receita de torta de albatroz. Uma enorme presença branca com as pontas pretas das asas, quatro metros de envergadura, bem a ré: depois fez uma curva, disparou pela lateral, desapareceu por trás da nuvem de velas e reapareceu cinqüenta metros atrás do navio.

Um mensageiro após o outro correu para a gávea da gata:

— Senhor, lá está o seu albatroz, dois pontos na alheta de bombordo — informou Achmet em urdu, e logo depois seu rosto azul e sem graça foi empurrado de lado por um garoto vindo do tombadilho, dizendo:

— Com os cumprimentos do comandante, senhor, ele acredita que viu o pássaro que o senhor estava querendo.

— Maturin, ei, Maturin, ali está o seu albatroz! — Era Bowes, o intendente, subindo com a força das mãos, arrastando a perna aleijada.

Por fim Bonden disse:

— Tenho de render o serviço, senhor. Preciso ir, peço perdão, caso contrário o Sr. Rattray me dará uma bronca. Posso lhe mandar um jaquetão? Aqui está um frio mortal.

— Sim, sim, faça isso — murmurou Stephen sem ouvir, num fascínio de admiração.

O sino tocou, o serviço foi rendido. Uma badalada, duas badaladas, três; o tambor para a parada, o toque de recolher — nenhum canhão, pela primeira vez, graças a Deus; e ele ainda olhava, e ainda à luz fraca o albatroz girava, baixava atrás da popa, ocasionalmente disparando para algum objeto jogado no mar, subia numa longa série de curvas, a perfeição do vôo tranqüilo.

Os dias que se seguiram estiveram entre os mais difíceis que Stephen já passara no mar. Alguns dos homens do castelo de proa, antigos baleeiros dos mares do sul, eram apaixonados pescadores de albatroz; depois de sua primeira explosão veemente eles não se ofereciam para fazer isso quando ele estava no convés, mas assim que descia, uma linha era lançada e o grande pássaro vinha batendo asas, para ser convertido em bolsas de tabaco, hastes de cachimbo, jantares quentes, edredons para ser usados perto da pele e feitiços contra afogamento — nenhum albatroz jamais se afogava, até agora meia dúzia acompanhara o navio, e nenhum deles foi visto se afogando, independentemente de o vento soprar forte ou fraco. Ele sabia que moralmente seu argumento era fraco, porque havia comprado e esfolado os primeiros espécimes. Não gostava muito de invocar autoridade, mas estava ocupado demais na enfermaria — a abertura da caixa 113 (carne de porco de três anos que tinha visto seu tempo na base das Índias Ocidentais) produzira algo surpreendente em termos de disenteria e também duas pneumonias — e no fim, exausto de tanto subir e descer, apelou a Jack.

— Bem, meu velho Stephen, darei a ordem se você quiser; mas você sabe, eles não vão gostar. É contra o costume. As pessoas pescam albatrozes e pardelas desde que navios vieram para estes mares. Não vão gostar. Você vai receber olhares tortos e respostas curtas, e metade dos marinheiros mais velhos vai ficar profetizando: dizendo que vamos nos deparar com uma fazedora de viúvas ou bater numa montanha de gelo.

— Por tudo que li, e por tudo que Pullings me diz, seria bastante seguro prever um vendaval nos quarenta graus sul.

— Venha — disse Jack pegando seu violino. — Vamos tocar o Boccherini antes de dormir. Talvez não tenhamos outra chance deste lado do cabo, com você atrapalhando a ordem natural das coisas.

Os olhares tortos e os tons reprovadores começaram no dia seguinte; assim como as profecias. Muitas cabeças grisalhas balançaram no castelo de proa, com as palavras agourentas, profundamente verdadeiras e não totalmente longe da audição de Stephen.

— Nós veremos o que veremos.

A fragata deslizava e deslizava para o sul, flanqueando o vento oeste, absolutamente sozinha sob o céu cinzento, indo para a imensidão do oceano. De um dia para o outro o mar ficou gelado e o frio penetrou nos porões, nos alojamentos e nos camarotes, um frio úmido, penetrante. Stephen ia ao convés refletindo com satisfação sobre sua preguiça, agora hóspede dos franciscanos irlandeses no Rio — e bebedora secreta de vinho de altar. Descobriu que a fragata estava velejando sob uma pressão de panos, adernada a ponto de o convés se inclinar como um telhado e as mesas de enxárcia de sotavento se enterrarem na espuma; doze nós e meio com o vento pela alheta — sobrejoanetes, cutelos e varredouras, quase tudo que ela possuía; as amuras de boreste a bordo, porque Jack ainda queria ir um pouco mais a sul. Ali estava ele, perto do corrimão de popa, ora olhando para o céu de oeste, ora para o aparelho do navio.

— O que acha destas vagas? — gritou ele.

Piscando ao vento forte, Stephen pensou: ondas muito lisas, escuras, pintalgadas de branco, correndo para leste diagonalmente ao rumo da fragata, duzentos metros de crista a crista: vinham com regularidade perfeita, passando sob a alheta, erguendo-a alto, alto, de modo que o horizonte se espalhava por mais vinte milhas, depois passando adiante e o navio jazia no cavado, e os papafigos, as velas mais baixas, se afrouxavam na calmaria ali embaixo. Num desses cavados havia um albatroz voando sem esforço ou preocupação, mas agora tão diminuído pela vasta escala do mar que poderia ser uma das gaivotas menores.

— *Grandiosas* — falou.

— Não são? Eu adoro um vento. — Havia um prazer nítido em seus olhos, mas era também um prazer atento; e enquanto o navio subia devagar ele olhou de novo para a varredoura da gávea. Enquanto a fragata subia, a força total do vento a fez inclinar, e a retranca da varredoura se retesou para vante, curvando-se muito além do que deveria. Todos os mastros e vergas mostravam essa tensão curva: todos gemiam e falavam; mas nenhum como as retrancas das varredouras. Um lençol de borrifos voou acima da meia-nau, passando pelo cordame e desaparecendo sobre a bochecha de bombordo, encharcando o Sr. Hailes, o artilheiro, ao passar. Ele estava indo de canhão a canhão com seus ajudantes, colocando cabos de reforço para prendê-los com mais força de encontro à borda. Rattray estava entre as retrancas, dando volta aos cabos e amarrando as embarcações miúdas: todos os homens responsáveis iam de um lado para o outro, sem que fossem dadas ordens; e à medida que trabalhavam olhavam o comandante, enquanto ele, com igual freqüência, estendia a mão para testar a tensão do aparelho fixo e virava a cabeça para olhar o céu, o mar, as velas superiores.

— Isso está estalando — disse Joliffe.

— E vai estalar de vez — respondeu Church —, se ele não carregar as velas.

Durante o tempo de mais de uma ampulheta o pessoal de serviço no convés estivera esperando a ordem de subir e reduzir os panos antes que o Senhor mesmo os reduzisse: no entanto a ordem não veio. Jack queria aproveitar cada milha da esplêndida corrida desse dia; e de qualquer modo o ritmo veloz da fragata, o canto agudo de seu cordame, suas nobres subidas e seus mergulhos o enchiam de deleite, um êxtase vívido que ele imaginava ser particular, mas que brilhava no rosto, ainda que o comportamento fosse contido, reservado e até um pouco severo — suas ordens saíam incisivas e rápidas enquanto ele a fazia navegar com intensidade, totalmente identificado com o navio. Estava no tombadilho, mas ao mesmo tempo estava na retranca da varredoura que se retesava, avaliando exatamente qual seria o ponto de rompimento.

— Sim — disse ele como se um longo período de tempo não houvesse passado. — E ficará cinqüenta por cento mais grandioso antes do fim deste quarto. O barômetro está descendo depressa, e vai começar a soprar mesmo. Esperem só até esse mar crescer e começar a estourar. Sr. Harrowby, Sr. Harrowby, outro homem no timão, por favor. E vamos tirar a giba e as velas auxiliares.

O apito do mestre do navio, o barulho de pés correndo — e a velocidade desesperada do navio diminuiu. O Sr. Stanhope, agarrado à escada do tombadilho que estava cruelmente no caminho, disse:

— É um espanto eles não terem caído, coitados. Isso é empolgante, não é? Como champanha.

E era mesmo, com todo o navio vibrando e um zumbido grave e profundo vindo do casco, e o ar limpo e cortante penetrando fundo nos pulmões. Mas bem antes do cair da noite o ar limpo e cortante soprava forte a ponto de arrancar o fôlego enquanto eles tentavam respirar, e a *Surprise* estava com as velas de gávea e papafigos rizadas nas últimas, mastaréus do joanete sobre o convés, correndo ainda mais rápido, e ainda mantendo o curso sudeste.

Durante a noite, Stephen ouviu vários estalos e gritos no sono, e percebeu uma mudança de rumo, porque seu beliche não balançava mais na mesma direção. Mas não estava preparado para o que viu quando chegou ao convés. Sob o céu baixo e cinza, meio lançando chuva, meio lançando borrifos, todo o mar estava branco — uma vastidão espumante até onde o olhar podia ver. Tinha visto a baía de Biscaia em sua pior condição, e as grandes tempestades de sudoeste no litoral da Irlanda, não eram nada comparadas a isso. Por um momento todo o espaço era uma paisagem violenta, montanhosa, mas estranhamente regular; mas então viu que tudo estava em movimento, um vasto movimento majestoso cujo tamanho escondia sua aterrorizante velocidade onírica. Agora as cristas e os cavados eram muitíssimo maiores; agora eram muito mais separados; e agora as cristas se enrolavam e se quebravam ao chegar, uma avalanche de branco se derramando pela face íngreme. A *Surprise* corria com o tempo quase alinhada a elas, entre leste e sudeste; haviam conseguido arriar o mastaréu da gata ao amanhecer — qualquer coisa para diminuir a pressão do vento na popa e com isso o risco de atravessar o mar — e cabos de vaivém estavam estendidos ao longo do convés encharcado. Quando o olhar dele chegou ao nível do tombadilho superior viu uma onda, uma parede cinza-esverdeada erguendo-se acima da grinalda de popa, correndo na direção deles — veloz inevitabilidade. Inclinou a cabeça para trás para ver o topo da onda, curvando-se para além da vertical enquanto se aproximava, ainda se equilibrando com a velocidade da chegada, uma barba de borrifos soprados pelo vento voando à frente. Ouviu Jack gritar uma ordem ao homem do timão e a fragata se afastou um pouquinho do rumo, subiu, inclinando a popa para o céu de modo que Stephen se agarrou de costas à escada, subiu e subiu; e a onda mortal passou varrendo sob o painel de popa, dividindo-se e continuando até cobrir a meia-nau do navio em espuma e água solidificada, barrando o horizonte à frente, enquanto a fragata afundava no cavado entre as ondas e o grito do cordame caía uma oitava enquanto a tensão diminuía.

— Segure-se, doutor — gritou Jack. — Com as duas mãos.

Stephen se arrastou agarrando o cabo de vaivém que servia de corrimão, atraindo uma expressão de censura dos quatro homens ao leme, como se dissessem: "Olhe o que você fez com seus albatrozes, colega", e chegou ao balaústre onde Jack estava amarrado.

— Bom dia, senhor.

— Um muito bom dia para você. Está chegando às vias de fato.

— O quê?

— Está chegando às vias de fato — disse Jack, com mais força. Stephen franziu a testa e olhou à frente, através da névoa de borrifos; e lá, mais brancos do que a espuma, estavam dois albatrozes correndo pelo vento. Um girou na direção do navio, subiu a altura do corrimão de popa e pousou ali na beira, a menos de três metros de distância. Stephen viu o olho afável e redondo espiando-o, a constante mudança mínima nas penas das asas, a cauda; depois o pássaro alçou vôo, subiu no vento, disparou para baixo e suas asas subiram altas quando ele roçou a face de um penhasco de água que avançava, pegou alguma coisa e disparou para longe, ao longo do cavado da onda antes que ela arrebentasse.

Killick apareceu com uma expressão azeda e maligna, o rosto todo franzido por causa do vento; tirou o bule de café de dentro do paletó; Jack pôs o bico na boca e bebeu.

— É melhor você ir para baixo — gritou para Stephen. — Desça e tome o café-da-manhã, talvez não tenha outra refeição quente se esta coisa piorar.

Na praça d'armas a opinião era a mesma. Os oficiais tinham a mesa coberta de presunto cozido, bifes e uma torta-do-mar, tudo amarrado com rabecões apertados, mas tudo misturado em sua confusão gordurosa.

— Torta-do-mar, doutor? — perguntou Etherege, rindo para ele. — Guardei um pedaço para o senhor.

— Por favor. — Stephen estendeu o prato, recebeu o pedaço no auge da ascensão; e quando a fragata mergulhou no cavado da onda a torta subiu no ar. Etherege pegou-a instantaneamente com seu garfo treinado, segurou-a até a embarcação chegar à base e a gravidade funcionar de novo.

Pullings lhe deu um biscoito selecionado e disse com um sorriso que o barômetro ainda estava descendo; a coisa ficaria pior antes de melhorar, e implorou que ele comesse enquanto ainda era possível.

O intendente estava lhes falando de um método infalível de calcular a altura das ondas através de triangulação simples quando Hervey entrou rapidamente na praça d'armas, derramando água como uma fonte invertida.

— Minha nossa, minha nossa — disse ele jogando a capa impermeável em seu camarote e colocando os óculos. — Dê-me uma xícara de chá, Babbington, seja um bom sujeito. Meus dedos estão entorpecidos demais para virar a torneira.

— O chá caiu pela borda, senhor. Serve café?

— Qualquer coisa, qualquer coisa desde que seja quente e molhada. Ainda tem torta-do-mar? — Eles lhe mostraram o prato vazio. — Ora, isso é que é bonito — exclamou. — A noite inteira no convés e não tenho torta-do-mar. — Quando o presunto o havia tranqüilizado, Stephen perguntou:

— Por que passou a noite inteira no convés?

— O comandante não quis descer, apesar de eu ter implorado; e eu não poderia descer com ele ficando no convés. Tenho natureza nobre — disse Hervey, agora sorrindo através do presunto.

— Então estamos correndo perigo extremo? — perguntou Stephen.

Ah, sim, garantiram com rostos graves e ansiosos; estavam correndo um perigo horroroso de afundar, atravessar o mar, chocar-se violentamente contra a Austrália; mas havia uma esperança, uma esperança pequeníssima, de que encontrassem uma montanha de gelo e subissem nela — e talvez meia dúzia de homens pudessem se salvar.

Quando haviam exercido o humor por um tempo considerável, Hervey disse:

— O comandante está preocupado com o mastaréu do velacho. Nós subimos para dar uma olhada, e... vocês acreditariam?, a força do vento enquanto estávamos subindo jogou o navio um ponto fora do rumo. A intensidade do vento logo acima do ninho de pega não é uma coisa que nenhum dos nossos amigos desejaria sentir; e se vier um mar de través e começarmos a balançar, vou começar a rezar.

— O Sr. Stanhope pede que o Dr. Maturin lhe conceda um minuto quando for conveniente — disse Killick em seu ouvido.

Encontrou-os sentados no camarote frio e escuro, à luz de uma pequena vela: o Sr. White, Atkins, o jovem ajudante chamado Berkeley, em cadeiras com os pés na água que corria para a proa e a popa fazendo um som agourento, todos usando sobretudos com as golas viradas para cima; o Sr. Stanhope meio deitado no sofá; serviçais esgueirando-se nas sombras. Aparentemente não tinham sido alimentados e suas espiriteiras não funcionavam. Todos estavam bastante silenciosos.

O Sr. Stanhope sentia-se muitíssimo grato ao Dr. Maturin por ter vindo tão depressa; não queria causar o menor problema, mas agradeceria se lhe dissesse se este era o fim. A água entrava pelos costados e um marinheiro tinha dado a entender ao seu valete que este era o sinal mais grave de todos. Um dos jovens cavalheiros confirmara isso ao Sr. Atkins, acrescentando que abalroado de popa era mais provável do que afundar ou partir-se em dois; se bem que nenhuma das duas possibilidades deveria ser descartada. O que significava *abalroado de popa*? Será que eles poderiam fazer alguma coisa?

Stephen disse que, pelo que sabia, o verdadeiro perigo estava numa onda de popa que atingisse o painel do navio com força suficiente para girá-lo de través para o vento, quando ele adernaria, receberia a próxima onda atravessado ao mar e assim poderia emborcar; daí necessitarem de velocidade — voando com vento em popa a todo o pano isso poderia ser resolvido — e de manobrar com atenção devida, para ser mais rápido e evitar esses golpes. No entanto eles deveriam ser considerados, porque se o navio ficava exposto à força total do vento quando estava na crista da onda monstruosa, também ficava abrigado no cavado, cerca de quinze metros abaixo, onde mesmo assim a velocidade para vante deveria ser mantida, para permitir que a embarcação fosse governada na direção desejada e para diminuir a velocidade relativa da onda seguinte; e que isso exigia necessariamente uma boa regulagem das várias velas e cabos em toda a sua complexidade. Mas, pelo que ele sabia, todas essas coisas estavam sendo feitas com diligência conscienciosa; e de sua parte, com um comandante daqueles, com aquela tripulação e aquela embarcação, não sentia qualquer apreensão racional.

— O comandante Aubrey declarou repetidamente, para que eu ouvisse, que a *Surprise* é a melhor fragata de sua tonelagem na Marinha Real. — Fazer água era inconveniente e até mesmo desconcertante, mas era um fenômeno usual nessas circunstâncias, em particular em embarcações antigas; era o que os marinheiros chamavam de "o trabalho do navio". E alertou-os para não acreditar muito literalmente nas palavras dos marinheiros. — Eles sentem um deleite obscuro em pregar peças em nós, gente de terra.

Assim que se aliviou da sensação de morte iminente, o Sr. Stanhope voltou aos enjôos espantosos que o haviam dominado durante a noite. Enquanto Stephen e o capelão o ajudavam a ir para a cama ele disse com uma tentativa de sorriso:

— Muito agradecido... não sou exatamente feito para viagens por mar... jamais viajarei pelo mar de novo... se não houver caminho terrestre de Kampong para casa, permanecerei em Kampong para sempre.

Mas os outros ficaram indignados, exacerbados e veementes. O Sr. White achava escandaloso que o governo os mandasse num barco tão pequeno, e ainda mais um barco que embarcava água. Será que o Dr. Maturin percebia que era muito *frio* no mar? Muito mais frio do que em terra. O Sr. Atkins disse que os oficiais que ele havia interrogado respondiam de modo evasivo ou não respondiam; e que certamente o comandante deveria ter se apresentado a Sua Excelência com uma explicação antes disso. O jantar da noite anterior fora desgraçadamente parco e ele gostaria de falar com o comandante.

— O senhor poderá encontrá-lo no tombadilho — disse Stephen. — Tenho certeza que ele ficará feliz em ouvir suas reclamações.

No silêncio que se seguiu o Sr. Berkeley disse em tom lúgubre:

— E todos os nossos penicos estão quebrados.

Stephen foi para a enfermaria, passando pelos alojamentos encharcados e fétidos onde os tripulantes fora de serviço estavam dormindo, totalmente vestidos, dormindo apesar dos balanços e do barulho tremendo, já que todos tinham sido chamados três vezes naquela noite. Encontrou os acidentes usuais, as pancadas e hematomas de uma tempestade furiosa; um homem fora lançado contra a pata de uma âncora, outro fora jogado de cabeça pela escotilha de proa que estava sendo fechada, outro conseguira se empalar em sua própria espicha; mas nada que estivesse fora da capacidade do cirurgião. O que o preocupava era a pior crise de pneumonia: um velho marinheiro chamado Woods; ele já corria risco antes da tempestade, e agora as sacudidas prodigiosas, a ausência de descanso, tinham aumentado a escala. Stephen ouviu sua respiração, sentiu o pulso, trocou algumas palavras com M'Alister e terminou a inspeção em silêncio.

No convés encontrou a cena alterada mais uma vez. O vento havia aumentado e rondado três pontos; a natureza do mar havia mudado. Agora, em vez da procissão regular de ondulações vastas, existia uma confusão de ondas vindo de várias direções, o mar explodindo e enchendo os vales com borrifos: o padrão subjacente ainda era o mesmo, mas agora as cristas estavam separadas por quatrocentos metros e eram ainda mais altas do que antes, se bem que às vezes isso fosse menos evidente por causa do mar confuso. Nenhum albatroz à vista. No entanto a fragata ainda deslizava em velocidade espantosa sob os poucos retalhos de pano na proa, subindo com nobreza as ondas gigantescas, e balançando sob o efeito do mar cruzado. A lancha fora levada pela borda apesar das fundas triplas postas pelo mestre do navio, mas não parecia haver qualquer outro dano. Agora a fragata estava começando a jogar forte, além de arfar; e a cada mergulho a proa e o lado do castelo de proa a sotavento desapareciam sob a água branca.

Todos os oficiais estavam no convés, enfiados em cantos. O Sr. Bowes, irreconhecível na capa impermeável, segurou Stephen quando uma sacudida brusca o desequilibrou, e o guiou ao longo do cabo de vaivém até o comandante, ainda parado junto ao seu balaústre. Esperou enquanto Jack dizia a Callow para descer e ler o barômetro, e depois disse:

— Woods, da guarda da ré, está piorando depressa; se o senhor quiser vê-lo antes que ele morra, deve ir logo.

Jack refletiu, gritando automaticamente suas ordens para os homens ao timão. Será que ousaria deixar o convés nesse estágio? Callow veio se arrastando para a popa.

— Subindo, senhor — gritou ele. — Subiu duas linhas e meia. E o Sr. Hervey me pediu para dizer que as talhas do leme estão engatadas.

Jack assentiu.

— Isso significa um vento mais forte — disse olhando para o mastaréu do velacho, comido por mofo nos trópicos; mas tinham feito todo o possível para reforçá-lo, e até agora o velame de tempestade havia agüentado. — Vou descer agora, enquanto posso. — Ele se soltou, chamou o mestre e Pullings para ocupar seu lugar, e desceu pesadamente. Na cabine tomou um copo de vinho e flexionou os braços. — Lamento ouvir o que você disse sobre o pobre Woods — disse ainda no mesmo rugido rouco; depois, moderando a voz: — Não há esperança? — Stephen balançou a cabeça. — Caro Stephen, espero que o Sr. Stanhope e seu pessoal não tenham sido muito chacoalhados, que não estejam perturbados demais.

— Não. Eu lhes disse que a *Surprise* era um navio fantástico e que tudo estava bem.

— E está mesmo, desde que o mastaréu do velacho agüente. É o navio mais corajoso que já navegou. E se o barômetro estiver certo, isto vai acabar dentro de uns dois dias. Venha, vamos lá?

— Não fique muito perturbado, é horrível de ver e ouvir, mas ele não sente nada. É uma morte muito tranqüila.

E foi horrível mesmo. Woods estava de um azul-chumbo, e o som animal de sua respiração dificultosa parecia mais alto, de perto, do que o ruído que encobria tudo. Ele talvez tivesse reconhecido Jack, talvez não. A boca aberta e os olhos semicerrados mostraram pouca mudança. Jack cumpriu seu dever, disse as palavras esperadas de um capitão — elas o tocaram profundamente — passou alguns minutos com os outros homens e voltou correndo para seu pé-de-carneiro.

Um quarto de hora, no entanto que mudança! Quando descera, a fragata jogava no máximo dez graus, agora a serviola de bombordo tocava a água verde. E eles continuavam subindo as negras ondas de oeste, as gigantescas ondas mais altas do que nunca — impossivelmente altas — e sua espuma preenchia a cintura do navio com um metro e meio de profundidade, enquanto todo o castelo de proa desaparecia quando ele mergulhava. E mesmo assim levantava de novo, derramando água, jorrando dos embornais todas as vezes que se levantava. Mais pesadamente agora?

No camarote, um dos serviçais do Sr. Stanhope, meio bêbado, tinha conseguido se explodir com uma espiriteira, miseravelmente queimado e arrebentado por ter caído contra um canhão, estava sendo remendado pelos cirurgiões. O Sr. White, o Sr. Atkins e o Sr. Berkeley, que tinham lutado seriamente em Londres para obter essa posição, estavam sentados juntos, espremidos no sofá, com os pés erguidos fora da água, olhando para a frente. Hora após hora.

No convés o dia se desbotava, se é que aquelas trevas cinzas e barulhentas poderiam ser chamadas de dia. No entanto, Jack ainda podia ver as ondas rolando em direção à popa vindas de oitocentos metros de distância, as cristas brancas visíveis; toda a extensão atravessava o céu enquanto a fragata balançava; e duas ondas monstruosas, perto demais uma da outra, explodiram em ruína logo atrás da popa, sendo varridas num todo ainda maior que trovejava se aproximando, vasto e avassalado. E acima do trovão, enquanto a onda passava, seu ouvido à espera captou um estalo agudo, parecendo de canhão, um estalo à vante, e o mastro do traquete foi pela borda. O velacho, arrancado de sua verga, desapareceu lá adiante, uma brancura tremeluzindo no escuro.

— Todos a postos, todos a postos! — rugiu ele. O navio já estava girando louco, desviando do rumo. Ele olhou para trás. Estavam descendo no cavado: a não ser que pudessem mantê-la com vento em popa, que pudessem usar um pouco das velas de proa, a próxima onda iria colidir com a popa. A fragata atravessaria e tomaria a onda seguinte no través.

— Todos a postos... — a voz arrancando sangue da garganta. — Pullings, homens para as enxárcias de proa. Passou por cima da pega. Estais do traquete, estais do traquete! Venham comigo. Machados! Machados!

Na calmaria momentânea do cavado entre as ondas ele correu pelo talabardão seguido por vinte homens: uma onda cruzada quebrou sobre a amurada na altura da meia-nau. Eles a atravessaram com dificuldade e estavam no castelo de proa antes que o navio, a meio caminho de virar de través para o vento, começasse a subir — antes que a onda seguinte estivesse a mais de meio comprimento com relação a eles. Homens se amontoavam subindo pelos enfrechates de barlavento, esforçando-se contra a fúria do vendaval; suas costas fizeram vela suficiente para guinar a proa um pouquinho antes que a onda os acertasse com um estrondo que engolfou tudo e cuspiu espuma — guinada suficiente para a onda atingir o navio à ré do través, e a *Surprise* continuou nadando. Os machados liberaram os destroços. Bonden estava no gurupés, cortando o estai do velacho, que ainda estava preso ao mastro flutuante, fazendo o navio girar. Prendendo o fôlego Jack foi atrás dele, a cabeça sob a espuma, tateando as bichas de estai do traquete, enfiando-se por baixo do estai. Pronto: suas mãos, muitas mãos, se feriam nas voltas, tão apertadas que não queriam, não queriam desatar. Uma voz rugiu em seu ouvido:

— Cuidado! — e havia uma mão forte apertando seu pescoço; depois uma força de água inimaginável, um peso e um empuxo que iam além de qualquer coisa — a terceira onda que se chocava acabava de atravessar a fragata ao mar.

A pressão diminuiu. Sua cabeça estava acima da água e agora havia mais homens em meio aos ovéns. De novo o empuxo do vento fez o navio girar, ajudado por um violento mar de través; mas eles não podiam segurá-lo para sempre — mais alguns minutos assim e os ovéns seriam varridos para longe. Desceram de novo enquanto a fragata mergulhava, e passando a mão pela vela ele encontrou o problema — a carregadeira tinha se embolado no punho: linhas de barca soltas dos destroços nos garrunchos.

— Faca! — gritou quando a cabeça saiu da água. Estava em sua mão: um corte rápido e tudo se soltou, livre.

— Segurem-se! Segurem-se! — e de novo o trovão de uma onda caindo, uma montanha de água, a pressão intolerável no peito, a certeza total de que não deveria soltar a vela apertada embaixo dele; suas pernas enroladas no gurupés para se segurar... a força indo embora. Mas houve respiração de novo nos pulmões que explodiam, e ele saiu da água berrando: — Guarneçam a adriças. Estão ouvindo aí a ré? Guarneçam as adriças aí!

Em repelões vagarosos a vela subiu pelo estai, encheu-se: eles caçaram as escotas. Mas agora ela estava atravessada ao mar, sacudindo-se. Ah, será que daria tempo? Lentamente, pesadamente a fragata virou enquanto o estai do traquete recebia a tensão, a grande onda se aproximando — virou, virou, só o bastante, e o vento tocou na alheta: subiu até a crista, e o sopro intenso na vela de proa a colocou de vento em popa. Mais e mais rápido ela se moveu, agora manobrando com agilidade; pois ainda que o último golpe tivesse arrancado os homens do timão, as talhas do leme agüentaram; e a onda seguinte passou inofensiva sob a popa.

Ele foi subindo, agarrando-se à coluna da roda de proa por um momento enquanto a fragata mergulhava outra vez, e então chegou ao castelo de proa; estava livre de destroços e a vela bem regulada. Chamou os homens para descer dos ovéns e seguiu pelo talabardão.

— Alguém se perdeu, Hervey? — perguntou com os braços em volta do balaústre.

— Não, senhor. Alguns se machucaram, mas todos vieram para a popa. O senhor está bem?

Jack assentiu.

— Ela está manobrando melhor — disse ele. — Dispense o pessoal que está de folga. Grogue para todo mundo; sirva à meia nau. Avise o mestre do navio.

A noite inteira. Os oficiais ficaram no convés naquela noite interminável ou passavam alguns períodos breves na praça d'armas, sentados entre o sono e a vigília, ouvindo sérios, concentrados no único triângulo de lona rígida na proa. Depois de uma hora Jack sentiu o tremor que afetara todo o corpo se dissipando, e junto com ele até mesmo a consciência do corpo. O timoneiro foi rendido. Rendido de novo e de novo. Continuamente sua voz rouca gritava ordens, e por duas vezes mandou grupos para a proa, reforçando, amarrando, deixando tudo o mais amarrado possível numa noite que cortava até o osso. Pouco antes do amanhecer, o vento rondou um ponto, dois pontos, soprando com rajadas súbitas, vácuos que doíam nos ouvidos; chegou a um tom gritante, mais selvagem do que tudo que ele ouvira, e seu coração lhe doía pela vela de estai, pelo navio — um gume de sentimento e autopiedade, com o nome de Sophia pairando na borda de ser pronunciado em voz alta. Então, lentamente, lentamente, o guincho diminuiu meio tom, mais meio, mais meio; finalmente virou um rugido grave, quando a leve luz dispersa mostrou um mar totalmente branco, com a procissão constante de grandes ondas rolando em suas fileiras solenes e organizadas de novo — realmente vastas, porém não mais maníacas. Nenhum mar de través; muito pouco balanço lateral; e a *Surprise* navegando de vento em popa sobre a desolação, passando por todas as ondas sob seu painel de popa, o poço com não mais de trinta centímetros de água redemoinhando. Um albatroz pairava no través de boreste. Jack se desamarrou e foi decidido para a proa.

— Vamos usar as bombas, Sr. Hervey, por favor. E acho que podemos içar um pedaço de vela de gávea.

Paz, paz. Madagascar jazia à ré, e as Cormorins; o casco maltratado que se esgueirara ao norte do paralelo quarenta, arrastando pontas de cabos e bombeando dia e noite, agora estava compassado como arte, e um limitado suprimento de tinta poderia deixá-lo no ponto. Um olhar experiente teria visto um monte de costuras nos cabos do aparelho fixo e uma estranha escassez de embarcações miúdas nos paus de carga; olharia com espanto os remendos no leme; e teria notado que, apesar da brisa boa e moderada, a fragata não levava nada acima das gáveas. Não ousava. Ainda que, com o novo mastaréu do velacho e da pintura nova ela parecesse "bonita como um quadro", suas partes internas tinham sofrido. Jack falava com tanta freqüência de sua ossada e *bochecha* que Stephen disse:

— Capitão Aubrey, sua ossada e sua bochecha não podem ser consertados, pelo que sei, até você ter *atracado*, a três mil milhas daqui; portanto será que posso pedir para botar uma tampa em tudo isso e aceitar o inevitável com uma aparência decente de despreocupação? Se cairmos aos pedaços, bem, caímos aos pedaços e acabou-se. De minha parte, tenho confiança de chegar a Bombaim.

— O que eu sei e o que eu não sei — exclamou Jack — é que não me resta sequer um cravo de vinte e cinco centímetros a bordo.

— Deus pôs uma flor sobre você, meu caro, com sua cavilha de vinte e cinco centímetros. Claro que sei disso; você mencionou diariamente nestas últimas duzentas léguas, junto com suas castanhas e seus cadernais de dois gornes; e toda noite também, falando sem parar durante o sono. Curve-se, curve-se à predestinação ou pelo menos se confine à oração silenciosa.

— Nem mesmo um cravo de vinte e cinco centímetros, nem um mastro ou um pau de carga — disse Jack balançando a cabeça. E era verdade: no entanto, com uma complacência irritante, o Sr. Stanhope, sua comitiva e até mesmo o Dr. Maturin exclamavam que agora aquilo estava delicioso — este era o único modo de se viajar — uma diligência postal na estrada não era nada em comparação com isso — eles deveriam recomendar a todos os amigos.

Certamente era delicioso para os passageiros, a brisa revigorante levando-os com firmeza para ares mais quentes; mas, na latitude da Isle de France, Jack, seu carpinteiro, o patrão da lancha e todos os seus oficiais experientes olhavam ansiosos em busca de algum corsário francês — um mastaréu de reserva, algumas vergas, uma centena de braças de cabo de uma polegada e meia iriam fazê-los muito felizes! Olhavam com toda a intensidade, e o oceano Índico permanecia tão vazio quanto o Atlântico Sul; e não havia nem mesmo baleias.

A fragata navegava e navegava, em mares mais quentes porém vazios, como se apenas eles tivessem sobrevivido à enchente de Deucalion; como se toda a terra houvesse desaparecido da Terra; e de novo a rotina do navio deslocava o tempo e a realidade temporal de modo que esse progresso era um sonho interminável, até mesmo um sonho circular, contido num horizonte ininterrupto e pontuado apenas pelo som dos canhões trovejando diariamente nos preparativos para um inimigo cuja existência real era impossível conceber.

Stephen havia descansado suas pistolas, limpado os canos com o lenço e fechado a caixa. Estavam quentes do treino, mas mesmo assim a garrafa pendurada no lais da verga do traquete balançava lá, intacta. Não era culpa das pistolas, tampouco; eram as melhores que Joe Manton podia produzir, e o intendente havia acertado o alvo três vezes. Era verdade que Stephen estava atirando com a mão esquerda, já que a direita havia sofrido mais em Port Mahon; mas há um ano ele certamente teria derrubado a garrafa, com a mão esquerda ou não. Estaria se pressionando? Tentando com ímpeto demais? Suspirou; e ponderando sobre a natureza da coordenação muscular e nervosa subiu até a gávea da gata. O Sr. Atkins olhava para ele, convencido de que seria mais seguro discutir com o médico quando chegassem a Bombaim.

Alcançando as arreigadas das enxárcias da gávea, Stephen teve uma determinação súbita: se seu corpo não lhe obedecesse de um modo, deveria obedecer de outro. Segurou os cabos que corriam para fora até a borda da plataforma, e em vez de ir ao topo retorcendo-se entre elas, forçou-se para cima, grunhindo, uma subida diagonal reversa com as costas na direção do mar e pendurado num ângulo de quarenta e cinco graus, e assim chegou ao objetivo pelo caminho que um marinheiro usaria — um marinheiro, mas não um homem de terra preso pela lei comum da gravidade. Bonden ainda estava olhando para baixo pela clara da gávea, o caminho que Stephen sempre havia usado, a rota segura, direta, lógica mas ignominiosa; e sua tentativa malsucedida de disfarçar a perplexidade quando se virou foi um consolo para a mente de Stephen e seu elemento de vaidade luziu em rosa-cereja. Dominando a respiração ofegante que teria arruinado o efeito, disse:

— Vamos direto ao poema. — Isso era tudo que uma respiração poderia sustentar, e ele parou como se estivesse pensando, até que seu coração batesse normalmente. — Poema — disse de novo. — Está pronto, Barret Bonden? Então comece.

Assim à riqueza do Oriente pelas tempestades vamos;
Mas agora, dobrado o cabo, não mais temamos:
Um alísio constante certamente soprará,
E às costas das especiarias gentilmente nos levará.

— Sentimento elegante, senhor — disse Bonden. — Tão bom quanto Dibdin. Se o senhor quisesse reclamar, o que está longe de mim, poderia dizer que o sujeito errou um pouquinho com o alísio, já que este vento, para ser exato, é a monção, como chamamos no mar. Quanto à riqueza, bem, isso é licença poética; ou, como o senhor pode dizer, está toda em meus olhos. Especiarias, talvez; não estou dizendo nada contra as especiarias, nem contra as costas das especiarias, se bem que a maioria delas é uma merda, com o perdão da palavra, nos portos da Índia. Mas riqueza, posso ter a ousadia de rir, ha, ha; ora, senhor, se não forem alguns corsários perto da Isle de France ou de Reunion, não há uma presa para nós em todo esse mortal oceano Índico, nem daqui até Java Head, desde que o almirante Rainier limpou Trincomalee. A não ser, talvez, que peguemos o almirante Linois em seu navio de setenta e quatro canhões, que nos tratou com tanta crueldade na pobre e velha *Sophie*. Deus nos ama. Ele era um velho cavalheiro alegre, lembra-se, senhor? — Certamente Stephen se lembrava dele; e daquela perseguição amarga no Mediterrâneo, da perda do navio, da captura. O rosto de Bonden mudou de reminiscência sorridente para reserva pétrea, enfiou o caderno dentro do casaco enquanto o rosto hediondo do Sr. Callow aparecia acima da borda com os cumprimentos do comandante e perguntando se o Dr. Maturin pretendia trocar a casaca.

— Por que, em nome de Deus, eu trocaria minha casaca? — perguntou Stephen. — E mais, não estou usando casaca.

— Talvez ele tenha pensado que o senhor gostaria de vestir uma para o jantar do Sr. Stanhope, um modo gentil de aludir a isso. Faltam minutos para as três badaladas, senhor, a areia quase acabou de descer. E ele pede particularmente, senhor, que desça pelo... que desça pelo seu caminho de sempre.

— O jantar do Sr. Stanhope — disse Stephen em voz baixa. Em seguida se levantou e olhou para o tombadilho onde, a não ser pelo comandante, todos os oficiais da fragata estavam reunidos com seus uniformes completos. Está certo. Havia esquecido o convite. Como parecia remoto aquele tombadilho coberto de casacas azuis, casacas vermelhas e meia dúzia de pretas, com os agitados marinheiros de camisa xadrez movendo-se entre eles. Não era uma grande distância verticalmente, cerca de quinze metros, mas mesmo assim como parecia remoto! Conhecia todos os homens ali, gostava de vários deles, amava o jovem Babbington e Pulling; no entanto tinha a impressão de viver num vácuo. Agora isso lhe vinha com força, ainda que alguns dos rostos virados para cima estivessem piscando e assentindo para ele deslizou as pernas pelo buraco da clara da gávea com expressão séria no rosto e começou a descida laboriosa.

"Um navio tão cheio, um mundo tão apinhado, movendo-se ansiosamente, rodeado por seu próprio vácuo; cada homem pensando sozinho, sem dúvida. Meu diário, relido ontem mesmo, me dá a mesma impressão: um homem egocêntrico vivendo em meio a sombras pálidas. Não reflete nada da vida complexa e vívida nesta embarcação lotada. Em suas páginas, meu anfitrião (que eu estimo) e seu povo mal existem, nem mesmo os oficiais," refletia durante intervalos das conversas, sentado à esquerda do enviado, enfiado rapidamente em sua melhor casaca pela mão poderosa de Jack, com as calças vestidas e escovado em exatamente um minuto e vinte segundos enquanto a sentinela dos fuzileiros, sob pena de morte, segurava a ampulheta de meia hora escondida na mão para impedir o badalar do sino — enquanto ele ficava ali sentado, comendo as últimas iguarias do estoque do Sr. Stanhope, há muito preservadas, e tomando clarete morno em honra ao aniversário do duque de Cumberland. Mas não estava desprovido de consciência social e percebia que tinha causado grande inquietação, que seu rosto e suas mãos muito, muito sujos refletiam descrédito sobre o navio. Obrigou-se a falar, a ser agradável; e mesmo, depois que o vinho do Porto havia rodado e rodado, a cantar.

O Sr. Bowes, o intendente, tinha obsequiado o grupo com uma interminável balada sobre a batalha de Primeiro de Junho, em que ele havia servido num canhão, era cantada com a melodia de "I Was, D'Ye See, a Waterman", mas ele apresentou a cantoria enorme e vagarosa num tom invariável, nem grito nem choro, mas quase aliado de ambos, afinado nas vizinhanças do lá inferior, com os olhos fixos corajosamente num nó no teto acima do Sr. Stanhope. O enviado sorriu corajosamente, e ao coro trovejante de "Fazê-los atacar ou morrer" os vizinhos destacavam seu agudo estridente.

A fragata não poderia alardear um alto padrão musical: Etherege nunca soubera realmente a melodia de sua canção cômica; e agora, animado pelo vinho do Porto do Sr. Stanhope, esqueceu também as palavras; mas quando finalmente abandonou-a, depois de três falhas sérias, garantiu aos outros que, bem cantada, por Kitty Pake, por exemplo, era irresistivelmente pândega — como eles tinham rido! Mas não era bom em cantar, lamentava dizer, ainda que amasse a música passionalmente; isso estava muito mais na linha do doutor — o doutor era capaz de imitar gatos à perfeição no violoncelo — seria capaz de enganar qualquer cachorro que você apresentasse.

O Sr. Stanhope virou o rosto gasto e educado em direção a Stephen, piscando num raio de luz do sol que dançava através de uma escotilha devido ao movimento do navio; e Stephen notou, pela primeira vez, que os olhos azuis desbotados mostravam os primeiros sinais daquele círculo esbranquiçado, o *arcus senilis*. Mas da outra extremidade da mesa o Sr. Atkins gritou:

— Não, não, excelência; não devemos perturbar o Dr. Maturin; sua mente está muito acima dessas alegrias simples.

Stephen esvaziou sua taça, pôs o olhar no nó apropriado, bateu na mesa e começou:

> — *Os mares podem revelar maravilhas*
> *mas o olhar de Cloé mais coisa encerra:*
> *Nem todos os tesouros em milhares de milhas,*
> *Podem se igualar aos meus em terra.*

Sua voz áspera, rachada, mais indicando do que acertando a nota, não ajudou nem um pouco a melhorar a reputação do navio; mas agora Jack o estava acompanhando com um som profundo e estrondeante, de boca fechada, que fazia os copos vibrarem, e Stephen continuou com, no mínimo, mais volume:

> — *Do ar temperado da Irlanda materna*
> *Afaste-me mais ainda,*
> *Para tremer na friagem eterna*
> *Ou derreter no calor da Índia.*

Nesse ponto ele viu que o Sr. Stanhope não poderia suportar mais um verso sequer: o calor, a falta de ar (a *Surprise* estava com a brisa diretamente de popa, e quase nenhuma chegava no convés inferior), a câmara apinhada, os brindes necessários, o barulho, tinham feito seu serviço; e o rosto que ia branqueando rapidamente, o sorriso sofrido e fixo, significavam uma síncope nos próximos compassos.

— Venha, senhor — disse ele, saindo de seu lugar. — Venha. Um momento, por favor. — Guiou-o para seu camarote de dormir, deitou-o, afrouxou seu lenço de pescoço e a faixa da cintura, e quando uma leve cor começou a retornar, deixou-o em paz. Enquanto isso a festa havia se interrompido, saído nas pontas dos pés; e não querendo responder a indagações no tombadilho Stephen se adiantou pelo alojamento e a enfermaria até a proa do navio, onde permaneceu durante todas as atividades vespertinas da fragata, encostado no gurupés e olhando o talha-mar cortar milha após milha de oceano, dividindo-o com um som parecido com seda se rasgando, fazendo-o escorrer em curvas regulares ao longo da lateral da *Surprise* até se juntar à esteira, agora com oito mil milhas de comprimento. A canção inacabada ressoava em sua cabeça, e de novo e de novo ele entoava baixinho:

Sua imagem atormentará meus dias
E ainda assim meu sonho será...

Sonho: esse era o ponto. Pouco contato com a realidade, talvez — filho da esperança — uma potencialidade — infinitamente melhor se deixado sem se cumprir. Ele estivera passionalmente ligado a Diana Villiers e sentira grande afeto por ela, também, um afeto tão forte quanto o de qualquer ser humano por outro numa situação parecida; e que, pensou, ela devolvera até certo ponto — tudo que ela era capaz de devolver. Até que ponto? Ela o havia tratado muito mal, tanto como amigo quanto como amante, e ele havia gostado do que chamava de libertação com relação a ela, mas uma libertação que não havia durado. Não muito tempo depois de vê-la pela última vez "prostituindo-se num camarote da Ópera" — uma expressão calorosa com a qual queria dizer que ela usava seus encantos conscientemente para agradar outros homens — a parte não racional de sua mente evocava imagens vivas daqueles mesmos encantos, daquela graça incrível de movimento quando era realmente espontâneo; e logo sua mente racional começava a argumentar que essa falha, também, deveria ser assimilada no longo catálogo de defeitos que ele conhecia e aceitava, defeito que sentia serem suplantados, se não cancelados, pelas qualidades de humor e coragem desesperada: ela jamais era tediosa, jamais era covarde. Mas as considerações morais eram irrelevantes para Diana: nela, a graça física e a ousadia ocupavam o lugar da virtude. Todo o contexto era tão diferente que uma falta de castidade odiosa em outra mulher tinha nela o que ele só poderia chamar de pureza, outra pureza, pagã, obviamente — uma pureza de código totalmente diverso. Essa graça fora um tanto dissipada, sem dúvida, mas havia o bastante, de sobra; ela havia destruído apenas a periferia; estava além de seu poder tocar a essência da coisa, e essa essência a separava de qualquer mulher, de qualquer pessoa que ele jamais conhecera.

Essa, pelo menos, era sua conclusão hesitante, e ele viajara essas oito mil milhas com um desejo continuamente crescente de vê-la de novo; e com um medo cada vez maior do acontecimento — desejo suplantando o medo, claro.

Mas, Deus, as infinitas possibilidades de se enganar — a dificuldade de desemaranhar os fios incontáveis de emoção e de chamar cada um por seu nome certo — de separar negócios de prazer. Às vezes, independentemente do que ele dissesse, certamente estava perdido numa nuvem de ignorância; mas pelo menos no momento era uma nuvem pacífica, e navegar por um mar leitoso em direção a um êxtase possível, mas improvável, numa nova possibilidade indefinida era, se não a plenitude da vida, algo como sua sombra.

Paz, paz ainda mais profunda. A paz lânguida do mar da Arábia na monção sudoeste; um vento tão firme quanto os alísios, porém mais gentil, tão gentil que a sofrida *Surprise* estava com seus joanetes abertos, e até mesmo as velas auxiliares mais baixas, porque tinha uma pressa ainda maior do que a usual. Seus paióis estavam tão vazios que nas últimas semanas os oficiais tinham vivido das provisões do navio, carne-seca, carne de porco seca, biscoitos e ervilhas secas, e o alojamento dos aspirantes havia informado que não havia um único rato vivo; e pior, Stephen e M'Alister tinham de novo casos de escorbuto.

Mas os anos de vacas magras pareciam quase terminados. Num determinado ponto Harrowby desejara guiar o navio para o Canal de Nove Graus e as Lacadivas; mas Harrowby era um navegador indiferente, tímido, e Jack, dando as ordens, apontara o rumo para Bombaim; e agora vinham navegando na direção nordeste quarta leste por tanto tempo que, pela navegação estimada, a *Surprise* devia estar a cem milhas a leste das Ghauts do Oeste, outra Arca perdida nas colinas de Poona. Mas, consultando com Pullings, trabalhando suas observações lunares de novo e de novo, mandando os aspirantes mais inteligentes repetir os cálculos em busca de algum erro, cultuando os cronômetros e fazendo as correções necessárias, Jack tinha quase certeza de sua posição. Aves marinhas, embarcações nativas à distância, um único navio mercante que fugiu, enfunando velas no horizonte sem querer saber se eles eram franceses ou ingleses — a primeira vela que viam em quatro meses — e acima de tudo as sondagens em onze braças, um fundo de areia branca com manchas como em Direction Bank, reforçou-o em sua persuasão de que estava em 18°34'N, 72°29L, e que deveria chegar à terra no dia seguinte. Ficava parado no tombadilho, olhando ora por cima da amurada, ora para o topo dos mastros, onde os olhos mais afiados e as melhores lunetas do navio ficavam constantemente apontados para o leste.

A confiança de Stephen na habilidade marinheira do comandante Aubrey era tão completa, tão cega, quanto a de Jack na onisciência médica do Dr. Maturin; e sem se perturbar com as preocupações que agora circundavam o amigo, estava sentado nas mesas de enxárcia, nu como Adão e mais ou menos da mesma cor, arrastando um puçá no mar.

As mesas de enxárcia, tábuas largas que se projetavam horizontalmente da lateral do navio para espaçar os ovéns em largura maior do que a boca extrema, proporcionavam o assento mais confortável que se poderia imaginar; ele tinha toda a vantagem do sol, da solidão (já que as tábuas ficavam bem abaixo da amurada) e do mar, que passava em curva pouco abaixo de seus pés, algumas vezes tocando-os com uma carícia quente, algumas vezes lançando uma agradável chuva de borrifos sobre seu corpo; e ali sentado ele cantava:

Asperges me, Domine, hyssopo, mas essas qualidades
eram, claro
mais aparentes quando ela era pobre
solitária e oprimida
o que encontrarei agora?
o quê, que novidades?
se de fato eu procurá-la? hyssopo
et super nivem dealbabor.
Asperges me...

Uma serpente marinha que passava interrompeu sua canção, uma das muitas que ele vira e não conseguira fisgar. Lançou a linha mais longe, desejando que a criatura entrasse na rede em forma de bolsa. Mas uma bolsa vazia não tinha encanto para a serpente; ela continuou nadando praticamente sem hesitação em seu deslizar lindo e orgulhoso.

Acima e atrás dava para ouvir a voz usualmente conciliadora do Sr. Hervey erguer-se em paixão, querendo saber se aqueles marujos iriam em algum momento varrer a popa — se essa porcaria imunda iria parecer o convés de um navio de guerra. Outra voz, baixa, recolhida e confidencial, seria de Babbington, que pegara emprestado o livro de expressões em hindustani de Stephen: repetia e repetia sem parar:

— Mulher, quer se deitar comigo? — naquela língua, olhando impaciente na direção norte. Como muitos marinheiros ele podia sentir a existência da terra, uma terra com milhares de mulheres, e cada uma talvez se deitasse com ele.

— Nada de canhões esta tarde, doutor — disse Pullings, inclinando-se sobre a amurada. — Estamos nos arrumando para amanhã. Acho que chegaremos à colina de Malabar antes do escurecer, e o almirante fica lá, em Bombaim. Devemos estar nos trinques para o almirante.

Bombaim: frutas frescas para seus doentes, sorvetes gelados para todos os tripulantes, refeições enormes; as maravilhas do oriente;

palácios de mármore, sem dúvida; as torres silenciosas dos parses; os escritórios dos comissários dos antigos assentamentos, postos comerciais e fábricas dos franceses na costa de Malabar: a residência do Sr. Comissário Canning.

— Como me deixa feliz, Sr. Pullings — disse Stephen. — Será a primeira noite, desde os trinta graus sul, em que seremos poupados daquele desumano... cala-te, boca! Não vamos agitar. Já entendi! Ha, ha, meu amigo, finalmente! — Ele puxou a linha, e ali, na rede, estava uma serpente marinha, um animal esguio, preto brilhante e amarelo brilhante, espantoso.

— Não toque nela, doutor — gritou Pullings. — É uma serpente marinha.

— Claro que é uma serpente marinha. Esse era o objetivo da minha pesca desde que chegamos a estas águas. Ah, que linda criatura!

— Não toque nela — gritou Pullings de novo. — É mortalmente venenosa. Já vi um homem morrer em vinte minutos...

— Terra à vista — gritou o vigia. — Terra larga pelo través de boreste.

— Suba ao topo do mastro, Sr. Pullings, por favor — disse Jack —, e diga o que vir.

Um trovão de pés enquanto toda a tripulação do navio corria para olhar o horizonte e a *Surprise* adernou para boreste. Stephen segurou sua rede fechada a uma distância prudente; a serpente se retorcia com fúria, se enrolava e se esticava como uma mola poderosa.

— Ó do convés — gritou Pullings. — É a colina de Malabar, senhor; e estou vendo a ilha muito bem.

A serpente, tirada de seu elemento, mordia-se repetidamente e acabou morrendo. Antes que Stephen pudesse trazê-la a bordo, para seu frasco de álcool que esperava, as cores já estavam se desbotando: mas quando ele passou pela amurada, passou também um sopro de ar que empurrou as velas da fragata para trás, um sopro de ar pesado vindo da terra, com milhares de perfumes desconhecidos, o cheiro verde de vegetação úmida, palmeiras, humanidade apinhada, outro mundo.

CAPÍTULO SETE

Frutas frescas para os doentes, sem dúvida, e refeições enormes para os que tinham tempo de comê-las; mas afora o cheiro onipresente e um pouco de araca que chegou escondida a bordo, as maravilhas do Oriente, os palácios de mármore, permaneceram distantes, objetos meio adivinhados para a *Surprise*. A fragata foi levada diretamente para o estaleiro e ali despiram-na até os ossos; tiraram seus canhões e limparam os porões até chegar ao fundo, e o que encontraram fez o mestre-atendente liberar o dique seco o mais rápido que pôde, para trazê-la antes que afundasse no ancoradouro.

O almirante visitou-a com toda a pompa; era um almirante alegre, rosado, e disse as coisas mais gentis sobre a *Surprise*; mas instantaneamente privou Jack de seu imediato, nomeando o Sr. Hervey como comandante de uma chalupa de dezoito canhões, com isso lançando todo o trabalho do reparo nos ombros do comandante.

Mas o almirante possuía consciência; sabia que o Sr. Stanhope tinha alguma importância. Falou com o mestre-atendente e todos os recursos de um estaleiro bem equipado foram abertos para a *Surprise*. A filha da sanguessuga era a moderação em pessoa comparada ao comandante Aubrey à solta num pátio cheio de piche, cânhamo, cabos, cordame, hectares de pano de vela, cobre em folhas brilhantes, vergas, moitões, embarcações miúdas e traves em forma de joelho crescidas naturalmente. E ainda que ele, também, estivesse impaciente para caminhar na praia de coral sob as palmeiras, disse:

— Enquanto isso durar, nenhum homem sairá do navio. Vamos pegar tudo que pudermos, como costumava dizer o caro Christy-Pallière.

— Será que os homens não vão ficar teimosos e descontentes? Será que, com uma mente unida, não vão fugir violentamente do navio?

— Eles não ficarão satisfeitos. Mas sabem que devemos pegar a monção com um navio bem estabilizado; e sabem que estão na Marinha. Quem tudo quer, com ferro será ferido.

— Quer dizer: quem com ferro fere, tudo perde.

— Não, não, também não é bem isso. Quero dizer... gostaria que você não confundisse minha mente, Stephen. Quero dizer, só temos uma semana, mais ou menos, para pegar tudo que possa ser transportado antes que a *Ethalion* ou a *Revenge* apareçam gritando por vergas e cabos; então ouso dizer que poderemos ir com mais calma, com calafetadores nativos do estaleiro e com licença para o nosso pessoal. Mas há muito trabalho a ser feito. Você viu os contra-dormentes? Serão semanas e semanas de trabalho; e precisamos ter pressa.

Desde seus primeiros contatos com a Marinha, Stephen se sentira oprimido por esse sentimento de pressa — pressa de olhar sobre o horizonte seguinte, pressa de chegar a um certo ponto, pressa de sair dele no caso de algo estar acontecendo num estreito distante; e pressa agora, não somente para pegar tudo que pudessem, mas para pegar a monção. Se não deixassem o enviado em Kampong numa data determinada, Jack seria obrigado a fazer todo o caminho de volta com ventos de proa, perdendo meses de tempo valioso, tempo que ele poderia gastar combatendo.

— Ora — exclamou ele —, a guerra pode ter acabado antes de contornarmos o cabo, se perdermos a monção nordeste, uma bela situação.

E, no futuro imediato, havia essa oportunidade sem igual de tornar a querida *Surprise* o que ela já fora, e que deveria ser de novo.

Stephen não se importava com nada disso; o fogo que insistia inutilmente com Jack para ir à terra queimava nele com uma força devoradora, irresistível.

Deixou Jack acariciando um enorme toro de madeira, a melhor teca da ilha. Disse:

— Meus pacientes estão no hospital; o Sr. Stanhope está se recuperando com o governador; não há lugar para mim aqui. Devo dedicar algum tempo à terra; uma variedade de motivos exige minha presença em terra.

— Creio que você deve ir — respondeu Jack distraidamente. — Sr. Babbington! Sr. Babbington! Onde está aquele carpinteiro vagabundo dos infernos? Creio que você deve ir; mas, por mais ocupado que esteja, não perca a retirada de nossos mastros reais. Atracamos a contrabordo de um pontão com gaviete, e eles os içam com a maior facilidade... é a coisa mais linda do mundo. Vou mandar o aviso na véspera, você lamentaria não ver o pontão.

Stephen subia a bordo de tempos em tempos, uma vez apareceu com um parse matemático que queria ver as tábuas de navegação da fragata; uma vez com uma criança de raça desconhecida que o encontrara perdido entre os búfalos azuis do *maidan* de Aungier, correndo o perigo de ser pisoteado, e que o levara de volta pela mão, falando o tempo todo num urdo adaptado à pior compreensão possível; e uma vez com um mestre-marinheiro chinês, um cristão de Macau, um sacerdote mimado, com quem conversava em latim, mostrando-lhe o funcionamento da bomba de esgoto do paiol da amarra. E de vez em quando aparecia nos alojamentos de Jack onde em teoria ele, também, tinha sua cama. Jack perguntava discretamente onde ele havia dormido quando não se encontravam, e era educado demais para comentar o fato de que algumas vezes Stephen andava de um lado para o outro enrolado numa toalha, algumas vezes com roupas européias, e algumas vezes com uma camisa solta, pendurada sobre as pantalonas, mas sempre com uma expressão de incansável deleite secreto.

Quanto a dormir, ele se encostava onde quisesse, sob árvores, em varandas, num caravançará, em escadas de templos, na poeira em meio a fileiras de outros que dormiam na poeira, enrolados como se em mortalhas — onde a extrema fadiga física o derrubava. Em nenhum lugar da cidade apinhada, acostumada a milhares de raças e línguas inumeráveis, provocava qualquer comentário enquanto vagueava pelos bazares, entre as fileiras de cavalos árabes, nos bosques de palmeiras, entrando e saindo de templos, pagodes, igrejas, mesquitas, pelas ruas comerciais, entre as piras funerárias dos hindus, percorrendo toda a cidade, olhando os *mahratas*, bengalis, *rajputs*, persas, *sikhs*, malaios, siameses, javaneses, filipinos, kirguizes, etíopes, parses, judeus de Bagdá, singaleses, tibetanos; eles o olhavam de volta, quando não estavam interessados em outra coisa, mas sem curiosidade particular, sem atenção indevida, certamente sem qualquer tipo de animosidade. Algumas vezes seus olhos de uma palidez espantosa, ainda mais descoloridos agora contra a pele morena, pediam um segundo olhar interrogativo; e algumas vezes ele era confundido com um homem santo. Óleo foi derramado sobre ele mais de uma vez, e bolos tépidos, de uma doce substância vegetal, eram postos em suas mãos com sorrisos; frutas, uma tigela de arroz amarelo; e lhe ofereciam chá com manteiga, bebida de palmeira, caldo de cana-de-açúcar. Antes que os chaços do mastro grande fossem trocados ele voltou com uma guirlanda de margaridas ao redor dos ombros nus e empoeirados, oferta de um grupo de prostitutas: pendurou a guirlanda no lado direito do encosto de sua cadeira de ébano e se sentou para escrever seu diário.

"Eu tinha esperado maravilhas de Bombaim; porém minhas expectativas acaloradas, baseadas nas Mil e Uma Noites, num vislumbre de cidades mouras na África e em livros de viagens eram coisas pobres, débeis e insubstanciais comparadas com a realidade. Aqui há uma civilização pujante, ávida e mundana, claro; esses mercados gigantescos e ansiosos, esse comprar e vender incessantes, tornam isso evidente por si; mas eu não fazia idéia do senso ubíquo do sagrado, não tinha noção de como outro mundo pode permear o mundo secular. Imundície, fedor, doença, "superstição grosseira", como diz nosso povo, pobreza extrema, defecação promíscua universal, não o afetam: assim como não afetam meu sentido da humanidade pela qual estou rodeado. Que cidade agradável, onde um homem pode andar nu no calor, se lhe aprouver! Hoje estive conversando com um religioso hindu sem roupas, um parama-hamsa, na escadaria de uma igreja portuguesa, um verdadeiro nudista; e observei que num clima assim a sabedoria e as roupas deveriam existir em proporção inversa. Mas ao avaliar minha vestimenta com a mão ele observou que não existia uma sabedoria única.

"Jamais abençoei tanto minha facilidade para ter o conhecimento superficial de uma língua. Minha gramática de Fort William, meu pouquinho de árabe, e acima de tudo meu intercurso com Achmet e Butoo deram tantos frutos! Se eu fosse burro, seria melhor também ser cego: de que adianta enxergar um violino se o violino permanece mudo? Essa cara criança, Dil, me ensina muito, falando infatigavelmente, um fluxo constante de comentários e narrativas, com repetição incessante quando não entendo — insiste em ser entendida, e nenhuma evasão a engana. Ainda que eu não acredite que o urdu seja sua língua materna. Ela e a velha com quem mora conversam numa língua bem diferente: nenhuma palavra familiar. A senhora idosa, oferecendo-me a criança por doze rupias, assegurou que ela era virgem e quis mostrar a garantia de seu estado. Teria sido desnecessário: o que poderia ser mais virginal do que essa criatura tubular, sem medo, que me olha direto no rosto como se eu fosse um animal domado não muito inteligente e que comunica seus pensamentos, seus pontos de vista, no momento em que nascem, como se eu, também, fosse criança? Ela pode jogar uma pedra, saltar, escalar como um menino; no entanto também não é nenhum *garçon manqué*, já que, além desse transbordante afeto comunicativo, também tem uma espécie de maternidade e quer comandar meus movimentos e minha dieta pelo meu próprio bem — desaprova que eu fume *bhang*, coma ópio, use calças acima de um tamanho determinado. Colérica, no entanto: na sexta-feira bateu num menino com olhos de corça que queria se juntar a nós no bosque de palmeiras, ameaçando seus companheiros com um caco de tijolo e xingamentos que os fizeram ficar olhando, espantados. Come vorazmente: mas com que freqüência na semana? Tem um pedaço de pano de algodão que usa algumas vezes como saia, algumas vezes como xale; uma pedra preta coberta de óleo que ela cultua de modo superficial; e sua fíbula. Quando alimentada, acho, é perfeitamente feliz; desejando apenas, mas sem esperança verdadeira, uma pulseira de prata. Quase todas as crianças daqui têm montes de pulseiras, e elas chacoalham fazendo barulho com o andar. Quantos anos tem? Nove? Dez? A menarca não está distante — uma sugestão de seios, coitada. Sinto-me tentado a comprá-la: acima de tudo gostaria de preservá-la em seu estado atual, não assexuada, mas inconsciente de seu sexo, livre de sua pessoa e de todas as sarjetas e bazares de Bombaim, inteira e imediatamente humana, sábia, também. Mas somente Josué pôde parar o sol. Daqui a um ano, ou menos, ela estará num bordel. Seria melhor uma casa européia? Como serviçal, lavada e confinada? Será que eu poderia mantê-la como bicho de estimação? Por quanto tempo? Adotá-la? É difícil pensar em seu espírito jovem e animado afundando, desaparecendo na vala comum. Devo me aconselhar com Diana: tenho uma idéia hesitante de alguma qualidade comum, não identificada.

"Esta cidade tem devoção imensa, mas o velho Adão anda por aí; corpos eu vi, alguns mortos de fome, alguns golpeados a porrete, esfaqueados ou estrangulados; e em qualquer cidade mercantil o mal de um homem é o bem de outro. No entanto, um materialismo que não provocaria qualquer comentário em Dublin ou Barcelona choca o estranho em Bombaim. Eu estava sentado sob as torres de silêncio na colina de Malabar, olhando os abutres — que visão! Tinha levado a luneta de Jack, mas não precisei dela, já que eram muito mansos, até mesmo a galinha do faraó, de *bico amarelo*, que, segundo me conta o Sr. Norton, é tremendamente incomum a oeste de Hiderabad — e coletando alguns ossos anômalos quando Khowasjee Undertaker falou comigo, um parse com chapéu cor de ameixa. Tendo vindo de um encontro com o Sr. Stanhope, eu estava com roupas européias, e ele se dirigiu a mim em inglês — eu não sabia que era proibido pegar os ossos? Respondi que era ignorante dos costumes de seu país, mas que sabia que os corpos dos mortos estavam expostos naquelas torres para ser devorados ou levados aos pedaços pelos abutres — que assim os corpos se tornavam *bonus nullius* — que se a propriedade da carne pudesse ser concebida, então ela estava investida no abutre; e que o abutre, abrindo mão de seu título, certamente com justiça natural me deu o direito a esse fêmur, esse hióide curiosamente distorcido, não? Mas que eu não queria ofender as opiniões de ninguém e que deveria me contentar em contemplar os restos em vez de levá-los: meu interesse não era o de um papa-defunto, e menos ainda de um mercador de cola; e sim de um filósofo naturalista.

"O homem disse que também era filósofo: filosofia dos números. Será que eu queria vê-lo extrair uma raiz cúbica? Eu poderia dizer qualquer número. Um desempenho surpreendente: as respostas vinham tão rápidas quanto meu pedaço de costela podia escrevê-las no pó. Ele ficou encantado, e poderia continuar para sempre, se eu não tivesse mencionado os ossos de Napier, as escalas de Gunter — a matemática aplicada da navegação — observações lunares — as tabelas necessárias. Aqui eu me aventurava fora de minha área; fui incapaz de satisfazê-lo quanto à natureza dessas coisas, portanto me propus a levá-lo ao navio. Sua curiosidade suplantou o alarme evidente: ele se sentiu gratificado pela atenção, satisfeito com o instrumento; e ao voltar à terra me convidou a tomar chá em seu estabelecimento — ele é um mercador considerável. Ali, a meu pedido, fez um relato sucinto de sua vida; e fiquei desapontado mas não surpreso ao descobri-lo um sujeito complacente, pragmático e mundano. Pouco sei da matemática ou do direito; mas os poucos matemáticos e advogados que conheci me parecem compartilhar dessa esterilidade em proporção direta com sua eminência: pode ser que se satisfaçam com uma ordem insuficiente ou, no caso dos advogados, quase artificial. O que quer que seja, esse homem parece ter transformado seu credo antigo e benevolente num árido sistema de observações mecânicas: tantas horas dedicadas a cerimônias determinadas, tal percentual de ganhos separado para donativos (sem questão de caridade aqui, acredito), e um ódio rancoroso pelos *khadmees*, que discordam de sua seita, os *shenshahees*, não em qualquer ponto da doutrina, mas quanto à datação de sua era. Era como se eu estivesse na Seething Lane. Entretanto não imagino que ele seja um parse típico, a não ser em sua atenção alerta e meticulosa aos negócios. Dentre outras coisas é um agente de seguros, um agente marítimo, e falou do aumento nos prêmios, avaliando-os contra os movimentos, ou os rumores de movimentos, da esquadra de Linois, um armamento que preenche não somente a Companhia com alarme, mas também todos os navios do país: os prêmios agora estão mais altos do que na época de Suffren. Sua família tem inumeráveis interesses comerciais: minha memória retém bórax tibetano, noz-moscada de Bencoleen, pérolas de Tuticorin. O banco de um primo tem conexão íntima com o departamento dos comissários dos antigos assentamentos franceses. Ele poderia ter me contado muita coisa sobre isso, não fora seu sentimento de cautela; mesmo assim falou com alguma liberdade sobre Richard Canning, por quem expressou respeito e estima. Contou-me pouca coisa que eu já não soubesse, mas confirmou que a volta deles está marcada para o dia dezessete.

"Não pôde me contar nada sobre a cerimônia hindu às margens da baía na próxima lua: não se importava nem sabia. Para isso devo me voltar de novo para Dil; mas de fato as idéias dela sobre religião são ecléticas a ponto de levá-la à confusão. Deus não será misericordioso com quem, pela vaidade, usar calças compridas, diz ela (um ensinamento muçulmano); e ao mesmo tempo considera verdade reconhecida que eu sou um urso-homem, um decadente homem que vira urso, deslocado, um inepto demônio rústico que foi parar na cidade; e que certamente posso voar, se quiser, mas com um vôo desajeitado, nem eficiente nem na direção certa — uma crença que ela deve ter tirado dos tibetanos. Mas está certa ao supor que preciso de orientação.

"Dia dezessete. Se Jack estiver certo em seus cálculos (e nessas questões nunca o vi falhar) devo ter três semanas antes que o navio esteja pronto. Agora estou impaciente pela chegada deles, se bem que, quando chegamos, eu tinha um certo medo. Que interlúdio maravilhoso foi este, um pedaço da minha vida retirado..."

— Ora, aí está você, Stephen — exclamou Jack. — Voltou para casa, acho.

— Verdade — disse Stephen com um olhar afetuoso. Gostava desse tipo de declarações feitas por Jack. — E você também, minha alegria; e mais cedo do que o usual. Parece perturbado. Acha que o calor o afeta? Tire um pouco dessas vestimentas esplêndidas.

— Ora, não; não mais do que o comum — respondeu Jack, tirando o cinto da espada. — Se bem que faz um calor do inferno, é apertado e úmido. Não. Foi só para o caso de... Tinha de jantar com o almirante, como você sabe, e lá ouvi uma coisa que enregelou meu sangue; e achei que deveria lhe contar. Diana Villiers está aqui, e aquele homem, Canning. Por Deus, gostaria que o navio estivesse pronto para o mar. Não posso suportar o encontro. Você não está pasmo... chocado?

— Não. Realmente não estou. E de minha parte devo dizer, Jack, que me sinto extremamente ansioso pelo encontro. Eles não estão de fato em Bombaim, mas são esperados no dia dezessete.

— Você sabia que ela estava aqui? — perguntou Jack. Stephen assentiu. — Você é um sujeito fechado — disse Jack olhando-o de esguelha.

Stephen deu de ombros.

— É, acho que sou. Preciso ser, você sabe. Por isso estou vivo. E nossa mente vai se entortando... mas peço perdão se não fui livre e aberto com você como deveria. Porém este é um terreno delicado.

Houve um tempo em que eles eram rivais, quando Jack tinha um sentimento tão forte por Diana que este era de fato um terreno muito perigoso. Por causa dela Jack quase destruíra a carreira e a chance de se casar com Sophia. Em retrospecto se ressentia disso amargamente, assim como se ressentia da infidelidade dela, ainda que ela não lhe devesse fidelidade. Odiava-a, de certo modo; considerava-a perigosa, se é que não maligna; e temia um encontro — temia mais por Stephen do que por si mesmo.

— Não, não, meu caro amigo, de jeito nenhum — disse balançando a mão de Stephen. — Não; tenho certeza que você está certo. Quero dizer, em manter segredo.

Depois de uma pausa Stephen disse:

— No entanto estou surpreso por você não ter ouvido falar da presença dela, se não na Inglaterra, aqui. Tenho sido regalado com relatos da coabitação deles em todo jantar a que compareço, toda vez que tomo um chá, quase em todos os encontros casuais com algum europeu.

Verdade. A chegada de Richard Canning e Diana Villiers fora uma bênção divina para Bombaim, entediada como estava com a fome dos *gujerat* e as conversas intermináveis sobre uma guerra dos *mahratas*. Canning tinha um cargo oficial importante, grande influência na Companhia, e vivia em esplendor; era um homem ativo, estimulante, pronto e ansioso para assumir qualquer desafio; e deixava claro que esperava que o caso dos dois fosse aceito. Várias altas autoridades tinham conhecido o pai dela, e os que possuíam concubinas indianas não criaram qualquer dificuldade; assim como os solteiros; mas as esposas européias eram mais difíceis de ser persuadidas. Poucas tinham muito espaço para atirar pedras, mas a hipocrisia jamais faltou à classe média inglesa em qualquer latitude, e elas as atiravam em grande quantidade com abandono deliciado e chocado — pedras, pedregulhos, limitados em tamanho apenas pelo medo da promoção dos maridos. A discrição conciliatória jamais estivera entre as qualidades da Srta. Villiers, e se houvesse falta de assunto para fofocas maliciosas ela forneceria elefantes carregados deles. Canning passava boa parte do tempo nas possessões francesas e em Goa, e durante sua ausência as boas damas mantinham telescópios apontados para a casa de Diana. Com lamentação extravagante choravam a morte do Sr. James, do 87º de Infantaria, morto pelo capitão Macfarlane, o ferimento de um membro do Conselho, e hostilidades menos importantes: essas questões eram faladas com horror religioso, ao passo que muitas outras discussões naquela comunidade biliosa, superalimentada, escaldada, muito dada ao assassinato por consentimento, eram passadas como fraquezas amenas, conseqüência natural do calor. O Sr. Canning era ciumento, e cartas anônimas o mantinham informado sobre os visitantes de Diana, imaginários e reais.

— Senhor, senhor — chamou Babbington na varanda.

Com sua voz forte Jack gritou para fora:

— Olá.

A escada tremeu, a porta se abriu num estrondo, e o sorriso de Babbington apareceu na semi-escuridão. E se desbotou ao ver a expressão áspera do comandante.

— O que está fazendo em terra, Babbington? — perguntou Jack. — Dois pares de ovéns cortados nas alças, e você está em terra?

— Bom, senhor, o *kolipar* do governador trouxe a correspondência, e achei que talvez o senhor quisesse vê-la imediatamente.

— Bem — disse Jack, com o humor clareando. — Há algo no que você diz. — Em seguida pegou a sacola e foi rapidamente para o cômodo ao lado, retornando alguns instantes depois com um pacote para Stephen e desaparecendo de novo.

— Bem, senhor — disse Babbington. — Não devo mantê-lo esperando.

— Você também não deve manter sua prostituta esperando — disse Stephen, olhando pela janela.

— Ah, senhor — exclamou Babbington. — Ela não é prostituta. É filha de um clérigo.

— Então por que vive pegando grandes quantias de dinheiro emprestadas com a única pessoa do navio que é suficientemente fraca para emprestar? Dois pagodes na semana passada. Quatro rupias e dois *pices* na semana anterior.

— Ah, mas ela só deixa seus amigos, seu amigo, ajudá-la com o aluguel, está em atraso. Eu vou lá, o senhor sabe, quando consigo ir em terra; o que é raríssimo. Mas é verdade, o senhor tem sido muito bom comigo.

— Verdade? Verdade? Bem, deixe-me dizer o seguinte, Sr. Babbington: essas coisas podem ir longe demais; e os clérigos não são tudo que parecem. Lembra-se do que lhe falei sobre os tumores sifilíticos e a terceira geração? Muitos exemplos você pode ver nos bazares. O que acharia de ver seu neto careca, torto e babando, sem dentes e decrépito antes dos 12 anos? Imploro que tome cuidado. Qualquer mulher é fonte de grande perigo potencial para os marinheiros.

— Ah, terei, senhor. Terei — exclamou Babbington, que estivera olhando secretamente pela persiana. — Mas sabe, senhor, é a coisa mais ridícula... acho que deixei o navio sem trazer dinheiro nenhum no bolso.

Stephen o ouviu descer correndo a escada, suspirou e voltou para as cartas.

Sir Joseph estava preocupado quase totalmente com besouros de um tipo ou outro; ficaria infinitamente grato se o caro Maturin, se por acaso topasse com algum buprestídeo, se lembrasse dele. Mas um pós-escrito enigmático lhe deu a chave para a carta do Sr. Waring, que parecia falar de um grupo estúpido, briguento, litigioso, de conhecidos comuns, mas que de fato lhe dava uma idéia da situação política: na Catalunha a inteligência militar britânica estava apostando no cavalo errado, como sempre; em Lisboa a embaixada estava tendo conversas com mais um representante dúbio da resistência; havia perigo de uma divisão no movimento, e eles ansiavam por seu retorno.

Notícias de seu representante pessoal: a Sra. Canning estava se preparando para uma viagem à Índia, para confrontar o marido. Os Moccata tinham descoberto que ele deveria estar em Calcutá antes das próximas chuvas, e ela viajaria no *Warren Hastings*, em direção àquele porto desconfortável.

Sophia omitira as datas em três de suas cartas, sem nada além do dia da semana, e ele as abriu na ordem errada. A primeira impressão foi de tempo totalmente deslocado — Cecilia placidamente esperando um bebê (como estou ansiosa para ser tia!) sem qualquer sacrifício aparente de sua condição de donzela ou comentário adverso por parte dos amigos; Frances morando nas margens desoladas do lago Erne, e lá tremendo na companhia de alguém chamada lady F e ansiando pela volta de um tal Sir O. Uma segunda leitura tornou a situação mais clara: as duas irmãs mais novas de Sophia tinham se casado, Cecilia com um jovem oficial da milícia, e Frances, imitando o triunfo da irmã (como ela deve ter mudado, disse Stephen) com o primo muito mais velho deste soldado, um proprietário de terras em Ulster que representava o condado de Antrim em Westminster enquanto Frances morava com a mãe idosa dele em Floodesville, brindando confusão ao papa duas vezes por dia com vinho de sabugueiro. Havia júbilo, até mesmo exultação, diante da felicidade das irmãs (Cecilia pelo menos adorava o estado de casada; era ainda mais divertido do que ela havia esperado, ainda que estivessem apenas em aposentos temporários, em Gosport, e teriam de ficar lá até que Sir Oliver pudesse ser induzido a *fazer alguma coisa* pelo primo) e uma descrição detalhada dos casamentos, conduzidos com grande propriedade, e em tempo maravilhoso, pelo Sr. Hincksey, já que seu querido vigário estava longe de casa; mas não eram de fato cartas felizes; não eram as cartas que ele gostaria de ler.

Uma terceira leitura convenceu-o de que o casamento de Cecilia fora toleravelmente apressado; que a Sra. Williams fora obrigada a ceder em todas as frentes, já que o jovem soldado apressado minara sua cidadela; mas que ela conseguira o que queria com Sir Oliver Floode, um homem rico. E pavoroso. E essa terceira leitura confirmou a impressão de desânimo. O espírito da Sra. Williams tinha renascido com a empolgação do casamento e sua vitória sobre o advogado de Sir Oliver; mas agora sua saúde estava piorando de novo e ela reclamava muito da solidão. Agora que ela e Sophia estavam sozinhas a Sra. Williams havia reduzido o número de serviçais, tinha fechado a ala da torre e parado de receber; praticamente o único visitante era o Sr. Hincksey, que aparecia praticamente dia sim, dia não, e jantava com elas sempre que ocupava o lugar do Sr. Fellows.

Agora que não havia mais nada para ocupar sua mente ela renovara a perseguição a Sophia, voluvelmente quando estava bem, em sons arfantes e débeis quando confinada à cama. "E o estranho é que, mesmo ouvindo seu nome com tanta freqüência, o Sr. Hincksey é um verdadeiro conforto para mim; é um homem realmente amigável e bom, e eu tinha certeza de que seria, pela recomendação que você fez dele — ele tem grande apreço pelo 'caro desinteressado Dr. Maturin', e tenho certeza de que você ficaria ruborizado ao nos ouvir falar a seu respeito, como fazemos com freqüência. Ele jamais impõe seus sentimentos ou me perturba; é o mais gentil possível com minha mãe, mesmo quando ela não é muito discreta. Prega tremendamente bem — não com entusiasmo ou palavras duras e não com o que suponho que você chamaria de eloqüência — e é um prazer ouvi-lo, mesmo quando fala de *dever*, coisa que faz com freqüência. E devo dizer que pratica o que prega: é um filho tremendamente dedicado. Isso me faz sentir má e envergonhada. A mãe dele..." Stephen não se importava com a velha Sra. Hincksey: era uma bela dama idosa, gentil e suave, mas perfeitamente surda...

— Besteira, a mulher pode ouvir muito bem se quiser — disse Stephen. — Tem todas essas vantagens inescrupulosas, e cabelos brancos também.

Pulou para a parte que o preocupava mais. Sophia achava muito estranho Jack não ter escrito.

— Ora, garota boba, não consegue ver que um navio de guerra deve suplantar o correio mais rápido?

Sophia tinha certeza de que Jack nunca, nunca faria de propósito qualquer coisa que não fosse gentil; mas os melhores homens às vezes eram insensatos e irrefletidos, particularmente quando tinham muita coisa a fazer, como o comandante de um navio de guerra; e havia o velho ditado sobre a distância e a água salgada apagarem os outros sentimentos. Nada era mais natural do que um homem se cansar de uma ignorante jovem do campo como Sophia — até mesmo sentimentos ardentes poderiam se desgastar num homem que tinha tantas outras coisas em que pensar, e responsabilidades tão grandes. Acima de tudo ela não queria ser um estorvo para Jack, quer em sua carreira (lorde St Vincent era absolutamente contra casamentos) ou qualquer outra coisa; ele devia ter amigas na Índia, e ela ficaria totalmente arrasada se, por sua causa, Jack se sentisse atado ou estorvado.

— O catalisador disso tudo é o general — observou Stephen comparando a carta com exemplos anteriores da letra de Sophia. — Foi escrita às pressas, e com alguma agitação de espírito. A grafia é ainda pior do que o usual. — Sophia dava a entender que aquele fora um incidente bobo, mas sua diversão era forçada e pouco convincente. O general Aubrey, junto com a nova madrasta de Jack, uma jovem estouvada e vulgar, até recentemente empregada de leiteria, havia baixado sobre Mapes, felizmente numa ocasião em que a Sra. Williams estava em Canterbury com a Sra. Hincksey. Sophia lhes deu o melhor jantar que pôde, com várias garrafas de vinho, infelizmente. O general Aubrey pertencia a outra civilização, uma civilização intocada pela era do iluminismo ou pela disseminação da burguesia, uma era que havia acabado nos condados mais próximos de Londres antes que Sophia nascesse e uma era à qual sua família essencialmente urbana, respeitável, de classe média, jamais pertencera em tempo algum. Ela fora criada numa casa calma, estável, sem homens, e não soube o que entender das galanterias dele, de seu elogio pelo gosto de Jake (Cecilia estaria mais à vontade com ele), nem de sua observação de que Jack era um cão deplorável — sempre fora — mas ela não se importaria com isso — a mãe de Jack nunca se importara. Sophia não se importaria com meia dúzia de filhos bastardos, ele tinha certeza.

O general Aubrey não era um homem indecoroso; era gentil e bem-criado, a seu jeito grosseiro e campestre; mas era cabeça-dura e impulsivo; e quando estava nervoso (Sophia não fazia idéia de que um homem de quase setenta anos pudesse ser tímido) e tomava vinho, sentia que precisava falar: sua facécia excêntrica, suas amabilidades exageradas, terrenas, chocaram-na extremamente e ele lhe pareceu uma caricatura — áspera, licenciosa, dissoluta e sem princípios — do filho. O único consolo foi que o general e sua mãe não tinham entrado em contato; e que sua mãe não vira a segunda Sra. Aubrey.

Lembrava-se da voz alta, sincera, do general, que tanto remetia à do filho, gritando da extremidade da mesa comprida que Jack "não tinha um tostão com que se abençoar, jamais teria, todos os Aubrey eram azarados com o dinheiro, precisavam ter sorte no casamento". Lembrou-se da pausa interminável depois do jantar, com o menininho fazendo buracos no guarda-fogo, a urgência concentrada com que ela desejou que o general acabasse com a garrafa, tomasse o chá e fosse embora antes do retorno de sua mãe, que já deveria ter acontecido. Lembrou-se de como ela e a risonha Sra. Aubrey o haviam apoiado para caminhar até a carruagem — as despedidas intermináveis — o general se lembrando de alguma anedota interminável sobre uma caça à raposa e se perdendo nela enquanto o menino arrasava com os canteiros de flores, gritando como uma coruja de celeiro. Então, dez minutos depois, enquanto ela ainda estava despedaçada, o retorno da mãe, a cena, os gritos, lágrimas, desmaios, cama, palidez extrema, censuras.

— Stephen. Ei, Stephen, não o estou interrompendo, estou? — disse Jack saindo de seu quarto com uma carta na mão. — Eis uma coisa estranha. Sophia está me escrevendo um palavreado sem sentido. Não posso lhe mostrar, há algumas coisas muito particulares, você me entende. Mas o negócio é que, se eu optar por me sentir livre, nada a deixaria mais feliz. Livre para quê, em nome de Deus? Que Deus me desgrace e estoure meus olhos, nós estamos noivos, não é? Se houvesse outra mulher na terra eu poderia pensar que havia algum outro homem por perto. Que diabo ela quer dizer com isso? Você faz alguma idéia?

— Pode ser que alguém tenha inventado... pode ser que alguém tenha lhe dito que você veio à Índia para ver Diana Villiers — disse Stephen, escondendo o rosto com vergonha enquanto falava. Esta era uma tentativa direta de mantê-los separados, para seus próprios objetivos, em parte para seus próprios objetivos. Era totalmente desonesto, claro, e ele jamais fora desonesto com Jack. Isso o encheu de raiva; mas mesmo assim continuou: — ou que você possa vê-la aqui.

— Ela sabia que Diana estava em Bombaim?

— Certamente, isso era de conhecimento comum na Inglaterra.

— Então a Sra. Williams sabia?

Stephen assentiu.

— Ah, isso é a cara de Sophia, de cabo a rabo — exclamou Jack, com um sorriso radiante. — Pode imaginar uma coisa mais doce para dizer? E que modéstia, não é? Como se alguém pudesse olhar para Diana depois... no entanto — disse contendo-se e olhando de modo depreciativo para Stephen — não pretendo dizer nada de errado, ou deseducado. Mas não há uma única censura, nenhuma palavra que não seja gentil em toda a carta. Meu Deus, Stephen, como amo aquela garota! — Seus olhos azuis luminosos se nublaram, lacrimejaram, e ele os enxugou com a manga da camisa. — Jamais qualquer sugestão de maldade, mesmo eu sabendo muitíssimo bem que tipo de vida aquela mulher a faz levar, para não falar que enche sua mente com histórias medonhas. Uma vida chocante. Você sabe que Cecilia e Frankie foram embora, se casaram? Isso torna a coisa ainda pior. Meu Deus, como devo apressar essa reforma no navio! Agora devo ser mais rápido ainda. Anseio por voltar ao Atlântico ou ao Mediterrâneo, estas não são águas onde se possa buscar qualquer distinção agora, muito menos riqueza. Se ao menos tivéssemos pegado uma única presa decente perto da Isle de France eu escreveria pedindo que ela viesse à Madeira, e dane-se... Algumas centenas dariam para comprar um belo chalé. Ah, eu adoraria um belo chalé, Stephen. Batatas, repolho e coisas.

— Juro que não sei por que você não escreve, com ou sem prêmio. Você tem seu salário, ora.

— Ah, isso não seria certo, você sabe. Estou quase livre das dívidas, mas ainda preciso arranjar alguns milhares. Não seria honroso pagar com a fortuna dela e depois ter apenas sete xelins por dia para lhe oferecer.

— Está querendo me ensinar a diferença entre conduta honrosa e desonrosa?

— Não, não, claro que não. Por favor, não se irrite comigo, Stephen. Eu me expressei mal de novo. Não, o que quero dizer é que não seria certo para *mim*, entende? Não suportaria que a Sra. Williams me chamasse de caçador de dotes. Na Irlanda é diferente, eu sei... ah, droga, estou vagueando de novo, não quero dizer que *você* é um caçador de dotes, mas vocês vêem isso de modo diferente no seu país. *Autre pays, autre merde.* Mas de qualquer modo ela jurou jamais se casar sem o consentimento da mãe, portanto, isso coloca um ponto final na discussão.

— Jamais na vida, meu caro. Se Sophia vier à Madeira, a Sra. Williams será obrigada a dar o consentimento ou a encarar uma vizinhança deliciada. Creio que ela foi obrigada a seguir o mesmo curso no caso de Cecilia.

— Isso não seria muito jesuítico, Stephen? — perguntou Jack encarando-o.

— De jeito nenhum. O consentimento negado de modo pouco razoável pode ser justificadamente compelido. Estou preocupado com a felicidade de Sophia e a sua, e não em ficar de conluio com as venetas sórdidas da Sra. Williams. Você deve escrever a carta, Jack; porque você deve considerar: Sophia é a beldade do mundo; ao passo que, mesmo sendo toleravelmente bem-apessoado, ao seu jeito honesto mas rústico, você é bastante velho e tem toda a probabilidade de ficar mais velho ainda; é gordo demais e tem toda a probabilidade de ficar mais gordo ainda. Não, obeso. — Jack olhou a própria barriga e balançou a cabeça. — Horrivelmente espancado, sem orelha, com cicatrizes, irmão, você não é nenhum Adônis. Não fique magoado — disse pondo a mão no joelho de Jack — quando lhe digo que você não é nenhum Adônis.

— Nunca achei que fosse.

— Nem quando acrescento que você também não é nenhuma raposa, não tem uma espirituosidade luminosa para contrabalançar a falta de beleza, graça e juventude.

— Certamente nunca fui dado a frases espirituosas. Mas de vez em quando posso dizer uma coisa boa, se tiver tempo.

— E Sophia, digo de novo, tem beleza verdadeira: e na Inglaterra existem Adônis, muitos Adônis espirituosos, com dinheiro. De novo, ela leva uma vida infernal. Duas irmãs mais novas já se casaram e você sabe muito bem da importância do casamento para uma jovem: o status, a fuga, a garantia certificada de *não ter fracassado*, a certeza virtual de subsistência requintada. Você está muito longe, a mais de dez mil milhas, pode levar uma pancada na cabeça de uma hora para outra, e em nenhum momento há mais do que uma tábua de cinco centímetros entre você e a sepultura. Você está a meio mundo de distância dela, e a meia milha de Diana. Ela sabe pouco ou nada sobre o mundo, pouco ou nada sobre homens, afora o que a mãe lhe conta: poucas coisas boas, pode ter certeza. Finalmente há o grande sentimento de dever por parte dela. Bom, ainda que Sophia leve a humanidade a um elevado pico de perfeição, nenhuma jovem está acima dela, mesmo assim ela é humana e afetada por considerações humanas. Não digo sequer por um momento que ela as pese com frieza; mas as considerações, as pressões, estão lá, e são muito fortes. Você certamente deveria escrever sua carta, Jack. Pegue pena e tinta.

Jack o olhou por um tempo com expressão pesada, perturbada, depois se levantou, encolheu a barriga e disse:

— Tenho de ir ao estaleiro. Esta tarde vamos colocar o novo cabrestante. Obrigado pelo que disse, Stephen.

Foi Stephen quem pegou pena e tinta e sentou-se diante de seu diário.

"Tenho de ir ao estaleiro, disse ele, vamos colocar o novo cabrestante esta tarde. Se houvesse fumaça de pólvora na sala, um inimigo terrível por perto, não haveria nada dessa hesitação, não haveria o olhar comprido e ele saberia o que pensar e teria agido de imediato, com deliberação inteligente. Mas agora está empacado. Com aquela odiosa liberdade da qual arenguei: ao fazer isso superei minha vergonha; mas a coisa foi amarga, cruel e cortante enquanto durou. No instante entre sua pergunta: será que eu fazia alguma idéia?, e a minha resposta, o diabo me disse: "Se Aubrey estiver realmente chateado com a Srta. Williams ele se voltará de novo para Diana Villiers. Você já fez o seu trabalho com o Sr. Canning." Caí imediatamente. Mas já quase me persuadi de que minhas palavras subseqüentes foram as mesmas que um homem honesto teria usado, eu mesmo, se essa *fixação* não existisse. Não posso dizer ligação, já que ligação implica uma atração mútua e não tenho qualquer evidência disso além de minha intuição tão falível. Anseio pelo dia 17. Já estou começando a assassinar o tempo, como um garoto ardoroso. Que crime feio! Talvez o festival marítimo nocauteie seis horas inocentes.

A cerimônia aconteceu ao longo de toda a costa da baía Back, da ponta de Malabar até o forte; e o amplo gramado diante do forte era um dos melhores locais para ver os preparativos. Como todas as cerimônias hindus que ele vira, esta parecia acontecer com grande empolgação, grande bom humor e uma total falta de organização. Já havia alguns grupos na praia, com os líderes enfiados na água até a cintura, espalhando flores no mar; mas a maioria dos habitantes de Bombaim parecia ter se reunido aqui, no gramado, para se mostrar em suas melhores roupas, rindo, cantando, batendo tambores, comendo doces e pratos de comida comprados em barracas minúsculas, afastando-se de vez em quando para formar uma vaga procissão, cantando um hino estridente e poderoso. Grande calor, uma infinita variedade de cheiros e cores, o troar de conchas, trombetas uivando graves, pessoas incontáveis; e, serpenteando entre o povo, elefantes com apinhados castelos às costas, carroças puxadas por novilhos, centenas e centenas de palanquins, cavaleiros, vacas sagradas, carruagens européias.

Uma mão quente segurou a sua, e olhando para baixo Stephen viu Dil sorrindo para ele.

— Estais com roupas muito estranhas, Stephen, quase achei que éreis um *topi-wallah*. Tenho uma folha inteira de pondu: venha comer antes que derrame. Jogai vossa boa camisa de bazar no esterco, é comprida demais, vossa camisa. — Ela o guiou pela grama pisoteada até a esplanada do forte, e ali, encontrando um lugar vazio, os dois se sentaram. — Inclinai vossa cabeça para a frente — disse ela, desdobrando a folha e colocando aquela coisa túrgida entre os dois. — Não, não, *para a frente*, mais para a frente. Onde fostes criado? Que mãe vos pariu? *Para a frente.* — Desanimando de fazê-lo comer como um ser humano, ela se levantou, lambeu a camisa dele para limpá-la, e então, cruzando as pernas marrons e sem juntas embaixo do corpo agachou-se diante dele. — Abri vossa boca. — Com mão hábil moldou o *pondu* em pequenas bolas e lhe deu de comer. — Fechai vossa boca, Stephen. Engula. Pronto, marajá. Outro. Pronto, meu jardim de rouxinóis. Abri. Fechai. — A massa doce, arenosa e untuosa penetrou nele, e o tempo todo a voz de Dil subia e descia. — Não deveis comer muito melhor do que um urso. Engula. Parai agora e arrotai. Não sabeis arrotar? Olha. Eu consigo arrotar quando quero. Arrota duas vezes. Olhai, olhai os chefes dos *mahrata.* — Um esplêndido grupo de cavaleiros vestidos de carmim com turbantes e mantas de sela bordados em ouro. — Aquele no meio é o Peshwa: e ali o rajá de Bhonsli. *Har, har, mahadeo*! Mais uma bola e acabou. Abri. Vós tendes quinze dentes em cima e um a menos embaixo. Ali está uma carruagem européia, cheia de francos. Argh, posso sentir o cheiro deles daqui, mais forte do que de camelos. Eles comem vaca e porco, é totalmente notório. Não tendes mais habilidade para comer com vossos dedos do que um urso ou um franco, pobre Stephen, sois franco às vezes?

Os olhos dela estavam fixos nele com curiosidade alerta e penetrante, mas antes que Stephen pudesse responder eles haviam saltado para uma fileira de elefantes que se aproximavam, tão cobertos de abrigos, tinta, assentos e ouropéis que nada podia ser visto embaixo, a não ser os pés se arrastando na poeira, nem na frente, a não ser as presas douradas, com faixas prateadas e as trombas inquisitivas.

— Cantarei para vós o hino *marwari* a Krishna — disse Dil, e começou num gemido nasal, cortando o ar com a mão direita enquanto cantava. Outro elefante passou na frente deles, tendo às costas um mastro enfeitado sobre o assento, com um estandarte onde estava escrito *Revenge,* adejando à brisa: a maioria dos homens de boreste do mastaréu da gávea maior estavam lá em cima, agarrados uns aos outros numa massa apertada, enquanto os colegas de bombordo corriam atrás, gritando que eles já tinham tido seu tempo, colegas, e o que era justo era justo. Um elefante do *Goliath*, quase escondido por uma massa de marinheiros maravilhados vestidos com uniforme de terra, chapéus de palha brancos e fitas. O Sr. Smith, um oficial do tipo pequeno, arrumado, empertigado, de cabeça redonda e dado ao vinho do Porto, que já fora colega de Stephen no *Lively* e agora era o imediato no *Goliath*, passou montado num camelo, com as pernas dobradas negligentemente sobre o pescoço da criatura como se tivesse nascido assim. Passou agilmente entre o elefante e o barranco, com o rosto ao nível do de Stephen, a uns cinco metros de distância. O pessoal do *Goliath* gritou para o Sr. Smith, balançando garrafas e comemorando, e Smith acenou de volta para eles. Sua boca podia ser vista abrindo e fechando, mas nenhum som atravessava o tumulto. Dil continuava cantando, hipnotizada pelo canto invariável e pelo fluxo de palavras.

Mais e mais europeus surgiam, agora que o dia estava refrescando. Carruagens de todo tipo. Um bando indecoroso de aspirantes do *Revenge* e do *Goliath*, montados em pequenos cavalos árabes, jumentos e um novilho atônito.

Mais e mais europeus; e incomparavelmente mais hindus, porque agora o clímax estava se aproximando. A praia estava quase coberta de figuras marrons vestidas com mantos brancos e o som de trombetas abafava o trovão baixo do mar; e mesmo assim a multidão no gramado ficava ainda mais densa, e agora as carruagens avançavam a passo, quando avançavam. Poeira, calor e alegria subindo: e acima de toda essa imensa atividade os milhafres e os abutres giravam no céu imperturbável — círculos sem esforço, cada vez mais alto, os mais altos se perdendo finalmente, pontos pretos que desapareciam no azul. Dil continuava cantando.

Baixando os olhos dos abutres e da claridade, Stephen se pegou olhando diretamente para o rosto de Diana. Ela estava sentada numa caleça sob duas sombrinhas cor de abricó com três oficiais, inclinando-se para a frente com interesse vívido para ver o que os havia feito parar. Logo à frente da carruagem duas carroças puxadas por novilhos tinham travado as rodas uma na outra, e os cocheiros estavam de pé, gritando um com o outro, enquanto os novilhos se inclinavam para dentro, contra a canga, fechando os olhos, e de trás das cortinas as damas ocultas gritavam palavrões, conselhos e ordens. Com uma densa procissão passando interminavelmente no lado direito e a encosta íngreme da esplanada do forte do esquerdo, estava claro que a caleça teria de esperar até que os novilhos fossem desemaranhados. Diana girou com um movimento que Stephen tinha esquecido mas que era tão familiar quanto as batidas de seu coração. Os serviçais empoleirados atrás, com as sombrinhas, se abaixaram e giraram para lhe dar uma visão melhor, mas não havia como recuar pela turba e Diana se recostou no assento, dizendo algo ao homem diante dela que o fez rir; e a sombra abricó passou de novo por cima deles.

No mínimo ela estava mais bonita do que quando ele a vira pela última vez. Na verdade, estava um pouco longe demais, mas parecia que o clima, o clima quase nativo de Diana, que fazia tantos ingleses ficarem amarelos, fora gentil com ela, dando-lhe um brilho que ele não vira na Inglaterra. De qualquer modo aquela lembrada perfeição de movimentos estava ali: não havia nada estudado naquele giro sinuoso, nada que afrouxasse tanto todo o seu julgamento.

— O que há de equivocado convosco? — perguntou Dil, parando e olhando-o.

— Nada — respondeu Stephen, ainda olhando.

— Estais doente? — gritou ela, levantando-se e pondo as mãos no coração dele.

— Não. — Stephen sorriu e balançou a cabeça, estava bastante composto.

Ela se agachou, ainda olhando para cima; e Diana, espiando rapidamente de um lado para o outro, deu alguma resposta mecânica e sorridente para a observação do vizinho. Seu olhar passou pela esplanada, passou sobre Stephen, de repente voltou e parou, com uma crescente expressão de dúvida e em seguida da mais extrema perplexidade, e de repente todo o rosto se transformou em franco deleite, ruborizou, empalideceu; ela abriu a porta e saltou no chão, deixando perplexidade atrás de si.

Subiu correndo a encosta, e Stephen, levantando-se, passou por cima de Dil e segurou suas mãos estendidas.

— Stephen, por minha alma e minha honra! — gritou ela. — Stephen, como estou feliz em vê-lo!

— Estou feliz em vê-la também, minha cara — disse ele, rindo como um menino.

— Mas, em nome de Deus, como veio parar aqui?

Por mar, de navio — do modo usual — breves explicações cortadas repetidamente pelo espanto — dez mil milhas — saúde, aparência, amenidades mútuas — olhares descarados, sorrisos — como você está muito, muito moreno!

— Sua pele está mais clara do que na última vez que a vi — disse ele.

— Stephen — murmurou Dil outra vez.

— Quem é sua doce companhia? — perguntou Diana.

— Permita-me apresentar Dil, minha amiga e guia particular.

— Stephen, dizei à mulher para tirar o pé da minha *khatta* — disse Dil com expressão pétrea.

— Ah, filha, peço que me perdoeis — exclamou Diana, dobrando-se e espanando a poeira do trapo de Dil. — Ah, sinto muitíssimo. Se tiver estragado, tereis um sári feito de seda de Gholkand com dois fios de ouro.

Dil olhou o lugar pisoteado.

— Vai passar — disse ela, e acrescentou: — Vós não cheirais como uma franca.

Diana sorriu e balançou o lenço para a menina, espalhando cheiro de atar de Oudh.

— Por favor, ficai com ele, Dil-gudaz — disse ela. — Pegai, destruidora de corações e sonho de Sivaji.

Dil virou a cabeça, com o conflito entre prazer e desprazer nítidos no rosto afastado; mas o prazer venceu e ela pegou o lenço com uma reverência ágil, bonita, agradeceu a Begum Lala e cheirou-o voluptuosamente. Atrás deles houve o som das carroças de novilhos se soltando e o palafreneiro levantou-se oscilando para dizer que o caminho estava livre, a pressão da turba era imensa e os cavalos estavam cobertos de suor.

— Stephen — disse ela — não posso ficar. Venha me ver. Vou lhe dizer onde moro. Sabe a colina de Malabar?

— Sei, sei — disse Stephen, querendo dizer que sabia onde ela morava, que conhecia bem sua casa; mas ela não prestou atenção na pressa dos pensamentos, e continuou:

— Não. Você certamente vai se perder. — Virou-se para Dil. — Conheceis o templo jainista atrás do pagode Preto, o palácio de Jaswant Rao e depois a torre Satara... — uma série rápida e intricada de orientações. A expressão de Dil era reservada, ligeiramente cínica, paternalista, de quem sabia das coisas; estava claro que apenas a educação a impedia de interromper, de gritar junto com Stephen: "Mas eu sei, eu *sei*..." — depois atravessem o jardim. Ele certamente vai se perder sem alguém para guiá-lo; então levai-o amanhã à noite, por favor, e tereis o direito a três desejos.

— Certamente ele precisa de orientação.

A porta da carruagem bateu, o palafreneiro subiu os degraus, de sua discrição rigidamente assumida os três oficiais lançaram olhares secretos para a esplanada do forte e a caleça se fundiu no mar de formas em movimento; por alguns instantes as sombrinhas abricó ainda podiam ser vistas, e então sumiram.

Stephen sentiu o peso do escrutínio rígido de Dil, coçou-se em silêncio e ouviu as batidas agora violentas do coração.

— Ah, ah, ah — exclamou ela por fim, levantando-se e juntando as mãos finas como uma dançarina de templo. — Ah, ah, agora entendo. — Ela girou e bateu os pés, oscilando e cantando: — Ah, Krishna, Krishnakh, ah Stephen baharur, Sivaji, ah destruidora de corações; ha, ha, ha! — Seu riso suplantou a dança e ela caiu no chão. — Vós entendestes?

— Talvez não tão bem quanto vós.

— Explicarei, tornarei claro. Ela está cortejando-vos, deseja ver-vos à noite, ah, desavergonhada, ha, ha, ha! Mas por quê, quando ela tem três maridos? Porque precisa de um quarto, como as tibetanas: elas têm quatro maridos, e as francas são muito parecidas com as tibetanas — costumes estranhos, estranhos. Os três não lhe deram filho, portanto precisa haver um quarto, e ela vos escolheu porque sois tão diferente deles. Ela foi alertada num sonho, sem dúvida: soube onde vos encontrar, tão diferente dos outros.

— Totalmente diferente?

— Ah, sim, sim! Eles são idiotas, está escrito nas testas. E são ricos e vós sois pobre; eles são jovens e vós sois um ancião; eles são belos homens de rosto vermelho, e vós... a maioria dos homens santos são medonhos, ainda que mais ou menos inocentes. Trompas e trombetas! Depressa, venha depressa, temos de correr até o mar.

Stephen entrou no beco dos ourives, uma rua ainda mais estreita do que a maioria das outras, com toldos abertos contra o sol feroz que ia baixando; o calor era cheio de estalos incessantes, não muito diferentes da estridulação de um inseto. De cada lado do beco os ourives trabalhavam em filigranas, brincos de nariz, tornozeleiras, pulseiras, cordões para a cintura, cada qual em sua loja do tamanho de um armário, alguns tinham braseiros com tubos para direcionar a chama, e o cheiro de carvão pairava junto ao solo.

Ele se sentou para ver um menino polindo seu trabalho numa roda louca que espirrava líquido vermelho no beco.

"Não estou nem um pouco disposto a que Dil me acompanhe", refletiu, "e eu vestido em roupas européias". A sombra de um touro brâmane caiu sobre ele e a barraca, fazendo o braseiro ficar cor-de-rosa; o animal enfiou o focinho em seu peito, cheirou e foi em frente. "Estou cansado de mentiras, tenho sido rodeado por elas e por fraudes de uma forma ou de outra por tempo demais. Disfarce e subterfúgio, coisa perigosa, a sujeira vai acabar aparecendo. Há algumas pessoas, e acho que Diana é uma delas, que têm uma verdade própria, separada. As pessoas comuns, Sophia e eu, por exemplo, não são nada sem a verdade corriqueira, absolutamente nada. Morrem sem ela, sem a inocência e a honestidade. De fato, a grande maioria se mata muito, muito antes da hora. Vivem quando crianças; empalidecem na adolescência; mostram um clarão de vida no amor; morrem com vinte e poucos anos e se juntam às pobres coisas que se esgueiram raivosas e inquietas pela terra. Dil está viva. Este menino está vivo." Por algum tempo o menino, uma criatura de olhos gigantescos, estivera sorrindo para ele por entre pulseiras; os dois eram bem conhecidos antes de Stephen dizer:

— Garoto, podeis me dizer o preço dessas pulseiras?

— Pandit — respondeu o menino com os dentes brilhando. — A verdade é minha mãe e meu pai; não mentirei a vós. Há pulseiras para todo grau de riqueza.

Quando encontrou Dil ela estava brincando de um jogo tão parecido com a amarelinha de sua infância que ele sentiu um jorro daquela antiga ansiedade enquanto a pedra lisa corria pelas linhas em direção ao Céu. Uma das colegas pulou exultando até o objetivo final, as tornozeleiras chacoalhando. Mas não estava certo, gritou Dil, ela não havia pulado direito — uma hiena cega poderia tê-la visto cambalear e tocar o chão, olhando em volta com os punhos fechados para pedir que o céu e a terra testemunhassem, viu Stephen e abandonou o jogo gritando, enquanto se afastava, que elas eram filhas de prostitutas — que ficariam estéreis por toda a vida.

— Devemos ir agora? — perguntou. — Estais muito ansioso, Stephen? — Ela achava a idéia de Stephen no papel de noivo irresistivelmente cômica.

— Não. Ah, não. Eu conheço o caminho; estive lá muitas vezes. Tenho outro serviço para vos pedir: levai esta carta ao navio.

O rosto da menina ficou nublado, ela esticou o lábio inferior e todo o corpo exprimia desprazer e negação.

— Não tens medo de levá-la no escuro? — perguntou ele, olhando o sol que não estava a mais do que seu próprio diâmetro acima do mar.

— Ah — gritou ela chutando o chão. — Quero ir convosco. Além disso, se eu não for convosco, como terei meus três desejos? Não existe justiça no mundo.

Nunca fora difícil deduzir a natureza dos desejos de Dil, independentemente do número dos mesmos: desde o primeiro dia de sua amizade ela falara em pulseiras, pulseiras de prata; tinha dito, objetivamente e demoradamente, o tamanho, o peso e a qualidade de todo tipo que havia na presidência, bem como os que eram comuns na província e nos reinos vizinhos; e ele a vira chutar mais de uma criança bem provida, por mera inveja. Caminharam até um bosque de coqueiros que dava para a ilha Elefanta.

— Nunca vi as cavernas — observou ele, e pegou um embrulho de pano no bolso. Como se ela, também, tivesse sido alertada em sonho, Dil parou de respirar e olhou com intensidade imóvel. — Aqui está o primeiro desejo — disse ele, pegando uma pulseira. — Aqui está o segundo — pegando duas. — E aqui está o terceiro — pegando mais três.

Ela estendeu a mão hesitante e tocou-as de leve; sua expressão sem medo e alegre estava agora tímida, muito séria. Segurou uma por um momento; pousou-as solenemente; olhou para Stephen que estava observando a ilha na baía. Colocou-a em silêncio no braço e ficou agachada, pasma, olhando o braço e a faixa de prata brilhante; pôs outra e mais outra; e o fascínio da posse a dominou. Explodiu em risos loucos, colocou todas, todas, todas em ordem diferente, acariciando-as, falando com elas, dando um nome a cada uma. Saltou e girou, balançando os braços finos para fazer as pulseiras ressoarem. E de repente se abaixou diante de Stephen e o cultuou durante um tempo, acariciando seus pés — agradecimentos sérios, amorosos, interrompidos por exclamações — como ele sabia? — a visão sobrenatural não era nada para ele, claro — será que ele achava melhor colocá-las assim ou assim? — que clarão de luz! — será que podia ficar com o pano em que estavam embrulhadas? Tirou-as, acarinhando-as, colocou-as de novo — como escorregavam com facilidade! — e ficou ali sentada, apertando o joelho, olhando a prata nos braços.

— Criança — disse Stephen. — O sol se pôs. É a escuridão da lua, e devemos ir.

— Instantaneamente — gritou ela. — Dai-me a carta e voarei ao navio; direto ao navio, ha, ha, ha!

E correu escorregando morro abaixo; Stephen ficou olhando-a até ela desaparecer no crepúsculo, os braços brilhantes estendidos como asas e a carta presa na boca.

Ele vira a casa por fora muitas vezes — era familiarizado com as paredes, janelas, entradas — uma casa afastada, bem atrás dos pátios e dos jardins murados; mas ficou surpreso ao ver como era grande por dentro. Na verdade era um pequeno palácio, não tão grande quanto a residência do comissário, mas muito mais fina, feita de mármore branco, fresco e intricadamente esculpido na sala onde ele estava, uma sala octogonal, com cúpula e uma fonte no meio.

Sob a cúpula, uma galeria abrigada com esta mesma renda de mármore: uma escada se curvando da galeria até o lugar onde Stephen se encontrava; e no quinto degrau acima dele, três pequenos potes, uma panela de latão para jogar sujeira; no sexto uma vassoura curta, feita de folha de palmeira finamente dividida e outra mais longa. Um escorpião tinha se escondido sob a panela, mas não achou que o abrigo fosse adequado e Stephen estava observando seus movimentos inquietos entre os potes. Enquanto se movia entre eles o inseto balançava as pinças e a cauda, erguendo-se sobre as patas com uma certa graça.

Ao escutar vozes, Stephen olhou para cima. Formas podiam ser vistas passando pela galeria entrecortada, e Diana, seguida por outra mulher, apareceu no topo da escada. A maioria das mulheres se prejudica ao ser olhada por baixo: não Diana. Vestia calças de musselina azul clara, apertadas nos tornozelos, e um casaco sem mangas sobre uma faixa de azul profundo, profundo, notavelmente alta e esguia, suplantando o efeito de encurtamento causado pelo ângulo de visão. Ela gritou:

— Maturin — e desceu correndo a escada. O pé direito se prendeu na panela e o esquerdo no cabo da vassoura maior. O ímpeto de sua corrida a livrou do resto dos implementos, do resto dos degraus, e Stephen pegou-a embaixo. Segurou seu corpo flexível nos braços, beijou-a nas duas bochechas e a colocou de pé.

— Por favor, cuidado com o escorpião, senhora — disse para a mulher idosa na escada. — Está embaixo da vassoura pequena.

— Maturin — exclamou Diana outra vez. — Ainda estou espantada por vê-lo. Absolutamente *espantada*. É impossível que você esteja aqui de pé, muito mais espantoso do que sentado lá, na multidão junto ao forte, como um sonho. Lady Forbes, posso lhe apresentar o Dr. Maturin? Dr. Maturin, lady Forbes, que tem a gentileza de morar comigo.

Era uma mulher atarracada, vestida de modo aleatório com ornamentos aqui e ali; mas tinha dado grande atenção ao rosto enorme, pintado a ponto de não mais parecer algo humano, e com uma peruca, cujos cachos se encontravam arrumados e baixos na testa. Recuperou-se da reverência profunda, dizendo:

— *É um sujeitinho esquisito; acho que tem um traço de sangue negro. Que desgraça esta perna. Nunca conseguirei me levantar.* Como vai, senhor? Fico muito feliz. O senhor nasceu na Índia? Lembro-me de alguns Maturin da costa de Coromandel.

Diana bateu palmas; empregados entraram na sala — exclamações de preocupação profunda e até mesmo trágica com o perigo que ela correra e com a bagunça; murmúrios baixos, depreciativos; reverências; ansiedade; obstinação suave, irremovível. Por fim um velho foi trazido e levou a panela para fora; o escorpião foi removido com uma pinça de madeira; dois empregados diferentes pegaram o que restou.

— Desculpe, Maturin — disse ela. — Você não pode imaginar o que é manter uma casa com tantas castas diferentes, uma não pode tocar isto, outra não pode tocar aquilo; e metade deles são apenas macacos de imitação. Imagine só: claro que um *radha-vallabhi* pode tocar uma panela. Mas vejamos se eles podem nos dar alguma coisa para molharmos o bico. Já comeu, Maturin?

— Não.

Ela bateu palmas de novo. Um outro grupo apareceu, uma quantidade de pessoas diferentes; e enquanto Diana dava as ordens — houve mais disputas, exortação e risos do que Stephen esperaria fora da Irlanda — ele se virou para lady Forbes e disse:

— Está notavelmente fresco aqui, senhora.

— *Discussão, discussão, discussão* — disse lady Forbes. — *Ela não faz idéia de como administrar os empregados: nunca teve, quando era menina.* Sim, senhor; a casa é afundada com esse objetivo; bem no subsolo, o senhor sabe. *Ah, Deus, que vida a minha, espero que ela peça champanha, estou ressecada. Será que ela acha que esse rapaz vale a pena? Ah, esse é o ponto. Canning é muito pão-duro com seu vinho.* Mas o inconveniente é que inunda; lembro-me de ter visto sessenta centímetros de lama no chão, na época de Raghunath Rao; porque na época pertencia a ele, o senhor sabe. Mas realmente não houve chuva durante esta monção; praticamente nenhuma. E haverá outra fome em Gujerat, e aquelas criaturas tediosas estarão morrendo aos montes, e tornando tão desagradável nosso passeio matinal! — As partes da conversa que se destinavam a ela própria eram pronunciadas num tom mais profundo; mas não havia variação no volume sonoro.

— Diana — disse Stephen — por favor, que língua você estava falando com eles?

— Era Bangla-Bhasa; é falada em Bengala. Eu trouxe alguns empregados do meu pai de volta quando estive em Calcutá. Mas venha, conte sua viagem, foi boa? Em que navio você veio?

— Numa fragata: a *Surprise*.

— Que nome bom! Você poderia... não me bata se eu disser que você poderia ter me nocauteado com uma pluma, quando o vi naquela camisa velha e horrorosa na esplanada do forte. Exatamente o que eu esperaria vê-lo usando neste clima, é muito mais sensato do que um tecido grosso. Você admira minhas calças?

— Extremamente.

— *Surprise.* Bem, você me deixa pasma. O almirante Hervey falou de uma fragata que trouxe um sobrinho dele a bordo; mas disse que era a *Nemesis.* Aubrey está no comando? Claro que deve estar, caso contrário você não estaria aqui. Ele já se casou? Vi o anúncio no *Times*, mas nada sobre o casamento.

— Acho que vai acontecer a qualquer minuto.

— Todas as minhas primas Williams terão se casado — observou ela com uma ligeira contenção em sua alegria borbulhante. — Eis o champanha, finalmente. Meu Deus, será ótimo tomar uma taça. Espero que esteja com tanta sede quanto eu, Maturin. Vamos beber à saúde e à felicidade dele.

— De todo o coração.

— Diga, ele cresceu, finalmente?

— Não creio que você veria uma maturidade maior. — À medida que envelheço fico mais áspero, pensou esvaziando a taça.

Um homem de barba grisalha com um bastão de prata avançou para Diana, fez uma reverência e bateu no chão três vezes: imediatamente entraram depressa mesas baixas e grandes bandejas de prata com pratos inumeráveis, na maioria muito pequenos.

— Vai me perdoar, minha cara — disse lady Forbes, levantando-se. — Você sabe que eu nunca janto.

— Claro — respondeu Diana — e quando passar, poderia fazer a gentileza de ver se tudo está pronto? O Dr. Maturin ficará no quarto lápis-lazúli.

Sentaram-se no divã, com as mesas agrupadas à frente. Ela explicou os pratos com grande volubilidade e boa quantidade de cobiça explícita.

— Você não se importa em comer ao modo indiano? Eu adoro. — Ela se mostrava num ânimo empolgante, rindo e falando num ritmo esplêndido, como se há muito estivesse privada de companhia.

"Como lhe faz bem sorrir", refletiu ele. "*Dulce loquentem, dulce ridentem.* A maioria das mulheres são corujas solenes. Mas, afinal de contas, poucas têm dentes tão brilhantes."

— Quantos dentes você tem na boca, Villiers?

— Meu Deus, não sei. Quantos deveria ter? Estão todos aí, de qualquer modo. Ha, ele nos deu *bidpai chhatta*; como eu adorava quando era criança! Ainda adoro. Deixe-me ajudá-lo. Acha que Aubrey gostaria de jantar aqui, com seus oficiais? Eu poderia convidar o almirante. Ele é um homem maligno, mas pode ser tremendamente agradável quando quer; capacho da esposa, mas muitas esposas dos homens da Marinha são impossíveis. E algumas pessoas do estaleiro: apenas homens.

— Não posso responder por ele, claro; mas sei que permanece muito assoberbado com o navio. A fragata está sendo içada e baixada; peças vitais estão sendo serradas nas entranhas; ela sofreu muito ao sul do cabo. Ele recusou todos os convites, a não ser para o jantar do almirante; e esse foi para cumprir uma obrigação.

— Ah, bem, dane-se o Aubrey. Mas nem posso lhe dizer como estou feliz em vê-lo, Stephen. Andei tão solitária!, e você estava na minha mente, claro como água, logo antes de eu vê-lo. Estou notando que você não é muito versado em comer ao estilo indiano... Ah, meu Deus, o que fez com suas pobres mãos?

— Não tem importância — disse Stephen escondendo-as depressa. — Foram feridas, prendi numa máquina. Não tem importância; logo vai passar.

— Vou alimentá-lo. — Ela sentou-se de pernas cruzadas numa almofada diante dele, mergulhando a mão numa dúzia de tigelas, pratos, cuias e dando-lhe bolas que explodiam num brilho rosado dentro do estômago, outras que esfriavam e dulcificavam seu palato. Stephen olhava atentamente as pernas firmes e redondas sob a musselina azul, e o movimento dos quadris quando ela se inclinava de um lado para o outro em direção a ele.

— Quem era aquela criança magra que vi com você? — perguntou Diana. — Uma *dhaktari*? Era clara demais para ser uma *gond*. Falava mal o urdu.

— Nunca perguntei; nem ela me questionou. Diga, Villiers, o que devo fazer? Gostaria de garantir que ela matasse a fome todo dia. No momento ela pede ou rouba a maior parte do que come. Posso comprá-la por doze rupias; de modo que a coisa seria simples. Mas não é. Não quero colocá-la numa condição de ganhar uma vida honesta — costurando, por exemplo. Ela não sabe costurar nem sente necessidade disso. Também não desejo entregá-la às boas irmãs portuguesas para ser vestida e convertida. No entanto certamente deve haver alguma solução.

— Tenho certeza que sim. Mas eu teria de saber muito mais sobre ela antes de dizer qualquer coisa que tivesse utilidade real, sua casta, e assim por diante. Você não faz idéia das dificuldades que isso pode causar, quando a gente pensa num lugar para uma criança. Ela pode ser uma intocável, provavelmente é. Mande-a sempre que tiver um recado para mim, e então poderei descobrir. Enquanto isso, ela certamente deve vir aqui sempre que tiver fome. Encontraremos um modo, tenho certeza. Mas você seria um tremendo simplório se pagasse doze rupias, Stephen; três é um preço mais real. Mais um pedaço?

— Por favor; e não vamos negligenciar a cerveja clara aí do seu lado.

Cerveja; sorvete; mangostões; o próprio céu empalideceu enquanto eles falavam das delícias indianas; a viagem da fragata, seu objetivo; o Sr. Stanhope, preguiças, os grandes homens de Bombaim. As únicas referências dela a Canning foram oblíquas:

— Em seus bons dias lady Forbes pode ser uma companheira agradável; e de qualquer modo ela me mantém no controle. Eu preciso disso, você sabe. Viajei cem quilômetros anteontem, e cem no dia anterior, passando pelas Ghauts. Por isso cheguei aqui tão mais cedo do que esperava. Havia um negócio tedioso a ser discutido com os *nizam* e de repente não pude mais suportar e vim sozinha, deixando os elefantes e camelos para vir depois. Eles devem chegar no dia dezessete.

— Muitos elefantes e camelos?

— Não. Trinta elefantes e talvez uns cem camelos. Carros de boi, naturalmente. Mas até mesmo uma pequena comitiva demora um tempo interminável para se mexer e a gente corre e começa a gritar.

— E você viaja realmente com trinta elefantes?

— Essa foi apenas uma pequena viagem para Hyderabad, só. Quando atravessamos levamos cem, e todo o resto em proporção. É como um exército. Ah, Stephen, gostaria que você tivesse visto metade das coisas que vi desta última vez! Dúzias de leopardos, todo tipo de pássaros e macacos, uma píton que havia comido um cervo, e um jovem tigre bem crescido... não no padrão dos nossos, de Bengala, mas uma fera toleravelmente bela. Diga, Stephen, o que posso lhe mostrar? Este é o meu país, afinal de contas, e eu adoraria guiá-lo. Sou dona de mim mesma nos próximos dias.

— Deus a abençoe, minha cara, gostaria de ver as cavernas de Elefanta, por favor, uma floresta de bambu e um tigre.

— Elefanta posso prometer, formaremos um grupo no fim de semana e convidarei o Sr. Stanhope. Ele é um homem charmoso, foi prodigiosamente galante comigo em Londres, e seu amigo pastor. A floresta de bambus também. O tigre não vou jurar. Tenho certeza que os *peshwa* tentarão mandar um em nossa direção nas colinas de Poona; mas choveu lá e, com a selva tão densa... no entanto, se não virmos um tigre por lá, posso lhe prometer meia dúzia em Bengala. Porque quando vocês tiverem deixado o velho cavalheiro em Kampong imagino que voltarão a Calcutá, não é?

Talvez tivesse sido um erro convidar o Sr. Stanhope; o dia estava intoleravelmente quente e úmido; ele só queria ficar deitado na cama com um *phunkhah* suspirando por cima, pelo menos movendo o ar irrespirável. Mas achava que era seu dever acompanhar a Sra. Villiers e desejava particularmente ver o Dr. Maturin, que havia desaparecido sem motivo nos últimos dias; assim, dominando a náusea e pondo um pouco de carmim nas bochechas amarelas, embarcou nas ondas pesadas e densas, e como não havia qualquer sugestão de brisa remaram levando-o pelas seis milhas malignas atravessando a baía.

O Sr. Atkins estava sentado junto dele, e num sussurro rápido e empolgado contou a Sua Excelência as descobertas que fizera. O Sr. Atkins nunca ficava muito tempo em qualquer comunidade antes de dominar todas as fofocas: tinha descoberto que essa tal Sra. V. não era uma pessoa respeitável, que na verdade era amante de um mercador judeu — "judeu, pelo amor de Deus" — e que sua presença despudorada em Bombaim provocava indignação; que o Dr. Maturin sabia da coabitação criminosa do casal; e que portanto ele havia traído o Sr. Stanhope levando-o a uma situação falsa — o representante de Sua Majestade estava dando respaldo a esse tipo de conexão.

O Sr. Stanhope praticamente não respondeu, mas quando desembarcou estava mais rígido e reservado do que o usual: apesar da elaborada cortesia para com Diana, do elogio ao maravilhoso conjunto de tendas, sombrinhas, tapetes, bebidas refrescantes que o faziam lembrar-se de Ascot; da estátua atarracada do elefante e da riqueza espantosa, *espantosa* de esculturas nas cavernas, sua falta de prazer cordial afetou todo o grupo.

Ele chamou Stephen de lado enquanto caminhavam para as cavernas e disse:

— Estou com a mente muito perturbada, Dr. Maturin; recebi do comandante Aubrey a notícia de que vamos embarcar no dia 17! Tinha contado com pelo menos mais três semanas. O tratamento de sangria e banhos de lama do Dr. Clowes dura mais três semanas.

— Esse deve ser algum vôo selvagem de hipérbole naval. Com que freqüência não sabemos de passageiros instados a aparecer a bordo, digamos, em Greenwich ou nos Downs numa data determinada, e descobrimos que os marinheiros não têm a menor intenção de velejar, seja por falta de inclinação ou mesmo por falta das próprias velas? O senhor deve descansar a mente, que eu saiba, a *Surprise* estava sem mastros há muito pouco tempo. É materialmente impossível que parta no dia dezessete. Fico imaginando o motivo da precipitação dele.

— O senhor viu o comandante Aubrey recentemente?

— Não. E não falo com o Dr. Clowes desde a sexta-feira. O senhor se beneficiou da lama dele?

— O Dr. Clowes e seus colegas são médicos excelentes, tenho certeza; e muito atenciosos; mas parece que não resolveram o problema do fígado. Têm medo de que a coisa passe para o estômago e se fixe lá. No entanto... meu principal objetivo ao pedir esses poucos momentos foi para lhe dizer que recebemos despachos sobre os quais gostaria do seu conselho e ao mesmo tempo gostaria de sugerir que o senhor talvez não tenha sido tão assíduo em comparecer ao escritório, tanto quanto exigiria a perfeição ideal. Não pudemos encontrá-lo nos últimos dias, apesar de repetidas procuras no navio e em seu alojamento na cidade. Sem dúvida seus pássaros o atraíram para longe, seduziram-no, para afastá-lo de sua pontualidade que costuma ser exata.

— Peço perdão, Excelência; irei esta tarde, e ao mesmo tempo poderemos falar de seu fígado com o Dr. Clowes.

— Eu me sentiria infinitamente agradecido, Dr. Maturin. Mas estamos negligenciando nosso dever do modo mais ingrato. Cara Sra. Villiers — exclamou ele, lançando um olhar cansado para a festa espalhada diante das cavernas — isso é principesco, principesco. Lúculo janta com Lúculo, sem dúvida.

O Sr. White, o capelão, a quem Atkins havia comunicado imediatamente suas descobertas, parecia tão reservado quanto o patrono; além disso estava profundamente chocado com algumas das esculturas femininas e hermafroditas; e uma criatura não-identificada tinha-o picado na nádega quando ele sentou-se em cima dela. Permaneceu pesado e apático durante todo o tempo.

Mas o Sr. Atkins e os rapazes da comitiva do enviado sentiam-se menos afetados pela atmosfera e faziam barulho suficiente para dar a impressão de um grupo que se divertia, Atkins mais do que todos; era de temperamento fácil e familiar, falava alto, sem contenção, e durante o piquenique gritou para Stephen "não deixar a garrafa perto dele, não era todo dia que podiam tomar champanha". Depois disso levou Diana até um grupo de esculturas particularmente impressionante nos fundos da segunda caverna, e levantando um lampião pediu que ela notasse a fluidez das curvas, a harmonia deliciosa, o equilíbrio, digno do conhecido escultor grego Fídias. Ela ficou pasma com a segurança do rapaz, o modo como segurava seu cotovelo e respirava sobre ela; mas supondo que fosse por causa do vinho não se manifestou a respeito — apenas se afastou, lamentou ter sido simplória a ponto de segui-lo e se rejubilou ao ver Stephen vindo rapidamente em sua direção.

Mas o Sr. Atkins continuou animado, e quando o grupo se separou na costa de Bombaim enfiou a cabeça no palanquim dela e disse:

— Irei vê-la uma noite dessas. — Acrescentando com uma expressão maliciosa que a deixou sem fala: — Sei onde você mora.

Mais tarde, naquele dia, Stephen voltou à casa da colina de Malabar e disse a Diana:

— O Sr. Stanhope cumprimenta a Sra. Villiers e agradece de coração por uma tarde inesquecivelmente deliciosa. Lady Forbes, sou seu serviçal. Não acha que está fazendo um calor incomum, senhora?

Lady Forbes lançou-lhe um sorriso vago, amedrontado, e saiu da sala.

— Maturin, você já esteve numa porcaria de piquenique tão desgraçado em sua vida? — perguntou Diana. Ela usava um vestido azul feio, duro, tediosamente bordado com pérolas, e um colar de pérolas muito maiores que ia quase até a cintura. — Mas foi gentileza dele mandar os cumprimentos, os agradecimentos de coração, a uma mulher decaída.

— Que coisa você fala, Villiers!

— Eu decaí muito, para um reptilzinho odioso como o tal de Atkins tomar tais liberdades. Meu Deus, Maturin, essa é uma vida horrível. Nunca saio sem correr o perigo de uma afronta e estou o tempo todo sozinha, presa neste lugar imundo. Há apenas meia dúzia de mulheres que me recebem de boa vontade; e quatro delas têm reputação duvidosa e as outras são tolas caridosas. Que tipo de companhia! E as outras que encontro, particularmente as que eu conhecia antes na Índia, ah, como sabem atirar seus dardos! Nada óbvio, porque posso contra-atacar e Canning poderia acabar com os maridos delas, mas bastante afiados e venenosos, meu Deus! Você não faz idéia de como as mulheres são umas pestes. Sinto-me tão furiosa que não consigo dormir, adoeço, fico biliosa de fúria e pareço ter quarenta anos. Dentro de seis meses não estarei em condições de ser vista.

— Sem dúvida, minha cara, você se engana. No primeiro instante em que a vi observei que sua aparência está ainda melhor do que na Inglaterra. A impressão foi confirmada quando vim aqui e a examinei à vontade.

— Imagino que você seja fácil demais de enganar. Não passa de um *trompe-couillon*, como diz Amélie: ela é a melhor pintora desde... como é mesmo o nome?

— Vigée Lebrun?

— Não. Jezebel. Olhe aqui — exclamou Diana passando um dedo pela bochecha e mostrando uma leve mancha cor-de-rosa.

Stephen olhou atentamente. Balançou a cabeça.

— Não. Isso não é a essência, de modo nenhum. Se bem que, de passagem, devo alertá-la contra o uso de alvaiade, pode ressecar e enrugar as camadas mais profundas. Banha de porco é mais útil. Não, a essência é seu espírito, sua coragem, inteligência e alegria; essas coisas não foram afetadas; e são elas que formam seu rosto: você é responsável por seu rosto.

— Mas quanto tempo acha que o espírito de uma mulher dura neste tipo de vida? Elas não ousam me tratar tão mal quando Canning está aqui, mas ele se ausenta freqüentemente, indo a Mahé e assim por diante; e quando está aqui acontecem aquelas cenas de sempre. Freqüentemente ao ponto de rompimento. E, se rompermos, você pode imaginar meu futuro? Sem um tostão em Bombaim? É impensável. E me sentir amarrada pela covardia também é impensável. Ah, ele é um guardião gentil, não digo que não seja; mas também é de um ciúme infernal... Saia! — gritou para um empregado junto à porta. — Saia! — de novo, enquanto ele se demorava fazendo gestos depreciativos; e Diana jogou uma garrafa em sua cabeça. — É tão humilhante suspeitarem da gente! — disse ela. — Sei que metade dos empregados está aqui para vigiar. Se eu não batesse o pé haveria uma tropa de eunucos, coisas enormes e balofas, num instante. Por isso tenho meu próprio pessoal... Ah, fico tão cansada dessas cenas! Viajar é a única coisa pelo menos um pouco suportável, ir para outro lugar. É uma situação impossível para uma mulher com um mínimo de espírito. Você se lembra do que eu lhe disse, há um tempo sem conta, sobre os homens casados serem o inimigo? Aqui estou, entregue ao inimigo, atada de mãos e pés. Claro que a culpa é minha. Não precisa dizer. Mas isso não torna a vida nem um pouco menos miserável. Viver na riqueza é muito bom, e certamente adoro um cordão de pérolas, tanto quanto qualquer mulher, mas preferiria uma cabana fria e úmida na Inglaterra.

— Lamento que você não esteja feliz — disse ele numa voz áspera e formal. Mas pelo menos isso me dá uma confiança um pouquinho maior, uma justificativa perceptivelmente maior ao fazer minha proposta.

— Vai me tomar sob seus cuidados, também, Stephen? — perguntou ela com um sorriso.

— Não — disse ele, tentando imitá-la. Em particular, fez o sinal-da-cruz, e então, falando um tanto aleatoriamente em sua agitação, prosseguiu: — Nunca fiz um pedido de casamento a uma mulher, sou ignorante quanto às formas aceitas. Lamento minha ignorância. Mas peço que tenha a bondade, a bondade enorme, de se casar comigo. — Quando ela não respondeu, ele acrescentou: — Eu ficaria tremendamente agradecido, Diana.

— Ora, Stephen — disse ela finalmente, ainda olhando-o com um espanto cândido. — Dou minha palavra de honra, você me deixa pasma. Mal consigo falar. Foi a coisa mais gentil que poderia ter me dito. Mas sua amizade, seu afeto, está iludindo-o; é seu bom coração cheio de piedade por uma amiga que...

— Não, não, não! — exclamou ele de modo passional. — Esta é uma declaração deliberada, há muito meditada, concebida há muito tempo e amadurecida em mais de doze mil milhas. Sou dolorosamente cônscio — disse apertando e abrindo as mãos às costas — de que minha aparência não me ajuda; de que há objeções à minha pessoa, meu nascimento e minha religião; e que minha fortuna não é nada em comparação com a de um homem rico. Mas não sou uma nulidade sem um tostão. Era, quando nos conhecemos; e no mínimo posso deixar para minha mulher... para minha viúva... uma *abastança decente*, um futuro garantido.

— Stephen, querido, você me honra mais do que posso exprimir; você é o homem mais querido que conheço, de longe meu melhor amigo. Mas sabe que freqüentemente falo como uma idiota quando estou com raiva, vou muito além do que pretendia, e que sou uma mulher de mau temperamento. Estou profundamente comprometida com Canning; ele tem sido extremamente bom comigo... E que tipo de esposa eu poderia ser para você? Você deveria ter se casado com Sophia: ela ficaria contente com muito pouco, e você jamais sentiria vergonha dela. Vergonha, pense no que fui, pense no que sou agora; e Londres não fica longe de Bombaim; as fofocas são iguais nos dois lugares. E tendo tido esse tipo de vida, será que algum dia eu poderia... Stephen, você não está bem?

— Eu ia dizer que existe Barcelona, Paris, até Dublin.

— Certamente não está bem; sua aparência é medonha. Tire o casaco. Fique de camisa e calça.

— Sem dúvida nunca senti tanto o calor. — Ele tirou o casaco e o lenço de pescoço.

— Beba um pouco de água gelada e baixe a cabeça. Querido Stephen, gostaria de poder fazê-lo feliz. Por favor, não fique tão arrasado. Talvez, você, sabe, se a coisa chegasse ao rompimento...

— E, afinal de contas — disse ele, como se dez minutos de silêncio não tivessem se passado —, não é uma questão de *muito pouco*, segundo os padrões europeus. Tenho cerca de dez mil libras, acho; propriedades que valem uma quantia igual, e capazes de melhorias. Também há meu pagamento. Duas ou três mil por ano.

— E um castelo na Espanha — completou Diana, sorrindo. — Fique parado e conte sobre seu castelo na Espanha. Sei que tem uma banheira de mármore.

— Sim, e um teto de mármore, onde tem teto. Mas não quero me aproveitar de você, Villiers; não é o que você tem aqui. Seis, não, cinco quartos habitáveis; e a maioria habitados por ovelhas merino. É uma ruína romântica, rodeada por montanhas românticas; mas o romance não mantém a chuva do lado de fora.

Ele havia tentado, dera seu tiro, e errara: agora o coração começou a bater baixinho de novo. Estava falando em voz agradável, distanciada, sobre ovelhas merino, as particularidades de um registro de aluguéis na Espanha, as inconveniências da guerra, as chances de um marinheiro conseguir o dinheiro de uma presa de guerra, e estava pegando o lenço de pescoço quando ela o interrompeu e disse:

— Stephen, o que você disse revirou tanto minha cabeça que mal sei o que respondi. Preciso pensar. Vamos falar disso de novo em Calcutá. Devo ter meses e meses para pensar. Meu Deus, como você empalideceu de novo! Venha, ponha um roupão leve e vamos nos sentar no pátio, pegar ar fresco: estas lâmpadas são intoleráveis dentro de casa.

— Não, não. Não se mexa.

— Por quê? Porque o roupão é de Canning? Porque ele é meu amante, porque é judeu?

— Bobagem. Tenho a maior estima pelos judeus, na medida em que se possa falar de um grupo tão grande e heterogêneo de pessoas de um modo tão pouco significativo, tão pouco liberal.

Canning entrou na sala, era um homem grande que se movia com pés leves.

"Quanto tempo ele esteve aí fora?", pensou Stephen; e Diana disse:

— Canning, o Dr. Maturin está achando o calor um tanto demasiado. Tento convencê-lo a vestir um roupão e sentar-se junto à fonte do pátio dos pavões. Lembra-se do Dr. Maturin?

— Perfeitamente, e fico muito feliz em vê-lo. Mas, caro senhor, fico preocupado imaginando que não esteja totalmente bem. O dia é de fato opressivo. Por favor, dê-me o braço e vamos tomar ar. Eu mesmo estou precisando. Diana, peça um roupão. Ou quem sabe um xale?

"O quanto ele saberá sobre mim?", pensou Stephen enquanto se sentavam no relativo frescor, Canning e Diana conversando em voz baixa sobre a viagem dele, os *nizam*, e um tal de Sr. Norton. Parecia que o melhor amigo do Sr. Norton tinha fugido para os domínios dos *nizam* com a Sra. Norton.

"Ele não revela nada", refletiu Stephen. "Mas isso, em si, é insignificante. E não perguntou sobre Jack, o que é mais significativo. Mas seu jeito franco, masculino, não pode ser fingido; ele é muito parecido com Jack, e isso certamente revela muito a seu respeito; mas também percebo um brilho de inteligência oculta. Como gostaria que ele tivesse o dom de lady Forbes, de revelar sua mente secreta!"

— Sr. Norton, o ornitólogo? — perguntou em voz alta.

— Não exatamente — disse Diana. — Ele só se interessa por pássaros.

— Tanto — explicou Canning — que chegou a ir até Bikanir para procurar uma espécie de galo da areia e, quando voltou, a Sra. Norton tinha voado. Não acho uma coisa boa seduzir a mulher de um amigo.

— Tenho certeza que está certo — disse Stephen. — Mas será mesmo uma ofensa possível? Uma menina ingênua poderia ser enganada por um sujeito maldoso, sem dúvida, mas uma mulher, uma mulher casada? De minha parte não acredito que nenhum casamento jamais seja rompido por alguma força externa. Vamos supor que a Sra. Norton seja confrontada por uma escolha entre um Clarete e um Porto; ela decide que não gosta de Clarete, que gosta de Porto. A partir desse momento está casada com sua bebida lamacenta; e é impertinente garantir-lhe que o Clarete é sua verdadeira delícia. Tampouco parece que haja grande culpa na garrafa que ela prefere.

— Se ao menos houvesse um sopro de ar do oceano — disse Canning com seu profundo riso de sacudir a barriga. — Eu partiria sua analogia membro por membro. Além disso, o senhor nunca teria se aventurado por ela: o fundo é sujo, se é que tem fundo. Mas meu argumento é que Norton era amigo particular de Morton, Norton o levou para dentro de casa, e ele abriu caminho até a cama de Norton.

— Isso não é bonito, devo confessar, cheira a coisa ímpia.

— Não perguntei pelo nosso amigo Aubrey — exclamou Canning. — Tem notícias dele? Acho que devemos beber à sua felicidade, talvez agora mesmo.

— Ele se encontra aqui, em Bombaim. Sua fragata, a *Surprise*, está sendo reformada.

— O senhor me deixa pasmo.

"Duvido muito, amigo", disse Stephen por dentro. Ouviu as exclamações de Canning sobre a Marinha inglesa, sua ubiqüidade, seus amplos compromissos — a excelência de Jack como marinheiro — esperanças sinceras e reiteradas de sua felicidade — e então se levantou, pedindo permissão para se retirar; já fazia tempo que não ia ao seu alojamento, e trabalho o esperava lá; seu alojamento ficava perto do estaleiro; ele estava ansioso pela caminhada.

— O senhor não pode caminhar até o cais — disse Canning. — Vou mandar trazer um palanquim.

— O senhor é muito bom, mas prefiro andar.

— Mas, caro senhor, é loucura caminhar por Bombaim a esta hora da noite. Certamente levará uma pancada na cabeça. Acredite, esta é uma cidade muito perigosa.

Stephen não foi fácil de convencer, mas Canning o obrigou a aceitar uma escolta; e foi à frente de uma fila de *sikhs* barbudos, usando sabres, que ele andou pelas ruas desertas, não totalmente satisfeito consigo mesmo. "No entanto gosto do sujeito, e não me ressinto totalmente de sua satisfação por saber que estou fora de cena, e que de fato moro num tal e tal endereço", morro abaixo, com as piras funerárias luzindo junto à praia, o cheiro de carne queimando e madeira de sândalo; através de silenciosas avenidas ocupadas por vacas sagradas adormecidas; cães párias e uma árvore magra e desfolhada coberta por milhafres, abutres, corvos, através dos bazares, agora cheios de figuras enroladas em panos, deitadas no chão; através da área de bordéis junto ao porto — aqui vida, várias músicas competindo, bandos de marinheiros à deriva; mas nenhum da *Surprise*. Em seguida, o trecho longo e silencioso junto ao muro do estaleiro, e quando viraram uma esquina deram com um bando de *moplahs*, reunidos em círculo. Os *moplahs* se empertigaram, avaliando a força deles, depois fugiram deixando um corpo no chão. Stephen se curvou sobre ele, segurando a lanterna dos *sikhs*; não havia nada que pudesse fazer, e foi em frente.

A distância, ficou surpreso ao ver uma luz acesa em casa; e mais do que surpreso ao entrar, encontrando Bonden dormindo a sono solto. Ele estava inclinado sobre a mesa com a cabeça sobre os braços enrolados por bandagens e os dois braços e a cabeça cobertos por uma neve cinzenta — as inumeráveis criaturas aladas atraídas para a lâmpada. Uma tropa de lagartixas estava sobre a mesa, para comer as mariposas atordoadas.

— Aí está o senhor, finalmente — exclamou ele erguendo-se num susto, espantando as lagartixas e sua carga de mortos. — Estou muito feliz em vê-lo.

— Gentileza sua dizer isso, Bonden. O que há?

— O inferno se abriu, com o perdão da palavra. O comandante está terrivelmente preocupado com o senhor. Aspirantes e garotos do navio se revezam aqui, mensageiros mandados a cada hora para saber se “o senhor já esteve lá?” e com medo de voltar e dizer que não, que o senhor não estava e ainda não havia notícia. O pobre Sr. Babbington posto a ferros e o jovem Sr. Church e Callow chicoteados na câmara com suas próprias mãos e ele não parava, minha nossa... eles miavam como gatos, de dar pena.

— Por quê? O que está acontecendo?

— O que está acontecendo? Um inferno, só isso. Não há liberdade, todas as licenças em terra foram cortadas, o escaler foi rebocado para longe, nenhum barco de venda de mercadoria tem permissão de chegar perto e oferecer alguma coisa, e todo o pessoal dentro, dobrando o serviço, oficiais também. Nenhuma liberdade, apesar de ter sido prometida há semanas. Lembra-se de como a velha *Caesar* teve os mastros novos colocados à luz de tochas em Gibraltar antes de nosso encontro com os espanhóis? Bem, foi assim, só que dia após dia. Todo tripulante que pudesse alar um cabo, doente ou não, turmas de marinheiros indianos, que ele contratou pessoalmente, gente recrutada do capitânia, pessoal do estaleiro... era que nem uma porra de um formigueiro, com o perdão da palavra, e tudo isso ao sol flamejante. Não teve pudim no domingo! Ninguém teve permissão de ir à terra, a não ser moleques que não tinham utilidade a bordo, e estes eram mandados como mensageiros para cá, a toda velocidade. E eu mesmo não deveria estar aqui, se não fosse pelo braço.

— O que houve com ele?

— Piche fervente, senhor. Quente e quente, derramou da gávea do traquete, mas nada em comparação com o que o capitão está derramando. Imaginamos que ele teve alguma notícia do Linois; mas de qualquer modo tem sido: trabalho, trabalho, trabalho. Ninguém fechou o olho na terça-feira, e no entanto baixamos os ovéns hoje e vamos suspender na maré de amanhã! O almirante não achava possível; eu não achava que fosse possível; nem mesmo o homem mais velho do castelo de proa; e como eu disse, ou pretendia dizer, o Sr. Rattray caiu de cama na segunda, exausto e doente, e o resto do pessoal faria a mesma coisa se tivesse coragem. E o tempo todo era:

"Onde está o doutor? Seu desgraçado, não conseguiu encontrar o doutor, seu palerma?" Ele estava muito contrariado. A bagagem de Sua Excelência foi para bordo na metade do tempo — canhões embarcando a cada cinco minutos — balas por cima da cabeça deles para encorajar. Deus ama todos nós. Aqui está um bilhete que ele mandou entregar, senhor.

Surprise
Bombaim

Senhor,

Através deste está convocado a se apresentar imediatamente a bordo do navio de SM sob meu comando, assim que receber esta ordem.

Seu, etc.
Cmte. Aubrey

— Está datado de três dias atrás — observou Stephen.

— Sim, senhor. Estivemos passando de um para o outro, em revezamento. Ned Hyde derramou um pouco de grogue quente no canto.

— Bem, vou lê-lo amanhã, mal consigo enxergar esta noite, e precisamos de algumas horas de sono antes do amanhecer. E ele realmente pretende partir com a maré?

— Meu Deus, sim, senhor. Estamos com apenas uma âncora no canal. Sua Excelência está a bordo, o batelão com a pólvora junto ao costado e colocando os últimos barris dentro, quando saí.

— Minha nossa. Bem, vá para o navio agora, Bonden, mande meus cumprimentos ao comandante e diga que estarei com ele antes da maré cheia. Por que está aí parado como um toco ou uma imagem, Barret Bonden?

— Senhor, ele vai me chamar de marinheiro de água doce, de idiota e não sei do que mais, se eu voltar sem o senhor; e lhe digo de cara que haverá uma fila de fuzileiros para levá-lo de volta ao navio no instante em que ele souber que está aqui, eu nunca o vi tão ultrajado, nem um leão se compara.

— Bem, estarei lá antes de o navio partir. Você não precisa correr para o navio, sabe — disse ele, empurrando o incomodado, ansioso e frustrado Bonden pela porta e trancando-a.

Amanhã seria o dia dezessete. Poderia haver outros fatores, mas ele tinha certeza de que um dos motivos para esse ímpeto furioso era o desejo de Jack de tirá-lo de Bombaim antes que Canning e Diana retornassem. Sem dúvida ele estava com as melhores intenções; sem dúvida tinha medo de um encontro entre os dois homens. Era obra de manipulação engenhosa; mas mesmo estando sob lei naval, Stephen não seria manobrado com tanta facilidade. Nunca se importara com leis.

Tirou a roupa, jogou água sobre o corpo e sentou-se para escrever um bilhete para Diana. Não servia: tinha errado de tom. Outra versão, e o suor correndo pelos dedos borrava as palavras. Canning era um inimigo formidável; inteligente, quieto, rápido. Se é que de fato era inimigo. O perigo de tentarmos ultrapassar o que somos: convoluções bizantinas, esperto demais. A náusea da suspeita e da intriga perpétuas: uma nostalgia desesperançada de um relacionamento simples e direto — de limpeza. Pegou outra folha. Aparentemente o inimigo estava no mar — pediu perdão por não partir — sentia-se ansioso por um encontro em Calcutá — lembrava-a do tigre prometido, mandava os cumprimentos ao Sr. Canning e tinha certeza de que podia confiar sua pequena protegida à gentileza dela — estava para comprar a criança por...

— Isso me faz pensar em minha bolsa — disse ele. Encontrou-a, uma pequena sacola de pano, pendurou-a ao pescoço e pôs uma espécie de camisa. Saiu para o ar mais fresco, mais limpo. Pelas ruas de novo, mais povoadas agora com os agricultores trazendo seus frutos e legumes — carrinhos de mão, carroças puxadas por burros, novilhos e camelos abrindo caminho cuidadosamente pela escuridão cinzenta, cães párias correndo atrás. Nos bazares havia pequenas lâmpadas em toda parte, e o brilho dos braseiros — uma agitação geral: pessoas pegando as camas e carregando para dentro ou transformando-as em barracas de venda. Passou pelo caravançarai de Gharwal, pela igreja franciscana, pelo templo jainista, até o beco onde Dil morava.

O beco estava apinhado de um modo incomum; já havia pessoas enchendo-o de um lado ao outro, e somente insistindo com um enorme brâmane à frente ele pôde chegar à barraca triangular feita de tábuas e encostada num anteparo. A velha estava sentada à frente, com um homem de manto branco do outro lado e o corpo de Dil diante dela, parcialmente coberto por um pedaço de pano. No chão, uma tigela com algumas margaridas e quatro moedas de latão. As pessoas se comprimiam num semicírculo, ouvindo com seriedade sua voz áspera, raivosa.

Ele se sentou na segunda fileira — abaixou-se com um grunhido, como se suas pernas tivessem sido cortadas — e sentiu uma dor intolerável subindo no coração. Tinha visto tanta morte que não poderia se enganar: mas depois de algum tempo a dura aceitação que aprendera clareou sua mente, pelo menos. A velha estava gritando, pedindo dinheiro à multidão: interrompendo e dizendo ao brâmane que muito pouca madeira bastaria — discutindo com ele, insistindo. As pessoas eram gentis: muitas palavras de consolo, simpatia e elogios, pequenas oferendas acrescentadas à tigela; mas era um lugar desesperadamente pobre e as moedas não dariam para meia dúzia de pedaços de lenha.

— Aqui não há ninguém da casta dela — disse o homem ao lado de Stephen; e outras pessoas murmuravam que era uma pena cruel —, o povo dela teria cuidado da fogueira. Mas com a fome chegando, ninguém ousava olhar para além da casta à qual pertencia.

— Eu sou da casta dela — disse Stephen ao homem diante dele, tocando seu ombro. — Diga à mulher que comprarei a criança. Amigo, diga à mulher que comprarei a criança e farei o funeral. Cuidarei da fogueira.

O homem virou-se para olhá-lo. Os olhos de Stephen estavam distantes; as bochechas fundas, enrugadas e sujas; o cabelo caía sobre o rosto, ele poderia ser louco ou se encontrar em outro estado — remoto. O homem olhou para os vizinhos sérios, sentiu a aprovação deles e gritou:

— Avó, aqui há um homem santo de sua casta, que por piedade vai comprar a criança e fazer o funeral, também vai dar a lenha.

Mais conversas — choros — e um silêncio mortal. Stephen sentiu o homem empurrar a bolsa de volta para seu peito, dando um tapinha e arrumando a camisa em volta do barbante.

Depois de um momento ele se levantou. O rosto de Dil estava infinitamente calmo; a chama oscilante fazia com que parecesse sorrir misteriosamente às vezes, mas a luz firme mostrava um rosto tão desprovido de emoção quanto o mar: contido e absolutamente distanciado. Os braços dela mostravam as marcas de onde as pulseiras tinham sido arrancadas, mas eram débeis, não houvera luta, nenhuma resistência desesperada.

Pegou-a e, seguido pela velha, alguns amigos e o brâmane, levou-a à beira do mar, a cabeça balançando de encontro ao seu ombro. O dia nasceu enquanto passavam pelo bazar e três grupos já estavam lá, antes deles, na beira do mar calmo mais além dos vendedores de lenha.

Orações, purificação; cantos, purificação; colocou-a sobre a pira. Chamas pálidas à luz do sol, o som feroz da madeira de sândalo queimando e a coluna de fumaça subindo, subindo, inclinando-se gentilmente à brisa do mar.

— *...nunc et in hora mortis nostrae* — repetiu ele mais uma vez e sentiu a água batendo nos pés. Levantou os olhos. As pessoas tinham ido embora; a pira não era mais do que uma mancha escura com o mar sibilando nas brasas; e ele estava sozinho. A maré subia depressa.

CAPÍTULO OITO

A *Surprise* estava fundeada com apenas uma âncora, bem distante no canal; vento calmo, a maré perto da preamar, e o comandante se encontrava junto à amurada, olhando a terra distante com expressão séria. Suas mãos estavam cruzadas às costas e apertavam-se um pouco de tempos em tempos. O jovem Church veio correndo do alojamento dos aspirantes e chegou ao silêncio expectante, cheio de algum deleite próprio, pouco razoável, e encontrou o olhar de alerta de seu companheiro Callow, que murmurou:

— Cuidado com as tempestades.

Jack já vira o barco se afastando do capitânia, mas não era o barco que ele esperava, e sim um cúter de um navio de guerra, com um oficial e seu baú no xadrez de proa — era seu novo imediato mandado pelo jocoso almirante no momento em que voltava de uma expedição de caça no interior do país. O que Jack estava esperando seria uma embarcação nativa, provavelmente imunda, e ele ainda a procurava quando o cúter se enganchou na mesa de exercícios e o oficial subiu pelo costado.

— Stourton, senhor — disse ele tirando o chapéu. — A bordo para me juntar ao senhor.

— Fico feliz em vê-lo finalmente, Sr. Stourton — disse Jack com um sorriso contido no rosto abaixado. — Vamos para baixo. — Ele lançou outro olhar para a costa antes de descer na frente, mas não viu nada.

Sentaram-se em silêncio enquanto Jack lia a carta do almirante e Stourton olhava disfarçadamente seu novo comandante. O último tinha sido um homem soturno, recolhido, que bebia muito, sempre em guerra com os oficiais, perpetuamente achando defeitos e açoitando seis dias por semana. Stourton, e todos os outros oficiais a bordo que não quisessem sofrer, tinham sido forçados à tirania: juntos haviam tornado a *Narcissus* o navio mais bonito de se olhar, a leste de Greenwich, e podiam atravessar as vergas superiores em vinte e dois segundos — uma fragata verdadeiramente nos trinques, com a maior taxa de punição e deserção da frota.

A reputação de Stourton era a do imediato durão da *Narcissus*. Não parecia um capataz de escravos, e sim um rapaz decente, rosado, muito bem barbeado, consciencioso e enérgico: mas Jack sabia o que o hábito do poder poderia gerar, e pondo de lado a carta do almirante disse:

— Navios diferentes têm costumes diferentes, senhor, como bem sabe. Não pretendo criticar qualquer outro comandante, mas desejo que as coisas sejam feitas do meu modo na *Surprise*. Algumas pessoas gostam que o convés pareça um salão de baile, eu também, mas deve ser um salão de baile pronto para a luta. A artilharia e a marinharia vêm na frente, e jamais houve um navio que lutasse bem sem ser feliz. Se cada equipe puder preparar seu canhão depressa e acertar o alvo, e se pudermos desfraldar as velas rapidamente, não dou a mínima para algum trapo ocasional empurrado para baixo de uma caronada. Digo-lhe isso em particular, já que não quero que seja conhecido publicamente; mas não creio que um homem mereça ser açoitado por causa de um pouco de estopa. De fato, na *Surprise* não nos incomodamos muito com os enfeites. Assim que os homens entendam seu dever e são levados a um estado de disciplina adequado, os oficiais que não conseguem mantê-los nessa condição sem ter de ficar dando broncas ou açoitando-os perpetuamente não conhecem seu serviço. Odeio a sujeira e o desmazelo, mas odeio ainda mais um navio espalhafatoso, todo nos trinques e sem espírito de luta. Você dirá que um navio desmazelado também não poderá lutar, o que é muito verdadeiro, portanto, por favor, trate de garantir o puro ideal, Sr. Stourton. Outra coisa que eu gostaria de dizer, para que possamos nos entender desde o início, é que odeio impontualidade. — O rosto de Stourton ficou ainda mais sem graça, ainda que não fosse por sua culpa, se atrasara abominavelmente em se apresentar a bordo. — Não digo isto para o senhor, mas os jovens cavalheiros se comportam como patifes nos quartos de 0 às 4 horas e de 8 às 12 horas; atrasam-se ao render o serviço. De fato, há pouco senso de tempo neste navio; e neste momento mesmo, no auge da maré, tenho de ficar esperando...

Houve o som de um barco chegando junto ao costado, depois uma disputa fina, aguda, sobre o pagamento. Jack inclinou o ouvido e partiu para o convés com rosto de trovão.

Surprise, no mar

Querida,

Pegamos a monção, depois de ventos frustrantes e ares leves entre as Lacadivas, e finalmente posso voltar à minha carta com a mente tranqüila. Estamos navegando pelo canal dos Oito Graus com panos enfunados, a ilha Minicoy a quatro léguas a nor-norceste. O pessoal está se recuperando de nosso reparo em Bombaim, quando, devo confessar, pressionei-o demais, e o querido navio está avançando para sudeste com todas as velas simples como um puro-sangue em Epson Downs. Não pude fazer tudo que desejaria no estaleiro, já que estava decidido a partir no dia dezessete; mas mesmo não estando totalmente satisfeito com os patarrazes nem com o compasso do navio, aproveitamos a oportunidade, e com o vento dois pontos livres ela manobra doce como um cúter — uma *Surprise* tremendamente diferente da coisa digna de pena que trouxemos, amarrada como a barca de St. Paul e bombeando água dia e noite. Navegamos 172 milhas ontem, e na semana que vem, a esse ritmo, deveremos chegar ao sul, próximo do Ceilão, e nos dirigir a Kampong; e será estranho se em duas mil milhas de oceano não superarmos a pequena tendência da fragata de orçar (não é mais).

E mesmo com a condição de compasso atual tenho confiança em que poderemos comer o vento de qualquer navio de guerra nestes mares. Ela pode suportar grande pressão de velas, e com o fundo limpo acho que podemos até dar os sobrinhos do *Lively* e talvez uma bujarrona de fora.

É realmente um grande prazer vê-la respondendo a um vento fraco e empertigar-se rígida diante de uma brisa forte; e se ao menos estivéssemos indo para o oeste, e não para o leste, eu me sentiria perfeitamente feliz. Se ela estivesse indo para casa estaria com os joanetes e as velas auxiliares também, afinal de contas é uma tarde de domingo.

Nosso pessoal se comportou tremendamente bem em Bombaim, e me sinto realmente agradecido. Que sujeito fantástico é Tom Pullings! Trabalhou como um negro, impulsionando os marinheiros dia e noite; e então, quando o almirante mandou esse tal de Sr. Stourton para ser o imediato, acima da cabeça do pobre Pullings (todo o trabalho de reforma estando terminado), nenhuma palavra de reclamação, nenhuma sugestão de se sentir maltratado. Foi trabalho pesado, o mais pesado que posso lembrar, e como o mestre do navio estava doente, mais coisas ainda ficaram nas costas dele e não acredito que tenha saído do navio mais de uma vez, dizendo ao seu modo alegre "que conhecia Bombaim — já estivera lá várias vezes — para ele não era mais do que Gosport". Felizmente houve um boato de que a esquadra de Linois estava perto do cabo Comorin, e isso manteve os homens em suas tarefas com vontade: eu não os contradisse, pode ter certeza, mesmo não sendo capaz de conceber como ele pode ter ido tão para o oeste, ainda.

Meu Deus, como trabalhamos ao sol inclemente! O Sr. Bowes, o intendente, foi um grande apoio — você não fica espantada? Mas ele é um oficial tremendamente capaz; e junto com Bonden (até este se queimar com alcatrão) substituiu o mestre de modo admirável. William Babbington também é um rapaz excelente; apesar de ter sido arpoado por uma lamentável meretriz vagabunda assim que pôs o pé em terra, e por fim teve de ser posto sob contenção. Mas quando realmente partimos, em conseqüência de um contratempo desgraçado sobre o qual lhe falarei, ele se comportou com nobreza. E o jovem Callow, aquele garoto odioso, está se saindo bem: foi muito bom para os aspirantes ver um período de manutenção completo acontecendo no menor tempo possível, com algumas operações que raramente são feitas quando um navio está em comissão; e eu os mantenho por perto o tempo todo. Também quase não baixei terra, a não ser para cumprir obrigações e um jantar com o almirante.

Agora, querida Sophia, entro em águas turvas, sem carta náutica; e tenho medo de encalhar; não sendo, como você sabe, muito hábil com a pena. Mas devo prosseguir do melhor modo possível, confiando em sua honestidade para me ler corretamente. Menos de uma hora antes de receber seu último pacote fiquei pasmo ao saber que Diana Villiers estava em Bombaim; e que você sabia, e que Stephen sabia que ela estava lá. Duas coisas me vieram à mente no mesmo instante. Em primeiro lugar concebi que, se eu fosse para terra, poderia lhe causar inquietação, já que ela estava lá; e em segundo fiquei muito preocupado por Stephen. Não estou sendo inconfidente (porque ele jamais me falou desses assuntos; quero dizer, não às claras) quando digo que ele esteve e temo que ainda esteja muito ligado a Diana. Stephen é um sujeito fechado, e não pretendo ter qualquer grande perspicácia; mas gosto dele mais do que de qualquer pessoa, afora você, e o grande afeto fornece o que o intelecto não dá — ele se iluminou como um menino quando chegamos perto da terra (na ocasião fiquei pensando em qual seria o motivo) e se iluminou de novo quando mencionei o nome dela, ainda que ele tenha tentado esconder isso. Sabia desde o início que ela estava em Bombaim. Quando desembarcou descobriu que ela se encontrava fora da cidade, no interior, mas que voltaria no dia dezessete. Tinha toda a intenção de encontrá-la; e não há como dissuadi-lo, claro. Fiquei revirando a mente e tive certeza de que ela iria usá-lo de modo bárbaro ou que ele lutaria com Canning, ou as duas coisas. Ele está melhor do que antes; muito, muito melhor; mas não se encontra em condições de lutar ou de ser maltratado.

Por isso, decidi zarpar naquela data; mais ainda, porque isso me levaria para casa antes. E trabalhando muito duro em nossa reforma me senti lisonjeado por conseguir. Mas devo dizer que tinha dúvidas. Ele desapareceu por dias e dias; e fiquei muito insatisfeito por ele faltar a um reunir geral e não estar a bordo para ver seus suprimentos e a enfermaria — não havia como encontrá-lo, nenhuma notícia; e quando o Sr. Stanhope chegou a bordo mencionou que estivera com ele e a Sra. Villiers na Ilha Elefanta. Eu tinha decidido prendê-lo se pudesse lhe pôr as mãos; mas não pude. Estava com raiva, além de muito preocupado; e decidi que, quando ele chegasse a bordo, iria lhe fazer uma censura oficial, além de abrir a mente, como amigo.

Estávamos com apenas uma âncora no canal, com a bandeira de sinalização de partida na proa desde o amanhecer, quando seu barco apareceu finalmente; e com o calor, a ansiedade, a sensação incômoda de estar acordado a noite inteira e algumas palavras tolas com o secretário do enviado, que se tornava um estorvo, eu estava preparado para lhe dar um canhonaço de proa. Mas quando o vi meu coração falhou. Você não acreditaria como ele parecia infeliz e doente. Está moreno como um nativo, devido ao sol; mas de algum modo parecia pálido — cinza seria mais exato.

Temo que ela tenha sido amargamente inamistosa, pois mesmo estando no mar há alguns dias, e apesar de termos voltado ao rumo regular, navegando com a escolta do vento bom num mar quente, que é o melhor modo que conheço de deixar para trás o lado feio da vida em terra, seu ânimo não se recupera. Eu quase poderia desejar que alguma peste benigna brotasse no navio, para levantá-lo; mas até agora apenas Babbington está na lista dos doentes — o resto da tripulação se encontra incrivelmente bem, a não ser pelo Sr. Rattray e uns dois homens com insolação. Nunca o vi tão por baixo, e agora fico muito feliz por não tê-lo censurado. Afora qualquer outra coisa, teria sido tremendamente incômodo, vivendo enclausurados tão juntos, lado a lado, com o Sr. Stanhope e seu pessoal ocupando todo o espaço. Mas pelo menos acho que podemos esperar que tudo termine e que a água salgada e a ausência desbotem isso. Agora ele está sentado de costas para mim, no paiol de boreste, estudando um dicionário de malaio, e você diria que está bem velho. Como desejaria que encontrássemos uma das fragatas do *Mons.* de Linois e a abordássemos, de um lais da verga ao outro, agora somos capazes de preparar os canhões muito rapidamente, e não tenho dúvida de que poderíamos atacá-la com algum efeito. Não há nada igual para levantar subitamente os ânimos.

E até mesmo um vaso de guerra, que não representa muito em termos de prêmio por apreensão, sendo em geral maltratado antes que a gente consiga tomar posse, iria nos colocar num belo chalé. Estive pensando muito nesse belo chalé, Sophia! Pullings entende tudo no ramo da terra, já que seu pessoal tem uma fazenda; e andei conversando com ele sobre plantações, e está claro para mim que, com atenção adequada, duas pessoas (não muito dadas ao luxo) poderiam se alimentar admiravelmente bem com um quarto de acre de terra moderada. Jamais me cansaria de verduras frescas, nem de batatas, por sinal, depois de tantos anos de comida dura. Neste desenho você verá que pensei na devida rotação de plantio: o lote A terá raízes leguminosas no primeiro ano. Deus sabe quando você verá o plano, mas com sorte talvez encontremos a esquadra da China da Companhia, e se isso acontecer mandarei esta e o resto de meu pacote por um dos navios dela — muitos dos navios que vão da China para casa não param em Calcutá ou Madras — e assim você poderá recebê-la antes do Natal. Entretanto os movimentos da esquadra dependem dos de Linois; se ele estiver perto dos estreitos, a frota não partirá; de modo que talvez eu tenha de ser meu próprio carteiro, afinal de contas.

Ele entrou num devaneio, vendo belas fileiras de repolho, couve-flor, alho-poró; fortes e crescidos, intocados por lagartas, centopéias, cochonilhas ou a pavorosa mosca das cebolas; um riacho com trutas no fundo da horta com um bom pasto ao longo das margens, e no bom pasto um afável par de vacas, vacas Jersey. Seguindo o riacho via o canal da Mancha a não muita distância, com navios; e através da névoa temperada sobre esse mar teve consciência de Stephen sorrindo.

— Vai me contar em que estava pensando? — perguntou Stephen. — Devia ser tremendamente agradável.

— Estava pensando no casamento e na horta que o acompanha.

— É preciso ter uma horta quando a gente se casa?! — exclamou Stephen. — Eu não sabia.

— Certamente. Eu tinha me dado um prêmio por presa de guerra e meus repolhos já estavam brotando enfileirados. Não sei como suportarei cortar o primeiro. Stephen — exclamou ele, subitamente mudando de tom —, gostaria de ver uma relíquia da minha juventude? Eu esperava mostrar quando estivéssemos junto ao pontão, mas você não apareceu; no entanto guardei-a. A visão animará seu coração.

— Eu ficaria feliz em ver uma relíquia de sua juventude — disse Stephen, e eles caminharam até o calmo convés, calmo com a paz de uma tarde de domingo, calmo e placidamente apinhado. O toldo armado para a igreja ainda estava no lugar; e à sua sombra os oficiais da praça d'armas, o pessoal do Sr. Stanhope e a maioria dos aspirantes descansavam à vontade, ou pelo menos o máximo que podiam; pois agora que a igreja havia terminado, os galinheiros e os animais menores pertencentes ao pessoal dos camarotes, ao comandante, à praça d'armas e aos alojamentos, inclusive a cabra de leite do Sr. Stanhope, tinham reaparecido, e como havia pouco ar para temperar o sol feroz — a *Surprise* navegava de vento em popa — todos estavam apinhados à sombra. No entanto, ao mesmo tempo, o oficial de quarto fazia suas voltas rituais na popa e na proa com uma luneta sob o braço, enquanto seu ajudante e o aspirante de serviço andavam por todo o tombadilho que estava disponível no outro bordo, o timoneiro se postava junto ao timão, o contramestre manobrava o navio, dois meninos, os mensageiros de serviço, estavam parados humildes como camundongos, se bem que de vez em quando eram atropelados em seus lugares devidos, e um jovem e ansioso mangusto de Bombaim andava no meio de todo mundo, assustando as galinhas. Jack parou para elogiar o sermão do Sr. White (uma enfática refutação do arminianismo) e perguntar pelo Sr. Stanhope, que tinha conseguido engolir uma pequena torrada seca e um caldo, e que esperava recuperar seu equilíbrio marítimo dentro de um ou dois dias.

Seguido por Stephen, avançou para vante, pelo talabardão, cheio de marinheiros em suas vestes de domingo — muitos esplêndidos lenços indianos — alguns olhando por cima das lonas das macas para o mar vazio ou conversando com os colegas nas mesas de enxárcia, alguns andando de um lado para o outro, aproveitando a folga; e assim chegaram ao castelo de proa totalmente apinhado de homens, já que não somente estava quente demais para ficar embaixo como havia um jogo acontecendo, o antigo jogo campestre de rir através de uma coelheira de cavalo, com o prêmio para o mais horroroso. No lugar da coelheira era usado um aro pelo qual as macas tinham de ser passadas, e o provável vencedor, a julgar pelos risos infinitos, era o enfermeiro: o assistente laico do cirurgião. Uma cabeça fraca para números tinha-o feito fracassar como açougueiro nas Bahamas, mas tinha mão firme na mesa de operações e não era um mau dissecador. Em geral permanecia a alguma distância dos incultos, mas agora, com o grogue de domingo e a agitação de sua juventude, estava rindo feito um godo, púrpura-amarantino com o esforço. Rindo, isto é, até que seus olhos injetados encontraram os de Stephen, quando seu rosto assumiu de novo uma forma razoável, encontrou uma expressão doentia entre o cumprimento e a confusão, afrouxou-se infeliz mas não teve a velocidade para se remover da argola.

Em silêncio como um fantasma, e sem ver nada, Jack subiu lentamente aos ovéns do traquete, passou a cabeça pela clara da gávea, ouviu o estalar de dados — os dados mortais, ilegais, que renderiam cinqüenta chibatadas no talabardão — e o grito horrorizado de: "É o comandante". Olhou para baixo para guiar as mãos de Stephen, e quando finalmente se alçou ao ninho de pega os homens estavam de pé amontoados, mudos perto das bigotas de bombordo: estavam acostumados com um comandante extremamente ativo, mas a gávea do traquete — e num domingo! — e passando pela clara da gávea! — ultrapassava qualquer crença humana. Faster Doudle, o único cuja inteligência suportou a tensão, tinha enfiado os dados na boca: agora estava parado fixando o horizonte com um olhar ausente, uma expressão marcadamente criminosa no rosto. Jack lhes deu um olhar remoto, de passagem, e um sorriso:

— Continuem, continuem — e sentou-se numa varredoura para puxar Stephen, apesar de seus gritos impacientes:

— Sou perfeitamente capaz de subir, já subi várias vezes pelas arreigadas das enxárcias, um monte de vezes. Por favor, não me atrapalhe com sua solicitude desnecessária.

Assim que estava em cima, ele também se sentou na varredoura e ofegou por um tempo: tinha posto um enorme esforço na subida, e agora o suor escorria por suas bochechas magras.

— Então esta... esta é a gávea do traquete — observou. — Já estive na gávea da gata e do grande, mas jamais aqui. É muito parecida com as outras; muito parecida mesmo. Os mesmos arranjos engenhosos de pegas, mastros duplos e aquelas coisas redondas... já notou, caro senhor, que é praticamente idêntica às outras?

— Estranha coincidência, não? — disse Jack. — Não creio que já tenha ouvido alguém observar isso antes.

— E sua relíquia está aqui?

— Ah, não; não exatamente. Está um pouquinho acima. Você não se importa em subir mais um pouquinho?

— Eu, não — disse Stephen, olhando para o alto, onde se erguia o mastaréu, subindo e subindo pela luz brilhante e difusa, o único objeto reto numa enorme brancura entrecruzada por cabos encurvados. — Quer dizer, o próximo andar, ou estágio? Certamente. Então neste caso devo tirar minha casaca, o calção, as meias. Meias de lã de carneiro, a trinta e nove o par, não são para correr riscos desnecessários. — Enquanto se sentava soltando as fivelas dos joelhos olhou com expressão pesada para os homens na borda. — Faster Doudle — disse ele. — Meu ruibarbo deu resultado? Como estão suas entranhas, bom amigo? Mostre a língua.

— Ah, não no domingo, doutor — disse Jack. Faster Doudle era um homem valioso nas vergas superiores; não queria vê-lo ser açoitado no talabardão. — O senhor está esquecendo que hoje é domingo. Mellish, cuide muito bem da peruca do doutor. Ponha o relógio e o dinheiro dentro dela e o lenço em cima. Venha; segure-se nos ovéns, doutor, e não nos enfrechates, e sempre olhe para cima, não para baixo. Vá com calma; vou segui-lo e colocar os seus pés no lugar certo.

Foram subindo e subindo, passando pelo vigia empoleirado no lais da verga, que assumiu uma atitude de vigilância intensa. Mais alto ainda; e Jack rodeou o mastro, subiu aos vaus reais e puxou para o lugar o corpo agora submisso de Stephen, passou um cabo em volta dele e o chamou mandando abrir os olhos.

— Ora, isto é soberbo — gritou ele, convulsivamente abraçando o mastro. Estavam lá no alto, acima da superfície do mar; e tudo que era visível do convés distante, estreito, através das gáveas e das velas mestras parecia povoado por bonecos, bonecos encurtados que se moviam com passos desproporcionais, os pés chegando muito longe na frente e muito longe atrás. — Soberbo — disse de novo. — Como o mar ficou vasto! Como ficou luminoso!

Jack riu vendo seu prazer evidente, o olhar brilhante e atento, e disse:

— Olhe adiante.

A fragata ainda não estava com velas de proa, já que o vento vinha de trás, e as linhas retesadas dos estais de proa mergulhavam inclinadas numa geometria limpa, satisfatória; abaixo deles a proa do navio, com as amuradas curvas, e depois o comprido gurupés sempre à procura, longe no infinito do oceano e com um ritmo firme, medido, vivo, a proa do navio mergulhava na água azul-escura, partindo-a, empurrando-a de lado em espuma ofuscante.

Ficou sentado por longo tempo, olhando para baixo. Com as arfadas longas e lentas — sem balanço — eles eram varridos quinze metros para a frente através do ar a cada vez que a fragata baixava a proa; depois lentamente chegavam à vertical, uma pausa, depois o empuxo para a frente de novo.

— Como é mais arejado, aqui nesta altura — observou enfim.

— É — disse Jack. — Sempre é. Na brisa leve, por exemplo, os sobrejoanetes darão tanto impulso quanto as velas mestras. Mais ainda. — Olhou para o mastaréu do sobrejoanete erguendo-se nu no céu sem nuvens, e com uma parte da mente estava pesando as vantagens dinâmicas de reter a cunha em um mastro enquanto outra lhe dizia que estava sendo pouco educado — que Stephen tinha feito uma pergunta e estava esperando uma resposta. Lembrou-se das palavras do melhor modo possível: "ele já havia considerado o navio visto desse modo como uma figura do presente, o mar intocado diante dele como o futuro, e a onda de proa como o momento de percepção, de existência imediata?" e respondeu: — Não posso dizer que já tenha. Mas é uma figura tremendamente boa; e muito do meu agrado, já que hoje o mar está tão brilhante quanto seu coração poderia desejar. Espero que o agrade, velho Stephen.

— Agrada mesmo. Raramente me senti mais emocionado, encantado; e fico tremendamente agradecido por sua gentileza em me carregar para cima. Imagino que tenha subido aqui com bastante freqüência, não é?

— Meu Deus, quando eu era aspirante, neste mesmo navio, o velho Fidge me mandava para o topo do mastro por qualquer motivo: era um excelente marinheiro, mas rabugento. Morreu de febre amarela em 97. E eu passava horas sem conta aqui em cima. Foi aqui que fiz quase todas as minhas leituras.

— Um local venerável.

— Ah — exclamou Jack —, se eu tivesse um guinéu por cada hora que passei aqui em cima não estaria me incomodando com presas de guerra; nem descontando vales do meu próximo pagamento. Estaria casado há muito tempo.

— Esta questão do dinheiro preocupa sua mente. A minha também, às vezes. Como seria agradável poder oferecer um colar de pérolas a uma amiga! E o pior é que homens profundamente estúpidos são cobertos de riqueza, às vezes sem qualquer esforço, sem manusear ou mesmo possuir qualquer tipo de mercadoria, meramente escrevendo números num livro. Meu parse, por exemplo, garantiu que se tivesse conhecimento do paradeiro de Linois ele e seus sócios ganhariam montes e montes de rupias.

— Como faria isso?

— Através de uma variedade de especulações, em particular quanto ao preço do arroz. Bombaim não consegue alimentar a si mesma, e com Linois perto de Mahé, por exemplo, nenhum navio com carga de arroz zarparia. Sem dúvida o preço subiria enormemente, e as milhares de toneladas que estão na posse nominal do parse seriam vendidas por uma quantia muito maior. E há os fundos, ou seu equivalente indiano, que estão muito além de minha compreensão. E acho que até mesmo uma palavra inverídica, espalhada de modo inteligente e baseada na declaração de um homem honesto, serviria: chama-se manipular o mercado.

— É? Bem, danem-se, bando de cães imundos. Deixe-me mostrar minha relíquia. Eu a resguardei ao sul de Madagascar e em Bombaim. Você terá de ficar de pé. Firme, agora, segure-se no colhedor do Moitão. Ali! — Ele apontou para a pega, um bloco de madeira enorme, escuro, gasto, marcado por cabos, que circundava os dois mastros. — Nós a cortamos de uma árvore bibiru, num riacho na parte sul do mar das Caraíbas e vai durar mais vinte anos, ainda. E aqui, veja só, está minha relíquia. — Na borda larga do buraco quadrado que ficava sobre o tope do mastaréu estavam as iniciais JA gravadas fundas e claras, sustentadas dos dois lados por formas rotundas que poderiam ser peixes-boi, mas era mais provável que fossem sereias — sereias bebedoras de cerveja.

— Isso não levanta seu coração? — perguntou ele.

— Bom, sinto-me agradecido por ver isso, sem dúvida.

— Mas realmente levanta seu coração, sabe, independentemente do que você possa dizer — insistiu Jack. — Levanta-o *trinta metros acima do convés*. Ha, ha, eu posso dizer uma ou outra coisa espirituosa, se tiver tempo, oh, ha, ha, ha! Você não percebeu nada, não sabia de meus movimentos.

Quando Jack estava se divertindo assim, tão intensamente, através de todo o seu ser enorme, barriga e tudo, com o rosto escarlate glorioso e brilhando e os olhos azuis dardejando alegria de suas fendas estreitadas, era impossível resistir. Stephen sentiu a boca se alargar involuntariamente, o diafragma se contrair e a respiração começar a sair em haustos curtos, densos e ofegantes.

— Mas estou realmente agradecido, meu caro — disse ele —, por me trazer a esta eminência orgulhosa e perigosa, esse quase ápice, esse apogeu; você de fato levantou meu coração, no espírito e na carne; e agora estou decidido a subir diariamente. Agora desprezo a gávea da gata, que já foi minha última Tule; e até mesmo aspiro àquele calombo — assentiu para a borla do mastaréu do sobrejoanete. — O que um macaco, ou mesmo, devo dizer, um obeso comandante pode realizar, eu também posso.

Essas palavras, e a convicção com que foram pronunciadas, apagaram o riso do rosto de Jack.

— Cada macaco no seu galho — começou sério. — Os macacos e eu nascemos...

O grito do vigia:

— Ó do convés — mesmo assim dirigido diretamente ao comandante — vela à vista! — o interrompeu.

— Onde? — gritou ele.

— Dois pontos na bochecha de bombordo, senhor.

— Sr. Pullings. Sr. Pullings. Faça a gentileza de mandar minha luneta para os vaus da joanete do traquete.

Um instante depois o Sr. Callow apareceu, tendo corrido sem parar do camarote até os vaus; e a mancha branca no sudeste saltou mais para perto — um navio, à bolina cochada com amuras a boreste: gáveas e papafigos, com tranqüilidade. Já havia uma sugestão do casco escuro boiando. Devia estar a umas quatro léguas. No momento a *Surprise* fazia sete ou oito nós sem largar muito os panos; e se encontrava a barlavento. Havia bastante tempo.

Mas no coração dele estava escrito "não perca um minuto", e dizendo:

— Guarneça a bandeiras de sinais, Sr. Callow, não olhe a presa, mas sim o mar depois dela. Doutor, por favor não se mexa por enquanto. — Em seguida chamou seu patrão de lancha ao convés e se balançou nos ovéns com uma velocidade que era pouco menos do que pressa. Encontrou Bonden que vinha subindo e disse: — Traga o doutor para baixo com cuidado, Bonden. Ele deve se vestir totalmente na gávea — e chegou ao tombadilho.

— O que eles viram, comandante? — gritou Atkins, correndo para ele. — É o inimigo? É Linois?

— Sr. Pullings, todos a postos para içar velas. Joanete do grande, velas auxiliares e sobrejoanetes; e rize a verga da gávea do traquete.

— Joanetes do grande, velas auxiliares e sobrejoanetes; e rizar a verga da gávea do traquete, senhor.

O apito do mestre do navio ressoou com uma bela urgência; o navio se encheu com os estalos desacostumados dos sapatos de domingo; e Jack escutou a voz aguda de Atkins se interromper de repente quando a guarda de ré o atropelou; dentro de alguns instantes a confusão louca se resolveu em grupos organizados de homens no alto e embaixo, cada um em seu cabo específico. As ordens vinham no silêncio mortal. Em rápida sucessão as velas foram desfraldadas, e enquanto cada uma se enfumava com a brisa firme, um impulso mais forte mandou o navio mais depressa pela água — toda a sua voz mudou, e o ritmo do caturro; muito mais vivo, brilhantemente acordado. Finalmente, ao grito de "Amarrar!" Jack olhou para seu relógio. Estava bastante bom; ainda não eram como a guarnição da *Lively*, a diferença era de um minuto e quarenta segundos; mas estava muito bom. Captou um olhar de perplexidade e um assobio de seu novo imediato, e sorriu por dentro.

— Sul-sudoeste meia sul — disse ao timoneiro. — Sr. Pullings, acho que pode dispensar o pessoal de serviço nas cobertas.

O pessoal de serviço nas cobertas de fato desapareceu no interior dos alojamentos, mas somente para tirar as melhores camisas, bordadas nas costuras com fitas, as calças brancas imaculadas e os pequenos sapatos de corte baixo com laços; reapareceu alguns minutos depois em uniformes de faxina e se reuniu no castelo de proa, nos topes e na gávea do traquete, olhando fixamente a vela no horizonte.

Nesse tempo, Jack havia começado sua caminhada ritual desde a antepara de vante do tombadilho até a grinalda de popa e a cada volta olhava para o cordame acima e para a presa distante no mar — já que aos olhos predadores da fragata ela se tornara uma presa, ainda que não estivesse em fuga, longe disso — seu rumo a aproximava da *Surprise*, em vez de afastar. Nesse momento era uma brancura perto da varredoura mais baixa de bombordo, e se mantivesse a orça logo desapareceria atrás dela. Agora que todo o novo impulso fora transferido ao casco da fragata, agora que seus mastaréus superiores tinham cessado a reclamação momentânea e que os patarrás estavam menos retesados, ela deslizava pela água, não tinha vela no mastro da gata; no grande, gávea, joanete com velas auxiliares de cada lado e real, a vela mestra fora levantada para deixar o vento chegar ao traquete; e no mastro de proa, a mestra com as duas varredouras baixas abertas como asas, sem vela de gávea — a vela de gávea do grande o teria acalmado — mas com a verga da gávea no tope do mastro e suas velas auxiliares largadas. A fragata estava velejando com facilidade, cortando as ondas com um ansioso impulso para vante, sem qualquer sintoma de instabilidade no governo: neste ritmo o rumo das duas embarcações deveria convergir em cerca de uma hora. Talvez menos, talvez ele tivesse de reduzir vela. E se a caça virasse de roda e fugisse, a *Surprise* ainda tinha sua cevadeira e papagaios à mão, além de uma vantagem de cerca de dois ou três nós, com toda a certeza.

Os civis tinham sido reduzidos ao silêncio ou arrebanhados para baixo; o Sr. Stourton estava indo quieto de um lado para o outro, preparando-se para a possível ordem de clarear a área para o combate; e no silêncio de vozes, mas quase silêncio do vento, tudo que se ouvia era o correr firme da água ao longo do casco, um jorro urgente e borbulhante que se misturava ao tumulto mais alto e empolgado da esteira.

Seis badaladas. Braithwaite, o marinheiro de serviço, veio à borda com a barquinha.

— A ampulheta está pronta? — gritou.

— Limpa, senhor — disse o contramestre.

Braithwaite deitou a barquinha, que boiou até a popa.

— Vire — disse ele quando a marca passou por seus dedos, a carretilha gritando alto.

— Pare! — gritou o contramestre, vinte e oito segundos depois.

— Onze nós e seis braças, senhor — informou Braithwaite a Pullings, com a seriedade oficial lutando uma batalha perdida com o deleite. Todos os marinheiros ouviam abertamente, um murmúrio de satisfação intensa atravessou o navio.

— Dê aqui — disse Pullings e se aproximou do caminho de Jack.

— Qual a velocidade, Sr. Pullings? — perguntou ele.

— Onze nós e seis braças, senhor — respondeu Pullings com um riso.

— Ei, ei — exclamou Jack —, eu não acreditava que pudesse ser tanto. — Olhou amorosamente pelo convés da fragata e para cima, até onde a flâmula voava numa chama curva com cinco metros de comprimento, quase reta em frente. Era de fato um navio nobre;

sempre fora, mas nunca havia desenvolvido onze nós e seis braças quando ele era garoto. Agora a presa havia desaparecido de sua vista, e se mantivesse o rumo ele não iria vê-la de novo até estar ao alcance de tiros, a não ser que fosse para a proa. Stephen estava sentado no cabrestante, comendo um mangostão e olhando o mangusto que brincava com seu lenço, jogando-o para cima, pegando-o, atormentando-o até a morte.

— Estamos navegando a onze nós e seis — disse Jack.

— Ah, lamento ouvir — disse Stephen —, fico tremendamente preocupado. Não há remédio?

— Acho que não — disse Jack balançando a cabeça. — Gostaria de ir até a proa?

Do castelo de proa o outro navio estava ainda mais perto do que ele esperava: casco visível acima do horizonte, as mesmas velas, o mesmo curso.

— Falo sob correção, e com grande modéstia — disse Stephen enquanto Jack fixava o outro navio com a luneta —, mas deveria supor que nosso progresso é satisfatório, vendo que esta embarcação é notoriamente fraca e velha, até mesmo decrépita. Veja como ela joga a espuma pelos bordos, veja como a água parece ser *escavada* num sulco profundo de cada lado da proa. Posso ver pelo menos um metro do cobre e nunca me lembro de ter visto tão embaixo da linha d'água. Só pelos borrifos que voam, e minha boa casaca está encharcada, eu teria julgado que nossa velocidade era adequada; a não ser, claro, se formos ceder a este frenesi moderno por velocidade.

— Não é nossa velocidade que é insatisfatória — disse Jack. Ele baixou a luneta, limpou o vidro e espiou de novo. — É aquela feia banheira construída na Holanda que está atrapalhando. — E sem dúvida a tensão no castelo de proa viera afrouxando depressa à medida que a provável natureza da embarcação perseguida ficava cada vez mais aparente. Com toda a probabilidade era um dos navios da Companhia, indo para Bombaim. O que mais teria mantido um rumo imperturbável, com um navio de guerra se aproximando sob a pressão das velas? As laterais pintadas em xadrez, as vinte portinholas dos canhões, o ar marcial, poderiam enganar os estrangeiros; mas a Marinha a havia identificado imediatamente como um vil mercante, e não inimigo nem presa de guerra.

— Bem, fico feliz porque não aprontamos nem mesmo os canhões de proa — disse Jack andando para trás. — Teríamos parecido uns idiotas se tivéssemos chegado perto prontos para o combate e cheios de armas. Sr. Pullings, pode carregar as velas auxiliares do sobrejoanete e as do joanete.

Meia hora depois os dois navios estavam atravessados com as velas de gávea aquarteladas, balançando nas ondas, e o mestre do *Seringapatam* veio para bordo, ao estilo da Marinha, numa elegante barca com tripulação uniformizada. Subiu grunhindo até a amurada, seguido por um lascar com um pacote, saudou o tombadilho superior e foi mancando até Jack com um sorriso no rosto e a mão estendida.

— O senhor não me reconhece — disse ele. —Theobald, do *Orion*.

— Theobald, Deus ama você — exclamou Jack, com toda a reserva desaparecendo de imediato. — Como fico feliz em vê-lo! Killick, Killick, onde está aquele vilão rabugento?

— O que foi, agora? — perguntou Killick furioso, sessenta centímetros atrás dele. — Senhor.

— Ponche gelado na câmara, e dê uma mão.

— Como vai, Killick? — disse Theobald.

— Toleravelmente, senhor, obrigado, cumprindo meu dever, senhor, ainda que árduo. Lamentamos muito em saber de seu problema, senhor.

— Obrigado, Killick. No entanto é uma economia em couro de boi, você sabe. Identificamos a *Surprise* no momento em que vocês içaram suas velas de gávea — disse a Jack. — Nunca pensei que veria aquele velho mastro grande de novo.

— Você não imaginou que pudéssemos ser do Linois?

— Deus o abençoe, não! Ele já deve estar na Isle de France, se é que não no cabo. Bem longe destas águas.

Caminharam até a câmara de vante; e quando finalmente saíram de novo Theobald estava num belo carmim profundo e Jack não muito mais claro; e suas fortes vozes náuticas podiam ser ouvidas de uma extremidade à outra do navio. Theobald guarneceu os cabos no costado e desceu apoiado somente na força dos braços, o rosto desaparecendo como um sol poente. Quando tinha visto o amigo bambolear pela água e subir a bordo do *Seringapatam*, e quando os navios tinham se separado com as civilidades de sempre, Jack se virou para Stephen e disse:

— Bem, acho que este foi um triste desapontamento para você, nem mesmo um tiro de canhão. Venha me ajudar a acabar com o ponche, é o restinho de neve, e Deus sabe quando você terá uma bebida gelada outra vez, deste lado de Java.

Na câmara, disse:

— Devo pedir perdão por não lhe apresentar Theobald. Mas não há nada mais tedioso do que ficar junto quando dois velhos colegas de navio começam a gritar: "Lembra-se dos três dias de vento na Passagem de Mona? Lembra-se do Wilkins e seu timoneiro? O que aconteceu com o velho Blodge?" Mas ele é um ótimo sujeito, um tremendo marinheiro; mas não tendo recursos não conseguiu um comando; dezoito anos como tenente. De fato, tendo conseguido explodir a perna, também não pôde conseguir um navio; por isso foi para a Companhia, e ei-lo aqui, comandando um transporte de chá. Coitado, como tenho sorte, em comparação com ele!

— Certamente. Sinto pena do cavalheiro. Mas ele parece ter um humor genuíno, e Pullings disse que os comandantes dos navios mercantes da Companhia das Índias se tornam tremendamente ricos, sacodem a árvore-dos-pagodes como verdadeiros marujos britânicos.

— Ricos? Ah, sim, eles chafurdam em ouro. Mas ele jamais içará sua bandeira! Não, não, pobre coitado, *ele* jamais içará sua bandeira.

No entanto, velho colega de navio ou não, ele tinha péssimas notícias para nós: primeiro, o Linois levou seu esquadrão para fazer reparos na Isle de France, devem estar numa carência infernal de suprimentos, sem nenhum porto deste lado do oceano, de modo que não podem voltar a estas águas durante a monção atual, se é que voltarão, pelo menos num raio de três mil milhas de nós. E segundo, que a esquadra da China da Companhia partiu, ele teve notícia dela no estreito de Sonda, de modo que não iremos encontrá-la.

— E daí?

— Eu estava ansioso para mandar meu pacote à Inglaterra. E tenho certeza que você gostaria de fazer o mesmo. Mas a água salgada lava o desapontamento tanto quanto outras coisas. Freqüentemente, acho espantoso como nos esquecemos, depois de alguns dias no mar. É como navegar no Letes, assim que nos afastamos de terra. Eu disse: é como navegar no Letes, assim que nos afastamos de terra.

— Sim. Ouvi. Não concordo. O que é esse objeto atrás de você, no armário?

— Uma caixa de pistolas.

— Não, não. O pacote mal embrulhado, do qual estão saindo penas.

— Ah, isso. Eu tinha pensado em lhe mostrar antes. Theobald me trouxe. É para Sophia: uma ave-do-paraíso. Não foi gentileza dele? Mas ele sempre foi mão-aberta. Pegou-a há algum tempo, nas ilhas das Especiarias; e me disse muito sinceramente que a estava guardando para a namorada, para colocar no chapéu dela. Mas parece que a moça recuou e o trocou por um sujeito da área jurídica, acho, o sub-xerife da prisão de Poultry Compter. Ele não se importou muito, o que um sujeito com uma perna de pau iria esperar? E brindou à felicidade deles com esta tigela. Mas disse esperar que ela me trouxesse mais sorte. Você acha que poderia ser um tanto ostentatória demais num chapéu? Talvez fosse mais adequada para um aparador de chaminé, ou um guarda-fogo, não?

— Que esplendor esmeralda! Que meia-coleira... nem sei direito como chamar. Que cauda! Nunca tinha visto tamanha magnificência delicada. Um macho, claro. — Ele sentou-se manuseando as penas brilhantes, a cauda de tamanho improvável; e Jack ponderou levemente numa piada, ou trocadilho, ligando esta ave à prisão de Poultry Compter*; mas abandonou-a considerando maldade para com Theobald.

— Você costuma pensar no sexo, meu caro? — perguntou Stephen.

— Jamais. O sexo nunca entrou em minha mente, em nenhuma ocasião.

— Quero dizer, o fardo do sexo. Este pássaro, por exemplo, tem um fardo muito pesado; quase esmagador. Ele mal consegue voar ou fazer sua rotina cotidiana com qualquer prazer para si mesmo, atrapalhado por um metro de cauda e todo esse excesso de peso. Todas essas plumas extravagantes têm apenas uma função: induzir a fêmea às suas importunidades. Como o pobre macho deve luzir e queimar, se estas penas são, como devem ser, uma indicação de seu ardor!

— Este é um pensamento solene.

— Se ele fosse um capão, bem, sua vida seria muito mais fácil. Essas esporas, essas esporas de luta, desapareceriam; sua conduta se tornaria pacífica, social, complacente e afável. De fato, se eu castrasse todos os homens da *Surprise*, Jack, eles ficariam gordos, plácidos e não agressivos; este navio não seria mais um vaso de guerra, saltando furioso de um lugar a outro; e nós circunavegaríamos o globo terráqueo sem jamais uma palavra áspera. Não haveria nada desse desapontamento por perder o Linois.

— Não importa o desapontamento. A água salgada vai lavá-lo. Você ficará espantado ao ver como parecerá sem importância daqui a uma semana, como tudo vai se encaixar.

**Poultry*, em inglês, significa ave doméstica. (*N. do T.*)

Era a palavra verdadeira: assim que a *Surprise* tinha virado para o sul, passando pelo Ceilão e indo para o mar de Java, a rotina tomou conta de todos. O raspar das pedras no convés, o som dos clambazes e da água nos conveses às primeiras luzes; macas entricheiradas, o desjejum e seus cheiros agradáveis; a sucessão invariável dos quartos de serviço; passagem meridiana e a altura do sol, jantar, grogue; Rosbife da Velha Inglaterra ao soar do tambor, para os oficiais; festa moderada; paradas, o toque de recolher, o troar vespertino dos canhões, velas de gávea rizadas, o estabelecimento da tabela de serviço; e depois as noites longas, quentes, iluminadas pelas estrelas, freqüentemente passadas no tombadilho, com Jack guiando seus dois aspirantes inteligentes através das intrincadas delícias da navegação astronômica. Essa vida, com seu padrão rígido pontuado pelo som agudo e imperativo dos toques de sinos, parecia assumir algo da natureza da eternidade enquanto eles se desviavam em direção ao equador, atravessando-o a noventa e um graus de longitude a leste de Greenwich. As paradas das divisões, da formatura para verificação da presença, igreja, os Artigos de Guerra, marcavam a devida ordem do tempo, mais do que sua passagem; e antes que fossem repetidas duas vezes a maior parte do pessoal da fragata sentia o passado e o futuro se turvar, diminuindo quase até a insignificância. Uma impressão ainda mais forte porque a *Surprise* estava de novo num mar solitário, duas mil milhas de água azul-escura sem jamais uma ilha para romper sua curvatura perfeita e nem o mais leve cheiro de terra até mesmo na brisa mais forte — o navio era um mundo contido em si mesmo, nadando entre dois horizontes perpetuamente renovados. Mais forte ainda porque nessas águas não havia uma impaciência ansiosa para ver além do horizonte a leste: eles navegavam sem qualquer relação com um inimigo, nem com qualquer presa de guerra potencial. Os holandeses estavam entocados; os franceses tinham desaparecido; os portugueses eram amigos.

Não estavam à toa. O Sr. Stourton tinha uma alta noção dos deveres de um imediato, um horror religioso por qualquer coisa que se aproximasse da sujeira ou por material à garra; seu megafone raramente estava fora da mão, e o grito de "varrer o navio, varrer o navio!" ressoava pelo navio com tanta freqüência quanto a voz do cuco em maio, e com algo da mesma entonação.

Ele havia imediatamente entrado de acordo com os pontos de vista do comandante quanto à disciplina, e com grande alívio; mas a força do hábito era grande, e a *Surprise* poderia ser inspecionada por um almirante a qualquer dia sem ter de ruborizar. Stourton era muito mais eficiente do que Hervey; estava claro que podia cuidar da rotina diária do navio — numa fragata meticulosamente administrada, com um comandante que sabia o que fazia, qualquer oficial razoavelmente competente seria capaz disso, mas Stourton a realizava de modo excelente. É verdade que o alojamento dos aspirantes freqüentemente desejava que ele estivesse no inferno a cada manhã, mas sua alegria natural era um verdadeiro acréscimo ao conforto doméstico da praça d'armas.

Mas as qualidades de navegação da fragata ficavam por conta de Jack. Seu mestre-arrais, Harrowby, não era nenhuma fênix, seja em navegação ou marinharia. Na pressa da partida Harrowby tinha permitido uma estiva imperfeita da carga no porão, e o navio, arisco como uma potranca com sua proa estreita, não se chegava tão perto do vento quanto Jack desejaria nem virava com a rapidez tranqüila e certa para a qual tinha capacidade. Era esplêndido velejando a um largo — nunca fora melhor, mas à bolina deixava muito a desejar; havia uma lentidão, uma tendência a aguçar-se e diminuir a velocidade que nenhuma nova combinação de velas suplantava; e foi somente quando chegaram ao equador que, bombeando a água de um convés para outro e mudando de lugar vários milhares de balas de canhão, tombaram o navio o suficiente para dar a Jack alguma tranqüilidade. Era apenas uma meia-medida, certamente, e a verdadeira solução teria de esperar até que pudessem desembarcar uma boa quantidade de suprimentos, verificar o lastro no fundo do navio e arrumar de novo o porão; mas até mesmo essa pequena alteração no compasso a tornou um prazer de manobrar.

Ele tinha muita coisa a fazer; assim como a tripulação da fragata; mas havia muitas noites em que os marinheiros dançavam e cantavam no castelo de proa, e em que Jack e Stephen tocavam, algumas vezes em seu camarote estreito, algumas vezes no tombadilho e algumas vezes na grande câmara — trios com o Sr. Stanhope, que tocava uma flauta trêmula, de voz pequena, e que tinha um bocado de partituras.

A saúde delicada do enviado se beneficiara bastante da estadia em Bombaim, e depois da semana de enjôos sua força e seu ânimo tinham se recuperado notavelmente. O Sr. Stanhope e Stephen costumavam se sentar juntos, ouvindo um ao outro exercitar os verbos em malaio ou ensaiar o discurso dele ao sultão de Kampong. Seria feito em francês, língua que o Sr. Stanhope não dominava com grande fluência, nem o sultão — ou pelo menos era o que se presumia — mas havia um residente francês em Kampong, e o Sr. Stanhope achava que, para crédito de seu senhor, deveria ser perfeito com as palavras, e o repassavam de novo e de novo, parando todas as vezes em "*roi des trente-six parapluis, et très illustre seigneur de mille éléphants*", o Sr. Stanhope invertendo a ordem do *seigneur* e dos *elephants* por mero nervosismo. O discurso seria traduzido para o malaio, frase por frase, por seu novo secretário oriental, um cavalheiro de ascendência mestiça vindo de Bencoolen, descoberto para o enviado pelo governador de Bombaim. O Sr. Atkins olhava o recém-chegado com ódio e suspeita; tentou tornar miserável a vida do Sr. Ahmed Smyth, mas pelo menos por fora não teve sucesso, porque no secretário oriental predominava o malaio, e seus olhos grandes, negros e um tanto oblíquos brilhavam de alegria.

O Sr. Stanhope tentava manter a paz entre eles, mas com grande freqüência a voz áspera e nasal do Sr. Atkins era ouvida brotando do camarote — havia pouca ou nenhuma privacidade num navio com trinta metros de comprimento e duzentos homens apinhados — reclamando de alguma infração de suas prerrogativas, alguma pequena falha; e então vinha o murmúrio gentil e conciliatório do enviado, garantindo que Smyth era um sujeito muito bom, comportado, educado, atencioso — que não queria fazer mal, que não tinha idéia do que era transgredir. Mas Ahmed Smyth era popular no navio. Sendo maometano e sofrendo do fígado, não bebia vinho; e quando a rearrumação das entranhas da fragata liberou espaço suficiente para pendurar uma maca, o Sr. Stourton mandou isolar esse espaço como um camarote para *o cavalheiro estrangeiro*. Isso incomodou tanto Atkins, obrigado a compartilhar com o pobre Sr. Berkeley, com quem não estava mais falando, que ele procurou Stephen e implorou para usar sua influência com o comandante, para pôr fim numa tremenda injustiça, um monstruoso abuso de autoridade.

— Não posso interferir na administração do navio — disse Stephen.

— Então Sua Excelência terá uma palavra com o próprio Aubrey — disse Atkins. — É intolerável. Todo dia esse crioulo arranja algum modo de me provocar. Se ele não tomar cuidado, vou provocá-lo, posso garantir.

— Quer dizer que lutará com ele? Esse é um caminho que ninguém que tenha em mente o seu bem-estar aconselharia.

— Obrigado, obrigado, Dr. Maturin — exclamou Atkins, segurando sua mão. Era extremamente sensível até mesmo à mais falaciosa aparência de afeto, coitado. — Mas não foi isso que eu quis dizer. Ah, não. Um homem de minha família não luta com um escriturário crioulo de meia casta, nem mesmo se fosse cristão. Afinal de contas, *un gentilhomme est toujours gentilhomme*.

— Componha-se, Sr. Atkins — disse Stephen, porque o entusiasmo com que Atkins disse estas últimas palavras trouxe sangue ao seu nariz e às orelhas. — Nestas latitudes, ceder à paixão pode provocar insolação. Não gosto do seu rosto manchado; o senhor come demais, bebe demais; e é uma vítima provável.

No entanto, foi o Sr. Stanhope que sofreu de insolação. Uma tarde, quando Ahmed Smyth jantava com os oficiais, Atkins pôde ser ouvido arengando no camarote. Pouco mais de um metro acima da gaiúta aberta o carpinteiro pousou a marreta e disse em particular ao colega:

— Se eu fosse Sua Excelência, colocaria esse patife no escaler com meio quilo de queijo e o mandaria procurar outro lugar.

— Como ele incomoda e preocupa o pobre velhote! Dá para pensar que os dois são casados. Sinto pena dele, pobre velho, sempre com uma palavra educada.

Um pouco mais tarde o valete do Sr. Stanhope trouxe os cumprimentos do patrão — ele implorava as desculpas do grupo e ficaria gratíssimo por uma palavra com o Dr. Maturin, quando este pudesse. Stephen o encontrou com aparência cansada, velho e desanimado: era aquela bile desgraçada outra vez, pensou, e ficaria infinitamente agradecido por meia pílula azul, ou o que quer que o Dr. Maturin julgasse adequado. Pulsação fraca, irregular, alta temperatura; pele seca, rosto ansioso, olho brilhante; Stephen prescreveu quina, sua poção de lodo predileta e um placebo azul.

Os remédios fizeram algum efeito, e de manhã o Sr. Stanhope estava mais confortável. No entanto sua força não retornou, nem o apetite; Stephen não ficou satisfeito com o paciente, cuja temperatura subia e descia, com uma alternância entre agitação febril e langor que ele jamais vira. O Sr. Stanhope achava o calor muito difícil de suportar, no entanto a cada dia eles se aproximavam mais do equador, e a cada dia o vento morria até a bafagem entre as dez e as duas horas. Armaram um ventilador de lona, para direcionar o ar para dentro de seu camarote, onde ele ficou deitado, seco, magro, amarelo, sofrendo de náusea contínua, mas sempre educado, sempre agradecendo qualquer atenção, pedindo desculpas.

Stephen e M'Alister tinham uma boa biblioteca sobre medicina tropical; leram-na de cabo a rabo e admitiram um ao outro, mas em latim, que estavam à deriva.

— Há pelo menos uma coisa que podemos fazer — observou Stephen. — Podemos tirar uma fonte externa de irritação.

O Sr. Atkins foi proibido de entrar no camarote, por ordens do doutor, e Stephen passava a maioria das noites lá, em geral acompanhado pelo valete ou o Sr. White. Gostava do enviado; desejava o seu bem; mas acima de tudo tinha um compromisso profissional. Este era um caso em que a atenção hipocrática deveria tomar o lugar dos medicamentos; o paciente estava fraco demais, a doença era muito pouco entendida, para qualquer medida radical; e ele ficava sentado à beira da cama do Sr. Stanhope um quarto depois do outro enquanto o navio se deslocava em silêncio pelo mar fosforescente. Essa, refletiu, era sua verdadeira ocupação; isto, e não a perseguição autodestrutiva de uma mulher que estava muito fora de alcance. A medicina, como ele a via, era bastante impessoal, e ainda que seu efeito pudesse ser humano, Atkins teria recebido praticamente os mesmos cuidados. Quais seriam seus motivos, além do desejo de conhecimento, uma ânsia por catalogar, medir, nomear, registrar?

Sua mente vagueou, perdendo-se em caminhos intricados; e quando descobriu que essa consciência meio desperta estava cheia de um prazer róseo, e que havia um sorriso em seu rosto, trouxe suas idéias vagas com um repelão, descobrindo que, de fato, entre as duas badaladas e as três, que haviam acabado de soar, ele estivera pensando em Diana Villiers, ou melhor, em seu riso, particularmente borbulhante e alegre, musical sem afetação, e no modo como o cabelo se encaracolava na nuca.

— O senhor fez o *Heautontimoroumenos* na escola? — sussurrou o Sr. Stanhope.

— Sim — disse Stephen.

— Mas no mar é diferente. Eu estava sonhando com o Dr. Bulkeley, na escola, e seu rosto terrível e negro; realmente pensei tê-lo visto aqui no camarote. Como ele me amedrontava quando eu era criança! No entanto estamos no mar; é diferente. Diga, é quase dia, não? Achei ter ouvido três badaladas.

— Falta pouco agora. Apenas levante a cabeça, por favor, até eu virar seu travesseiro. — Lençóis limpos, passar esponja, uma colherada de sopa animal, cascas retiradas dos lábios rachados, pretas à luz de velas. Às quatro badaladas o Sr. Stanhope caiu num relato incoerente sobre a etiqueta na corte do sultão — o Sr. Smyth lhe disse que os governantes malaios eram meticulosos quanto à precedência; o representante de Sua Majestade não deveria ceder a qualquer reivindicação imprópria; ele esperava sair-se bem.

Passar esponja, mudança de posição, as pequenas ignomínias pessoais — o Sr. Stanhope era tão envergonhado quanto uma menina. Dia após dia Stephen sentia o equilíbrio se alterar e variar; mas depois de duas semanas de cuidados constantes ele entrou na enfermaria, os olhos fundos e com olheiras de fadiga, e disse:

— Sr. M'Alister, bom-dia. Acho que podemos gritar *Io triumphe*, pelo menos quanto à anorexia. Tivemos uma bela crise às quatro, com uma transpiração elogiável, e pouco depois das seis o paciente tomou trezentos gramas de sopa animal! É a sopa animal que mantém o sino longe... a sopa animal para sempre! A anomalia maligna na pulsação continua, e o fígado palpável, mas acho que podemos esperar um ganho de peso e de força.

De dia penduraram sua maca a barlavento no tombadilho, e os tripulantes da *Surprise* ficaram felizes em vê-lo de novo. Ele, seu pessoal e sua bagagem, presentes e víveres tinham sido um grande incômodo para todos nestas quinze mil milhas; mas, como diziam, a Excelência era um cavalheiro educado — sempre com uma palavra educada, não como alguns sodomitas não-me-toques — e estavam acostumados com ele. Gostavam das coisas às quais estavam acostumados e se regozijaram em vê-lo melhorando enquanto a fragata deslizava para o sul e o leste, através de ventos mais fortes e mais frescos.

Ventos muito mais frescos, e mais incertos, algumas vezes vinham praticamente de todas as direções, e agora não era incomum que a *Surprise* acachapasse os mastaréus dos joanetes ao convés, ferrasse as velas mestras e prosseguisse apenas com as velas de gávea rizadas nas últimas.

Foi num dia assim, um domingo com Jack jantando na praça d'armas, onde a conversa tratava dos animais selvagens a ser encontrados em Java, cuja extremidade oeste, a abertura do estreito de Sonda, eles esperavam avistar na segunda-feira, que o valete do Sr. Stanhope entrou correndo, o rosto horrorizado, arregalado e perturbado. Stephen deixou seu prato; alguns minutos depois mandou chamar o Sr. M'Alister. Os boatos já voavam pelo navio — o enviado fora golpeado pelos *strong fives**, ou apoplexia e tinha engasgado com o vinho. E sangue, sangue grosso, jorrava preto da boca; seria aberto pelo cirurgião em menos de uma hora e os instrumentos estavam sendo afiados agora mesmo; estava morto.

Quando voltou ao grupo opaco, silencioso, apreensivo, Stephen sentou-se diante do prato, e comendo sem qualquer emoção aparente disse a Jack:

— Tomamos as primeiras medidas e ele está relativamente confortável; mas o estado é muito grave e é essencial que ele seja desembarcado na terra firme mais próxima. E, até a alcançarmos, o movimento do navio deve ser reduzido ao máximo possível. Mais vinte e quatro horas desse balanço podem ser fatais. Posso incomodá-lo pedindo o vinho?

— Sr. Harrowby, Sr. Pullings, por favor venham comigo — disse Jack largando o guardanapo. — Sr. Stourton, com licença.

Em alguns instantes todos os oficiais tinham saído, deixando apenas Etherege e o intendente: eles empurraram o queijo, o pudim

---

*Segundo *The Quacks of Old London*, de C.J.S. Tompson, *strong fives* é uma das várias doenças inexistentes inventadas por um certo Dr. Tufts num panfleto com o objetivo de vender seus tônicos e medicamentos. Tufts afirmava ter encontrado essas doenças em suas viagens durante um período de quarenta anos, e que poderia curar todas. (*N. do T.*)

e o vinho na direção de Stephen, olhando-o em silêncio e incômodo enquanto ele se alimentava com fartura.

Jack estava de pé diante das cartas náuticas, com Pullings e o arrais ao lado. O rumo do navio fora alterado para trazer o vento para alheta, e ele seguia com movimento tranqüilo envergando pouco mais do que o velacho. As últimas leituras na tabela de rumos e velocidades tinham sido feitas, e a posição estava claramente determinada: 5°13'S, 103°37'L, a ponta de Java a 70 léguas a OSO.

— Podemos alcançar Bencoolen nesta bordada, mas não em vinte e quatro horas. Ou ir para Telanjang... não, não com esse mar de través. Será que ele precisa de uma cidade civilizada, um hospital, ou qualquer terra serve? Esse é o ponto.

— Vou descobrir, senhor — disse Pullings. E voltando disse: — Qualquer terra, senhor.

— Obrigado, Pullings. Você conhece estas águas, deve ter passado pelo estreito uma dúzia de vezes, tem alguma sugestão?

— Pulo Batak, senhor — respondeu Pullings imediatamente, tocando a costa de Sumatra com o compasso. — Dentro de Pulo Batak. Nós pegamos água lá duas vezes no *Lord Clive*, vindo e indo. É um bom litoral, quarenta braças de água a menos de duzentos metros de distância de terra, e tem fundo safo. Na ponta da baía há um riacho que sai da rocha, água doce que dá para colocar direto nas embarcações. Não é civilizado: não tem nada além de alguns homenzinhos nus que batem tambores na floresta. Mas é tremendamente calmo, e a ilha a abriga de tudo, menos o vento noroeste.

— Muito bem — disse Jack, curvado sobre a carta. — Muito bem, Sr. Harrowby, trace o rumo para Pulo Batak, por favor. — Em seguida foi ao convés ver que velas o navio podia agüentar continuando mantendo o navio compassado. À meia-noite ainda estava lá, e ao amanhecer; e enquanto o vento amainava, a *Surprise* florescia em silêncio, vela a vela, numa pirâmide de brancura. Eles precisavam de cada grama de empuxo para alcançar Pulo Batak em vinte e quatro horas.

A posição obtida pela passagem meridiana do sol revelou um bom avanço do navio, e pouco depois da hora do jantar — sem apitos e sem tambor — realizaram a aterragem. Pullings, junto às bandeiras do sobrejoanete do traquete, tinha certeza: uma ponta arredondada com dois picos a nordeste. O navio seguiu como um fantasma pelo mar sem ondulações, os altos sobrinhos lhe dando quatro nós.

Também havia a estranha atração da terra puxando-a, e no momento todo o céu de leste estava barrado por montanhas escuras, ficando mais verdes à medida que a fragata prosseguia. A ilha que guardava a pequena baía era vista claramente do convés, com uma sugestão de ondas suaves na face oeste, e parecia que a *Surprise* largaria a âncora no tempo determinado, ainda faltava uma hora.

A melhor âncora de proa já estava no turco do lambareiro e tudo estava liberado quando a brisa de terra soprou inoportuna, vindo forte e em rajadas, trazendo o cheiro forte de vegetação apodrecendo. As velas afrouxaram, panejaram, e o seguimento da fragata começou a diminuir. Jack mandou lançar a linha do prumo de mão. Ela caiu na água bem adiante, e correndo para trás ao longo do casco veio o grito familiar, estranhamente abafado:

— Atenção, atenção, deixa correr a linha — e finalmente a resposta que ele havia esperado: — Não alcançou o fundo, senhor, em duzentas braças.

— Arriar todas as embarcações miúdas, Sr. Stourton — disse ele. — Temos de rebocá-la. Esperemos chegar a águas mais rasas antes que a maré fique muito forte contra nós. Sr. Rattray, talingue mais um Quartel de amarra de proa no ancorote, por favor; e traga para o convés o novo virador de oito polegadas.

Pullings assumiu, manobrando o navio a partir do lais da verga de proa; e quando a maré vazante começou a correr tão forte contra eles que os barcos não podiam mais rebocar a fragata, largaram o ancorote de proa numa profundidade prodigiosa — pouco mais de noventa braças para fundeá-los. Era a água mais profunda em que

Jack já havia fundeado, e em sua ansiedade perguntou duas vezes a Thomas Pulling se ele sabia o que estava fazendo:

— Sr. Pullings, sente-se confortável com nosso ancoradouro?

Estavam parados imediatamente acima do escovém, com um grupo de homens do castelo de proa, extremamente sérios, velhos marinheiros experientes, atrás deles.

— Sim, senhor — disse Pullings. — Ficamos fundeados três dias aqui na *Clive*: tenho certeza da posição, e o fundo é bom para unhar o ferro como Gurnard Point. Se deixarmos correr toda a amarra, eu respondo por isso.

— Aí embaixo — gritou Jack pela escotilha. — Dobrem as boças, guarneçam dois lingüites e deixem a amarra sair até o braga.

A *Surprise* estava derivando rápido de popa: a amarra se retesou, subindo numa curva e arrastando a âncora sobre o leito do mar. Uma pata enterrou no fundo, arrastou-se um pouco mais e unhou, a amarra subiu de novo, muito mais alto, muito mais reto; e quando recebeu toda a tensão retesou-se totalmente, espirrando água, depois fez o navio rabear na direção certa.

Durante toda a maré Pullings ficou ali, com a responsabilidade pesando sobre ele, observando a amarra e a costa, mantendo três árvores altas alinhadas para se certificar de que a fragata não se movia, não derivava impotente para o mar aberto, para a forte corrente que subia o litoral em direção noroeste, de modo que eles talvez tivessem de bordejar para ganhar barlavento durante dias para chegar à baía outra vez. A maré vazante corria mais depressa, gorgolejando ao redor da proa.

— Nunca ouvi falar de uma âncora unhada tão a pique, não em 180 metros de profundidade — observou um velho tripulante. — Faz a gente pensar, por causa da compressão de volume.

— Cala a boca, Wilks — gritou Pullings, virando-se incisivo para ele. — Você e seus volumes desgraçados.

— Eu só quis avisar — disse Wilks, mas em voz muito baixa.

Como a maré vazava depressa! Mas estava diminuindo, não estava diminuindo? Babbington se juntou a ele no castelo de proa.

— Que horas são? — perguntou Pullings.

— Faltam cinco minutos para a meia-maré — disse Babbington. Juntos olharam a amarra. — Mas já está solecando mais depressa — disse ele, e Pullings sentiu o coração se animar. Depois de um momento Babbington continuou: — Devemos largar a amarra sob bóia e partir assim que pudermos rebocar de novo. Eles estão fazendo uma espécie de liteira para passá-lo sobre a amurada.

Finalmente a maré atingiu a baixa-mar; o escaler se afastou com o cabo de reboque, largando a amarra sob bóia no caminho; e Pullings foi para a popa, sentindo-se jovem outra vez.

— Está pronto aí embaixo, Sr. Stourton? — gritou Jack.

— Tudo pronto, senhor — foi a resposta abafada.

— Então largue a amarra sob bóia. Sr. Pullings, pegue o bote e vá na frente. Largar as embarcações, esticar a remada, ouviram?

Eles esticaram; remaram com toda a vontade, e a fragata foi rebocada com leveza. Mas mesmo assim já era fim de tarde quando passou pela ilha, seguindo para a pequena baía abrigada com suas altas laterais cobertas de selva, penhascos verdes de rocha nua subindo alcantilados sobre a água, até a outra extremidade, onde havia um pequeno crescente de praia branca e uma cachoeira estonteante mergulhando nas rochas negras ao lado, quase o único som naquele ar estranhamente opressivo. A terra, que parecera tão verde e acolhedora à distância, assumiu uma aparência totalmente diversa enquanto eles se aproximavam; e a duzentos metros da costa um enxame de moscas pretas pousou pesado no navio e nos barcos, arrastando-se pelo cordame, as velas, o convés e as pessoas.

Trinta horas, e não vinte e quatro, tinham se passado antes que tirassem a liteira do Sr. Stanhope da barca e pousado gentilmente na areia.

A pequena praia parecia ainda menor enquanto Jack andava por ela. A selva se comprimia de todos os lados: frondes gigantescas e improváveis pendiam sobre as algas largadas na areia, e o ar imóvel — aqui, nesta baía perdida, não havia brisa de terra — era cheio do cheiro de podridão e do zumbido dos mosquitos. Ele tinha ouvido o som de um tambor na floresta quando chegaram, e agora que seus ouvidos estavam acostumados ao troar da cachoeira escutou-o de novo, no interior da ilha, em direção ao norte; mas não havia como saber qual era a distância.

Um bando de morcegos frutívoros, cada um com um metro e meio de envergadura, voava baixo no espaço aberto entrando numa vasta árvore coberta de trepadeiras; seguindo seu vôo sinistro ele achou ter visto uma forma escura, de tamanho humano, movendo-se pela massa de verde abaixo, e foi ansioso na direção dela. Mas a parede da floresta era impenetrável, e os únicos caminhos eram túneis com sessenta a noventa centímetros de altura. Virou-se e olhou por sobre a faixa de areia, para o mar. Tinham montado duas tendas e havia um fogo aceso, já luminoso no crepúsculo; uma lanterna de topo fora pendurada, e Etherege estava postando seus fuzileiros. Para além das tendas estava o navio, a não mais do que 200m de distância, mas ainda em água com vinte braças de profundidade; estava amarrado pela proa e pela popa a árvores na praia que se curvavam para fora, e tinham largado a melhor âncora de proa na direção do mar; ele parecia enorme e alto nesse espaço confinado, e luzes se moviam no convés principal, por trás das portinholas abertas. Atrás erguia-se a ilha, bloqueando o mar; e os canhões cobririam qualquer aproximação. Mas Jack tinha uma sensação incômoda de estar sendo vigiado, e foi em direção às tendas.

— Sr. Smyth — disse encontrando o secretário oriental. — Já esteve aqui antes?

— Não, senhor. Esta não é uma parte do país que os malaios freqüentam. Ah, não, pertence aos *orang bakut*, um povo pequeno, preto e que anda nu. Dá para ouvir os tambores deles. Eles se comunicam com tambores.

— É. Por favor... o doutor está com o paciente?

— Não, senhor. Está na outra tenda, preparando os instrumentos.

— Stephen, posso entrar? — perguntou ele, passando pela entrada. — Quais são as novidades?

Stephen experimentou o gume de sua faca cirúrgica, raspando o pêlo do antebraço, e disse:

— Vamos operar assim que houver luz suficiente, se as forças dele se recuperarem um pouco durante a noite. Eu lhe apresentei as alternativas, a delicadeza de uma intervenção dessas num corpo desgastado pela doença e o resultado inevitavelmente fatal de adiar. Ele se decidiu pela operação por uma questão de dever: o Sr. White está com ele agora. Espero que sua decisão não se abale. Vou pedir mais dois baús e um pouco de corda revestida de couro.

Não era a decisão do Sr. Stanhope que havia se abalado, e sim seu espírito vital. Durante toda a noite os ruídos da floresta o impediam de dormir; os tambores de cada lado da baía perturbavam sua mente; o calor imóvel era mais do que ele podia suportar; e pouco antes das três da madrugada morreu, falando baixinho sobre as cerimônias na corte do sultão e a importância de não ceder a qualquer reivindicação imprópria; como se os tambores e sua recepção oficial tivessem se fundido. Teve pouca noção real da morte. Nas horas de escuridão que restaram, Stephen e o capelão ficaram sentados junto dele, ouvindo os ruídos do lado de fora da tenda: o crocitar e casquinar de répteis inumeráveis; gritos não identificados e incontáveis uivos e grunhidos, contra um fundo denso de som constante; o rugido de um tigre, freqüentemente repetido de diferentes lugares, os tambores que mudavam continuamente, ora perto, ora longe.

Enterraram-no de manhã na ponta da baía, com os fuzileiros disparando salvas sobre sua sepultura e o navio trovejando uma saudação ao enviado, levantando nuvens de pássaros e raposas voadoras por toda a angra que reverberava: todos os oficiais compareceram com vestes de cerimônia, as espadas revertidas, junto com a maior parte da tripulação do navio.

Jack aproveitou o ancoradouro abrigado para corrigir o compasso da fragata; e enquanto isso era realizado, o carpinteiro fez uma cruz de madeira: pintaram-na de branco, e antes que a tinta estivesse seca a *Surprise* zarpou, as amarras foram recolhidas ao paiol da amarra, cheirando àquela gosma mefítica.

Jack olhou pela janela de popa para a terra distante, que recuava, agora de um roxo opaco, com uma tempestade caindo. Disse:

— Viemos numa empreitada inútil.

Como que em resposta, Stephen declamou:

— *Por todo tempo no mundo*
Buscavas mil feras cruéis
Tuas guerras trouxeram nada
Teus amores, todos infiéis.

— Mas mesmo assim — disse Jack após longa pausa —, mas mesmo assim, vamos para casa. Vamos finalmente para casa! Acho que terei de parar em Calcutá; mas será uma parada curta: adeus, Calcutá, e estaremos em casa o mais rápido que este navio possa voar. De fato — acrescentou depois de refletir um tempo, assobiando durante a pausa — se começarmos a voar agora mesmo, ainda podemos alcançar a frota da China e mandar nossos pacotes. Eles são lentos, banheiras velhas que rizam as velas de gávea toda noite, apesar dos ares e graças de navios de guerra. Você não deveria ter falado aquilo sobre os amores, Stephen.

CAPÍTULO NOVE

Foi na longitude oitenta e nove leste que a fragata os alcançou. Uma fileira de luzes fora vista quase no fim do quarto de 0 às 4, e quando o sol nasceu a maioria da tripulação da *Surprise* estava no convés contemplando a nuvem de velas que se estendia pelo horizonte: trinta e nove navios e um brigue, em dois grupos separados.

Estavam um tanto espalhados à noite, e agora se aproximavam em resposta aos sinais de seu comodoro, os atrasados apinhando velas à moderada brisa nordeste. A divisão a sotavento, se é que um grupo desconjuntado daqueles poderia ser chamado de divisão, compunha-se de navios do país, indo para Calcutá, Madras ou Bombaim, e alguns estrangeiros que tinham se juntado a eles pela segurança com relação aos piratas e para lucrar com sua navegação precisa; a coluna se estendia por três milhas ao longo do mar distante. Mas os que estavam a barlavento, todos os dezesseis navios grandes da Companhia das Índias, que faziam a viagem ininterrupta de Cantão a Londres, já estavam numa formatura que não daria muito descrédito à Marinha.

— O senhor está realmente convencido de que não são vasos de guerra? — perguntou o Sr. White. — Parecem-se tremendamente, com suas fileiras de canhões; tremendamente, para um olhar de alguém de terra.

— Parecem, não é? — disse Stephen. — Essa aparência é proposital; mas acho que se o senhor olhar mais de perto verá barris de água postos, *armazenados*, entre os canhões, e uma variedade de fardos nos conveses, que jamais seriam admitidos na Marinha. E as várias bandeiras e flâmulas que voam nos lugares apropriados são bem diferentes, não estou preparado para dizer exatamente qual é a diferença, mas para os marinheiros ela é instantaneamente visível, não são a insígnia *real*. E além disso o senhor deve ter notado que o comandante deu ordem para cerrar distância; o que imagino que ele não faria se fosse uma esquadra inimiga de tal magnitude.

— Ele disse: "Comecem a bolinar", e acompanhou com um palavrão — disse o capelão, estreitando os olhos.

— É tudo a mesma coisa — respondeu Stephen. — No mar eles falam tudo em sentido figurado.

De seu poleiro nos vaus reais Pullings chamou William Church para cima, um aspirante muito pequeno, em sua primeira viagem, que mais parecia ter encolhido do que crescido durante ela.

— Agora, garoto — disse ele —, você vive falando da riqueza do Oriente e que não viu nada disso em Bombaim nem nos outros lugares a leste, a não ser lama, moscas e um mar que não acaba nunca. Bem, agora, olhe só por essa luneta, para o navio com a flâmula. É o *Lushington*, fiz duas viagens nele. Depois o que vem atrás é o *Warley*, muito bom de manobra, quase faz isso sozinho, e é rápido para um cargueiro: linhas belas, quase dá para confundir com uma fragata pesada, se você não estiver a bordo. Veja que estão com velas de estai de proa, como nós e são os únicos navios mercantes que você vai ver com estais do traquete. Alguns dizem que é impertinência. E depois a que está com a vela de gávea aberta, que eles estão deixando tão imponente. Minha nossa, que bobagem! Esqueceram de passar a escota da esta. Está vendo o imediato feito doido, correndo pelo passadiço? Dá para ouvi-lo daqui. É sempre a mesma coisa com esses lascares: algumas vezes são marinheiros toleravelmente bons, mas esquecem o ABC e não podem ser obrigados a fazer o serviço depressa, de jeito nenhum. Depois, na sua alheta, com a bujarrona de dentro remendada, é o *Hope*, ou talvez o *Ocean*, são muito parecidos, do mesmo estaleiro e com o mesmo calado. Mas de qualquer modo, todos os navios que você vê nesta linha são o que chamamos de mil e duzentas toneladas; se bem que alguns podem ter mil e trezentas e até mil e quinhentas toneladas, medida do Tâmisa. O *Wexford*, lá adiante, com o canhão de latão de oito libras no castelo de proa, piscando ao sol, carrega. Mas a gente o chama de navio de mil e duzentas toneladas.

— Senhor, não seria mais simples chamar de navio de mil e quinhentas toneladas?

— Mais simples, talvez; mas não adiantaria. Você não vai querer atrapalhar os costumes antigos. Ah, minha nossa, não. Deus é testemunha, se o comandante ouvisse você falando desse jeito imprudente, jacobino, democrático, bem, tenho certeza que ele iria deixá-lo à deriva com uma prancha de sete centímetros, com as duas orelhas pregadas nela, para aprender a se envergonhar, do mesmo modo como ele fez com três jovens cavalheiros no Mediterrâneo. Não, não, você não vai querer mexer com os velhos costumes. Os franceses fizeram isso, e olhe a encrenca em que se meteram. Mas chamei você aqui em cima foi para mostrar essas três riquezas do Oriente. Olhe adiante do comodoro, para o navio de vante da coluna, o *Ganges*, se não me engano, e agora vire o olho para o velho navio lento da retaguarda, largando os joanetes e rolando para sotavento de um jeito meio cruel. Olhe atentamente, agora, porque provavelmente não terá uma visão assim de novo; pois ali estão seis milhões de dinheiro, sem contar os ganhos particulares dos oficiais. Seis milhões de dinheiro. Deus nos ajude, que prêmio!

Os oficiais que transportavam esse enorme tesouro pelo oceano ao seu modo tranqüilo das Índias Orientais eram bem recompensados; isso os agradava porque, dentre outras coisas, lhes permitia ser magnificamente hospitaleiros; eram as almas mais hospitaleiras no mar. Nem bem o comandante Muffit, o comodoro, avistou o alto mastro grande da fragata à luz do amanhecer, mandou chamar seu taifeiro-chefe, além do cozinheiro-chefe chinês e o cozinheiro-chefe indiano; e sinais foram içados a bordo do *Lushington*. Um para a *Surprise*: *Peço a honra da companhia do capitão e dos oficiais para jantar.* E outro para o comboio: *Todos os navios: passageiras jovens e belas convidadas a jantar com os oficiais da fragata. Repito: jovens. Repito: belas.*

A *Surprise* seguia à distância de duzentos metros do *Lushington*. Barcos iam de um lado para o outro em meio à esquerda, trazendo jovens com vestidos de seda e oficiais ansiosos vestidos de azul e ouro. O esplêndido compartimento de recepções do navio da Companhia das Índias estava cheio de gente, cheio de ruídos alegres — notícias da Europa, da Índia e do Extremo Oriente; notícias da guerra, de conhecidos comuns, fofocas; conversas bobas, mas alegres; charadas! Brindes à Marinha Real, à honorável Companhia das Índias Orientais, ao incremento do comércio — e os oficiais da fragata se encheram de comida esplêndida, com vinho encantador. A vizinha do Sr. Church, uma adorável criatura roliça com cabelos dourados, tratou-o com o respeito atencioso devido ao seu uniforme, insistindo para que ele experimentasse mais um pouco do pato laqueado, um pouquinho de porco, mais algumas fatias de abacaxi, pedindo bolinhos de Cantão, trocando seu terceiro prato de pudim com ele — ninguém notaria: mas por fim até mesmo sua boa vontade esfuziante tentou contê-lo. Tentou em vão: Church tinha garantido um bolo na forma do pagode de Kwan-Yin; ainda faltavam oito andares, e o lema de seu amado comandante era "não perder um minuto". Não perdeu nenhum com conversa fiada, e em vez disso comeu e comeu em silêncio. Ela olhou ansiosa ao redor — olhou para o médico da fragata, sentado num silêncio soturno do outro lado da mesa — mas não encontrou ajuda. Quando as damas se retiraram, seguidas instantaneamente por Babbington, que murmurou algo sobre "seu lenço ter sido deixado no escaler", ela parou junto ao comandante do *Lushington* e disse:

— Por favor, senhor, cuidado com o menino de azul; tenho certeza de que ele vai fazer algo de ruim para si mesmo.

Ela o olhou apreensiva enquanto ele descia pelo costado; mas seus olhos não puderam acompanhar, nem seu coração pôde conceber, o avanço rápido do rapaz pelo convés da fragata até o alojamento dos aspirantes, onde os que tinham sido obrigados a ficar a bordo estavam sentados diante de um banquete mandado pelo navio da Companhia.

De sua parte, Jack não podia pensar num segundo jantar quando chegou de volta à *Surprise*, nem mesmo em qualquer coisa de natureza sólida; mas jogando longe a casaca, o lenço de pescoço, o colete e os calções pediu calças largas e café.

— Você vai se juntar a mim para mais um bule, Stephen? — perguntou. — Meu Deus, que maravilhoso é ter espaço para me mexer. — A comitiva do enviado, a não ser pelo Sr. White, que era pobre demais para pagar sua passagem, tinha se transferido para um navio da Companhia, e a grande câmara voltara ao que era. — E como estou feliz por me livrar daquele sujeitinho maligno e de segunda categoria, o Atkins.

— Ele era um incômodo, mas não maligno. Era fraco e tolo.

— Quando você diz fraco, diz todo o resto. Você é inclinado demais a arranjar desculpas para os sujeitos de segunda, Stephen: impediu aquele bruto mal-educado, o Scriven, de ir para a cadeia, alimentou-o no seu peito, deu-lhe apoio, e quem pagou por isso? J. Aubrey. Aqui está o café, depois de um jantar daqueles nossa alma pede um café... Um tremendo jantar, sem dúvida. O pato foi o melhor que já provei.

— Fiquei triste ao vê-lo se servir dele pela quarta vez, pato é uma carne melancólica. De qualquer modo o molho forte em que ele estava banhado não era a coisa certa para um sujeito de sua corpulência. A apoplexia espreita em pratos desse tipo. Eu sinalizei, mas você não atendeu.

— É por isso que está tão calado?

— Também fiquei insatisfeito com minhas vizinhas.

— As ninfas de verde? Garotas deliciosas.

— Está claro que você ficou muito tempo no mar, para chamar aquelas idiotas de cabelo cor de areia, feições ásperas, espinhentas, de pescoço curto, dedos grossos e mente vulgar com um nome desses. Ninfas, imagine só. Se elas eram ninfas, devem ser de um lago toleravelmente fedorento e estagnado; a vagabunda à minha esquerda tinha mau hálito, e quando me virei para procurar alívio descobri que o da irmã era pior; e a roupa de cima das duas não estava livre de censura. E sem dúvida o pior se encontrava embaixo. "Ah, mana", gritava uma para a outra, soltando o bafo em cima de mim, dentes medonhos; e "Ah, mana", gritava a outra. Nunca vi duas irmãs usando roupas iguais, as mesmas fuças de meretriz, os mesmos cachos torturados de górgona sobre as testas embrutecidas e criminosas; parece uma superafetação de vulgaridade, tanto inata quanto meticulosamente adquirida. E quando penso que seus ventres apinhados irão povoar o Oriente... Por favor, sirva-me outra xícara de café. Grosseiras e confiantes. — Ele poderia ter acrescentado que aquelas jovens damas tinham começado a lhe falar instantaneamente sobre uma tal Sra. Villiers, de Bombaim, que tinha acabado de chegar a Calcutá, o doutor devia ter ouvido falar dela em Bombaim, não? Ela não passava de uma aventureira, que coisa pavorosa! Tinham-na visto na casa do governador, vestida de modo muito *outrée*; nem um pouco bonita; elas quiseram saber as pessoas eram obrigadas a recebê-la e fingir que não sabiam, porque seu cavalheiro-amigo diga "protetor", irmã, era tremendamente importante, vivia no mais elevado estilo, de modo principesco... dizia-se que ela o estava arruinando. Ele era uma criatura enormemente gentil e alto, com um tal ar e um modo de falar que você quase imaginaria que ele era um de nós e tinha olhado para Aggie de um modo tão particular! As duas soltaram risinhos em seus lenços sujos embolados, dando tapas uma na outra por trás de suas costas encurvadas.

Ele estava revirando na mente se deveria dizer "Aquelas mulheres falaram de modo maligno sobre Diana Villiers, o que me deixou com raiva, pedi-a em casamento em Bombaim e terei a resposta em Calcutá. Queria lhe contar isso há algum tempo, a sinceridade exigiria essa declaração mais cedo. Confio em que perdoe minha aparente falta de sinceridade", quando Jack disse:

— Bem, então você não gostou delas totalmente, não é? Lamento. Meu vizinho e eu nos demos maravilhosamente bem, quero dizer, o Muffit. A garota do outro lado era uma pateta e não tinha peitos. Eu achava que essas garotas sem peitos tinham sido explodidas há muito. Conversei com ele de modo espantoso; é um marinheiro rematado, não se parece com os comandantes usuais da Companhia; não que eu queira sugerir que eles não sejam marinheiros, mas são bastante *pianissimo*, se é que você sabe o que eu quero dizer.

— Sei o que significa *pianissimo*.

— Ele tem exatamente a mesma idéia que eu quanto a colocar o mastaréu do sobrejoanete a ré do joanete com o pé sobre a pega; na verdade aparelhou o navio assim, como imagino que você tenha notado, e jura que isso lhe dá um nó extra em ventos moderados. Estou decidido a tentar. É um sujeito excelente: prometeu colocar nosso pacote a bordo de um barco da praticagem no momento em que estiver em águas rasas.

— Gostaria que você tivesse pedido a Sophia para vir à Madeira — murmurou Stephen.

— E ele também tem algumas noções de artilharia, o que é bastante raro até mesmo na Marinha. Faz o máximo para exercitar o pessoal, mas é tremendamente mal equipado, o infeliz.

— Me pareceu haver uma quantidade formidável de canhões. Mais do que nós, se não me engano.

— Não eram canhões, meu pobre Stephen. Eram canhonadas.

— O que são canhonadas?

— Ora, são canhonadas, armas médias de dezoito libras. Como é que posso explicar? Você sabe o que é uma *caronada*, não é?

— Certamente que sei. Aquela coisa curta, sobre a base deslizante, de proporções ignóbeis, que lança uma bala imensa. Notei várias no navio.

— Que lince você é! Dou minha palavra: nada lhe escapa. E sem dúvida sabe o que é um canhão, uma arma enorme? Bem, agora conceba um infeliz cruzamento bastardo entre os dois, algo que pesa duas mil e oitocentas libras, pula no ar e parte o cabo de amarração toda vez que a gente dispara, e que não acerta a quinhentos metros, nem a cinqüenta, e aí você tem uma canhonada. Mas mesmo que a Companhia tivesse alguma idéia de seus próprios interesses e lhe desse alguns canhões de verdade, quem iria dispará-los? Ele precisaria de trezentos e cinqüenta homens, e o que tem? Cento e quarenta, na maioria cozinheiros e taifeiros, e mesmo assim cozinheiros e taifeiros lascares. Santo Deus no céu, que modo de transportar seis milhões pelo mundo! No entanto tem ótimas visões sobre como enfurnar um mastaréu do sobrejoanete; estou decidido a experimentar, nem que seja no do traquete.

Dois dias depois, sozinha num mar nevoento e agitado, a *Surprise* estava experimentando. O carpinteiro e sua equipe tinham trabalhado a manhã inteira, e agora, depois de o jantar ter sido interrompido, o longo mastro oscilava através dos traços intricados do cordame. Esta era uma tarefa delicada com mar revolto, e Jack não apenas havia atravessado o navio, como tinha interrompido o grogue do meio-dia, não queria entusiasmo bêbado alando o amante, e sabia muito bem que o atraso estimularia o zelo — que ninguém aceitaria qualquer protelação — que ninguém pararia para ofegar no calor opressivo e trovejante, por medo do que os colegas fariam.

O mastaréu subiu e subiu, e, espiando com os olhos semicerrados à claridade do sol encoberto, ele o guiou centímetro a centímetro, coordenando as aladas sucessivas com o caturro do navio. Eram os últimos quinze centímetros, e toda a tripulação prendeu o fôlego, olhos fixos no pé do mastaréu. Ele se esgueirou um pouquinho mais alto, com o novo amante estalando no poleame e mandando para baixo uma nuvem de aparas. Depois, com um tremor ao longo de toda a extensão, o pé do mastaréu subiu acima da pega.

— Muito bem, muito bem! — gritou Jack. Um pouquinho mais: no tope do mastro o mestre do navio levantou a mão. — Baixar! A corda do topo afrouxou; o pé do mastaréu se acomodou dentro do suporte; e estava feito.

A tripulação da *Surprise* soltou um suspiro universal. A vela de gávea do mastro grande e traquete baixaram como a cortina no fim de um drama empolgante; foram caçadas e o mestre apitou para dar volta na amarração. A fragata respondeu imediatamente, e enquanto sentia o empuxo, Jack olhou para o novo mastaréu do sobrejoanete, rigidamente paralelo ao mastaréu do joanete e erguendo-se lá no alto com uma esplêndida promessa de força elástica sentiu um dardo de puro júbilo, não meramente por causa do mastaréu, nem por causa do doce movimento do navio — seu navio querido — nem mesmo porque estava a bordo e comandando. Era uma plenitude de ser...

— Ó do convés — gritou o vigia num uivo hesitante, depreciativo. — Vela na amura de bombordo. Duas, talvez. — Hesitante porque seria absurdo reportar a frota da China pela terceira vez; suplicante porque deveria ter feito isso há muito tempo, em vez de ficar olhando o perigoso drama do mastro.

Seu grito provocou pouco interesse, ou nenhum, o grogue seria servido no momento em que o mastro estivesse preso e a verga posicionada. Tripulantes dispostos, bem antes das ordens, estavam ocupados com os dois pares de ovéns, as boças já na verga; homens impacientes esperavam nos vaus reais prontos para guarnecer os maços imediatos. No entanto Jack e seu imediato olharam atentos para os navios em meio à névoa, parecendo grandes de modo pouco natural, a cerca de quatro milhas e ficando rapidamente mais nítidos enquanto a fragata velejava para eles — já desenvolvia cinco nós no constante vento nordeste.

— Quem é aquele sujeito antiquado que leva a vela de estai do mastaréu da gata *por baixo* da vela de gávea? — perguntou Stourton. — Acho que posso ver mais dois atrás. Estou pasmo por eles terem nos alcançado tão depressa; afinal de contas...

— Stourton, Stourton — gritou Jack. — É Linois. Orçar! Todo o leme a bombordo, todo a bombordo. Deixe cair a vela grande, arriar a flâmula. Vela de estai do traquete, joanete do grande. Fuzileiros, fuzileiros ali, no braço da verga do grande. Dêem uma mão. Dêem uma mão. Sr. Etherege, acorde seus homens.

Babbington veio correndo para a proa, para informar que a verga do mastaréu do sobrejoanete estava colocada, e a virada súbita da fragata, coincidindo com um balanço forte, o desequilibrou: ele caiu esparramado aos pés do comandante.

— Butcher! — gritou Jack. — Sr. Babbington, isto é levar longe demais a deferência adequada.

— Verga colocada, senhor — disse Babbington, e vendo a alegria selvagem no rosto de Jack, o brilho louco de seu olho, aproveitou-se de se conhecerem há muito para dizer: — Senhor, o que está acontecendo?

— O que está acontecendo é Linois — respondeu Jack com um riso. — Sr. Stourton, patarrás naquele mastaréu imediatamente, e cabos de reforço, não os deixem colocar os ovéns tesos demais; não devemos deixá-lo torcer. Todas as velas auxiliares e velas papagaios nos topes. Todas as velas que ela puder agüentar. E então acredito que pode se preparar para limpar a área para o combate.

Pendurando a luneta no ombro subiu correndo ao topo do mastro, como se fosse um garoto. A *Surprise* tinha girado totalmente; agora estava em rumo constante, à brisa cochada e navegando para o norte, adernando-se muito a bombordo enquanto a área de vela aumentava e a onda de proa começava a lançar a água longe. Os franceses estavam se desvanecendo um pouco na névoa, mas ele podia ver o mais próximo sinalizando. Ambos tinham navegado num rumo para interceptar a *Surprise* — tinham-na visto primeiro — e agora vinham em perseguição. Mas jamais alcançariam sua esteira a não ser que bordejassem; tinham estado muito à vante para isso. Para além deles Jack podia perceber um navio maior, outro mais adiante a sudoeste, e algo indistinto no horizonte turvo — talvez um brigue.

Esses três ainda estavam navegando a um largo, e sem dúvida toda o esquadrão estivera posicionado em linha de frente, os navios afastados para varrer vinte milhas de mar; e se encontravam diretamente no caminho que a lenta frota da China atravessaria no dia seguinte.

Trovões vinham rugindo e martelando desde a manhã, e agora, no meio de uma tempestade distante, houve o som de um canhão. Era o almirante, sem dúvida, chamando seus navios a sotavento.

— Sr. Stourton — gritou ele. — Bandeira holandesa e duas ou três içadas das primeiras bandeiras de sinalização que estiverem à mão, com uma salva a barlavento. Duas salvas.

As fragatas francesas estavam decididas: estais do joanete, bujarrona de fora, bujarrona de dentro. Estavam provocando uma bela onda de proa. E a primeira desenvolvia uns oito nós, a segunda nove; mas a distância estava aumentando, e isso não adiantaria — a primeira preocupação de Jack era descobrir com o que tinha de lidar.

Abaixo dele o convés parecia um formigueiro mexido; e dava para ouvir o som dos macetes dos carpinteiros conveses abaixo enquanto as anteparas da câmara eram desmontadas. Iriam se passar alguns minutos até que a confusão aparente se transformasse num padrão organizado, severo, uma limpeza total de proa a popa, os canhões liberados, as guarnições paradas junto deles, cada homem em seu posto, sentinelas nas portinholas, panos de lã molhados sobre os paióis de munições, areia molhada espalhada nos conveses. Os homens tinham feito essas coisas centenas de vezes, mas jamais a sério: como iriam se comportar em combate? Bastante bem, sem dúvida. A maioria se comportava bem nesse tipo de ação, se fossem bem liderados, e os tripulantes da *Surprise* eram um grupo de homens decentes; talvez um pouco ansiosos demais com o primeiro tiro, a princípio, mas isso poderia ser resolvido... quanta pólvora havia separada? Vinte cargas por peça foi o relatório de ontem, e buchas suficientes. Hales era um artilheiro bom e consciencioso. Estaria ocupado como uma abelha neste momento, lá embaixo no paiol de munição.

Esse distanciamento não serviria. Ele lhes daria mais dois minutos e então tomaria suas medidas. A segunda fragata havia ultrapassado a primeira. Era quase que certamente a *Sémillante*, de trinta e seis bocas, com canhões de doze libras no convés principal e a *Surprise* poderia cuidar dela. Foi até o lais da verga para ter uma visão melhor, porque elas estavam posicionadas em sua alheta e era difícil contar as portinholas dos canhões. Sim, era a *Sémillante*; e a fragata pesada, a ré, era a *Belle Poule*, de quarenta, com canhões de dezoito libras — uma noz muito difícil de se quebrar, se fosse bem manobrada. Olhou-as sem paixão. Sim, eram bem manobradas, ambas um tanto instáveis, provavelmente por falta de suprimentos nos paióis; e ambas lentas, claro; deviam estar arrastando uma grande cortina de algas, depois de tantos meses nessa água morna, e isso as dificultava bastante. Mas eram belos navios, e seu pessoal obviamente conhecia o serviço — a *Sémillante* caçou o estai do mastaréu do velacho em segundos. Em sua opinião a *Belle Poule* estaria melhor com menos velas abertas, o joanete do traquete parecia estar forçando-a para baixo; mas sem dúvida seu comandante conhecia o melhor compasso para a fragata.

Braithwaite apareceu, fungando.

— O Sr. Stourton terminou, senhor, e o navio está liberado para ação. Acha que ele deve tocar postos de combate?

— Não, Sr. Braithwaite — respondeu Jack, pensando que por enquanto não havia como agir, e seria uma pena manter os homens à espera. — Não. Mas, por favor, diga que eu gostaria que as velas fossem discretamente reduzidas. Subir as bolinas um pouquinho e dar mais ou menos meia braça às escotas; nada óbvio, você entende. E o velho velacho número três deve ser envergado e visado afastado da portinhola de popa a sotavento.

— Sim, sim, senhor — disse Braithwaite, e desapareceu. Alguns instantes depois a velocidade da fragata começou a diminuir; e quando a tensão chegou à vela de arrasto, abrindo-se como um pára-quedas sob a superfície, diminuiu ainda mais.

Stephen e o capelão estavam junto à grinalda da popa, olhando para a alheta de bombordo.

— Acho que eles estão se aproximando — disse o Sr. White. — Posso ver claramente os homens na proa da mais próxima, e até mesmo no navio de ré. Veja, eles disparam um canhão! E uma bandeira aparece! Sua luneta, por favor. Ora, é a bandeira inglesa! Parabéns, Dr. Maturin; parabéns por sua percepção: confesso que eu tinha imaginado um perigo muito real, uma situação tremendamente desagradável. Ha, ha, ha! Eles são nossos amigos.

— *Haud crede colori* — respondeu Stephen. — Erga os olhos mais um pouco, caro senhor.

O Sr. White olhou para o topo do mastro da gata, onde uma bandeira tricolor balançava bravamente.

— É a bandeira francesa — gritou ele. — Não. Holandesa. Estamos velejando com bandeira falsa! Esse tipo de coisa pode acontecer?

— Eles também — disse Stephen. — Querem nos enganar; nós queremos enganá-los. A iniqüidade é dividida por igual. É uma convenção aceita, acho, como mandar o empregado... — um tiro da *Sémillante* fez subir uma pluma de água a pouca distância da popa da fragata e o pastor levou um susto —... dizer que a gente não está em casa, quando de fato está comendo bolinhos junto à lareira e não quer ser perturbada.

— Eu fazia isso freqüentemente — concordou o Sr. White, cujo rosto ficara estranhamente pintalgado. — Deus me perdoe. E agora estou aqui, no meio de uma batalha. Nunca pensei que uma coisa assim poderia acontecer, sou homem de paz. No entanto não devo dar mau exemplo.

Uma bala, acertando o topo de uma onda, ricocheteou e foi parar no tombadilho superior, sobre as macas muito bem entricheiradas. Caiu com um som oco e inofensivo e dois aspirantes correram para ela, lutaram brevemente até que o mais forte conseguiu arrancá-la e a enrolou amorosamente no paletó.

— Santo Deus — exclamou o Sr. White. — Disparar grandes bolas de ferro contra pessoas com quem você nunca sequer falou... a barbárie retorna.

— Gostaria de descer, senhor? — perguntou Stephen.

— Sem dúvida, senhor, se não acha que eu deva ficar aqui, para mostrar que não me importo com rufiões. Mas curvo-me ao seu conhecimento superior de guerra. Será que o comandante vai ficar lá em cima no mastro, naquela posição exposta?

— Creio que sim. Creio que está examinando a situação em sua mente.

Certamente estava. Era claro que seu primeiro dever, tendo reconhecido o inimigo, era alcançar a frota da China e fazer todo o possível para preservá-la, e não tinha a menor dúvida de que poderia ser mais rápido do que os franceses, com seus cascos imundos — de fato, mesmo que estivessem limpos ele sem dúvida poderia conseguir uma boa dianteira, por melhores que fossem os navios, porque eles é que tinham construído a *Surprise* e era ele que a estava navegando — era óbvio que um inglês podia comandar um navio melhor do que um francês. No entanto, Linois não deveria ser subestimado, a raposa. Havia perseguido Jack no Mediterrâneo durante um longo dia de verão, e tinha-o apanhado.

A fragata de dois conveses, agora tão próxima que sua identidade era certa — a *Marengo*, de setenta e quatro canhões, usando uma bandeira de contra-almirante — tinha virado em roda e agora estava à bolina cochada na amura de bombordo, seguida pelo quarto navio e o brigue distante. O quarto navio devia ser a *Berceau*, uma corveta de vinte e dois canhões, do brigue ele nada sabia. Linois tinha virado em roda e não tinha bordejado. Isso significava que estava favorecendo seu navio. Aqueles três, a *Marengo*, a *Berceau* e o brigue, mantendo-se em amura oposta, pretendiam cortar o caminho de Jack, se as fragatas conseguissem interceptá-lo, isso era óbvio — galgos de cada lado de uma lebre —, fazendo-a virar.

O último tiro chegou um tanto perto demais — treino excelente, a essa distância extrema. Seria uma pena ter algum cabo cortado.

— Sr. Stourton — gritou ele —, retirar as rizes no velacho e alar as bolinas.

A *Surprise* saltou para a frente, apesar da vela de arrasto. A *Sémillante* estava deixando a *Belle Poule* muito para trás, e a sotavento; ele sabia que poderia atraí-la interminavelmente, depois diminuir a velocidade de súbito e trazê-la para perto, para o combate — martelá-la com suas caronadas de trinta e duas libras e talvez afundá-la ou tomá-la antes que seus amigos pudessem chegar. A tentação fez seu fôlego diminuir. Glória, e a única presa de guerra no oceano Índico... a imagem agradável de fumaça subindo, o clarão dos tiros, mastros caindo, desapareceu quase imediatamente, e seu coração voltou ao ritmo circulatório devido. Não deveria colocar em risco uma única verga, sua fragata deveria se juntar à frota da China a todo custo, e intacta.

Seu rumo atual levaria Linois direto para os navios da Companhia das Índias, a meio dia de distância a leste, espalhados em milhas de oceano, sem suspeitar de nada. Sem dúvida deveria atrair os franceses para longe através de algum ardil precário, mesmo que isso significasse perder sua confortável vantagem em relação ao vento — atraí-los para longe até o cair da noite e depois mudar de direção, confiando na escuridão e na manobrabilidade superior da *Surprise* para deixá-los para trás e alcançar o comboio a tempo.

Poderia continuar e ir para sudeste até cerca de dez horas, até lá já deveria ter se afastado tanto de Linois que poderia arribar ao vento, cruzar sua proa no escuro e voltar pelo outro bordo. No entanto, se fizesse isso, ou se sugerisse que ia fazer, Linois, aquela raposa velha, poderia ordenar que as fragatas em perseguição mantivessem o rumo para norte, estendendo-se a barlavento da *Surprise* e ganhando a posição favorável. Isso seria ruim de manhã; porque, por mais rápida que fosse, ela não poderia ultrapassar a *Sémillante* e a *Belle Poule* se estas estivessem velejando a um largo e ela estivesse bordejando, já que teria de bordejar para ganhar barlavento e alertar a frota da China.

Mas, de novo, se Linois fizesse isso, se ordenasse que suas fragatas fossem para o norte, apareceria uma brecha em seu posicionamento depois de um quarto de hora, uma fenda através da qual a *Surprise* poderia investir rapidamente, arribando de repente e navegando de vento em popa com todas as velas que pudesse largar e passando entre a *Belle Poule* e a *Marengo*, fora do alcance de ambas; uma vez que o dispositivo de Linois se baseava no fato de a presa estar se movendo a nove ou dez nós — nenhum navio europeu nessas águas poderia desenvolver mais do que isso, e até então a *Surprise* também não tinha alcançado a essa velocidade. A corveta *Berceau*, longe a sotavento, poderia ocupar a brecha; mas ainda que ela pudesse derrubar algumas das vergas da *Surprise*, era improvável que pudesse segurá-la por tempo suficiente para a *Marengo* se aproximar. Se ela tivesse um comandante tão decidido a ponto de deixar seu navio ser esburacado, talvez afundado — um homem que o enfrentasse a bordo — bom, então seria outra coisa.

Olhou com intensidade para a corveta distante: ela desapareceu num chuvisco forte, e ele voltou o olhar para a fragata de dois conveses. O que estaria se passando na mente de Linois? Ele estava em rumo leste-sudeste com pano reduzido: velas de gávea, traquete carregado. Uma coisa da qual Jack tinha certeza era que Linois estava infinitamente mais preocupado em interceptar a frota da China do que em destruir uma fragata.

Os movimentos, as reações a esses movimentos de cada lado, os graus variados de perigo, e acima de tudo a avaliação de Linois sobre a posição... Jack desceu ao convés, e Stephen, olhando-o atentamente, viu o que poderia ser chamado de sua expressão de batalha: não era a chama luminosa da ação imediata, de abordar ou destruir, e sim uma expressão totalmente remota — animada, confiante, mas reservada — cheia de autoridade natural. Ele não falou, a não ser para dar uma ordem para fixar os amantilhos no calcês dos mastros e duplicar os patarrazes, mas andou de um lado para o outro pelo tombadilho com as mãos às costas, os olhos indo das fragatas para o navio em linha de combate. Stephen viu o imediato se aproximar, hesitar e dar um passo atrás.

"Nessas ocasiões," refletiu, "meu valioso amigo parece inchar, na verdade aumentar tanto as dimensões físicas quanto espirituais: será uma ilusão de ótica? Como eu gostaria de poder medi-lo! A inteligência penetrante no olhar, no entanto, é impossível de ser medida. Ele se torna um estranho: eu também hesitaria em lhe falar."

— Sr. Stourton — disse Jack. — Vamos virar por d'avante.

— Sim, senhor. Devo recolher a vela de arrasto?

— Não, e não vamos muito depressa, dê as ordens espaçadamente, por favor.

Enquanto os apitos trinavam "a seus lugares para virar por d'avante" — ele subiu sobre as macas, fixando a *Marengo* com sua luneta, girando enquanto a fragata se voltava na direção do vento. Logo depois do grito de alar os braços da vela grande e do apito agudo e cortante mandando amarrar, ele viu um sinal ser içado na nau capitânia e a fumaça de um canhão em sua popa. A *Sémillante* e a *Belle Poule* tinham iniciado sua vez na caçada, mas agora a *Sémillante* virou para sotavento de novo e se manteve firme. A *Belle Poule* já havia passado o olho do vento quando um segundo tiro enfatizou a ordem, a ordem de se manter em direção norte e ganhar a vantagem da posição a barlavento, e ela teve de virar em roda para chegar à bordada anterior.

— Desgraça — murmurou Jack, o erro estreitaria sua preciosa fenda em um quarto de milha. Olhou o sol e o relógio. — Sr. Church — disse —, por favor me pegue uma manga.

Os minutos se passaram, o suco escorria pelo seu queixo. As fragatas francesas se mantinham voltadas para o nor-noroeste, ficando menores. Primeiro a *Sémillante*, depois a *Belle Poule* atravessaram a esteira do *Surprise*, ganhando posição a barlavento e agora não havia como mudar de idéia. A *Marengo*, com as duas fileiras de canhões vistas claramente, jazia no seu través de boreste navegando em rumo paralelo. Não havia som além da nota aguda e constante do vento no cordame e as batidas do mar na amura de bombordo. Os navios muito espaçados mal pareciam se mover um em relação ao outro de um minuto ao próximo — parecia haver todo o espaço pacífico no mundo.

A *Marengo* largou a vela do traquete e o ângulo aumentou meio grau. Jack verificou todas as posições mais uma vez, olhou o relógio, olhou o catavento e disse:

— Sr. Stourton, as varredouras estão içadas, não é?

— Sim, senhor.

— Muito bem. Em dez minutos vamos arriar a vela de arrasto, arribar, largar os sobrejoanetes e os cutelos e deixar, se ela suportar, e trazer o vento dois pontos na alheta. Devemos içar o velame mais rápido do que nunca, estingar a vela ré estais ao mesmo tempo, claro. Mande Clerck e Bonden para o timão. Baixem as abas das portinholas de boreste. Deixe tudo pronto e fique a postos para largar a vela de arrasto quando eu der o sinal.

Os minutos continuavam passando; o ponto crítico estava chegando, mas lentamente, lentamente. Jack, imóvel naquele convés movimentado, começou a assobiar baixinho enquanto olhava o distante Linois, mas então se conteve — não queria mais do que uma rápida brisa nos joanetes. Qualquer coisa a mais, ou qualquer coisa como um mar parado, favoreceria a fragata de dois conveses, mais alta e muito mais pesada; e ele sabia, por experiência própria, como aquelas grandes fragatas francesas de setenta e quatro bocas podiam se mexer.

Um último olhar a barlavento e as forças estavam exatamente equilibradas: o momento havia chegado. Respirou fundo, jogou o peludo caroço de manga na água e gritou:

— Largar o pano. — Um instantâneo som de água. — Todo o leme a bombordo. — O *Surprise* inclinou com a guinada, as vergas girando de modo admirável, velas surgindo enquanto outras desapareciam, e ali, perto da alheta de boreste, estava sua esteira espumante, mostrando uma doce curva fechada. Ele saltou para a frente com um tremendo impulso novo, os mastros gemendo, e se firmou no novo rumo, sem se desviar sequer por um quarto de ponto. Estava indo exatamente para onde ele queria, direto para a fenda potencial, e movia-se ainda mais rápido do que ele esperava. As vergonetas mais altas estavam se curvando como chicotes de cocheiro, com um pouco mais poderiam se partir. — Sr. Stourton, isso foi muito bem executado, estou muito satisfeito.

O *Surprise* estava rasgando a água, movendo-se cada vez mais rápido até chegar a firmes 11 nós, e os mastros pararam de reclamar. Os patarrazes ficaram um pouquinho menos tesos, e apoiando-se em um deles, avaliando sua tensão enquanto olhava para a *Marengo*, ele disse:

— Cutelos do mastro do grande e do traquete.

A *Marengo* era rápida em seus movimentos — bem manobrada — mas o movimento a pegou desprevenida. Só começou a virar quando a *Surprise* já havia largado seus cutelos do mastro do traquete, e os mastros estavam reclamando de novo enquanto levavam suas cinco toneladas ainda mais rápido pelo mar, o convés se inclinando fortemente, os corrimões de sotavento enterrados na espuma, o mar rugindo pelo costado e os tripulantes parados em silêncio — jamais um som de proa a popa.

No entanto, quando a *Marengo* virou, arribou fortemente para pegar o vento na alheta do boreste, estabelecendo um rumo que daria às suas belas velas abertas todo o empuxo possível para interceptar a *Surprise* em algum ponto no sudoeste — isto é, interceptá-la se ela não conseguisse fazer mais um nó, pelo menos. Ao mesmo tempo a capitânia içou um sinal depois do outro, alguns dirigidos, sem dúvida, à corveta ainda invisível a sotavento e outros para mandar a *Sémillante* e a *Belle Poule* atrás da *Surprise*.

— Eles jamais conseguirão, meu amigo — disse Jack. — Não mandaram para cima contra-estais dobrados há meia hora. Não podem largar sobrejoanetes nesta brisa. — Mas ele tocou uma malagueta enquanto falava isso; com ou sem sobrejoanetes, a situação era toleravelmente delicada. A *Marengo* estava se movendo mais depressa do que ele esperava, e a *Belle Poule*, cujo erro anterior a colocara muito a sotavento, estava mais perto do que ele poderia desejar. A fragata de dois conveses e a pesada eram o perigo; ele não tinha qualquer chance contra a *Marengo* e muito pouca contra a *Belle Poule*, e esses dois navios convergiam rapidamente para o seu rumo. Cada um vinha cercado por um círculo invisível de mais de duas ou mais milhas de diâmetro — o alcance de seus poderosos canhões. A *Surprise* tinha de se manter fora desses círculos, acima de tudo fora da área em que eles logo iriam se sobrepor; e o caminho estava se fechando depressa.

Considerou o mareio do pano da fragata com a concentração mais intensa: era possível que estivesse pressionando-a para baixo um pouquinho na popa — que houvesse pano demais nas laterais, navegando mais por força do que por amor.

— Icem o pano de barlavento da grande — disse. Assim, estava claramente mais doce; um movimento muito mais arejado. A querida *Surprise* sempre amara suas velas de proa. — Sr. Babbington, dê um pulo até a proa e diga se a cevadeira vai agüentar.

— Duvido, senhor — disse Babbington voltando à popa. — O navio está provocando uma tremenda onda de proa.

Jack assentiu, era o que havia pensado.

— Cevadeira e vela de gávea, então — disse, e agradeceu a Deus por seu novo e forte mastaréu do sobrejoanete, que suportaria a tensão. Como ela respondia bem! Era possível lhe pedir qualquer coisa. No entanto, o caminho continuava bem estreito, sem dúvida, a *Marengo* estava aumentando as velas, e agora a *Surprise* deslizava para a zona de alto perigo. — Sr. Callow — disse ao aspirante sinaleiro — arrie a bandeira holandesa. Ice a nossa e a flâmula. — A bandeira surgiu no topo do mastro da gata; um instante depois a flâmula, a marca de um navio de guerra e de nenhum outro, adejava no grande.

A *Surprise* era meticulosa com a flâmula — tinha-a trocado quatro vezes nesta missão, acrescentando um ou dois metros de cada vez — e agora sua esguia chama afunilada se estendia por quase cinco metros, curvando-se para longe para além da sua amura de boreste. Diante da visão houve um murmúrio geral de satisfação no convés, onde os homens estavam tensos, fortemente estimulados pela velocidade impressionante.

Agora ele estava quase ao alcance dos canhões de proa da *Marengo*. Caso se afastasse, a *Belle Poule* e a *Sémillante* chegariam perto dele. Será que poderia se dar ao luxo de manter o rumo atual?

— Sr. Braithwaite — disse ao ajudante do mestre-arrais —, faça a gentileza de deitar a barquinha.

Braithwaite se adiantou, parou um momento na alheta de sotavento para ver onde poderia lançá-lo num trecho calmo fora do torvelinho ao longo do costado, atirou a barquinha longe através dos borrifos que voavam e gritou:

— Virar!

O garoto postado junto à trincheira de macas com a carretilha segurou-a no alto; a linha partiu, e um instante depois houve um berro agudo. O contramestre estava segurando o garoto por um dos pés, arrastando-o para bordo; e a carretilha, arrancada de sua mão, disparou para longe, à ré do navio.

— Arranje outra barquinha, Sr. Braithwaite — disse Jack com satisfação intensa —, e use uma ampulheta de quatorze segundos. — Ele vira toda a linha sair da carretilha apenas uma vez na vida, quando era um aspirante indo para casa no paquete da Nova Escócia e o pessoal do *Flying Childer* alardeava ter feito isso também, o pessoal do *Childer* também afirmava ter perdido o garoto. Mas este não era o momento para lamentar a preservação do jovem cabeça-de-pudim, Bent Larsen — porque mesmo estando claro que a esta velocidade eles conseguiriam, que atravessariam o caminho da *Marengo* e começariam a aumentar a distância dentro de alguns minutos, mesmo assim estavam correndo para o ponto mais próximo de convergência, e sempre era possível errar por algumas centenas de metros. E alguns canhões franceses longos, de latão, podiam lançar uma bala muito longe e com precisão considerável.

Será que Linois dispararia? Sim, houve um clarão e um sopro de fumaça. A bala caiu longe. A mira era exata, mas depois de saltar cinco vezes ela afundou a trezentos metros de distância. O mesmo aconteceu com as duas seguintes, e a quarta caiu ainda mais longe. Tinham passado, e agora cada minuto os levava mais fora do alcance.

— No entanto não devo desencorajá-lo — disse Jack, alterando o rumo para trazer a *Surprise* um pouco mais perto. — Sr. Stourton, alivie a escota da vela do traquete e ferre a sobrecevadeira. Sr. Callow, sinalize *inimigo à vista: navio da linha, corveta e brigue na marcação leste, duas fragatas na marcação norte-noroeste. Solicito instruções*, com um tiro a barlavento. Mantenha o sinal e repita o tiro a cada trinta segundos.

— Sim, senhor. Posso dizer que a corveta está na marcação sudeste agora?

Estava mesmo. A tempestade que ia parando mostrou-a na amura de bombordo da *Surprise*, bem à frente da *Marengo*, e a sotavento. O vento que havia mudado na tempestade a tinha posto meia milha a oeste. Isso era sério, sério.

A corveta estava em condições de atraí-lo para o combate, a não ser que ele se afastasse para o alcance extremo das fragatas — a *Sémillante* tinha ultrapassado a *Belle Poule* outra vez. Mas para atraí-lo ao combate a corveta precisaria suportar seus tiros de enfiada, e seria necessário um comandante muito determinado para manter o navio contra uma possibilidade dessas. Ele provavelmente se manteria longe e trocaria uma ou duas bandas de artilharia. Jack não tinha qualquer objeção a isso — pelo contrário, desde que havia colocado a *Surprise* em direção à fenda, mostrando o que poderia realmente fazer em termos de velocidade, revelando suas qualidades, estivera pensando em alguns modos de atrair Linois numa caçada esperançosa que iria levá-lo muito a sul antes do anoitecer. O sinal era bastante bom, mas seu efeito não duraria. A vela de arrasto dificilmente enganaria de novo — eles deviam ter deduzido; mas uma verga descendo rapidamente como se tivesse sido acertada por um tiro, bem, isso serviria. E ele poderia dar a qualquer deles a gata ou até mesmo a vela de gávea do grande.

— Sr. Babbignton, a corveta vai nos atrair para a batalha. Quando eu avisar, deixe a vela de gávea do grande cair depressa, como se o disparo tivesse causado efeito. Mas nem a verga nem a vela devem sofrer. Um pouco de defensa na pega, mas deixo por sua conta. Deve parecer uma confusão, todo mundo agitado, mas mesmo assim pronto para ajeitar.

Era o tipo de cabriola que Babbington adoraria; Jack não tinha dúvida de que ele produziria um caos elegante. Mas teria de trabalhar depressa. A *Berceau* estava chegando sob uma nuvem de velas, o mais rápido que poderia; e, enquanto olhava, Jack a viu largar sua vela do sobrejoanete de proa. Estava navegando para cruzar a proa da *Surprise* — nesse momento estava no seu través — e mesmo se encontrando dentro do alcance ela não disparou.

— Sr. Babbington — gritou Jack sem afastar os olhos da *Berceau* —, gostaria que sua maca fosse mandada para cima?

Babbington deslizou por um patarrás, vermelho devido ao esforço e à pressa.

— Desculpe por ter sido tão lento, senhor — disse ele. — Tudo está tesado agora, e deixei Harris e o Velho Confiável no cesto da gávea, com ordens de ficar fora do visual e largar direitinho quando receberem o sinal.

— Muito bem, Sr. Babbington. Sr. Stourton, vamos tocar postos de combate.

Ao trovão do tambor Stephen pegou pelo braço o espantado capelão e o levou conveses abaixo.

— Este é o seu lugar durante o combate, caro senhor — disse na semi-escuridão. — Estes são os baús sobre os quais o Sr. M'Alister e eu operamos; e aqueles — balançando a lanterna na direção deles

— são as compressas, estopas e bandagens com que o senhor e Choles nos ajudarão. A visão de sangue o perturba?

— Nunca o vi ser derramado em grande quantidade.

— Então ali está um balde, para o caso de precisar.

Jack, Stourton e Etherege estavam no tombadilho; Harrowby um pouco atrás deles, manobrando o navio; os outros oficiais se encontravam junto aos canhões, cada um com sua guarnição. Cada homem observava em silêncio a *Berceau* se aproximando, um pequeno navio lindo, bem aparelhado, com obras mortas vermelhas. Agora estava com aspecto de proa, vindo direto para o través da fragata; e Jack, observando atentamente pela luneta, não podia ver qualquer sinal de que ela iria virar. O tiro de sinal de meio minuto ao lado dele falou de novo, de novo e de novo, no entanto a *Berceau* continuava navegando em direção à certeza de uma varrida mortal. Era mais determinação do que ele jamais vira. Tinha feito a mesma coisa, no Mediterrâneo, mas isso fora contra uma fragata espanhola.

Mais duzentos metros e suas caronadas pesadas alcançariam a *Berceau* à queima-roupa. O tiro de sinal de novo; e de novo.

— Agüentar aí — disse ele, e muito mais alto: — Sr. Pullings, Sr. Pullings, um fogo cadenciado, deliberado, agora. Deixe a fumaça clarear entre cada tiro. Aponte baixo no mastro do traquete.

Uma pausa, e no ápice do balanço do navio o canhão do intendente estrondeou, a fumaça varrendo à frente. Um buraco apareceu na cevadeira da corveta e gritos de comemoração foram dados, abafados pelo segundo tiro.

— Cadência, cadência — rugiu Jack, e Pullings correu pela linha para apontar o terceiro. A bala bateu na água, perto da proa da corveta, e nesse momento ela respondeu com um tiro de seu canhão de proa que acertou de raspão o mastro do grande. Os disparos se sucederam pela linha de canhões, uma descarga ondulante e dois tiros acertaram a proa da corveta, outra acertou sua mesa de enxárcia, e havia buracos na vela do traquete. Então ela começou a avançar de novo, e enquanto a distância diminuía eles a acertavam de forma impiedosa praticamente com todos os tiros ou varriam seu convés de proa a popa — havia dois canhões desmontados a bordo, e vários homens caídos no convés. Salva deliberada após salva deliberada, todo o navio corcoveando com os trovões — os jatos de chamas, a densa fumaça de pólvora correndo à frente. E mesmo assim a *Berceau* se mantinha firme, mesmo que seu caminho estivesse cortado, e agora seus canhões de proa respondiam com tiros seguidos que guinchavam alto através do cordame, cortando cabos e velas.

— Um pouco mais disso e não precisarei de meu ardil — pensou Jack. — Será que ele pretende me abordar? Sr. Pullings, Sr. Babbington, depressa agora, e a próxima descarga deve ser de metralha. Sr. Etherege, os fuzileiros podem... — Suas palavras foram interrompidas por furiosos gritos de comemoração. O mastaréu do velacho da *Berceau* estava caindo. Deu um grande solavanco para a frente, os estais e ovéns se partiram e ele despencou numa ruína de lona, cobrindo os canhões de proa da corveta. — Agüentem firmes — gritou ele. — Gávea do grande, aí. Largar.

A vela de gávea da *Surprise* ondulou, baixou, despencou; e vindos do outro lado da água eles ouviram fracos gritos de comemoração na corveta despedaçada.

Um canhão de proa tinha mandado uma chuva de metralha ao longo do convés da *Berceau*, derrubando uma dúzia de homens e arrancando sua bandeira.

— Cessar fogo aí, Deus apodreça todos vocês no inferno — gritou Jack. — Prendam esses canhões. Sr. Stourton, homens para amarrar e emendar.

— Ela acertou — disse uma voz a meia-nau, enquanto a *Surprise* passava. A *Berceau*, golpeada repetidamente no casco, baixo perto da água e na popa, girou pesadamente e eles viram uma figura subindo pelos ovéns do mastro da gata, levando uma nova bandeira. Jack tirou o chapéu para o comandante da corveta, parado no tombadilho superior ensangüentado, a setenta metros de distância; o francês devolveu a saudação, mas mesmo assim, quando seus canhões de bombordo que restavam se posicionaram, ele disparou uma bordada desajeitada, e então, enquanto a *Surprise* chegava ao limite de seu alcance, outra, numa última tentativa, de impedir a fuga. Vã tentativa: nenhum tiro acertou, e a *Surprise* ainda estava muito adiante da *Marengo*, na sua alheta de bombordo, e as duas fragatas longe, a boreste.

Jack olhou para o sol: não faltava mais de uma hora para o crepúsculo, infelizmente. Não podia ter esperança de atraí-los muito para longe nesta noite sem lua, se é que de fato poderia atraí-los pelo que restava do dia.

— Sr. Babbington, leve seu grupo para cima e finja que estão tentando colocar as coisas nos trinques... pode desmantilhar a verga. Sr. Callow... onde está aquele aspirante?

— Foi carregado para baixo, senhor — respondeu Stourton. — Acertado na cabeça.

— Sr. Lee, então. Sinalize *combate parcial, danos pesados, solicito auxílio. Inimigo a nor-nordeste e nor-noroeste*, e continue com o canhão a cada meio minuto. Sr. Stourton, um fogo a meia-nau não fará mal: bastante fumaça. Um dos tachos cheio de restos de gordura e estopa pode servir. Que haja algum tumulto.

Foi até a grinalda de popa e examinou o mar amplo atrás. O brigue tinha ido ajudar a *Berceau* e a *Marengo* mantinha a posição na alheta de bombordo, seguindo num bom ritmo e talvez se aproximando um pouco. Como Jack esperava, ela estava sinalizando à *Sémillante* e à *Belle Poule* — uma nação faladora, ainda que galante —, e sem dúvida dizendo para largarem mais pano, porque a *Belle Poule* pôs seu sobrejoanete do grande, que se enfunou instantaneamente. Por enquanto tudo estava indo bem.

Jack desceu.

— Dr. Maturin — disse —, qual é sua lista de baixas?

— Três ferimentos por lascas, senhor; nenhum sério, fico feliz em informar, e uma concussão moderada.

— Como está o Sr. Callow?

— Aqui, no chão... no *convés*, logo atrás do senhor. Um poleame caiu sobre sua cabeça.

— O senhor vai abrir o crânio dele? — perguntou Jack, com uma lembrança vívida de Stephen trepanando o artilheiro no tombadilho do *Sophie*, expondo o cérebro para admiração de todos.

— Não. Ah, não. Acho que o estado do rapaz não justificaria isso. Ele vai ficar muito bem como está. Já o Jenkins, aqui, escapou bem por pouco, com sua lasca. Quando M'Alister e eu a retiramos...

— Que saiu da romã do mastro grande, senhor — disse Jenkins, segurando um pedaço de madeira malignamente afiado, com sessenta centímetros de comprimento.

—... encontramos sua artéria do ilíaco pulsando de encontro à ponta. Mais dois milímetros e William Jenkins teria se tornado um herói involuntário.

— Muito bem, Jenkins — disse Jack. — Muitíssimo bem — e foi perguntar pelos outros dois: um antebraço aberto e um feio machucado no couro cabeludo. — Este é o Sr. White? — perguntou ao ver outro corpo.

— Sim. Ele ficou meio abalado quando levantamos o couro cabeludo de John Saddler e pedimos a ele que segurasse enquanto costurávamos, no entanto não havia praticamente nenhum sangue. Foi uma síncope passageira e estará totalmente recuperado com um pouco de ar puro. Ele pode ir ao convés?

— Ah, neste minuto, se quiser. Tivemos um ligeiro entrevero com a corveta. Um sujeito muito galante que veio do modo mais espantoso até que o Sr. Bowes derrubou seu mastro do traquete pela borda. Mas agora estamos navegando com vento de popa, bem fora de alcance. Deixe-o ir ao convés, sem dúvida.

No convés, a fumaça preta estava saindo da meia-nau da fragata, estendendo-se à frente. Os garotos do navio corriam de um lado para o outro com lambazes, baldes e o equipamento contra incêndio. Babbington berrava xingando no alto, balançando os braços. Todos os tripulantes pareciam satisfeitos consigo mesmos e marotos; e os perseguidores tinham ganhado um quarto de milha.

Longe, no través de boreste, o sol afundava atrás de uma névoa vermelho-sangue; foi afundando, afundando e sumiu. A noite já vinha varrendo do leste, uma noite sem estrelas e sem lua, e um pálido fogo fosforescente tinha começado a brilhar na esteira da fragata.

Depois do pôr-do-sol, quando as velas francesas não passavam de uma levíssima sugestão de brancura lá atrás, que só podiam ser fixadas através do clarão recorrente da lanterna de topo do almirante, a *Surprise* içou várias luzes azuis, recolocou a vela de gávea do grande, que não estava danificada, e velejou cada vez mais depressa em direção sudoeste.

Às oito badaladas, no primeiro quarto, ela chegou-se ao vento na escuridão de breu; e depois de dar suas ordens noturnas Jack disse a Stephen:

— Devemos nos deitar e dormir o possível, espero um dia movimentado amanhã.

— Você acha que M. de Linois não foi totalmente enganado?

— Espero que tenha sido, com certeza deve ter sido, e certamente veio atrás de nós como se tivesse, e ficarei satisfeito se não vir nada a leste de nós quando nos juntarmos à frota da China de manhã.

— Quer dizer que ele pode sair rapidamente e se lançar por entre nós, guiado pela mera intuição? Sem dúvida isso exigiria do almirante uma presciência que excede os limites de nossa humanidade comum. Um marinheiro consumado não é necessariamente um vidente. A atenção ao belo ajuste das velas é uma coisa; vaticínio é outra. Honestamente, Jack, se você roncar desse jeito profundo, pragmático, Sophia vai passar muitas noites inquieta. Ocorre-me — disse ele olhando para o amigo que, segundo seu hábito há muito estabelecido, tinha mergulhado direto no poço escuro e confortável do sono do qual nada poderia tirá-lo, a não ser o grito de um marinheiro ou uma mudança no vento — ocorre-me que nossa raça deve ter uma propensão natural para a feiúra. Você não é um sujeito mal apessoado, e era quase bonito antes de ser tão cortado, explodido e espancado pelo inimigo e tão exposto aos elementos; e vai se casar com uma jovem realmente linda; no entanto não tenho dúvida de que vocês produzirão bebezinhos comuns, que miam, choram e berram naquele mesmo tom tedioso, profundamente vulgar, autocentrado e monótono que babam, mordem e crescem para se tornar idiotas comuns. Geração após geração, e não há aumento na beleza; e nenhum em inteligência. Seguindo a analogia dos cães, ou mesmo dos cavalos, os ricos deveriam ter um metro e noventa de altura e os pobres correr por baixo da mesa. Isso não ocorre. No entanto a ausência de melhoria jamais impede os homens de desejar a companhia de mulheres lindas. Nem mesmo quando penso em Diana tenho a menor idéia de crianças. De qualquer modo eu jamais aumentaria voluntariamente a infelicidade do mundo trazendo mais gente ainda para ele; mas mesmo que isso estivesse em minha mente, a idéia de Diana como mãe é absurda. Não há absolutamente nada de maternal nela: suas virtudes são de outro tipo. — Ele baixou o pavio até produzir uma pequena linha de chama azul e se esgueirou para o convés bastante inclinado, onde se enfiou entre um aducha de cabo e a amurada, e olhou o mar escuro batendo forte, o céu clareando com estrelas luzindo nos intervalos entre as nuvens, refletindo sobre as virtudes de Diana, definindo-as e ouvindo as badaladas sucessivas, o grito de resposta: "Tudo safo" circulando pelo navio, até as primeiras luzes no céu de leste.

— Trouxe-lhe uma caneca de café, doutor — disse Pullings surgindo ao seu lado. — E quando tiver bebido, vou chamar o comandante. Ele ficará tremendamente satisfeito. — Pullings ainda falava em sua voz baixa do serviço da noite, ainda que os adormecidos já tivessem sido chamados e o navio estivesse se enchendo de atividade.

— O que vai agradá-lo tanto, Thomas Pullings? Você é uma boa criatura, sem dúvida, em me trazer essa bebida tonificante e estimulante, muito obrigado. O que irá satisfazê-lo tanto assim?

— Bom, as luzes de mastro dos navios da Companhia estão à vista durante toda a última ampulheta, e mais ainda, e quando o dia chegar ouso dizer que iremos vê-los retirar dos rizes suas velas de gávea exatamente onde ele estimava que iria encontrá-los: uma navegação tão hábil é digna de crédito. Ele veio bordejando na frente de Linois.

Jack apareceu, e a luz que se alastrava mostrou quarenta velas de navios mercantes espalhados amplamente no mar ocidental; ele sorriu e abriu a boca para falar quando a luz também revelou a *Surprise* a uma distante embarcação no leste, que instantaneamente irrompeu num perfeito frenesi de canhonaços, como uma batalha pequena e solitária.

— Suba ao topo do mastro, Braithwaite — disse ele —, e diga o que vê.

A resposta esperada veio rapidamente.

— Aquele brigue francês, senhor. Sinalizando feito uma fúria. E acho que vi uma vela em algum ponto a norte dele.

Era exatamente o que Jack temia. Linois tinha mandado o brigue para o norte no início da noite, e agora o navio estava informando a presença da *Surprise*, se é que não da frota da China, aos amigos além do horizonte.

O ardil trabalhoso havia falhado. Ele pretendera atrair Linois tão longe a sul e oeste durante a noite que a *Surprise*, virando de volta na direção da frota da China na escuridão, estaria fora das vistas de manhã. Com a grande velocidade da fragata — e como eles haviam se esforçado! — deveria ter conseguido, no entanto não conseguira. Ou um dos navios do esquadrão francês vira o brilho de suas velas enquanto a fragata ia para o norte através da linha de perseguidores ou Linois tivera uma intuição de que algo estava errado — que estavam tentando fazê-lo de idiota — e tinha interrompido a caçada, mandando o brigue de volta à sua antiga área de patrulha e depois seguindo-o com o resto de seus navios depois de cerca de uma hora, usando o máximo de velas para encontrar a frota da

China. No entanto o ardil não havia falhado totalmente: tinha rendido um tempo essencial. Quanto tempo? Jack estabeleceu o rumo para os navios da Companhia e subiu aos vaus reais. O brigue desgraçado estava a cerca de quatro léguas, ainda se impelindo feito louco, e a vela mais distante talvez estivesse fazendo o mesmo — ele mal poderia vê-la se não fosse pela pureza do horizonte a esta hora, que ampliava a nitidez de seus joanetes na linha do céu brilhante. Não tinha dúvida de que era uma das fragatas, e que toda a esquadra de Linois, menos a corveta, estava espalhada na provável passagem dos navios da companhia. Eles poderiam alcançar o comboio; e com essa monção inalterável não havia como evitá-los. Mas não poderiam ser muito mais rápidos do que o comboio e Linois levaria a maior parte do dia para concentrar suas forças e vir para cima da frota da China.

Os comandantes mais antigos vieram rapidamente a bordo da *Surprise*, comandados pelo Sr. Muffit, o comodoro. A bandeira de sinalização que voava no mastaréu do grande da fragata e a enérgica chamada do comodoro aos navios espalhados lhes deu uma idéia geral da situação; estavam ansiosos, perturbados, sérios; mas alguns, infelizmente, também estavam falando sem parar, dados a exclamações, a culpar as autoridades por não protegê-los e a teorias sobre onde Linois realmente estivera durante todo esse tempo. Os marinheiros da Companhia formavam um corpo capaz, disciplinado, mas seus regulamentos exigiam que o comodoro ouvisse os pontos de vista de seus comandantes em conselho antes de qualquer ação decisiva; e, como todos os conselhos de guerra, este era cheio de palavreado, indefinido, inclinado ao pessimismo. Jack nunca havia lamentado tanto o rigor superior da Marinha Real como durante o vago discurso de um tal de Sr. Craig, que estava preocupado em mostrar o que poderia ter acontecido se eles não tivessem esperado o navio da Botany Bay e os dois portugueses.

— Senhores — exclamou Jack finalmente, dirigindo-se aos três ou quatro outros homens decididos à mesa. — Esta não é hora para discussões. Existem apenas duas coisas: temos de fugir ou lutar. Se fugirem, Linois vai pegar sua frota pedaço a pedaço, porque eu só posso parar uma das fragatas deles, ao passo que a *Marengo* é capaz de navegar cinco léguas para cada três dos senhores e afundar dois de vocês. Se lutarmos, se concentrarmos nossas forças, poderemos responder a ele, canhão por canhão.

— Quem vai lutar nos canhões? — perguntou uma voz.

— Chegarei lá, senhor. E mais, Linois está há um ano sem parar num estaleiro, e a três mil milhas da Isle de France; está sem suprimentos, e perder uma única verga ou cinqüenta braças de cabo de duas polegadas é cem vezes mais prejudicial para ele do que para nós; duvido que haja um único mastaréu de reserva em todo o esquadrão. Ele não deve se arriscar a grandes danos: não deve pressionar o ataque contra uma resistência determinada.

— Como sabe que ele não se reequipou na Batávia?

— Deixemos isso de lado por enquanto, por favor — disse Jack. — Não temos tempo a perder. Eis o meu plano. Os senhores têm três navios a mais do que Linois imaginava: os três navios mais bem armados usarão flâmulas de vasos de guerra e a insígnia azul...

— Nós não temos permissão de usar bandeiras da Marinha Real.

— Poderia permitir que eu prosseguisse, senhor? Isto é totalmente minha responsabilidade, e eu decido dar a permissão necessária. Os maiores navios da Companhia formarão a linha de batalha, tirando todos os homens disponíveis do resto do comboio para trabalhar nos canhões e mandando os navios menores para longe, a sotavento. Mandarei um oficial a bordo de cada navio que fingirá ser um vaso de guerra, e todos os artilheiros que eu puder dispensar. Com uma linha cerrada e bem formada, nosso efetivo é tal que poderemos dobrar sobre a vanguarda ou a retaguarda dos franceses e dominá-los pelo número, com um ou dois de seus ótimos navios num dos bordos deles e a *Surprise* do outro, eu responderei por isso, caso não possamos vencer o navio de setenta e quatro canhões, quanto mais as fragatas.

— Ouçam-no, ouçam-no — exclamou o Sr. Muffit, segurando Jack pela mão. — Este é o espírito, por Deus!

Na confusão de vozes ficou claro que, mesmo havendo um apoio ansioso e até mesmo entusiasmado, com um comandante chegando a bater na mesa e rugindo: "Vamos acabar com eles!", havia outros que não tinham a mesma opinião. Quem jamais ouvira falar de navios mercantes com conveses atulhados e poucos tripulantes se sustentando por cinco minutos contra poderosos vasos de guerra? — a maioria deles tinha apenas miseráveis canhonadas de 18 libras — um plano muito, muito melhor, era se separarem — a *Dorsetshire* tinha certeza de que podia ser mais rápida do que os franceses — será que os cavalheiros poderiam dar um exemplo de um navio com uma descarga de 270 libras resistindo a um inimigo que podia atirar 950 libras?

— Calma, Sr. Craig — disse Muffit antes que Jack pudesse responder. — Não sabe que o comandante Aubrey é o cavalheiro que comandou o brigue *Sophie* quando ele tomou a *Cacafuego*, uma fragata de 32 canhões? E acredito, senhor, que a *Sophie* não tinha grande capacidade de descarga.

— Vinte e oito libras — disse Jack, ficando vermelho.

— Bom — exclamou Craig. — Falei apenas pelo meu dever para com a Companhia. Eu admiro o cavalheiro, sem dúvida, e lamento não ter lembrado de seu nome. Ele não me considerará um medroso, acredito. Só falei pela Companhia e por minha carga; e não por mim.

— Acredito, senhores — disse Muffit —, que o sentimento do conselho é favorável ao plano do comandante Aubrey, assim como eu. Não ouço qualquer voz dissidente. Cavalheiros, peço que voltem para seus navios, peguem pólvora, liberem seus canhões e atendam aos sinais do comandante Aubrey.

A bordo da *Surprise* Jack chamou seus oficiais à câmara e disse:

— Sr. Pullings, o senhor irá para o *Lushington* com Collins, Haverhill e Pollyblank. Sr. Babbington vai para o *Royal George* com os irmãos Moss. O Sr. Braithwaite para o brigue, para repetir sinais: leve um regimento de reserva. Sr. Bowes, será que posso persuadi-lo a cuidar das armas do *Earl Camden*? Sei que pode apontá-las melhor do que qualquer um de nós.

O intendente ficou vermelho de prazer e deu um risinho: se o comandante quisesse, ele certamente abandonaria seu queijo e suas velas de sebo, mas não sabia se ele gostaria disso; e pediu Evans e Strawberry Joe.

— Então está decidido — disse Jack. — Bom, senhores, este é um negócio delicado: não devemos ofender os oficiais da Companhia, e alguns deles são muito sensíveis. A menor percepção de desagrado seria desastrosa. Os homens devem entender isso completamente: nada de orgulho, nada de distância, nenhuma referência a carroças de chá ou sobre como fazemos as coisas na Marinha. Nosso único objetivo deve ser manter os canhões deles atirando bem, atrair Linois para perto e ferir suas vergas e seu cordame o máximo que pudermos. Furar seu casco ou matar seu povo não é a questão: ele seria capaz de trocar seu mestre de navio por um pau de cutelo, e nem com a maior boa vontade do mundo poderíamos afundar um navio de setenta e quatro bocas. Devemos disparar como franceses ao menos uma vez. Sr. Stourton, o senhor e eu faremos uma lista dos artilheiros que pudermos dispensar, e enquanto eu estiver dividindo-os entre os navios da Companhia o senhor levará o navio para leste e observará os movimentos de Linois.

Em uma hora a linha havia se formado, quinze belos navios da Companhia das Índias, com poucas velas, separados por um cabo de distância e um brigue rápido para repetir sinais; botes iam de um lado para o outro trazendo voluntários dos navios menores para os canhões; e durante todo o início da tarde Jack correu de um extremo ao outro da linha em sua lancha, distribuindo oficiais, artilheiros, discretos conselhos, encorajamento e montes de afabilidade. Essa afabilidade era raramente forçada, já que a maior parte dos comandantes era de bons marinheiros, e dada a forte liderança do comodoro eles tinham se postado com uma determinação que fez Jack amá-los. Os conveses estavam sendo limpos depressa; os três navios escolhidos para usar flâmulas, o *Lushington*, o *Royal George* e o *Earl Camden*, começaram a parecer mais ainda vasos de guerra, com aguada de cal pelos costados disfarçando-os depressa e vergas dos sobrejoanetes cruzadas; e os canhões iam e vinham sem pausa. No entanto havia alguns comandantes desajeitados, mornos, frustrados e reservados, dois deles sujeitos velhos e tímidos; e os passageiros eram o problema mais cruel — Atkins e os outros membros da comitiva do Sr. Stanhope podiam ser enfrentados, mas as mulheres e os civis importantes exigiam entrevistas pessoais e explicações; uma dama, surgindo bruscamente de uma escotilha improvável, disse-lhe que não deveria testemunhar absolutamente nenhuma violência — que deveriam conversar com Linois — as paixões dele certamente cederiam à razão — e Jack ficou muito ocupado. Somente de vez em quando, enquanto se sentava no escaler junto de Church, seu solene ajudante de campo, tinha tempo para pensar na observação: "Como sabe que ele não se reabasteceu na Batávia?"

Não sabia: no entanto toda a sua estratégia deveria se basear nessa suposição. Ele não *sabia*, mas mesmo assim estava disposto a arriscar tudo afirmando que sua intuição era correta: porque era uma questão de intuição — o modo cauteloso como Linois manobrava seu navio, mil detalhes que Jack não poderia citar mas que contrastavam fortemente com o descuidado Linois do Mediterrâneo tendo Toulon e seus depósitos navais a alguns dias de viagem. No entanto a certeza moral poderia se desbotar: ele não era infalível e Linois era velho na guerra, um oponente cheio de recursos e perigoso.

O jantar a bordo do *Lushington* com o comandante Muffit foi um alívio. Não somente Jack estava desesperadamente faminto, já que não tinha tomado café-da-manhã, como Muffit era um homem que o agradava profundamente: eles concordavam inteiramente quanto à formação da linha, quanto ao modo de conduzir a ação —

tática agressiva em vez de defesa — e quanto ao jantar correto para restaurar um espírito cansado e aflito.

Church apareceu enquanto tomavam café.

— A *Surprise* está sinalizando, senhor — disse ele. — A *Sémillante*, a *Marengo* e a *Belle Poule* vêm a leste-quarta sueste, a cerca de quatro léguas: a *Marengo* braceou as velas de gávea.

— Ele está esperando que a *Berceau* chegue — observou Jack. — Só iremos vê-lo daqui a uma ou duas horas. O que acha, senhor, de uma volta pelo convés?

Deixado sozinho, o aspirante devorou em silêncio os restos do pudim, enfiou dois pãezinhos franceses no bolso e partiu atrás do comandante, que estava parado com o comodoro na popa, olhando os últimos barcos se afastarem da linha, cheios de passageiros indo para a segurança hipotética da divisão a sotavento.

— Nem posso lhe dizer, senhor — disse Muffit em voz baixa —, que sensação de paz me dá vê-los ir: uma paz profunda, duradoura. Vocês têm os seus almirantes, intendentes e até o inimigo para baixar seu espírito; mas os passageiros... "Comandante, tem um camundongo neste navio! Eles comeram meu toucado e dois pares de luvas. Vou reclamar com os diretores, meu primo é diretor, senhor." "Comandante, por que não posso ter um ovo mole neste navio? Eu disse ao rapaz na sede da Companhia que meu filho não poderia digerir gema dura." "Comandante, não há armários e gavetas no meu camarote, não tenho onde pendurar nada, não tenho espaço, não tenho espaço, ouviu, senhor?" Haverá todo o espaço que a senhora merece no lugar para onde vai: dez megeras cheias de enxofre atulhadas num marote num navio de outro país, ha, ha. Como adoro vê-los ir; para mim a distância não pode ser grande demais.

— Vamos aumentá-la, então. Autorize a partida deles, ice o sinal para bordejar em sucessão de novo, e o senhor matará dois coelhos com uma cajadada. O coração que nunca se rejubila é pobre.

As bandeiras foram içadas, os navios a sotavento responderam e enfunaram velas, e a linha se preparou para bordejar. Primeiro o

Alfred, depois o *Coutts*, depois o *Wexford*, e então o *Lushington*, enquanto se aproximava da esteira agitada onde o *Wexford* tinha começado a virar, o Sr. Muffit assumiu a manobra de seu encarregado de navegação e o manobrou pessoalmente, tranqüilo, firme e exato. O *Lushington* girou noventa graus e a *Surprise* apareceu em sua amurada de bombordo. A visão do casco baixo pintado de xadrez e dos mastros altos animou o coração de Jack, e seu rosto sério se abriu num sorriso amoroso; mas depois desses segundos de indulgência seus olhos procuraram mais além, e lá, nítidos no horizonte, estavam os joanetes do esquadrão de Linois.

O *Lushington* se estabilizou no rumo. O Sr. Muffit desceu da amurada, enxugando o rosto, porque o giro tinha trazido o sol totalmente sobre a popa, onde há muito o toldo fora substituído por redes para barrar as lascas, que não davam proteção para os raios ferozes. Ele correu até a borda e ficou olhando o centro e a retaguarda. A linha havia se formado de novo, indo para sudeste com as amuras de bombordo a bordo, uma fileira de navios com uma milha e meia de comprimento, postando-se entre o inimigo e o resto do comboio, uma linha de fogo concentrado, nem um pouco forte, mas moderadamente formidável pela quantidade e pelo apoio mútuo da formatura concentrada. E era uma linha bem-feita: o *Ganges* e o *Bombay Castle* estavam se desviando um pouquinho a sotavento, mas seus espaçamentos estavam corretos. Os comandantes da Companhia das Índias Orientais eram capazes de manobrar seus navios, disso não havia dúvida. Já haviam realizado essa manobra três vezes e jamais houvera um erro ou mesmo uma hesitação. Eram lentos, claro, comparados com a Marinha, mas tinham uma segurança incomum. Eles podiam manobrar seus navios, será que também podiam lutar com eles? Essa era a questão.

— Admiro a regularidade de sua linha, senhor — disse Jack. — A esquadra do Canal não seria capaz de manter posições de modo melhor.

— Fico feliz em ouvi-lo. Talvez não tenhamos suas tripulações numerosas, mas tentamos fazer a coisa bem-feita. Mas cá entre o senhor, eu e a bitácula — acrescentou num aparte pessoal —, ouso dizer que a presença de seu pessoal pode ter algo a ver com isso. Qualquer um de nós preferiria perder um olho ou um dente a perder um estai com um oficial do rei olhando.

— Isso me lembra: será que o senhor se desagradaria de usar a casaca do rei para esta ocasião, o senhor e os cavalheiros que estarão com as flâmulas? Linois é matreiro como o diabo, e se sua luneta captar o uniforme da Companhia em navios que supostamente são vasos de guerra desconfiará do que estamos fazendo e isso pode encorajá-lo a dar um golpe mais ousado do que gostaríamos.

Era uma sugestão capaz de ferir; não foi expressa de modo feliz; Muffit a sentiu profundamente. Avaliou a vantagem possível, a extrema gravidade da situação, e depois de um momento disse que ficaria honrado, muito feliz.

— Então vamos chamar a fragata, e mandarei todas as casacas que possuímos.

A *Surprise* veio rapidamente a favor do vento, contornou por fora da linha e ficou ali, com o velacho no mastro, parecendo tranqüila e elegante como um puro-sangue.

— Adeus, comandante Muffit — disse Jack apertando a mão dele. — Não creio que nos vejamos de novo antes que o velho cavalheiro esteja conosco, mas temos uma só mente, tenho certeza. E o senhor deve me permitir acrescentar que estou muito feliz por ter um colega assim.

— Senhor — o comandante Muffit prendeu sua mão com um aperto de ferro —, o senhor me faz honra demais.

O prazer intenso de estar outra vez a bordo de seu próprio navio — a vida e a reação rápida da fragata depois da pesada deliberação do navio da Companhia — seus conveses liberados, uma limpa varredura de proa a popa — a perfeita familiaridade de tudo, inclusive do som distante do violoncelo de Stephen em algum lugar lá embaixo, improvisando um tema que Jack conhecia bem mas não conseguia situar.

A fragata foi até a frente da linha, e em seu tombadilho superior estranhamente ralo — restavam apenas os jovens mais desenxabidos e o mestre-arrais, afora Etherege e Stourton — ele ouviu o relatório do imediato sobre os movimentos de Linois. O relato confirmava suas impressões: o almirante havia reunido suas forças, e seu aparente atraso era de fato uma tentativa de ganhar a posição vantajosa de barlavento e se certificar do que faria, antes de se comprometer.

— Ouso dizer que ele mudará o rumo assim que pegar nossa esteira — observou —, depois irá se mover mais depressa. Mas mesmo assim duvido que esteja conosco muito antes do pôr-do-sol.

— Deu as ordens para entregarem todas as casacas de oficiais que estavam a bordo e foi até o corrimão de popa, onde o Sr. White estava sozinho, desolado e pálido.

— Imagino, senhor, que seja o seu primeiro contato com a guerra — disse. — Acho que vai achar muito cansativo, sem camarote nem refeições adequadas.

— Ah, não me importo com isso nem um pouco, senhor — exclamou o capelão. — Mas devo confessar que, em minha ignorância, tinha esperado algo mais... devo dizer empolgante? Essas manobras lentas, remotas, essa antecipação prolongada e ansiosa, não tinham qualquer participação em minha imagem do que era uma batalha. Tambores e clarins, bandeiras, exortações empolgantes, gritos marciais, um mergulho no âmago da refrega, os gritos dos comandantes, isso, e não a espera interminável no desconforto, em animação suspensa, era minha idéia mal informada. O senhor não irá me entender mal se eu disser que fico espantado em ver como suporta o tédio.

— É o costume, sem dúvida. A guerra é nove partes tédio, e nós nos acostumamos a isso no serviço naval. Mas a última hora compensa todo o resto, acredite. Acho que o senhor terá garantida alguma empolgação amanhã, ou talvez até mesmo este fim de tarde. Sem clarins, infelizmente, nem exortações, mas farei o melhor possível em termos de gritos, e ouso dizer que descobrirá que os canhões afastam o tédio. O senhor vai gostar, tenho certeza. Isso levanta incrivelmente o espírito da gente.

— Sua observação é sem dúvida muito justa; e me lembra de meu dever. Será que uma preparação espiritual, além da física, não seria adequada?

— Bom — disse Jack, pensando. — Tenho certeza de que todos agradeceríamos um *Te Deum* quando o negócio estiver terminado. Mas neste momento temo que não seja possível montar a igreja. — Ele havia servido junto a comandantes religiosos e tinha entrado em ação sangrenta com salmos escorrendo pela esteira, e não gostara nem um pouco. — Mas se *fosse* possível, e se posso dizer sem leviandade, eu rezaria por uma tempestade, uma tempestade realmente forte. Sr. Church, sinalize *bordejar em sucessão*. A seus lugares para virar por d'avante. — Ele subiu na trincheira de macas para olhar o brigue que estava fora da linha, num lugar em que toda a longa fileira poderia vê-lo: muita coisa dependeria da prontidão de Braithwaite em repetir os sinais. A içada de bandeiras subiu, o canhão de sinalização disparou a barlavento. "Vou lhes dar um momento para reconhecer o sinal", disse para si mesmo, em seguida parou até ver a agitação acabar no castelo de proa do *Alfred*, logo atrás, e então gritou: — Preparar! Leme de ló.

Esse movimento trouxe os navios da Companhia para o ponto em que a *Surprise* tinha virado, enquanto a *Surprise*, em amuras opostas, passava por cada um sucessivamente, toda a linha descrevendo uma curva fechada seguindo o líder: e enquanto os navios passavam ele olhou para cada um com a atenção mais concentrada. O *Alfred*, o *Coutts*, cada um com seus contramestres a bordo. Em seu zelo a *Coutts* encostou o seu gurupés sobre a grinalda de popa do *Alfred*, mas eles se separaram sem mais danos do que palavras duras e um grito agudo na língua dos lascares. O *Wexford*, um belo navio em perfeita ordem; podia dar descanso à vela de gávea do grande e mesmo assim manter a posição; tinha um comandante competente e ansioso que havia lutado para abrir caminho saindo de uma nuvem de piratas de Bornéu no ano anterior. Agora o *Lushington*, com Pullings parado perto do Sr. Muffit no tombadilho — dava para ver o riso dele. E havia várias outras casacas da Marinha Real a bordo. *Ganges, Exeter* e *Abergavenny*, esta ainda com os barris de água no convés; o que seu comandante estaria pensando? Era Gloag, um homem fraco e velho. "Deus", pensou, "não me deixe viver mais do que minhas faculdades mentais". Agora um espaço no centro para a *Surprise*. *Addington*, um navio espalhafatoso e medonho; *Bombay Castle*, um tanto a sotavento — seu mestre do navio e o Velho Confiável ainda estavam trabalhando na amarração dos canhões. *Camden*, e ali estava Bowes mancando o mais rápido que podia para tirar o chapéu enquanto a *Surprise* passava. Jack jamais tornara um homem tão feliz quanto ao confiar as armas do *Camden* ao intendente: no entanto Bowes não era um homem de mente sangrenta, nem um pouco. *Cumberland*, uma embarcação pesada e pouco manobrável, enchendo-se de velas para manter a posição. *Hope*, com outro idiota velho e lamentável no comando — morno, cheio de formalidades. *Royal George*, que era uma beleza; dava para jurar que era um navio correio. Sua segunda melhor casaca estava lá, no tombadilho, com a dragona brilhando ao sol, um tanto grande para o comandante, mas o sujeito não daria descrédito à vestimenta — era o melhor de todos, depois de Muffit. Ele e Babbington estavam rindo, lado a lado atrás das serviolas. *Dorset*, com mais marinheiros europeus do que o usual, mas com apenas uma fileira miserável de canhões pequenos. *Ocean*, uma dúvida.

— Senhor — disse Stourton. — Linois está mudando de amuras.

— É mesmo — confirmou Jack olhando para trás. — Finalmente alcançou nossa esteira. Está na hora de assumir nossa posição. Sr. Church, sinalize *reduzir o pano*. Sr. Harrowby, faça o favor de colocar o navio entre o *Addington* e o *Abergavenny*. — Até agora Linois estivera constantemente manobrando para ganhar o vento e juntar suas forças, fazendo bordadas curtas, ficando ora virado com a proa na direção dos navios da Companhia, ora de popa para eles. Mas finalmente havia formado sua linha e esse movimento era de perseguição direta.

Enquanto a *Surprise* atravessava, Jack virou a luneta para o esquadrão francês. Não que houvesse qualquer necessidade disso para ver as posições deles, porque todos os cascos estavam no visual — era o detalhe dos velames que lhe diria o que se passava na mente de Linois. O que viu não lhe deu conforto. Os navios franceses estavam amontoando velas como se não tivessem qualquer preocupação no mundo. Na vanguarda a *Sémillante* já estava lançando uma bela onda de proa; logo atrás a *Marengo* ia largando seus sobrejoanetes; e ainda que a *Belle Poule* estivesse um quarto de milha atrás, vinha se aproximando. Em seguida estava a *Berceau*. Ele não podia conceber como aquela fragata conseguia colocar tantos panos depois da surra que recebera — feito espantoso: os marinheiros a bordo da *Berceau* eram muito bons.

Na posição atual, com os navios da Companhia com pano reduzido com amuradas a boreste e o vento dois pontos a um largo, e Linois a cinco milhas de distância, vindo de leste atrás deles na mesma amurada, Jack podia adiar a ação chegando-se ao vento — adiar até de manhã, a não ser que Linois optasse por se arriscar a um combate noturno. Havia muita coisa a favor do atraso — descanso, comida, maior preparação; e as ordens de navegação não era o que Jack poderia ter esperado. Mas, por outro lado, uma frente ousada era a própria essência da coisa. Linois deveria ser levado a acreditar que a frota da China tinha uma escolta, talvez não uma escolta poderosa, mas suficientemente forte para infligir danos sérios, com a ajuda dos navios da Companhia armados, se ele fosse em frente com o ataque. Quanto às ordens de navegação, haveria risco demais de confusão se Jack a mudasse agora; eles não estavam acostumados a essas manobras; e de qualquer modo, assim que o entrevero começasse, assim que a fumaça, o barulho e a confusão do combate de perto acabassem com a disciplina rígida da linha e com a comunicação, os comandantes que realmente pretendessem colocar seu navio perto de um inimigo fariam isso; os outros, não.

A tática que ele havia combinado com Muffit e que tinha sido explicada aos comandantes era a de combate próximo, envolvente, a linha de batalha deveria ser mantida até o último momento, e então deveriam se duplicar em volta dos navios franceses, engajá-los entre duas ou mesmo três descargas, suplantando-os em quantidade, independentemente da fraqueza do fogo de cada navio da Companhia. Se uma duplicação regular não fosse possível, cada comandante usaria seu critério para manter a mesma posição — um agrupamento de navios em volta de cada embarcação francesa, cortando suas velas e seu cordame na menor distância possível.

Agora, depois de horas de reflexão, ele ainda achava essa idéia a melhor. A proximidade era essencial para fazer aqueles canhões indiferentes morderem forte; e se ele fosse Linois não gostaria nem um pouco de ser envolvido, atrapalhado e espancado por um enxame decidido, acima de tudo se houvesse alguns vasos de guerra misturados aos navios da Companhia. Seu maior medo, depois das qualidades duvidosas de luta dos navios mercantes, era a de uma canhonada distante, com os pesados e bem apontados canhões franceses acertando seu navio a mil metros de distância.

Linois desapareceu atrás do traquete do *Addington* enquanto a *Surprise* deslizava para seu lugar no centro da linha. Jack olhou para o topo do mastro e sentiu um cansaço súbito e avassalador: a mente estava funcionando clara e afiada, e a variação contínua das forças opostas se apresentava como um ponto duro, nítido, num gráfico; mas seus braços e pernas estavam exauridos.

"Por Deus", pensou, "estou ficando velho: a escaramuça de ontem e falar com todo esse pessoal me derrubou. Mas pelo menos Linois é mais velho ainda. Se ele chegar, talvez cometa um erro. Deus permita que cometa um erro."

— Bonden — gritou —, corra até o cesto da gávea e diga a posição deles.

Estavam três pontos na alheta, dois pontos e meio na alheta, a *Belle Poule* tinha largado a vela de estai do traquete e tinha se aproximado da fragata de dois conveses, eles vinham lado a lado na frente. Os sinais seguiam um ao outro em intervalos constantes, e o tempo todo o sol afundava no oeste. Quando finalmente Bonden informou que a *Sémillante* estava no extremo alcance de tiro aleatório na retaguarda da linha, Jack disse ao aspirante sinaleiro:

— Sr. Lee, *desviar-se um ponto*; e deixe os próximos sinais prontos. *Preparar para virar juntos em roda ao tiro: rumo sueste quarta a leste; a testa deve combater a barlavento na orçada, centro e retaguarda a sotavento.*

Esta era a manobra agressiva de um comandante ansioso para provocar um combate decisivo. Virar em roda reverteria a ordem de navegação e mandaria toda a linha rápido e direto para o esquadrão francês à bolina cochada na amurada oposta — uma linha que se dividiria ao orçar e ameaçada de engajá-los entre dois fogos. Isso jogaria fora a vantagem do vento, mas ele não ousava bordejar todos juntos — era uma evolução muito perigosa diante da proximidade — até mesmo esse virar em roda simultâneo era bastante perigoso, se bem que alguns minutos se afastando iriam torná-lo mais seguro. De fato, Linois poderia muito bem ver isso como marca de confiança.

Agora tinham se afastado do vento; a linha estava se desviando um pouco mais para o sul, com o vento pelo través.

— Continue, Sr. Lee — disse ele, e se virou para olhar o brigue retransmissor. Os sinais foram içados a bordo da embarcação menor, rápidos e claros. — Devo dar tempo aos navios da Companhia para reconhecê-los — falou, andando deliberadamente de um lado para o outro. O estopim lento do canhão de sinalização lançou sua fumaça acre pelo convés e Jack percebeu que tinha a respiração curta. Tudo, *tudo*, dependia de esta manobra ser realizada corretamente. Se eles se virassem num bolo desordenado, se houvesse indecisão, Linois desconfiaria de seu jogo e em cinco minutos estaria entre eles, disparando dos dois bordos com seus canhões de trinta e seis e vinte e quatro libras. Outra virada, outra. — Disparar — disse. — Todo mundo: virar o navio em roda.

De um lado ao outro da linha as ordens ecoaram, os apitos dos mestres soaram. Os navios começaram a girar, trazendo o vento para a popa, à popa arrasada, na alheta de bombordo, para o través e mais adiante, as vergas girando, girando, e girando mais ainda até que toda a linha, praticamente sem qualquer irregularidade, estava à bolina cochada com amuras a bombordo, cada navio tendo virado em seu lugar, de modo que agora o *Ocean* liderava e o *Alfred* vinha na retaguarda.

Uma evolução lindamente executada, quase impecável.

— Sr. Lee, *mais velas, içar bandeiras.* — Azuis, porque o almirante Hervey, em Bombaim, era vice-almirante do Partido Conservador. A *Surprise*, estando sob ordens do Almirantado, içou a branca. Belas bandeiras, e imponentes, mas a velocidade da linha não aumentou. — Sinalizar: *Ocean fazer mais vela; repito, Ocean fazer mais vela* — gritou Jack. — E dê-lhe dois canhonaços.

À frente deles agora, e abertos na amura de bombordo, estava o esquadrão francês numa linha rígida, bandeiras tremulando: o pavilhão do almirante no mastro da gata. As duas linhas se aproximavam numa velocidade relativa de 14 nós e em menos de cinco minutos estariam ao alcance de fogo.

Jack correu para vante, e quando chegou ao castelo de proa, Linois disparou um canhão. Mas um canhão de festim, um canhão de sinalização, e sua fumaça mal havia se dissipado quando os navios franceses subiram ao vento, aproando nor-noroeste, e recusaram a batalha.

De volta ao seu tombadilho Jack sinalizou *Bordejar em sucessão*, e a linha virou por d'avante, estendendo-se na direção do sol poente. Nas profundezas o violoncelo ainda cantava, profundo e meditativo; e de repente o nome esquivo lhe veio — era a *Suíte em Ré Menor* de Boccherini. Sorriu, um grande sorriso cheio de muitos tipos de felicidade.

— Bem, senhores — disse —, foi um excelente crédito para os navios da Companhia, não foi?

— Eu não acreditaria, senhor — observou Stourton. — Nenhum navio se atrapalhou com outro. Foi o fato de ter dado tempo para se afastar que produziu isso, sem dúvida.

— Linois não quis combater — disse Etherege. — Mas até o último instante não achei que ele fosse recuar, com ou sem combate noturno.

— Os oficiais da Companhia são homens muito bem-comportados — disse Harrowby. — Muitos deles são sérios.

Jack riu alto. Por pena ou superstição nem mesmo formularia o pensamento "Ele entendeu errado a situação: cometeu seu erro", e menos ainda o colocou em palavras; tocou uma malagueta e disse:

— Ele passará a noite bordejando para ganhar barlavento enquanto nós ficamos à capa. O pessoal dele vai estar exausto para a ação matinal. O nosso deve ter todo o descanso que pudermos dar, e comida. Sr. Stourton, como perdemos nosso intendente, devo pedir que cuide de distribuir as provisões. Que os homens tenham uma ceia boa e forte, há alguns presuntos no meu paiol. Onde está meu despenseiro? Mande chamar...

— Estou aqui, senhor, e estive aqui do lado deste cabeço há mais de meia ampulheta — disse Killick em seu gemido desagradável e magoado — segurando este sanduíche e esta caneca de vinho.

O borgonha desceu mais agradavelmente do que qualquer vinho que ele jamais bebera, dando forças ao seu coração e afastando o cansaço.

— Então não haverá batalha, afinal de contas? — perguntou o capelão saindo das sombras e se dirigindo a Etherege ou ao mestre-arrais. — Parece que estão se afastando a grande velocidade. Poderia ser covardia? Freqüentemente ouvi dizer que os franceses são grandes covardes.

— Não, não, não acredite nisso, Sr. White — disse Jack. — Eles arrancaram meu couro muitas vezes, posso dizer. Não, não,

Linois só está recuando *pour meleur sauter*, como ele diria. O senhor não deve se sentir desapontado; acho que podemos lhe prometer um rápido canhonaço de manhã. De modo que talvez seja melhor se deitar logo e dormir o máximo que puder. Eu farei o mesmo, assim que tiver falado com os comandantes.

Durante toda a noite ficaram à capa, com luzes de alcançado e luzes de mastro ao longo da linha, cada quarto de serviço se revezando, e cinqüenta lunetas noturnas apontadas para as luzes do almirante Linois enquanto ele seguia na direção do vento. No quarto de 0h às 4h Jack acordou por alguns minutos e descobriu que o navio estava caturrando violentamente: suas orações tinham sido atendidas, e um marulho alto vinha se aproximando do sul. Não precisava temer o fogo distante dos franceses. A precisão, o longo alcance e um mar calmo eram aves da mesma plumagem.

A alvorada surgiu calma, doce e clara sobre o mar agitado, e mostrou as linhas francesa e britânica separadas por três milhas. Linois, claro, tinha passado toda a noite bordejando para barlavento, de modo que agora tinha a vantagem de posição sem qualquer tipo de dúvida — agora podia iniciar a batalha quando quisesse. Tinha o poder, mas não parecia inclinado a usá-lo. Seu esquadrão recuava e se aproximava, balançando e arfando nas ondas. Depois de algum tempo a *Sémillante* deixou seu posto, veio fazer um reconhecimento ao alcance de um tiro de canhão e voltou. Ainda assim os franceses se mantinham distantes, no través da linha inglesa, com as proas viradas para noroeste; e o calor do dia aumentava.

Os marulhos de alguma tempestade distante ao sul cruzavam a invariável monção nordeste, e a intervalos de alguns minutos a agitação da água lançava agradáveis borrifos por cima do tombadilho da *Surprise*.

— Se engajarmos de sotavento — observou Jack, com os olhos fixos na *Marengo* —, ela vai achar tremendamente desconfortável abrir as portinholas inferiores. — A fragata inimiga levava seus canhões inferiores altos, como a maioria dos navios na linha de batalha francesa, mas mesmo assim, com o costado mais afundado por essa bela brisa e com o mar picado, sua cobertura inferior seria inundada — mais ainda porque ela estava meio instável, tendendo a adernar, sem dúvida por falta de suprimentos no fundo do casco. Se Linois não pudesse usar sua fileira inferior, seus canhões mais pesados, o embate seria mais ou menos equilibrado: seria esse o motivo para estar lá, recuando e se aproximando, quando era o dono da situação, com um comboio valendo seis milhões a sotavento? O que haveria em sua mente? Simples hesitação? Será que ficara dolorosamente impressionado pela visão da linha britânica permanecendo à capa durante toda a noite, uma longa fileira de luzes convidando o combate na manhã, em vez de se dispersando silenciosamente no escuro, o que certamente teriam feito se o avanço ousado da véspera tivesse sido um ardil?

— Tocar para o desjejum da tripulação — disse ele. — E Sr. Church, faça a gentileza de dizer ao Killick que se meu café não estiver no convés em quinze segundos ele será crucificado ao meio-dia. Doutor, muito bom-dia para o senhor. Não está um dia maravilhoso? Eis o café, finalmente. Quer uma xícara? O senhor dormiu? Ha, ha, que coisa fantástica é dormir! — Jack tivera cinco horas em seu poço forrado de lã, e agora uma vida nova e vigorosa fluía através dele. Sabia que estava comprometido com uma tarefa extremamente perigosa, mas também sabia que deveria ter succsso ou falhar totalmente. De qualquer modo seria por pouco, mas não havia lançado seu navio, ele próprio e mil e quinhentos outros homens num empreendimento temerário: a ansiedade havia sumido. Um dos motivos para isso era o novo sentimento ao longo da linha de batalha: os comandantes tinham manobrado bem os navios e sabiam disso; o sucesso da manobra e o recuo de Linois fizera maravilhas pelo espírito de luta dos que tinham se mostrado um tanto hesitantes, e agora havia uma unanimidade, uma prontidão para seguir o plano de ataque, que o encantava.

No entanto, sabia como a jovialidade do início da manhã podia irritar o amigo, e se contentou em andar de um lado para o outro, equilibrando a xícara de café contra o forte movimento de um navio parado à capa e mastigando uma bolacha de bordo mergulhada em manteiga líquida.

O café-da-manhã terminou e o esquadrão francês continuava sem fazer qualquer movimento.

— Devemos ajudá-lo a se decidir — disse Jack. Os sinais foram içados e a linha britânica se acomodou com amuras a boreste se mantendo a oeste, apenas com velas de gávea e papafigos. Imediatamente o governo da fragata ficou mais tranqüilo, um deslizar fácil, firme; e imediatamente os navios franceses à distância viraram em roda em amuras opostas, desviando-se para o sul em direção aos navios da Companhia.

— Por fim! — exclamou Jack. — Agora o que ele fará? — Quando tinha-os observado por tempo suficiente para ter certeza de que esse não era um movimento casual e sim o início seguro a partir do qual todas as coisas se seguiriam, disse: — Stephen, está na hora de você descer. Sr. Stourton, tocar postos de combate.

O tambor, mais instigante ainda do que uma trombeta, rufou e trovejou. Mas não havia nada a ser feito: há muito a *Surprise* fora limpa para a batalha, suas vergas estavam com coxins e correntes penduradas, as redes de proteção contra lascas montadas, a pólvora armazenada e esperando, balas de todos os tipos à mão, mechas fumegando em pequenos tubos ao longo do convés; os homens correram aos seus postos e ficaram de pé ou ajoelhados, olhando por cima dos canhões para o inimigo. Os franceses se aproximavam com pano reduzido, a *Marengo* na frente. Não estava claro o que pretendiam fazer, mas a opinião geral entre os marinheiros mais velhos era que virariam em roda na mesma amura dos navios da Companhia, navegariam em rumo paralelo e engajariam contra o centro e a testa da formatura do modo usual, usando sua velocidade maior para passar ao longo da linha; ao passo que outros achavam que Linois poderia cruzar a esteira deles e virar para iniciar a batalha a sotavento, para poder usar os canhões mais baixos, agora trancados por trás das portinholas, com a água verde se chocando contra elas. De qualquer modo eles e toda a tripulação da fragata estavam convencidos de que o tempo de manobras lentas havia terminado — que em 15 minutos a poeira começaria a voar: e houve silêncio por todo o navio, um silêncio grave, não desprovido de ansiedade, e um desejo urgente de que tudo começasse.

Jack estava muito ocupado em observar sua linha e interpretar os movimentos de Linois para sentir muito essa impaciência pensativa; mas também estava ansioso pelo momento do embate e da certeza, porque sabia muito bem que estava diante de um oponente formidável, capaz de táticas ousadas e incomuns. No entanto o próximo movimento de Linois o tomou de surpresa; o almirante avaliando que a testa da comprida coluna inglesa estava suficientemente avançada para seus propósitos, e sabendo que os navios da Companhia não podiam bordejar nem navegar a grande velocidade, de repente forçou as velas. Era uma manobra bem coordenada: cada navio francês, até mesmo o brigue, floresceu numa grande área de lona branca: apareceram sobrejoanetes, velas auxiliares se estenderam como asas, duplicando a boca dos navios e lhes dando uma beleza grandiosa e ameaçadora enquanto eles partiam para cima das embarcações mercantes. Por um momento Jack não conseguiu entender o rumo nem a evolução dos franceses, mas depois lhe veio uma convicção instantânea:

— Por Deus — disse —, ele pretende cortar a linha. Sotavento: *bordejar em sucessão, largar todas as velas possíveis.*

Quando o sinal foi içado ficou ainda mais certo que era exatamente isso. Linois estava mandando seu navio pesado direto para o espaço entre a *Hope* e a *Cumberland*, dois dos navios mais fracos. Pretendia cruzar a linha, isolar a retaguarda, deixar um ou dois navios para enfrentar o que restasse de seu fogo, orçar e se posicionar a sotavento da linha, disparando todas as suas descargas.

Jack pegou o megafone de Stourton, saltou para a grinalda de popa e gritou com toda a força para o navio que vinha a ré:

— *Addington*, aquartele sua vela de gávea. Estou deixando a coluna. — Virando-se, gritou: — Todo mundo, virar em roda. Com todo o leme. Harrowby, coloque-me de través para os escovéns da *Marengo*.

Agora todo o treinamento longo e duro mostrou resultado: a fragata se virou numa bela curva fechada sem jamais hesitar, movendo-se cada vez mais rápido enquanto largava vela após vela. Cortou a água com as mesas de enxárcia de sotavento mergulhadas na espuma branca, indo à bolina cochada para o ponto onde seu rumo cortaria o da *Marengo,* em algum lugar antes da coluna inglesa, se essa velocidade pudesse ser mantida. Precisava alcançá-la e segurá-la até que os navios da testa pudessem segui-lo, alcançá-lo e dar o apoio à *Surprise*. Com a velocidade da fragata isso era possível, desde que não perdesse nenhuma verga importante; sem dúvida isso significava ir direto contra o través da *Marengo*, no entanto poderia ser feito, em particular num mar daqueles. Mas se conseguisse, se não perdesse mastros, por quanto tempo poderia segurá-la? Quanto tempo seria preciso para os navios da testa alcançá-lo? Não ousava desfazer a linha: a segurança dos navios mercantes dependia totalmente da força, da unidade e do apoio mútuo de seu fogo combinado, a curta distância.

Parado na frente do tombadilho verificou de novo a posição: a *Surprise* já havia ultrapassado três navios, o *Addington,* o *Bombay Castle* e o *Camden*, movendo-se na direção oposta indo para o ponto de guinada deles; e eles estavam largando pano — a abertura havia se fechado. Na bochecha de bombordo, uma longa milha a nordeste, estava a *Marengo*, com a água branca se chocando na proa. Na alheta de bombordo, ainda a uma milha de distância, o *Alfred* e o *Coutts* tinham virado e largavam os joanetes, o *Wexford* estava em vento, e parecia que o ansioso *Lushington* poderia atrapalhá-lo. Ele assentiu: poderia ser feito — de fato não havia escolha.

Pulou pela escada e correu ao longo das guarnições dos canhões e falou com eles com uma amabilidade particular, uma espécie de intimidade: agora eram velhos companheiros de navio; ele conhecia cada homem e gostava da maior parte. Deviam se certificar de não perder um único tiro — disparar alto nesse trecho, no balanço para cima — bala, e depois corrente, na maior cadência possível — o navio podia sacudir um pouco enquanto eles baixassem no cavado da onda, mas não deveriam se incomodar: os franceses não podiam abrir suas portinholas baixas e eles deveriam disparar assim que se estabilizassem de través para sua proa — Jack sabia que disparariam continuamente —, deviam observar o Velho Confiável: ele jamais havia desperdiçado um tiro durante toda esta viagem — e deveriam ter cuidado com a escorva. O Velho Confiável piscou seu único olho e deu um risinho.

O primeiro tiro de espotagem da *Marengo* caiu curto no mar a cem jardas pelo través de bombordo, lançando para o alto uma longa pluma branca despedaçada pelo vento. Outro, mais perto e a boreste. Uma pausa, e agora o costado da *Marengo* desapareceu atrás de uma nuvem de fumaça branca, espalhando-se da proa até a alheta: quatro salvas trovejantes acertaram, três na proa da fragata e uma no turco do lambareiro.

Jack olhou para o relógio, disse ao seu escrivão para anotar a hora, e o manteve na mão enquanto andava de um lado para o outro acompanhado por Stourton, até o próximo estrondo feroz. Muito mais preciso: a água branca saltou a toda volta da *Surprise*, até a altura dos mastaréus, vários disparos de vinte e quatro libras acertaram, fazendo o casco ressoar de novo e o movimento se interrompeu momentaneamente, a fragata cambaleou. Buracos apareceram na vela do traquete e nos papafigos e vários moitões caíram sobre a rede de proteção acima da meia-nau do navio.

— Cerca de dois minutos — observou. — Prontidão precária. — A *Surprise* não demorava mais de um minuto e vinte segundos entre duas descargas. — Mas graças a Deus as portinholas de baixo estão fechadas. — Antes que a *Marengo* disparasse a próxima, a fragata estaria um quarto de milha mais perto.

A *Sémillante*, que vinha logo atrás da *Marengo*, abriu fogo com os canhões de proa. Jack viu uma bala voando para longe, a ré, quando chegou à grinalda de popa em sua caminhada ritual para a frente e para trás, uma bola nítida com uma espécie de leve halo ao redor.

— Sr. Stourton, o canhão de proa pode disparar. — Não faria qualquer mal; poderia fazer bem, mesmo a essa distância; e o barulho aliviaria os homens silenciosos. Os dois minutos haviam se passado, alguns segundos passaram, e a bordada cuidadosa, deliberada da *Marengo* veio, acertando a *Surprise* como um martelo, praticamente sem errar nenhum tiro. E imediatamente depois disso seis canhões da *Sémillante*, todos altos e passando longe.

Stourton informou:

— Verga da cevadeira partida na boca, senhor. O carpinteiro encontrou noventa centímetros de água no poço: está bujonando alguns buracos abaixo da linha d'água, não muito baixos. — Enquanto ele falava o canhão de proa rugiu, e o cheiro encorajador, inebriante, da pólvora chegou à popa.

— Bom trabalho, Sr. Stourton — disse Jack sorrindo. — Mas pelo menos a *Sémillante* não pode nos alcançar de novo. O ângulo está estreito demais. Quando a *Marengo* começar a disparar metralha, deixe os homens se deitarem ao lado dos canhões.

Nitidamente, na amurada de bombordo, dava para ver os últimos canhões da *Marengo* recuando. Estavam esperando o balanço da onda. Olhou em torno de seu tombadilho quase vazio antes de se virar na caminhada. Bonden e Carlow ao timão, Harrowby atrás deles, manobrando o navio; Stourton gritando uma ordem para os gajeiros mareadores dos panos guarnecerem a bolina do velacho; a sotavento o aspirante sinaleiro, depois Callow com a cabeça coberta pelo curativo, para levar mensagens, e o jovem Nevin, o escrivão, com sua lousa; Etherege olhando os navios da Companhia através de sua luneta de bolso. Todos os fuzileiros, afora a sentinela junto à gaiúta, estavam espalhados entre as guarnições dos canhões.

O estrondo da descarga conjunta, do canhão de proa e dos vinte tiros acertando a *Surprise*, vieram num só fôlego — uma extrema violência de ruído. Jack viu o timão se desintegrar, Harrowby ser jogado para trás até a grinalda de popa, partido em dois; e na frente houve um grito. Instantaneamente ele se dobrou para o tubo acústico que ia para baixo, dirigindo-se aos homens postados junto à talha do leme que podiam assumir o controle do timão.

— Aí embaixo. Ela pode ser manobrada?

— Sim, senhor.

— Até aqui, até aqui muito bem. Mantenham o controle, ouviram?

Três canhões tinham sido desmontados, e lascas, pedaços de carretas, pedaços de corrimão, paus de carga, barcos despedaçados atulhavam os conveses até o mastro grande, junto com uma quantidade de macas arrancadas de suas trincheiras. A retranca da bujarrona balançava de um lado ao outro, sua ponta disparava pelo navio e balas de canhão, espalhadas dos suportes e estropos, rolavam fazendo barulho pelo convés oscilante, porém muito mais perigosos eram os canhões soltos correndo — um peso concentrado e letal enlouquecido. Jack mergulhou na desordem adiante — poucos oficiais, pouca coordenação — pegando uma maca ensangüentada enquanto corria. Duas toneladas de metal, que já tinham sido o adorado canhão de bombordo, pararam imóveis no ápice do balanço do navio, prontas para correr de volta pelo convés e abrir caminho esmagando a amurada de boreste: ele prendeu a maca embaixo do canhão e deu volta a um cabo em volta da parte volumosa do cano, chamando homens para amarrá-lo rapidamente num balaústre; e, enquanto gritava, uma bala de 36 libras, solta, bateu em seu tornozelo, derrubando-o. Stourton estava junto à próxima boca de fogo, uma caronada ainda em sua carreta, tentando prendê-lo numa barra de cabrestante enquanto ela ameaçava mergulhar pela escotilha de proa e em seguida pelo fundo da fragata. As braçolas ao redor do orifício cediam como se fossem de papelão e então o caturro do navio para vante aliviou o esforço -- o canhão rolou em direção à proa, e enquanto aumentava de velocidade eles o fizeram tombar, derrubando-o de lado. Mas o mesmo caturro, a mesma mudança de inclinação, atuando no canhão solto a meia-nau, sob o talabardão, mandou-o cada vez mais rápido através do confuso grupo de homens, cada um com sua idéia de como fazê-lo parar, de modo que ele bateu com toda a força contra a amurada, logo atrás das mesas de enxárcia de vante, arrebentou-a e mergulhou no mar. Ah, e seus oficiais! — a alta disciplina acabou com a iniciativa dos homens — mas os que ele havia deixado estavam cumprindo o dever muito bem: Rattray lá no perigoso gurupés, já com dois de seus ajudantes, prendendo a retranca da bujarrona antes que ela fosse embora; Etherege com meia dúzia de fuzileiros jogando as balas por cima da amurada ou peiando-as; Callow e a guarnição da lancha jogando os destroços da embarcação para longe dos canhões.

Jack lançou um olhar à *Marengo*. Todos os canhões, menos dois, estavam prontos de novo:

— Deitem-se — gritou, e no espaço da onda que se elevava houve silêncio por todo o convés, rompido apenas pelo vento, a água correndo e uma ou outra bala rolando pelo talabardão. Toda a descarga de canhões e o uivo da metralha rasgando acima do convés; mas passou alta demais, um pouco apressada. Rattray e seus ajudantes ainda estavam lá, trabalhando com fúria concentrada e berrando, pedindo dez braças de cabo de duas polegadas e mais barras. A *Surprise* ainda estava em seu rumo direto, a velocidade apenas ligeiramente diminuída pela perda da bujarrona de fora e dos furos nas velas: e então os navios da Companhia que estavam atrás abriram fogo a meia milha de distância. Surgiram buracos nos velachos da *Marengo*. E Jack duvidava que ela conseguisse dar outra descarga antes que a *Surprise* estivesse tão perto da proa que os canhões de costado não poderiam mais fazer mira — não poderiam ser apontados suficientemente em direção à proa para alcançá-la. Se a *Marengo* saísse do rumo para colocar a *Surprise* na linha de tiro, o plano de Linois estaria derrotado. A esta velocidade uma guinada levaria o navio de dois conveses a leste da linha incólume.

Jack voltou mancando ao tombadilho, onde o jovem Nevin estava de quatro, vomitando.

— Tudo bem, Bonden? — perguntou, ajoelhando-se junto do tubo acústico. — Aí embaixo. Alivie meio ponto. Mais meio. Assim! — Agora a *Surprise* estava manobrando pesadamente.

— Tudo bem, senhor — disse Bonden. — Só o meu braço esquerdo torceu. Carlow o imobilizou.

— Então me dê uma mão com o outro — disse Jack, e os dois jogaram Harrowby por cima do corrimão de popa. Bem a ré, para além do corpo caindo na água, seis navios da Companhia já haviam virado: vinham sob uma bela quantidade de velas, mas ainda estavam muito longe. Aberta pela amura de bombordo a *Marengo* finalmente estava quase ao alcance. — A postos nos canhões — gritou. — Atenção. Não percam um único tiro. Esperem. Esperem.

— Um metro e meio de água no poço, senhor — disse Stourton.

Jack assentiu.

— Meio ponto — gritou de novo pelo tubo, e de novo a voz fantasmagórica respondeu: — Meio ponto, senhor. — A fragata podia estar pesada, e estava; mas a não ser que afundasse no próximo minuto ele acertaria a *Marengo*, acertaria com muita, muita força. Pois enquanto a *Surprise* chegava mais perto de cruzar a proa da *Marengo* sua descarga de costado seria dada, finalmente, e de perto.

Tiros de mosquete no castelo de proa da *Marengo*: seus fuzileiros estavam apinhados na proa e na gávea do traquete. Mais cem metros, e a não ser que a *Marengo* desse uma guinada ele iria arrebentá-la: e se ela desse a guinada teria de ficar través com través e lutar.

— Sr. Stourton, alguns homens para carregar e aquartelar o velacho. Callow, Lee, Church, corram para a proa. — Mais perto, mais perto. A *Marengo* continuava vindo com uma esplêndida onda de proa; a *Surprise* se movia mais devagar. Passaria pela *Marengo* a pouco menos de duzentas jardas, e já estava tão perto que os navios da Companhia tinham parado de disparar, por medo de acertá-la. Mais perto ainda, para toda a força do golpe: as equipes se encolhiam tensas ao lado dos canhões apontados, mexendo-os um pouquinho para mirar com concentração total, indiferentes às balas dos mosquetes.

— Fogo — disse ele quando o balanço para cima começou. Os canhões dispararam num rugido longo: a fumaça se dissipou, e ali estavam a proa e o castelo de proa da *Marengo*, varridos: cabos pendendo, uma vela de estai voando louca.

— Baixo demais — gritou ele. — Elevem a mira; elevem. Callow, Church, elevem a mira. — Não havia sentido em simplesmente matar franceses: era o aparelho, as vergas e a mastreação que contavam, e não o sangue que agora corria dos embornais da *Marengo*, vermelho de encontro à faixa branca. O trabalho pesado, furioso, de reposicionar as armas, pôr a bucha, carregar, disparar, recuar. E o número três, o canhão mais rápido, disparou primeiro.

— Carregar o pano — ele gritou acima do trovão. — Aquartelar velacho. — A *Surprise* diminuiu a velocidade, perdeu o seguimento e parou envolta em sua própria fumaça com seu través para a proa da *Marengo*, martelando-a com toda a velocidade que os canhões podiam disparar. A terceira descarga se fundiu com a quarta: agora os disparos eram contínuos, e Stourton e os aspirantes corriam de um lado para o outro pela linha de tiro, apontando, instigando, traduzindo os latidos roucos do comandante num fogo direto, uma tempestade de metal. Depois dos golpes sofridos os homens estavam meio chateados, e agora que podiam atacar os franceses seu fogo era um tanto louco e freqüentemente baixo demais: mas a essa distância nenhum tiro caía muito longe do alvo. Os meninos da pólvora corriam, os cartuchos subiam num jorro contínuo, as guarnições dos canhões comemoravam como maníacos, nus da cintura para cima, escorrendo suor, aproveitando sua pequena vingança; golpeando o inimigo, atulhando os canhões até a boca. Mas era bom demais para durar. Através da fumaça ficou claro que Linois pretendia abalroar a *Surprise* — abalroá-la diretamente ou abordá-la.

— Largar o traquete. Encher o velacho — ele gritou com toda a força dos pulmões, e pelo tubo abaixo: — Desviar dois pontos. — Precisava a todo custo manter-se diante da proa da *Marengo* e continuar acertando-a — ela parecia um matadouro, mas nada vital ainda havia sido arrancado. A *Surprise* começou a fazer uma virada lenta, pesada, e o costado da fragata de dois conveses surgiu. Eles estavam abrindo as portinholas de baixo, empurrando os grandes canhões de trinta e seis libras a despeito das ondas. Bastaria uma mudança no leme para trazê-la em posição e a *Surprise* teria toda a descarga violenta ao alcance de um tiro de pistola. Então eles poderiam trancar as portinholas de baixo, porque ela estaria afundada.

Etherege, com quatro mosquetes e seu ajudante para carregá-los, estava disparando constantemente contra a gávea do traquete da *Marengo*, acertando em qualquer homem que aparecesse. A meia milha atrás, a testa da coluna inglesa abriu fogo contra a *Sémillante* e a *Belle Poule*, que vinham alcançando-a nos últimos cinco minutos: fumaça em toda parte, e o trovão das descargas abafava a brisa.

— Bombordo, bombordo, todo o leme a bombordo — ele gritou pelo tubo; e empertigando-se: — Vela grande, aí. — Onde estava sua velocidade, pobre querida *Surprise*? Ela conseguia ficar à frente da *Marengo*, mas afastava-se do vento a ponto de seus canhões não poderem mirar e sua popa estar apontando para a proa da *Marengo*. O fogo diminuiu, morreu, e os homens olharam à ré para a *Marengo*: duas malaguetas do timão fariam girar o costado do francês de través para *Surprise* — já dava para ver a linha dupla de bocas de canhões se projetando das portinholas. Por que ela não guinava? Por que estava sinalizando?

Um grande estrondo de canhões a boreste traduziu o motivo. O *Royal George*, seguido pelos dois navios que vinham à ré, tinha saído da linha, da linha sagrada, e chegava depressa para lutar contra a *Marengo* do outro bordo enquanto a testa se aproximava do oeste, ameaçando envolver os franceses — a única manobra que Linois temia.

A *Marengo* chegou-se ao vento, e o giro pôs os canhões da fragata em ação de novo. Eles chamejaram e o navio de dois conveses respondeu instantaneamente com um fogo desigual, dos canhões superiores de boreste que estavam tão perto que o tiro passou muito acima do convés da fragata e as buchas pegando fogo caíram a bordo — tão perto que dava para ver os rostos espiando das portinholas, à distância de se jogar uma bolacha. Por um momento os dois navios ficaram través com través. Através de um rasgo na antepara do tombadilho superior da *Marengo* Jack viu o almirante sentado numa cadeira com uma expressão séria no rosto, e ele estava apontando para algo no alto. Jack havia freqüentemente sentado à sua mesa e reconheceu instantaneamente a inclinação lateral da cabeça do sujeito. Agora a virada da *Marengo* levou-a ainda mais para longe. Outro disparo de suas caronadas de popa e ela girou, à bolina cochada, apresentando-se para ser varrida de proa a popa pelos canhões restantes da fragata — mais dois tinham sido desmontados e um havia explodido — um disparo que despedaçou sua galeria de popa. Outra bordada de artilharia enquanto ela se afastava, ganhando velocidade, e houve uma comemoração prodigiosa quando a verga seca caiu, seguido pela mezena e pelo mastaréu do joanete. Então ela estava fora de alcance, e a *Surprise*, mesmo querendo desesperadamente, não podia girar nem se mover suficientemente rápido pelo mar para tê-la ao alcance de novo.

Toda a linha francesa tinha virado em roda ao mesmo tempo: navegaram à bolina, passaram entre as linhas de navios da Companhia que convergiam e foram em frente.

— Sr. Lee — disse Jack. — *Perseguição geral.*

Não iria adiantar. Os navios da Companhia perseguiram, esforçando-se e usando até os sobrinhos, mas mesmo assim o esquadrão francês se adiantava; e quando Linois bordejou para leste Jack os chamou de volta.

O *Lushington* foi o primeiro a alcançá-lo e o comandante Muffit veio a bordo. Seu rosto vermelho, glorioso de triunfo, subiu pela amurada como um sol nascente; mas quando chegou ao tombadilho ensangüentado sua expressão mudou para uma perplexidade chocada.

— Ah, meu Deus — exclamou, olhando os estragos avante e à ré: sete canhões desmantelados, quatro portinholas transformadas numa só, as embarcações miúdas nos paus-de-carga totalmente destruídas, vergas despedaçadas em toda parte, água brotando dos embornais a sotavento enquanto as bombas a aspiravam em jorros vindos de baixo, cabos enroscados, lascas até a altura dos joelhos a meia nau, buracos enormes nas anteparas, mastro do traquete e do grande cortados quase totalmente em vários lugares, com balas de 24 libras alojadas fundo. — Meu Deus, vocês sofreram terrivelmente. Dou-lhes o júbilo da vitória — disse segurando a mão de Jack com suas duas — mas vocês sofreram terrivelmente. Suas perdas devem ser chocantes.

Agora Jack estava desgastado e muito cansado: o pé doía abominavelmente, inchado dentro da bota.

— Obrigado, comandante. Ele nos maltratou, e se o *George* não tivesse chegado de modo tão nobre acho que teria nos afundado. Mas perdemos muito poucos homens. O Sr. Harrowby, infelizmente, e dois outros, com grande número de feridos: mas é uma conta pequena para um trabalho tão caloroso. E nós o fizemos pagar caro. Sim, sim: fizemos com que pagasse caro, por Deus.

— Dois metros e meio de água no poço, senhor — disse o carpinteiro. — E está subindo.

— Posso ser de alguma utilidade, senhor? — perguntou Muffit. — Nossos carpinteiros, mestres, marinheiros para bombear?

— Eu aceitaria de bom grado ter meus oficiais e marinheiros de volta, e qualquer ajuda que vocês possam dispensar. O navio vai demorar pelo menos uma hora para voltar a navegar.

— Instantaneamente, senhor, instantaneamente — exclamou Muffit, indo para a amurada, agora muito perto da água. — Meu Deus, que surra — disse parando para olhar uma última vez.

— Sim — disse Jack. — E não sei onde vou substituir todo o meu aparelho deste lado de Bombaim. Não resta uma vergôntea no navio. Meu consolo é que Linois está ainda pior.

— Ah, quanto a mastros, vergas, embarcações miúdas, cordame, víveres, a Companhia teria enorme prazer... ah, eles vão pensar maravilhas do senhor em Calcutá. Nada será demais, garanto. Sua ação esplêndida certamente preservou a frota, como contarei a eles. Lado a lado com uma fragata de setenta e quatro canhões! Posso rebocar o senhor?

O pé de Jack lhe deu uma pontada de dor monstruosa.

— Não, senhor — disse incisivamente. — Vou acompanhá-lo a Calcutá, se o senhor quiser, já que presumo que não permanecerá no mar com Linois por perto; mas não serei rebocado, pelo menos enquanto tiver um mastro de pé.

CAPÍTULO DEZ

De fato a Companhia pensou maravilhas sobre ele. Fogos de artifício; jorraram banquetes prodigiosos, tesouros de suprimentos navais; atenções tão gentis para a tripulação enquanto a *Surprise* fazia reparos que praticamente nenhum homem ficou sóbrio ou solteiro desde o dia em que largaram o ferro até o dia em que o içaram, um bando carrancudo, brutal, debochado e dissipado.

Isso era gratidão expressa em comida e em diversão na mais luxuosa escala de esplendor oriental, e em muitos, muitos discursos, todos lavrados em termos de puro elogio; e isso colocou Jack em contato imediato com Richard Canning. No primeiro jantar oficial ele encontrou Canning à direita — um Canning cheio de admiração *afetuosa*, que ansiosamente afirmava conhecê-lo. Jack ficou pasmo: mal havia pensado duas vezes em Canning desde Bombaim, e absolutamente nenhuma desde a batalha com Linois. Estivera continuamente ocupado, acalentando a pobre, surrada e meio desmaiada *Surprise* pelo mar afora, até mesmo com vento favorável e a ajuda dedicada de todos os navios da Companhia cujo pessoal conseguia espaço para subir a bordo; e Stephen, com a enfermaria cheia e algumas operações delicadas, inclusive na cabeça do pobre Bowes, mal havia trocado com ele uma dúzia de palavras oficiais que pudessem ter trazido Diana ou Canning à sua mente.

Mas ali estava o homem ao seu lado, amigável, sem reservas e aparentemente sem consciência de qualquer necessidade de reserva por parte de nenhum dos dois, presente para homenageá-lo e até mesmo a brindar sua saúde num discurso bem afinado, conhecedor e realmente gratificante, um discurso em que Sophia pairava, decentemente velada, junto com a felicidade iminente, duradoura e gloriosa do comandante Aubrey. Depois da rigidez e do embaraço iniciais, Jack achou impossível desgostar do sujeito, e fez pouco esforço para isso, em particular porque Stephen e ele pareciam muito bem juntos. Além disso, qualquer distância, qualquer frieza numa ocasião pública ficaria tão marcada, tão desgraciosa e tão grosseira que ele não poderia se obrigar a isso, mesmo se a ofensa tivesse sido ainda maior e muito mais recente. Ocorreu-lhe que, com toda a probabilidade, Canning não fazia a mínima idéia de tê-lo cortado há tanto tempo — ah, tempo demais, em outro mundo.

Banquetes, recepções, um baile que Jack teve de recusar porque foi no dia em que enterraram Bowes; e passou-se uma semana antes que ele se encontrasse com Canning em particular. Estava sentado à sua mesa na câmara, com o pé machucado num balde de óleo de gergelim quente, escrevendo a Sophia "a espada de honra que eles me deram de presente é uma coisa muito bonita, ao gosto indiano, acho, com uma inscrição muito lisonjeira; de fato, se palavras gentis valessem meio *pence* eu seria um nababo, e ah, querida, um nababo casado. A Companhia, os mercadores parses e os seguradores montaram uma bolsa esplêndida para os homens, que vou distribuir; mas em sua delicadeza..." quando Canning foi anunciado.

— Peça para ele descer — disse colocando um dente de baleia sobre a carta, para não ser levada pela fétida brisa do Hooghly. — Sr. Canning, bom-dia, por favor, sente-se. Perdoe por recebê-lo deste modo informal, mas Maturin vai me flagelar se eu levantar o pé de dentro do óleo sem autorização.

Perguntas educadas sobre o pé — tremendamente melhor, obrigado — e Canning disse:

— Acabei de circular pelo navio, e dou minha palavra que não sei como o senhor conseguiu trazê-lo. Contei quarenta e sete tiros dos grandes entre o que restou de seu talhamar e o cotoco do turco do lambareiro de bombordo, e mais ainda na amura de boreste. Como se saiu a *Marengo*?

Poucos homens de terra teriam recebido mais do que o mais breve relato geral, mas Canning estivera no mar; era dono de navios corsários e havia lutado num deles numa batalhazinha animada. Jack contou como a *Marengo* havia se saído; e guiado pela participação atenta e inteligente de Canning em cada movimento, cada mudança de vento, também contou como a *Sémillante* e a *Belle Poule* tinham se saído, e como a galante *Berceau* havia tentado se sair, desenhando diagramas em óleo de gergelim no tampo da mesa.

— Bem — disse Canning com um suspiro —, tenho de lhe prestar homenagens, sem dúvida, foi a coisa mais perfeita. Eu teria dado minha mão para estar lá... mas nunca fui um homem de sorte, a não ser, talvez, no comércio. Meu Deus, meu Deus, como gostaria de ter sido marinheiro e ficar longe da terra. — Ele pareceu desanimado e velho; mas reanimando-se disse: — Foi a coisa mais perfeita, o toque de Nelson.

— Ah, não, senhor — exclamou Jack. — Aí o senhor se engana. Nelson teria tomado a *Marengo*. Houve um momento em que quase pensei que poderíamos. Se aquele nobre sujeito, o McKay, do *Royal George*, ao menos tivesse conseguido trazer a retaguarda um pouco mais depressa, ou se Linois tivesse se demorado ao menos um minuto para tentar nos abalroar de novo, os navios da testa chegariam e nós o teríamos entre dois fogos. Mas não era para ser. Foi apenas uma pequena escaramuça, afinal de contas, mais uma batalha não decisiva; e imagino que ele esteja fazendo reparos na Batávia agora mesmo.

Canning balançou a cabeça, sorrindo.

— Mas não foi totalmente sem sucesso — disse ele. — Uma frota no valor de seis milhões foi salva; e o país, para não falar da Companhia, ficaria numa situação estranha se ela se perdesse. E isso me traz ao objetivo desta visita. Vim aqui a pedido de meus colegas para descobrir, com o máximo de tato e delicadeza, como eles poderiam expressar o sentimento por sua realização com algo mais... devo dizer *tangível?*... do que discursos, montanhas de comida oriental e borgonha mediano. Algo talvez mais negociável, como dizemos na City. Imagino que não o ofendo, não é, senhor?

— Nem um pouco, senhor.

— Bem, vendo que algo que pareça uma gratificação direta está fora de questão com um cavalheiro de seu tipo...

"Onde, *onde* o senhor arranjou essas loucas idéias românticas?", pensou Jack, olhando cheio de desejos para o rosto dele.

— Alguns membros sugeriram um serviço de pratos, ou um palanquim de Surajud-Dowlah engastado em ouro. Mas observei que um serviço de pratos na escala que eles sugeriram demoraria cerca de um ano para chegar à sua mesa. Que, pelo que sei, o senhor já estava magnificamente abastecido de prataria (Jack possuía seis pratos, atualmente no penhor), e que um palanquim, por mais que fosse magnífico, era de pouco uso para um oficial da Marinha; e me ocorreu que um frete era a resposta para o nosso problema. E será que estarei sendo grosseiro demais ao falar com esta liberdade?

— Ah, não, não — exclamou Jack. — Não faça cerimônia, imploro. — Mas estava perplexo: o dinheiro de frete, aquela chuva de ouro encantadora e não procurada, não laboriosa, quase imerecida, caía apenas sobre os afortunados comandantes de vasos de guerra que carregavam tesouro para o governo, para os donos de ouro em barra ou dinheiro em espécie dos que não queriam confiar sua riqueza concentrada a qualquer transporte menos seguro; chegava a dois ou três por cento do valor carregado e era muito bem-vindo. Ainda que muito mais raro do que o dinheiro resultante de presas de guerra (o único outro caminho dos oficiais da Marinha para uma abastança decente) era mais seguro; não tinha possíveis dificuldades legais e ninguém precisava arriscar o navio, a vida ou a carreira para consegui-lo. Como todos os outros marinheiros, Jack sabia tudo sobre o dinheiro de frete, mas nenhum jamais havia aparecido em seu caminho: sentiu uma benevolência luzidia com relação a Canning. No entanto continuava em dúvida: o dinheiro viajava *para* a Índia, e não *de volta* à Inglaterra; a riqueza da Companhia voltava para casa na forma de chá e musselina, xales de caxemira... Nunca ouvira falar de dinheiro voltando para casa.

— Talvez o senhor saiba que o *Lushington* estava transportando rubis de Bornéu, um dos nossos carregamentos de pedras preciosas — disse Canning. — E temos uma entrega de pérolas de Tinnevelly, além de dois pacotes de safiras. O todo não soma um grande valor, acho, nem mesmo um quarto de milhão; mas também não ocupa espaço; o senhor não ficaria incomodado. Posso ter esperanças de convencê-lo a fazer esse transporte?

— Creio que sim, senhor — disse Jack — e fico imensuravelmente agradecido pelo modo... bem... delicado, cavalheiresco, com que a oferta foi feita.

— Não deve me agradecer, caro Aubrey, não há o menor obséquio pessoal. Sou apenas o porta-voz da Companhia. Como gostaria de prestar algum serviço direto! Se houver algum modo pelo qual eu possa ser útil, ficaria felicíssimo. O senhor teria, por exemplo, algum interesse em mandar alguma mensagem à Inglaterra? Se fosse investir alguns milhares em Bohea e no mercado futuro de angorá, poderia muito bem lucrar trinta por cento antes de chegar em casa. Alguns primos e eu mantemos um correio terrestre, e o mensageiro está de partida. Ele vai por Suez.

— Mercado futuro de angorá — disse Jack em voz pensativa. — Acho que estou toleravelmente desinformado nesse aspecto. Mas vou lhe dizer uma coisa, Canning, eu ficaria tremendamente agradecido se seu homem levasse uma carta particular. O senhor a terá em dez minutos. Que gentileza, que enorme gentileza!

Jack entregou Canning a Pullings para um passeio geral pelo navio, com recomendação particular para ver o quebra-mar no castelo de proa e o estado dos cabeços, e retomou sua carta.

Sophia, querida, eis a coisa mais linda do mundo — a Companhia vai encher o navio de tesouros — você e eu vamos ganhar frete, como dizemos — explico mais tarde. É muito parecido com o dinheiro de presa, mas não é dividido com os homens nem com o almirante, desta vez, já que estou sob ordens do Almirantado, não é uma beleza? Não é uma quantia estarrecedora, mas vai me livrar das dívidas e nos garantir um belo chalé com um ou dois acres de terra. Com isso você está requisitada e orientada a partir para a Madeira imediatamente, e aqui vai um bilhete para Heneage Dundas que ficará muito satisfeito em lhe dar uma passagem no *Ethalion*, se ainda estiver nessa linha de paquetes ou, caso não esteja, encontrar um de nossos amigos que for para lá. Não perca um instante, você poderá tricotar seu vestido de noiva a bordo. Com grande pressa, e amor maior ainda, Jack.

PS Stephen está muito bem. Tivemos uma escaramuça com Linois.

Velho Heneage,

Em nome de seu apreço por mim, dê a Sophia uma passagem para a Madeira. Ou, se não puder, mexa os pauzinhos com Clowes, Seymor, Rieu, qualquer um dos nossos amigos confiáveis e sóbrios. E se puder embarcar uma mulher respeitável como, digamos, empregada do contramestre, eu ficaria tremendamente agradecido.

Sempre seu,
Jack Aubrey

PS A *Surprise* recebeu uma surra da *Marengo*, de 74 canhões, mas pagou de volta com juros, e zarparei no instante em que os reforços de proa estiverem em condições. Esta correspondência vai por terra e imagino que chegue uns dois meses antes de mim.

— Aí está, senhor — exclamou ele vendo a figura de Canning escurecer a porta da câmara. — Assinada, selada e entregue. Fico tremendamente agradecido.

— Não há de quê. Entregarei diretamente a Atkins, e ele irá levá-la ao mensageiro antes de partir.

— Atkins? O Atkins do Sr. Stanhope?

— Sim. O Dr. Maturin lhe deu um cartão indicando-o a mim: parece que, com a morte infeliz do enviado, ele estava sem lugar. O senhor o conhece?

— Ele veio na *Surprise*, claro, mas na verdade praticamente não vi o cavalheiro.

— Ah? De fato? Isso me lembra que não tenho o prazer de ver o Dr. Maturin há dias.

— Nem eu. Nós nos encontramos naqueles jantares esplêndidos, mas afora isso ele está ocupado no hospital ou percorrendo o país em busca de insetos ou tigres.

— Faça a gentileza de me chamar um elefante — disse Stephen.

— *Sahib*, imediatamente. O *sahib* prefere um elefante macho ou fêmea?

— Um elefante macho. Eu estaria mais à vontade com um elefante macho.

— O *sahib* gostaria que eu o levasse a uma casa de garotos? Garotos limpos, educados como gazelas, que cantam e tocam flauta?

— Não, Mahomet, só o elefante, por favor.

A enorme criatura cinzenta se ajoelhou e Stephen olhou atentamente para seu pequeno olho sábio e velho, brilhando em meio à pintura e os bordados.

— O *sahib* põe o pé aqui, sobre o animal.

— Perdão — murmurou Stephen para a vasta orelha arcaica, e montou. Seguiram pela apinhada Chowringhee, Mahomet apontando objetos de interesse. — Ali mora Mirza Shah, decrépito, cego, reis tremiam ao ouvir seu nome. Lá adiante Kumar, o rico, um incréu;

tem mil concubinas. O *sahib* fica enojado. Como eu, o *sahib* considera as mulheres coisas tagarelas, maldosas, mexeriqueiras, barulhentas, desprezíveis, más, mesquinhas, instáveis, duras, desagradáveis; vou lhe trazer um jovem cavalheiro que cheira a mel. Este é o Maidan. O *sahib* vê duas árvores pipal perto da ponte, Deus lhe dê visão para sempre. É aí que os cavalheiros europeus vêm lutar uns contra os outros com espadas e pistolas. A construção do outro lado da ponte é um templo pagão, cheio de ídolos. Atravessamos a ponte. Agora o *sahib* está em Alipur.

Em Alipur, vastos jardins murados, casas isoladas; aqui uma ruína gótica com um verdadeiro pagode no terreno, ali uma torre redonda de um irlandês saudoso de casa. O elefante seguiu por um caminho de cascalho até um pórtico, muito parecido com o pórtico de uma casa de campo inglesa, a não ser pelos profundos recessos de cada lado para os tigres, e o cheiro de animais selvagens que pairava sob o teto. Os tigres saíram e olharam não para ele, mas na direção dele, com olhos implacáveis, suas correntes ainda se arrastavam no chão, no entanto os rostos estavam tão próximos que os bigodes se misturavam, e era impossível dizer de qual peito enorme vinha o rugido que encheu o pórtico ecoante com seu som grave, contínuo. O filho pequeno do porteiro, acordado pela nota de órgão, gritou e os tigres foram puxados, um para cada lado.

— Criança — pediu Stephen —, diga o nome e a idade dessas feras.

— Pai dos pobres, os nomes deles são Certo e Errado. São de uma antiguidade imemorial, já que estão neste pórtico desde antes de eu nascer.

— No entanto o território de um se sobrepõe ao território do outro?

— Marajá, meu entendimento não alcança a palavra *sobrepõe*, mas sem dúvida sim.

— Criança, aceite esta moeda.

Stephen foi anunciado.

— *Aí está aquele sujeito médico de novo* — disse Lady Forbes, espiando para ele sob a mão que abrigava os olhos. — *Você deve admitir que ele tem um certo ar, já viu boa companhia, mas jamais confio nessas castas mistas.* Boa-tarde, senhor. *Acho que o vejo bem, meu Romeu Serra-ossos, eles passaram pelo martelo, pelas pinças e foram jogados na porcaria do depósito de carvão, também. Ela teria me reduzido às lágrimas, se eu ainda tivesse alguma para derramar.* O senhor chegou na hora do meu chá. Posso lhe oferecer uma xícara? Eu o tempero com gim, senhor; a única coisa que funciona contra essa umidade quente e relaxante. Kumar... *onde está aquele sodomita negro?* Outra xícara. Então o senhor enterrou o pobre Stanhope, pelo que eu soube. Bem, bem, todos vamos para lá, esse é o meu consolo. Meu Deus, os jovens que vi ser enterrados aqui! A Sra. Villiers já vai descer. Acho que lhe servirei outra xícara e depois vou ajudá-la com o vestido. *Ela deve estar lá deitada, totalmente nua, suando sob o* punkah, *imagino que o senhor gostaria de subir e ajudá-la pessoalmente, meu rapaz, apesar de todo o seu ar* compassé. *Não me diga que não tem, ah, sou uma velha grosseira; e pensar que já fui menina, infelizmente, infelizmente.*

— Stephen, meu herói conquistador — gritou Diana descendo sozinha. — Que bom ver sua fachada finalmente! Onde esteve durante todos esses dias? Recebeu meu bilhete? Sente-se, por favor, e tire a casaca. Como pode suportar esse calor medonho? Nós não suportamos mais tanto grude e incômodo, e você parece fresco como... como eu o invejo! Isso aí fora é o seu elefante? Mandarei colocá-lo na sombra imediatamente, nunca se deve deixar um elefante ao sol.

Ela chamou um empregado, um homem estúpido que não entendeu suas orientações imediatamente, e sua voz subiu num tom que Stephen conhecia bem.

— Quando vi um elefante chegando pelo caminho — disse Diana sorrindo de novo — achei que era aquele chato do Johnstone; ele vive aparecendo. Não que seja realmente um chato, na verdade é um homem interessante, americano, você gostaria dele. Já conheceu algum americano? Nem eu, antes deste, é perfeitamente civilizado. Você sabe; toda aquela história de que eles cospem no chão é conversa fiada. E além disso é imensamente rico. Mas é embaraçoso, e uma fonte daquelas perpétuas cenas desgraçadas. Como odeio um homem que faz cenas! Em particular pingando de suor. Todo mundo fica furioso neste clima. Mas o que o fez vir num elefante, Stephen, vestido com uma casaca cor-de-rosa?

Estava claro, mesmo para um homem com muito menos conhecimento de morfologia do que Stephen, que não havia nada sob o vestido de Diana, e ele olhou pela janela franzindo ligeiramente a testa, queria ter a mente perfeitamente clara. Disse:

— O elefante significa esplendor e confiança. Nestas últimas semanas, desde que o navio retornou do litoral de Sumatra, notei um ar de ansiedade assentada e crescente em meu rosto. Vejo-o quando me barbeio: também sinto a posição de minhas feições, da cabeça, do pescoço, dos ombros... as partes expressivas. De vez em quando olho de novo e verifico que esta é de fato expressão de uma apreensão permanente, indefinida e geral, ou mesmo de medo. Eu a dispenso; fico animado e alerta, talvez confiante; e em alguns instantes ela está ali de novo. O elefante é para lidar com isso. Você irá se lembrar de que na última vez que nos encontramos eu lhe pedi que me fizesse a honra de se casar comigo.

— Lembro, Stephen — exclamou Diana, ruborizando, ele nunca a vira ruborizar, e isso o comoveu. — Lembro sim. Mas, ah, por que você não disse isso há muito tempo, por exemplo, em Dover? Poderia ter sido diferente, antes de tudo isto. — Ela pegou um leque na mesa e se levantou, agitando-o nervosamente. — Meu Deus, como está quente hoje! — disse, e sua expressão mudou. — Por que esperou até agora? Qualquer um diria que eu me rebaixei tanto que você poderia fazer alguma coisa quixotesca. De fato, se eu não gostasse tanto de você, e gosto de você, Maturin: você é um amigo que eu amo, poderia chamar isso de grande impertinência. De afronta.

Nenhuma mulher que tenha algum espírito aceitará uma afronta. Eu *não* me degradei. — Seu queixo começou a se franzir; ela o controlou e disse: — Eu não desci a ponto de... — Mas apesar do orgulho, as lágrimas vieram correndo rápidas e ela encostou a cabeça no ombro dele e as lágrimas correram pela casaca cor-de-rosa. — De qualquer modo — disse entre os soluços —, você não quer realmente se casar comigo. Você mesmo disse, há muito tempo, que o caçador não deseja a raposa.

— Que diabo o senhor está fazendo? — gritou Canning da porta aberta.

— O que é, para o senhor? — disse Stephen virando-se rapidamente para ele.

— A Sra. Villiers está sob minha proteção — respondeu Canning. Estava pálido de fúria.

— Não dou explicações a nenhum homem por beijar uma mulher, a não ser que seja a esposa dele.

— Não?

— Não, senhor. E o que significa sua proteção? O senhor sabe muito bem que a Sra. Canning chegará aqui no *Hastings*, no dia dezesseis. Onde estará sua proteção, então? Que tipo de consideração é esta?

— É verdade, Canning? — perguntou Diana.

Canning ruborizou profundamente.

— Você andou mexendo nos meus papéis, Maturin. Seu cupincha, Atkins, andou mexendo nos meus papéis. — Ele se adiantou e, em sua agitação, deu um furioso tapa de mão aberta em Stephen.

Instantaneamente Diana empurrou uma mesa entre os dois e puxou Canning para trás, gritando:

— Não preste atenção, Stephen. Ele não quis dizer isso, é o calor, ele está bêbado, vai pedir desculpas. Deixe a casa imediatamente, Canning. O que você pretende com essa fala vulgar? Você é um cavalariço, um ajudante de cozinha? Está sendo ridículo.

Stephen ficou parado com as mãos às costas, ele também estava muito pálido, afora a impressão vermelha da mão de Canning.

Canning, junto à porta, pegou uma cadeira e bateu com ela no chão: arrebentou o encosto, jogou-o longe e saiu correndo.

— Stephen — disse Diana —, não ligue para isso. Não, *não* lute com ele. Ele vai se desculpar, certamente vai se desculpar. Ah, não lute com ele, prometa. Ele vai pedir desculpas.

— Talvez peça, querida. Ele está numa situação triste, coitado. — Stephen abriu a janela. — Acho que vou por aqui, se é que posso, não confio totalmente nos seus tigres.

— Comandante Etherege, senhor — disse ele —, pode me fazer um obséquio, agora?

— Com todo o prazer da vida — respondeu Etherege virando o rosto redondo e benevolente do escotilhão, onde estava mantendo-o na esperança de receber ar.

— Aconteceu hoje uma coisa que me causou inquietação. Devo pedir que entre em contato com o Sr. Canning e peça que ele me dê satisfações por um tapa.

— Um tapa? — exclamou Etherege, com o rosto instantaneamente mudando para um ar de preocupação profunda. — Minha nossa. Não houve pedido de desculpas, imagino? Mas o senhor disse Canning? Ele não é judeu? Não é preciso lutar com um judeu, doutor. Não se deve pôr a vida em risco por um judeu. Permita que um grupo de fuzileiros descasque o couro incréu do sujeito e enfie um pedaço de toucinho pela goela dele, e deixe assim.

— Nós vemos as coisas de modo diferente. Eu tenho uma devoção particular por Nossa Senhora, que era judia, e não posso sentir que minha raça seja superior à dela; além disso, gosto do sujeito; vou lutar com ele com a melhor disposição do mundo.

— O senhor lhe faz honra demais — disse Etherege, insatisfeito e perturbado. — Mas o senhor é que sabe de sua vida, claro. Não se pode esperar que aceite um tapa. E, de novo, ter de lutar com um comerciante como aquele sujeito é como ser obrigado a uma luta desigual, ou ter de se casar com uma empregada porque fez um filho nela. O senhor não gostaria de lutar com outra pessoa? Bem, terei de colocar meu uniforme. Não faria isso por ninguém além do senhor, Maturin, principalmente neste calor desgraçado. Espero que ele possa conseguir um padrinho que entenda dessas coisas, um cristão, só isso. — Etherege foi ao seu camarote, preocupado e insatisfeito; reapareceu com a casaca vermelha, já úmida de suor, e passando a cabeça pela porta fez um último apelo: — Tem certeza que não gostaria de lutar com outra pessoa? Um espectador, digamos, que *tenha visto* o soco?

— Talvez não fizesse o mesmo efeito — disse Stephen, balançando a cabeça. — E, Etherege, obviamente posso contar com sua discrição, não é?

— Ah, eu sei que horas são — disse Etherege irritado enquanto descia pela prancha de desembarque. — O mais cedo possível, não é? Serve ao amanhecer? — E Stephen o ouviu murmurando: — Teimoso, não escuta a voz da razão. Cabeça-dura.

— Qual é o problema com nossa lagosta? — perguntou Pullings, entrando na praça d'armas. — Nunca o vi tão irritado. É o calor grudento?

— Ele vai estar mais frio e mais contido à noite.

Quando voltou, Etherege estava muito mais frio e quase satisfeito.

— Bom, pelo menos ele tem alguns amigos respeitáveis — disse ele. — Falei com o coronel Burke, do serviço da Companhia, um sujeito muito cavalheiresco, perfeito, e concordamos com pistolas, a vinte passos. Espero que sirva, está bem?

— Certamente. Muito obrigado, Etherege.

— A única coisa que deixei de fazer foi olhar o terreno: concordamos em nos encontrar depois da festa do juiz chefe, quando estará mais fresco.

— Ah, não incomode seu coração gentil, Etherege; ficarei contente com qualquer terreno usual.

Etherege franziu a testa e disse:

— Não, não. Odeio qualquer coisa irregular desse tipo. Já é bastante estranho, mesmo com os padrinhos examinando o terreno.

— Você é bom demais. Preparei-lhe uma tigela de ponche gelado, por favor, beba um copo ao menos.

— O senhor andou preparando suas pistolas também. — Etherege assentiu para a caixa aberta. — Recomendo moer a pólvora bem fina, mas não vou dizer nada sobre pólvora e tiro ao *senhor*. Este ponche está fantástico, poderia bebê-lo para sempre.

Stephen entrou na câmara grande.

— Jack — disse ele —, há semanas não tocamos sequer uma nota. O que acha de fazermos isso esta noite, se você não estiver muito assoberbado com seus cabeços e suas barras do cabrestante?

— Veio a bordo, meu querido? — exclamou Jack, erguendo o olhar das contas do mestre com o rosto sorridente. — Tenho tremendas novidades para você. Vamos transportar tesouro, e o frete vai me liberar.

— O que é frete?

— Quer dizer que estou livre de dívidas.

— É uma tremenda novidade, sem dúvida. Ha, ha, fico cheio de júbilo, de todo o coração. Estou encantado, espantado.

— Vou explicar a você, com números, no instante em que minhas contas terminarem. Mas chega de papelada por hoje. Você tinha em mente alguma música específica?

— Quem sabe o Boccherini em dó maior?

— Bom, que coisa estranha, esse adágio está na minha cabeça há mais de uma hora, no entanto não me sinto nem um pouco melancólico. Longe disso, ha, ha. — Ele esfregou a testa com resina e disse: — Stephen, aceitei seu conselho. Escrevi a Sophia pedindo que vá para a Madeira. Canning vai mandar a carta por terra.

Stephen assentiu e sorriu, cantarolou a nota de afinação e a encontrou no violoncelo. Os dois afinaram, assentiram, bateram três vezes, cada um com o olho fixo no arco do outro, e partiram para o brilhante primeiro movimento, de encher o coração.

E foram, perdidos na música, entrelaçados, uma linda complexidade de som; até o quase desespero do adágio, continuaram com enorme fogo e ataque até o auge do final majestoso, triunfante.

— Meu Deus, Stephen — disse Jack se recostando e pousando o violino com cuidado. — Nunca tocamos tão bem.

— É uma peça nobre. Reverencio o sujeito. Escute, Jack, aqui estão alguns papéis que devo confiar a você, as coisas de sempre. Infelizmente vou duelar com Canning de manhã.

Uma densa cortina caiu instantaneamente, cortando toda a comunicação que não fosse formal. Depois de uma pausa Jack disse:

— Quem é seu padrinho?

— Etherege.

— Irei com vocês. Por isso houve todos aqueles disparos no tombadilho, claro. Você não se importaria se eu trocasse uma palavra com ele?

— De jeito nenhum. Mas ele foi para a casa do juiz chefe para examinar o terreno com um tal de coronel Burke depois da festa. Não incomode seu coração por mim, Jack: estou acostumado a essas coisas. Mais do que você, imagino.

— Ah, Stephen, este é um final tremendamente negro para o dia mais doce.

— Geralmente é aqui que resolvemos nossas questões, em Calcutá — disse o coronel Burke, guiando-os através do Maidan enluarado. — Ali fica a estrada que passa pela ponte de Alipur, vejam bem, convenientemente à mão; mas atrás daquelas árvores é tão discreto e isolado quando poderíamos desejar.

— Coronel Burke — disse Jack —, pelo que sei, a ofensa não foi pública. Imagino que qualquer expressão de arrependimento resolveria o caso. Tenho grande estima por seu afilhado, e digo isto por consideração a ele; por favor, faça tudo que puder: meu colega é mortal.

Burke lhe deu um olhar fixo.

— O meu também — disse em tom ofendido. — Ele derrubou Harlow como um pássaro, no Hyde Park. Mas, mesmo que não fosse, isso não significaria nada. Ele não quer recuar, como sei muito bem; caso contrário eu não estaria aqui. Claro, se o seu colega optar por aceitar o soco e dar a outra face, não tenho mais nada a dizer. Benditos os pacifistas.

Jack se conteve; havia pouca esperança de atravessar a profunda estupidez de Burke, mas foi em frente:

— Canning certamente devia estar cheio de vinho. A menor admissão disso, uma expressão geral, serviria. Seria satisfatório, e se necessário usarei minha autoridade para fazer com que seja.

— Quer dizer, confinando seu colega no camarote? Bem, vejo que vocês, na Marinha, têm o seu jeito de agir. Para nós não adiantaria. Vou levar sua mensagem, claro, mas não posso garantir que dê em nada. Jamais vi um afilhado mais decidido a dar satisfação de modo regular. Ele é um sujeito de coragem rara.

Em seu diário Stephen escreveu:

"Na maioria das vezes o diarista pode acreditar que está se dirigindo ao seu eu futuro, mas o verdadeiro ponto alto de se escrever um diário é a anotação gratuita, como pode ser esta. Por que o encontro de amanhã deveria me afetar deste modo? Já fiz isso muitas, muitas vezes. É verdade que minhas mãos não são mais o que eram; e ficando mais velho perdi a convicção profundamente ilógica, mas profundamente ancorada da imortalidade; mas a verdade é que agora tenho muito a perder. Vou lutar com Canning: feitos como somos, era inevitável, acho; mas com que profundidade lamento isso! Não consigo ter maus sentimentos para com ele, e ainda que em seu estado atual de paixão confusa, vergonha e desapontamento eu não tenha dúvida de que tentará me matar, não creio que tenha qualquer mau sentimento para comigo, a não ser como catalisador de sua infelicidade. De minha parte devo, *sub Deo*, acertar seu braço de raspão, nada mais. O bom Sr. White chamaria meu *sub Deo* de grosseira blasfêmia, e sinto-me tentado a anotar algumas observações sobre o assunto; mas *peccavi nimis cogitatione, verbo, et opere* — devo encontrar meu sacerdote e ir dormir rapidamente: o sono é a coisa certa, dormir com a mente aquietada."

Desse sono — mas um sono perturbado por sonhos apressados, desconjuntados — Jack o acordou às duas badaladas do quarto da manhã; e enquanto se vestiam ouviram o jovem Babbington no convés cantando "Lovely Peggy" em voz baixa e doce, alegre como o dia nascente.

Saíram do camarote para o fedor mortal que pairava sobre o Hoogly e as intermináveis planícies de lama, e no talabardão encontraram Etherege, M'Alister e Bonden.

Sob as árvores pipal no deserto Maidan, um grupo silencioso os esperava: Canning, dois amigos, um médico e alguns homens para guardar a área, duas carruagens fechadas a distância. Burke se adiantou.

— Bom dia, senhores — disse ele. — Não houve como acomodar o caso. Etherege, se você estiver satisfeito com a quantidade de luz, acho que devemos posicionar nossos homens; a não ser, claro, que seu afilhado opte por recuar.

Canning estava usando uma casaca preta e a abotoou até acima do lenço de pescoço. Agora havia luz suficiente — um cinza belo e claro — para vê-lo perfeitamente, perfeitamente composto, sério e contido; mas o rosto estava enrugado e velho, sem cor.

Stephen tirou a casaca e depois a camisa, dobrando-a cuidadosamente.

— O que está fazendo? — sussurrou Jack.

— Eu sempre duelo apenas de calções: o tecido penetrado num ferimento faz uma obra triste, meu caro.

Os padrinhos caminharam pelo terreno, examinaram as pistolas e posicionaram seus afilhados. Uma terceira carruagem se aproximou.

Com a coronha familiar e o peso equilibrado na mão, a expressão de Stephen mudou para uma frieza extrema: seus olhos claros se fixaram com intensidade impessoal e mortal em Canning, que tinha se posicionado, o pé direito à frente, todo o corpo de perfil. Todos os homens estavam imóveis, em silêncio, concentrados como se diante da execução de um sacramento.

— Senhores — disse Burke —, podem disparar ao sinal.

O braço de Canning subiu, e ao longo do brilho de seu cano Stephen viu um clarão e instantaneamente soltou o dedo do gatilho. O enorme impacto na lateral do corpo e no peito chegou junto com o barulho. Cambaleou, mudou a pistola não disparada para a mão esquerda e mudou a postura; a fumaça sumiu no ar pesado e ele viu Canning claramente, a cabeça alta, jogada para trás com aquele ar de imperador romano. O cano subiu balançou um pouquinho e se firmou: sua boca apertou e ele disparou.

Canning caiu imediatamente, levantou-se de quatro pedindo a segunda pistola e caiu de novo. Seus amigos correram até ele e Stephen se virou.

— Está bem, Stephen?

Ele assentiu, ainda duro e frio como sempre, e disse a M'Alister:

— Me dê aquela compressa.

Enxugou o ferimento, e enquanto M'Alister o sondava, murmurando "Acertou a terceira costela; rachou-a, desviou-se pelo esterno. A bala está num lugar incômodo. Queria matá-lo, o cão. Vou atar uma faixa em volta" Stephen olhou para o grupo distante. E seu coração se apertou; o olhar maligno, reptiliano, desapareceu, dando lugar a uma expressão de tristeza sem esperança. Aquele fluxo escuro de sangue aos pés dos homens reunidos em volta de Canning só podia significar uma coisa: tinha errado a mira.

M'Alister, segurando a ponta da bandagem com a boca, seguiu seu olhar e confirmou:

— Subclaviana, ou a própria aorta — murmurou através do tecido. — Só vou prender esta ponta e trocarei uma palavra com nosso colega.

Voltou e assentiu seriamente.

— Morto? — perguntou Etherege, e olhou hesitante para Stephen, imaginando se deveria parabenizá-lo: a expressão de absoluto desalento o manteve em silêncio. Enquanto Bonden tirava a carga da segunda pistola e guardava as duas na caixa, Etherege foi até Burke e os dois trocaram algumas palavras, fizeram uma saudação formal e se separaram.

Pessoas já se movimentavam pelo Maidan, o céu a leste estava vermelho; Jack disse:

— Precisamos colocá-lo a bordo imediatamente. Bonden, chame a carruagem.

CAPÍTULO ONZE

Os tigres haviam sumido e os empregados estavam descaradamente levando coisas embora.

— Bom-dia, senhora — disse Jack, descendo. Diana fez uma reverência. — Trouxe-lhe uma carta de Stephen Maturin.

— Ah, como ele está? — exclamou ela.

— Muito mal: um bocado de febre, a bala está mal alojada; e neste clima um ferimento... mas a senhora deve saber tudo sobre ferimentos neste clima.

Os olhos dela se encheram de lágrimas. Tinha esperado dureza, mas não essa raiva fria. Ele era mais alto do que ela recordava, muito maior e mais formidável. O rosto havia mudado, o garoto se fora, desaparecera a ponto de não poder ser lembrado: um olhar duro, imperioso, a única coisa que ela reconhecia, além do uniforme, era o cabelo louro amarrado num rabicho. E até mesmo o uniforme havia mudado: agora ele era capitão-de-mar-e-guerra.

— Você vai me desculpar, Aubrey — disse ela, e abriu o bilhete. Três linhas tortas e desiguais. "Diana: você deve voltar à Europa. O *Lushington* parte no dia quatorze. Permita-me cuidar de qualquer dificuldade material, conte comigo sempre. Digo: sempre. Stephen."

Ela leu devagar, e de novo, espiando através da névoa de lágrimas. Jack ficou parado, de costas, olhando pela janela com as mãos atrás do corpo.

Além da raiva e do desgosto por estar ali, sua mente estava cheia de perguntas, dúvidas, um jorro de sentimentos que não podia identificar com facilidade. A virtude excessiva, a não ser com relação a alguma falha no navio ou alguma ofensa contra a disciplina da Marinha, era pouco familiar para ele. Será que era um canalha desprezível, abrigando essa inimizade contra uma mulher que ele desejara? A severidade que o preenchia da cabeça aos pés... seria uma hipocrisia odiosa, destinada a desgraçá-lo diante de uma mente decente? Tinha chegado perto de destruir sua carreira perseguindo-a e ela preferira Canning. Seria essa santa indignação um mero ressentimento digno de pena? Não, não era: ela magoara Stephen terrivelmente; e Canning, aquele ótimo homem, estava morto. Ela não prestava, nem um pouco. No entanto aquele duelo sob as árvores poderia ter acontecido por causa da mais virtuosa das mulheres, sendo o mundo o que era. Virtude: pensou nisso, vagamente olhando um cavaleiro vindo por entre as árvores. Ele havia atacado a "virtude" dela com o máximo de empenho possível; então em que pé se encontrava? O clichê *para os homens é diferente* não servia de consolo. O cavaleiro surgiu de novo, e seu cavalo apareceu totalmente: talvez o animal mais belo que ele já vira, uma égua castanha, perfeitamente proporcionada, leve, forte. Ela refugou diante de uma cobra no caminho e empinou, um movimento lindo, e o cavaleiro ficou tranqüilo, dando tapinhas gentis em seu pescoço. Virtude: a que ele estimava acima de todas era a coragem; e sem dúvida esta incluía todas as outras, não era? Olhou a imagem fantasmagórica de Diana no vidro da janela: ela a possuía, disso jamais haveria dúvida. Estava ali parada perfeitamente ereta: uma ternura e uma admiração que ele achara estarem totalmente mortas agitaram-se dentro dele.

— O Sr. Johnstone — disse um empregado.

— Não estou em casa.

O cavaleiro foi embora.

— Aubrey, você me daria uma passagem de volta em seu navio?

— Não, senhora. Os regulamentos não admitem; de qualquer modo ele é inadequado para uma dama, e tenho mais um mês e meio de reparos.

— Stephen me pediu em casamento. Eu poderia servir de enfermeira.

— Lamento enormemente, porém minhas ordens não permitem. Mas o *Lushington* parte em menos de uma semana; e se eu puder ser de alguma ajuda, ficaria muito feliz.

— Eu sempre soube que você era um homem fraco, Aubrey — disse ela com expressão de desprezo. — Mas não sabia que era um canalha. Você é igual a todos os homens que sempre conheci, a não ser Maturin: falso, fraco e covarde até o fim.

Ele fez uma reverência e saiu da sala com uma aparência de compostura. Na saída passou por um cozinheiro empurrando um carrinho de mão cheio de potes e panelas de latão.

"Serei mesmo um canalha?", perguntou, e a pergunta o atormentou até Howrah, onde estava a fragata. No momento em que viu seu alto mastro grande acima da massa de embarcações caminhou ainda mais depressa, subiu correndo a prancha, passou pelos oficiais e construtores que esperavam e desceu cobertas abaixo.

— Killick — disse —, descubra se o Sr. M'Alister está ocupado com o doutor: se não estiver, desejo vê-lo.

Stephen estava na grande câmara, o lugar mais arejado e claro do navio: parecia haver um bocado de atividade ali. M'Alister saiu segurando um desenho, seguido pelo mestre do navio, o carpinteiro e vários ajudantes. Parecia ansioso e perturbado.

— Como está ele? — perguntou Jack.

— A febre está alta demais, senhor, mas espero que baixe quando extrairmos a bala. Agora estamos quase prontos. Mas o lugar é muito ruim.

— Ele não deveria ser levado ao hospital? Os médicos de lá poderiam lhe dar uma mão. Podemos preparar uma liteira num instante.

— Eu sugeri isso, claro, assim que foi descoberto que a bala estava logo abaixo do pericárdio; achatada e desviada, o senhor sabe. Mas o doutor não tem boa opinião sobre os cirurgiões militares, nem sobre o hospital. Eles mandaram oferecer ajuda há menos de meia hora, e confesso que eu gostaria de tê-la. O pericárdio... tsk, tsk... mas o doutor insiste em fazer ele próprio a operação, e não ouso contrariá-lo. Agora o senhor vai me dar licença: o armeiro está esperando para fazer este extrator que ele desenhou.

— Posso ver o Dr. Maturin?

— Pode. Mas peço para não perturbá-lo nem agitar sua mente.

Stephen estava deitado sobre uma série de baús, com as costas apoiadas num acolchoado, a coisa toda coberta com pano de vela, acima e virado para ele, mostrando o peito nu à luz, um grande espelho pendurado por um sistema de moitões e betas; ao lado, ao alcance, uma mesa coberta com algodão, estopa e instrumentos cirúrgicos — saca-balas, retratores, uma meia-lua dentada.

Ele olhou para Jack e disse:

— Você a viu?

— Sim.

— Fico tremendamente agradecido. O que ela estava usando?

— Usando? Algum tipo de vestido, acho. Não prestei atenção.

— Não era preto?

— Não. Eu deveria ter notado isso. Stephen, você parece tremendamente febril. Devo mandar abrir a gaiúta, para entrar mais ar?

Stephen balançou a cabeça.

— Há um pouco de febre, claro, mas não o bastante para nublar minha mente em qualquer grau. Isso pode surgir mais tarde. Gostaria que Bates corresse com meu extrator.

— Deixe que eu traga o homem de Fort William, só para ficar perto, está bem? Ele poderia chegar em cinco minutos.

— Não, senhor. Farei isso com minha própria mão. — Ele olhou-a criticamente e disse, mais ou menos para si mesmo: — Se eu pude fazer uma tarefa, devo fazer a outra: é simplesmente justiça.

M'Alister voltou segurando um grande instrumento de nariz comprido com pequenas mandíbulas, direto da forja do armeiro. Stephen pegou-o, comparou a curva do objeto com seu desenho, fechou o bico alavancado e disse:

— Muito bem-feito, ótimo, encantador. M'Alister, vamos começar. Por favor, chame Choles, se ele estiver sóbrio.

— Há algo que eu possa fazer? — perguntou Jack. — Gostaria muito de ajudar. Posso segurar uma bacia ou passar a estopa?

— Você pode ficar no lugar de Choles, se quiser, e segurar minha barriga, apertando assim, com firmeza, quando eu mandar. Mas você tem cabeça e estômago para esse tipo de coisa? Fica perturbado com sangue? Choles já foi açougueiro, você sabe.

— Deus o abençoe, Stephen, vi sangue e ferimentos desde que eu era um menininho.

Sangue ele vira, sem dúvida; mas não sangue, não esse fluxo frio, deliberado, no rastro lento da faca e da sonda que procuravam. Nem tinha ouvido nada parecido com o som raspado da meia-lua sobre osso vivo, a alguns centímetros de seu ouvido enquanto se inclinava sobre o ferimento, a cabeça abaixada para não obscurecer a visão de Stephen no espelho.

— Você terá de levantar a costela, M'Alister — disse Stephen. — Segure bem com o retrator quadrado. Para cima: com mais força, mais força. Corte a cartilagem. — O choque metálico dos instrumentos, orientações, perpétuo enxugamento rápido, uma impressão de força brutal, além de qualquer coisa que ele já concebera. A coisa continuou e continuou. — Agora, Jack, pressão firme para baixo. Bom. Mantenha assim. Dê-me o extrator. Enxugue, M'Alister. Aperte, Jack, aperte.

Lá no fundo da cavidade latejante Jack captou um vislumbre de um brilho de chumbo; e ali, meio focalizado, estava o instrumento de nariz comprido procurando, cada vez mais fundo. Fechou os olhos.

Stephen respirou fundo e prendeu o fôlego, arqueando as costas. No silêncio Jack podia ouvir o tique-taque do relógio de M'Alister perto do ouvido. Houve um grunhido e Stephen disse:

— Aqui está. Muito achatada. M'Alister, a bala está inteira?

— Inteira, senhor, por Deus, bem inteira. Não resta nenhum pedaço. Ah, sujeitinha desgraçada!

— Libere devagar, Jack. Calma com o retrator, M'Alister, umas duas compressas e pode começar a costurar. Espere, cuide do comandante enquanto eu enxugo. Amoníaco. Baixe a cabeça dele.

M'Alister o carregou até uma cadeira e Jack sentiu a cabeça pressionada entre os joelhos e o pungente amoníaco penetrando no cérebro. Levantou a cabeça e viu Stephen, agora o rosto dele estava totalmente cinza, brilhando de suor; era praticamente inumano, mas em algum lugar ali havia uma expressão de triunfo carrancudo. O olhar de Jack baixou ao peito de Stephen, rasgado de um lado ao outro, fundo, fundo; e o osso branco desnudo... Então as costas de M'Alister esconderam o ferimento enquanto ele começava a trabalhar. Atividade competente, curtas observações técnicas; e ali estava Stephen, o peito enrolado em bandagem branca, lavado com esponja, relaxado, recostado com os olhos semicerrados.

— Marcou o tempo, M'Alister? — perguntou ele.

— Exatamente vinte e três minutos, senhor.

— Lento... — Sua voz se esvaiu, revivendo depois de um instante para dizer: — Jack, você vai se atrasar para o seu jantar.

Jack começou a protestar, dizendo que ficaria, mas M'Alister pôs o dedo nos lábios e o levou na ponta dos pés até a porta. Um número maior de tripulantes do que seria certo estava parado do lado de fora. A disciplina parecia ter sido esquecida.

— A bala foi tirada — disse ele. — Pullings, não deixe haver barulho a ré do mastro grande, absolutamente nenhum barulho.

E entrou em seu camarote de dormir.

— O senhor parece tremendamente pálido — disse Bonden. — Quer tomar um dracma?

— E terá de trocar sua casaca, meritíssimo — insistiu Killick. — E os calções também.

— Meu Deus, Bonden — respondeu Jack —, ele se abriu lentamente, com as próprias mãos, até o coração. Eu vi o bicho batendo lá dentro.

— Ah, senhor, isso é que é cirurgia — disse Bonden, passando o copo. — Mas não surpreenderia a nenhum antigo tripulante do *Sophie*; o sujeito é muito sabido. Lembra-se do artilheiro, senhor? Não deixe que isso atrapalhe seu jantar. Ele ficará firme como um tripé, não se abale, senhor.

O jantar foi esplêndido, comido em meio a um clarão de ouro; e sem refletir ele engoliu quase um quilo de algum animal nadando em molho feroz. Os vizinhos eram afáveis, mas depois de terem exaurido os assuntos comuns desistiram dele considerando-o um sujeito pesado, e Jack prosseguiu mudo entre os pratos sucessivos, cada um com seu próprio vinho. No silêncio comparativo escutou a conversa de dois civis do lado oposto, um deles um juiz velho e surdo com óculos verdes e voz trovejante, o outro um corpulento membro do Conselho: perto do fim do jantar os dois estavam vermelhos e muito pouco firmes. O assunto era Canning, sua impopularidade, sua atividade ousada e independente.

— Pelo que eu soube — disse o juiz —, vocês estarão inclinados a presentear o sobrevivente com um par de pistolas cravejadas de ouro, se é que não um serviço de pratos.

— Não falo por mim — respondeu o membro do Conselho —, já que Madras é o local de meus trabalhos, mas acho que aqui há alguns que não derramarão lágrimas em suas carruagens durante o enterro.

— E quanto à mulher? É verdade que pretendem expulsá-la como indesejável? Eu preferiria ver um velho e bom açoitamento na traseira da carroça; faz muitos anos que não tenho esse prazer, senhor. Não adoraria ver o chicote? Já que, neste caso, *pessoa indesejável* só pode ser concebido no sentido administrativo.

— A mulher de Buller fez uma visita, para ver como ela estava suportando o infortúnio; mas não foi admitida.

— Deve estar prostrada, claro; bastante prostrada, tenho certeza. Mas fale do serra-ossos irlandês comedor de fogo. A mulher era...

Um ajudante de campo veio por trás deles e sussurrou entre as duas cabeças. O juiz exclamou:

— O quê? Hein? Ah, eu não sabia. — Ele baixou um pouco os óculos sobre o nariz e espiou Jack, que disse:

— Os senhores estão falando de meu amigo, o Dr. Maturin. Espero que a mulher a quem se referiram não tenha qualquer ligação com a dama que dá a mim e a Maturin a honra de conhecê-la.

Não, não, garantiram eles — não pretendiam qualquer ofensa contra o cavalheiro —, jamais sonhariam em falar desrespeitosamente de uma dama conhecida do comandante Aubrey — esperavam que o comandante tomasse uma taça de vinho com eles. Sem dúvida, respondeu ele; e em seguida o juiz foi levado para longe.

No dia seguinte, no arrumado tombadilho da *Surprise*, Jack recebeu Diana com menos rigor do que ela esperava. Disse-lhe que Maturin estava dormindo no momento, mas que se ela quisesse sentar-se embaixo com M'Alister ficaria sabendo de tudo que havia a saber sobre a condição dele. E, se Stephen acordasse, M'Alister talvez a deixasse entrar. Mandou tudo que a *Surprise* poderia oferecer em termos de comida e bebida, e quando ela finalmente foi embora, depois de uma longa espera em vão, Jack disse:

— Espero que tenha mais sorte em outra hora; mas de fato este sono foi a maior bênção: ele não tem dormido.

— Amanhã não poderei me afastar; há muita coisa a ser feita. Na quinta-feira, se eu puder?

— Certamente; e se algum dos meus oficiais puder ser de alguma ajuda, nós teríamos todo o prazer. Você conhece Pullings e Babbington. Ou Bonden, como acompanhante? Essas docas não são lugar para uma dama.

— Que gentileza. Eu ficaria feliz com a proteção do Sr. Babbington.

— Meu Deus, Braithwaite — disse Babbington na sexta-feira, duplamente barbeado, brilhando com um chapéu com renda dourada —, como adoro aquela Sra. Villiers!

Braithwaite suspirou e balançou a cabeça.

— Ela faz as outras parecerem monstros de Portsmouth Point.

— Nunca mais olharei para outra mulher, tenho certeza. Aí vem ela! Estou vendo a carruagem depois do *dhow**.

Correu para ajudá-la a subir pela prancha e ir até o tombadilho.

— Bom dia, senhora — disse Jack. — Ele está consideravelmente melhor, e fico feliz em dizer que comeu um ovo. Mas ainda há muita febre, e peço que não o perturbe nem irrite de modo algum. M'Alister diz que é importantíssimo não irritá-lo de modo algum.

— Caro Maturin — disse ela —, como fico feliz em vê-lo sentado! Aqui estão alguns mangostões; são a melhor coisa que existe para febre. Mas sem dúvida você está em condições de receber algumas visitas, não é? Eles me amedrontam tanto, Aubrey, Pullings, o Sr. M'Alister e agora até mesmo Bonden, dizendo para não cansá-lo nem incomodá-lo, que acho que devo ir embora quase imediatamente.

— Estou forte como um boi, minha cara. E infinitamente recuperado pela sua visão.

— De qualquer modo, devo tentar não incomodá-lo nem irritá-lo de modo algum. Primeiro, deixe-me agradecer por seu querido bilhete. Foi um grande consolo, e estou seguindo suas orientações.

Ele sorriu e disse em voz baixa:

— Como você me deixa feliz! Mas, Diana, há o aspecto sórdido, as exigências comuns, o pão com manteiga. Neste envelope...

— Stephen, querido, você é a melhor das criaturas. Mas eu tenho pão com manteiga. E geléia também, por enquanto. Vendi uma esmeralda enorme que os *nizam* me deram e reservei o único camarote decente no *Lushington*. Deixarei todo o resto para trás, simplesmente vou abandonar como está. As vagabundas de Calcutá podem me xingar, mas não podem dizer que sou interesseira.

— Não, realmente não. O *Lushington* é espaçoso, confortável com o dobro do nosso tamanho, o melhor xerez que já tomei. No

*Navio de vela latina usado por árabes nos litorais do oceano Índico. (*N. do T.*)

entanto eu gostaria... você sabe, gostaria que você pudesse ir para casa na *Surprise*. Significaria esperar cerca de um mês e meio a mais, porém... Você não pensou em pedir ao Jack?

— Não, meu caro — disse ela com ternura. — Não, que estupidez a minha! Mas há as criadas, você sabe; e eu odiaria que você me visse enjoada, verde, esquálida e egoísta. Mas isso alterará pouco a longo prazo. Ouso dizer que você vai nos alcançar... vamos nos ver na Madeira; ou, de qualquer modo, em Londres. Não demorará muito. Como você parece ressecado! Deixe-me dar-lhe alguma coisa para beber. Isto é água de cevada?

Conversaram em voz baixa — água de cevada, mangostões, ovos, os tigres dos Sunderbands — ou melhor, ela falou e ele ficou ali deitado, parecendo grave, transparente, mas profundamente feliz, pronunciando uma ou duas palavras. Ela disse:

— Aubrey certamente cuidará bem de você. Será que dará um marido tão bom quando é amigo? Duvido; ele não sabe absolutamente nada sobre as mulheres. Stephen, você está ficando muito cansado. Devo ir agora. O *Lushington* parte numa hora impossível da madrugada: na preamar. Obrigada pelo anel. Adeus, meu caro. — Ela beijou-o e suas lágrimas caíram no rosto de Stephen.

O lodaçal fétido do Hoogly deu lugar ao mar mais límpido da baía de Bengala, ao azul-escuro do oceano Índico; a *Surprise*, finalmente indo para casa, abriu as asas à monção e correu para sudoeste na esteira do *Lushington*, agora duas mil milhas adiante.

Levava uma tripulação encharcada, irritada, frouxa, uma caixa de aço cheia de rubis, safiras e pérolas em caixas de camurça, um cirurgião delirante e um comandante ansioso.

Jack passava os quartos da noite ao lado da cama de Stephen desde que a febre tinha chegado às chocantes alturas atuais. M'Alister o teria substituído, ou qualquer outro oficial, mas o delírio tinha destrancado a mente secreta de Stephen e, ainda que muito do que ele dissesse fosse em francês ou catalão, ou sem sentido a não ser no contexto de seu pesadelo particular, boa parte era direta, clara e específica. Um homem menos secreto talvez não fosse tão comunicativo: a coisa jorrava da boca inconsciente de Stephen numa torrente.

Afora segredos oficiais, havia coisas que Jack não desejava que nenhum outro homem escutasse. Sentia vergonha de ouvi-las — para um homem orgulhoso como Stephen (e nesse sentido Lúcifer não chegaria aos pés dele) seria a morte saber que mesmo o amigo mais íntimo ouvira suas nuas afirmações de desejo e todas as suas fraquezas desnudas como no Dia do Juízo. Discursos sobre adultério e fornicação; conversas imaginadas com Richard Canning sobre a natureza da ligação matrimonial; apóstrofes súbitas: "Jack Aubrey, temo que você, também, vá se rasgar com sua própria arma. Basta uma garrafa de vinho na barriga e você irá para a cama com a próxima vagabunda que mostrar um sorriso, pare de se arrepender todos os seus dias. Você não conhece a castidade." Palavras embaraçosas: "*Judeu* é uma distinção imerecida; *bastardo* é outra. Eles deveriam ser irmãos: ambos pelo menos são amigos difíceis, se não impossíveis, já que ambos são sensíveis a escrúpulos desconhecidos das pessoas em geral."

Então Jack ficava ali sentado, passando esponja úmida no amigo de tempos em tempos, os quartos de serviço mudavam e o navio corria, e ele agradecia a Deus por ter oficiais em quem podia confiar para estabelecer a rotina do navio. Sentava-se passando esponja nele e ouvindo contra a vontade, perturbado, ansioso, às vezes magoado, entediado.

Não era muito bom em ficar sentado mudo hora após hora, e a tensão de ouvir palavras dolorosas era exaustiva — o estímulo perdia o sentido com o tempo — e um cansaço incomodado tomou conta: uma vontade de que Stephen ficasse quieto. Mas Stephen, tão taciturno na vida, era loquaz no delírio, e seu tema era a condição humana como um todo. E tinha memória inexaurível: Jack ouviu capítulos inteiros de Molina, e a maior parte da Ética de Nicomach.

O embaraço e a vergonha por sua vantagem injusta já eram bastante ruins, mas pior ainda era a confusão de todos os seus pontos de vista: ele havia considerado Stephen o próprio filósofo, forte, praticamente intocado pelos sentimentos comuns, seguro de si e com toda a razão; não tinha maior respeito por nenhum homem de terra. Este Stephen, tão passional, tão totalmente subjugado por Diana e tão cheio de todo tipo de dúvidas o deixava pasmo; não estaria mais perdido se encontrasse a *Surprise* privada de suas âncoras, do lastro e da agulha magnética.

— *Arma virumque cano* — começou a voz áspera na escuridão, quando alguma lembrança da prima louca de Diana pôs a memória de Stephen em movimento.

— Bom, graças a Deus estamos em latim de novo — disse Jack. — Que dure bastante.

Durou mesmo, durou até o próprio canal do Equador, quando o quarto da manhã ouviu as palavras agourentas:

> *"... ast illi solvuntur frigore membra*
> *vitaque cum gemitu fugit indignata sub umbras"*,

seguidas por um grito indignado pedindo chá:

— Chá verde, pronto. Não há ninguém neste navio maligno que saiba como cuidar de uma insolação? Eu fiquei chamando e chamando.

O chá verde, uma mudança no vento (agora estava um pouco a oeste ou norte) ou a intercessão de Santo Estêvão, baixou a febre de uma hora para outra, e M'Alister a manteve baixa com quina; mas foi seguida por um período de impertinência irritada que Jack achou tão exaustiva quanto a *Eneida*; e até mesmo ele, com sua longa experiência da gentileza dos marinheiros com os colegas, imaginou como eles estariam suportando: o carrancudo, mimado e altivo Killick o chamava de "aquele infame babuíno sarnento" e ao mesmo tempo saía correndo com todo o ímpeto para pegar uma colher; Bonden se submetia pacientemente ao assalto com uma bandeja em forma de rim; marinheiros idosos e ferozes tranqüilizavam-no enquanto carregavam gentilmente sua cadeira para pontos favorecidos do convés, e eram xingados por causa de qualquer brisa e qualquer escolha.

Stephen era um péssimo paciente; algumas vezes olhava para M'Alister como se este fosse um ser onisciente que sem dúvida descobriria o único remédio verdadeiro; algumas vezes o navio ressoava com o grito de "Charlatão", e remédios eram lançados pela escotilha. O capelão sofria mais do que o resto: a maioria dos oficiais assombrava outras partes do navio quando o convalescente Maturin estava no tombadilho superior, mas o Sr. White não podia subir, e de qualquer modo seu dever exigia que visitasse os doentes — e até mesmo jogar xadrez com eles. Uma vez, instigado por uma aguilhoada sobre o erastianismo, concentrou todas as energias e venceu: teve de suportar não somente os olhares de reprovação do timoneiro, mas uma censura semi-oficial de seu comandante, que achou "uma coisa desprezível atrapalhar a recuperação de um doente em troca da satisfação do momento", e os golpes de sua própria consciência. O Sr. White estava numa situação sem saída, porque se perdesse o Dr. Maturin provavelmente gritaria dizendo que ele não prestou atenção e teria um ataque.

Mas a constituição férrea de Stephen prevaleceu, e uma semana depois, quando a fragata parou junto a uma remota ilha desabitada no oceano Índico cuja longitude era mostrada de modo diferente em cada mapa, ele foi à terra; e ali, num dia a ser marcado com uma pedra branca, um grande pedregulho branco, fez a descoberta mais importante de sua vida.

O barco passou por uma abertura no recife de corais até uma praia com mangueiras à esquerda e uma ponta de terra coberta de palmeiras à direita; uma praia onde Jack havia posto seus instrumentos e onde ele e os oficiais estavam olhando a lua pálida, com Vênus bem acima, como um bando de necromantes do meio-dia.

Choles e M'Alister levantaram-no e o puseram na areia seca; ele cambaleou um pouco e os dois o levaram pela praia até a sombra de uma árvore imensa, ancestral e sem nome, cujas raízes formavam um assento confortável cheio de samambaias e cujos galhos ofereciam quatorze diferentes tipos de orquídeas à vista. Ali o deixaram com um livro e um embrulho de charutos enquanto o exame do ancoradouro e as observações astronômicas iam acontecendo, trabalho de algumas horas.

Os instrumentos estavam postos num trecho de areia cuidadosamente nivelado, e enquanto o grande momento se aproximava a tensão poderia ser sentida até mesmo junto à árvore. Um silêncio mortal caiu sobre o grupo, interrompido apenas pela voz de Jack lendo números para seu escrivão.

— Dois sete quatro — disse ele empertigando as costas finalmente. — Sr. Stourton, o que acha?

— Dois sete quatro, senhor, exatamente.

— A observação mais satisfatória que já fiz — disse Jack. Em seguida fechou a ocular e lançou um olhar afetuoso para Vênus, navegando lá em cima, nítida no azul perfeito, assim que soubessem onde olhar. — Agora podemos guardar todo esse material e ir para bordo.

Caminhou pela praia.

— Que bela observação, Stephen! — gritou enquanto se aproximava da árvore. — Lamento tê-lo deixado por tanto tempo, mas valeu a pena. Todos os nossos cálculos batem, e os cronômetros estavam errados por vinte e sete milhas. Identificamos a posição da ilha do modo mais exato... meu Deus, o que é essa coisa monstruosa?

— Uma tartaruga, meu caro. A maior tartaruga terrestre do mundo: um novo gênero. É desconhecida da ciência, e em comparação com ela seus gigantes de Rodriguez e Aldabra são répteis indignos de consideração. Deve pesar uma tonelada, acho que nunca me senti tão feliz. Estou animadíssimo, Jack! Não sei como você conseguirá colocá-la a bordo; mas nada é impossível na Marinha.

— Nós devemos levá-la a bordo?

— Ah, não há dúvida. Ela vai imortalizar seu nome. Esta é a *Testudo aubreii* por toda a eternidade; quando o Herói do Nilo estiver esquecido, o comandante Aubrey viverá nesta tartaruga. Há glória para você.

— Ora, fico muito agradecido, Stephen, sem dúvida. Acho que devemos rebocá-la com virador pela praia. Como a encontrou?

— Entrei um pouco em terra, procurando espécimes; esta caixa está cheia deles: uma riqueza! O bastante para meia dúzia de monografias; e ali estava ela, em espaço aberto, comendo *Ficus religiosa*. Peguei uns galhos mais altos que o bicho estava tentando alcançar e ela me seguiu até aqui, comendo. É uma criatura tremendamente confiante, totalmente confiante. Que Deus a ajude e à sua espécie quando outros homens encontrarem esta ilha. Veja o olho brilhante! Quer mais uma folha. Faz-me bem olhá-la. Esta tartaruga me recuperou — gritou passando os braços em volta da enorme carapaça.

A tartaruga virou a balança, como disse M'Alister, com a espirituosidade aguçada pelo sol tropical; sua presença teve um efeito mais tônico do que toda a quina, o aço e o bezoar que havia no baú de remédios da fragata. Stephen ficava sentado com a *Testudo aubreii* perto dos galinheiros, dia após dia, enquanto a *Surprise* seguia para o sul; aumentou de peso; seu humor ficou afável, equânime, benevolente.

Na viagem de ida a *Surprise* tinha se saído bastante bem, quando não estava aleijada nem atrapalhada por ventos ruins; e podia-se dizer que o zelo fizera todo o possível. Mas agora ia para casa. Essas palavras eram mágicas para as pessoas, muitas das quais tinham esposas ou namoradas; mais ainda para o comandante, que (esperava) iria se casar, e que ia não somente para uma noiva, mas também para o verdadeiro teatro da guerra, para a possibilidade de distinção, de um anúncio nos jornais e até mesmo de prêmios resultantes de presas de guerra. E a Companhia havia deixado o navio orgulhoso — nenhum encarregado de estaleiros reais regateando meio *penny* de alcatrão — e sua reforma suntuosa, as novas velas, o novo cobre, o belo cordame de Manilla, trouxeram de volta muito de sua juventude: não tinha cuidado de alguns defeitos estruturais profundos, resultado da idade e do tratamento dado pela *Marengo*, mas por enquanto estava tudo bem e a *Surprise* corria para o sul como se estivesse perseguindo um galeão.

Agora a tripulação do navio se encontrava no mais alto nível de adestramento: o combate tivera o grande efeito de cimentar, mas muito antes disso os homens tinham se acomodado numa sólida compreensão, e uma ordem mal terminava de ser dada e já era cumprida. O vento permaneceu bom até estarem bem abaixo de Capricórnio; dia após dia ela navegava suas duzentas milhas; navegação pura, urgente, todos os tripulantes tirando o máximo do navio — a beleza da vida naval que os oficiais aposentados recordam, em seus alojamentos semiescuros, como sua existência natural.

Durante a ida não tinham visto uma única vela desde a altura do cabo até as Lacadivas; desta vez avistaram cinco e falaram com três, um corsário inglês com velame de brigue, um americano indo para os mares da China e um cargueiro indo para o Ceilão; cada um deu notícias do *Lushington*, cuja dianteira, segundo o cargueiro, era agora de pouco mais de setecentas milhas.

O mar quente ficou mais frio, quase frio demais; coletes apareceram nos quartos noturnos e as constelações do norte não eram mais visíveis. Então, em cinco braças de água não longe dos baixios das focas, ficaram espantados com o latido dos pingüins na névoa, e no dia seguinte chegaram aos ventos perpétuos de oeste e à verdadeira mudança de clima.

Agora eram jaquetões de lã e capas de pele enquanto a *Surprise* ia em frente, bordada após bordada, penetrando no vento sob pano de tempo, flanqueava para o sul em busca de ventanias mais gentis ou ficava parada tentando, lutando por cada milha para o oeste contra a barreira de ar violento. Os petréis e os albatrozes lhes fizeram companhia, o alojamento dos aspirantes, depois a praça d'armas e então a própria câmara estavam reduzidos a carne-seca e bolachas de navio de novo — o convés inferior nunca deixara essa condição — e o vento continuava vindo do oeste, com um clima tão denso que não havia observações durante dias seguidos.

A tartaruga fora posta no porão de carga há muito tempo; dormiu num saco almofadado durante toda a longa volta ao redor do cabo; seu dono fazia praticamente a mesma coisa, comendo, ganhando forças e examinando sua respeitável coleção de Bombaim, e as poucas coisas — infelizmente recolhidas com pressa demais — de outras terras. Tinha pouco o que fazer: as inevitáveis doenças que os marinheiros haviam trazido de Calcutá haviam sido cuidadas por M'Alister antes de ele se recuperar, e desde então o navio, lotado de suco puro de lima, permanecia notavelmente saudável. Ele cuidara dos coleópteros e estava imerso nos criptogramas vasculares antes que a fragata virasse a proa finalmente para o norte.

Cinco dias de ventos variáveis e atmosferas claras, muito mais quentes, em que a *Surprise* içou seus mastaréus dos joanetes pela primeira vez em semanas, e então, numa noite amena e enluarada, quando Stephen estava sentado junto à grinalda de popa com o Sr. White olhando-o desenhar o fascinante padrão do cordame — sombras negras no convés fantasmagórico, poços de escuridão —, uma onda balançou o navio, agitando a tinta indiana, e a água fosforescente se desviou para o lado de bombordo. A banda aumentou: o sibilar das bolhas cresceu até um som contínuo.

— Se isso não são os abençoados alísios — disse Pullings —, sou um holandês.

Ele não era holandês. O vento era o verdadeiro alísio de sudeste, gentil mas firme, praticamente sem variar um único ponto. A *Surprise* pôs um nobre conjunto de velas e deslizou para a linha do trópico: os dias ficaram cada vez mais quentes; os marinheiros se recuperaram da batalha com o cabo, e agora havia cantoria no castelo de proa e o som da dança chamada Delícia da Surprise. Mas nada de ficar atravessada para permitir o mergulho, mesmo quando estavam tão além do trópico de Capricórnio Jack disse de novo:

— Vamos avistar Sta. Helena de manhã.

— Vamos desembarcar? — perguntou Stephen.

— Ah, não.

— Nem mesmo para uma dúzia de novilhos? Você não está cansado de comer lixo?

— Não. E se você pensar que existe qualquer artifício, qualquer ardil, que possa levá-lo à terra para coletar insetos, por favor pense de novo.

E lá, no alvorecer luminoso, um ponto preto rompeu o horizonte, um ponto preto com uma nuvem flutuando em cima. Com o tempo apareceu ainda mais claro, e Pullings observou os principais encantos da ilha: Holdfast Tom, Stone Top e o Old Joan Point — tinha desembarcado lá várias vezes e gostaria de poder mostrar ao doutor o pássaro que assombrava Diana's Peak, um cruzamento entre uma coruja e um papagaio, com um bico curioso.

A fragata sinalizou seu indicativo à estação de sinais e perguntou:

— Há ordens para a *Surprise*? Alguma correspondência?

"Nenhuma ordem para a *Surprise*", respondeu a estação de sinais, e parou por quinze minutos. "Nem correspondência", respondeu por fim. "Repito: não há ordens nem cartas para a *Surprise*."

— Por favor, pergunte se o *Lushington* passou por aqui — pediu Stephen.

"O *Lushington* esteve aqui, partiu para a Madeira no dia sete e está tudo bem a bordo", respondeu a estação.

— Partir — disse Jack, e a fragata enfunou as velas e foi em frente. — Muffit deve ter tido sorte ao contornar o cabo. Vai ser mais rápido do que nós e completar sua viagem em menos de seis meses. Será que ele se arriscou passando pelo Canal de Moçambique, o cachorro?

Outro amanhecer, com a pureza exótica que é de dar medo — a perfeição deve se romper e desaparecer. Desta vez foi o grito anunciando uma vela que trouxe todos os tripulantes correndo mais depressa do que um apito do mestre do navio. O navio estava a sul, com amuras opostas: um vaso de guerra, com toda a probabilidade. Meia hora depois havia certeza que era uma fragata, e que estava se aproximando. Todos os tripulantes ficaram a postos para o combate e a *Surprise* fez o sinal particular. O navio respondeu, junto com seu número: *Lachesis*. A tensão morreu, sendo substituída por uma expectativa agradável.

— Finalmente teremos algumas novidades — disse Jack; mas enquanto falava outro sinal surgiu:

"Carregada com despachos", e ela subiu o vento. Não ficaria atravessada, nem mesmo para um almirante.

— Pergunte se ela tem alguma correspondência — disse Jack; e com a luneta grudada no olho leu a resposta antes do aspirante sinaleiro: — Não há correspondência para a *Surprise*.

— Bem, dane-se, sua banheira velha — disse enquanto os dois navios se separavam rapidamente. E durante o jantar falou: — Sabe, Stephen, eu gostaria que não tivéssemos aquele pastor a bordo. White é um sujeito muito bom; não tenho nada contra ele pessoalmente; gosto dele e ficaria feliz em servi-lo de qualquer modo, em terra. Mas no mar sempre é considerado que dá azar transportar pastores. Não sou nem um pouco supersticioso, como você sabe, mas isso deixa os tripulantes inquietos. Eu não teria nenhum capelão num navio meu, se pudesse evitar. Além disso eles ficam deslocados nos vasos de guerra: é dever deles dizer para dar a outra face, e isso não serve, não em combate. E também não gosto daquele pássaro feio que atravessou nossa proa.

— Era apenas um mergulhão comum. Da Ascensão, sem dúvida. Este grogue é insuportável, mesmo com minha cochinilha e gengibre dentro, como anseio por um vinho de novo... um tinto bom, encorpado. Posso lhe dizer uma coisa? Quanto mais conheço a marinha, mais fico perplexo ao ver que homens de formação liberal sejam fracos a ponto de acreditar em bichos-papões. Apesar de sua ansiedade em ir para casa, recusou-se a navegar numa sexta-feira, com a desculpa esfarrapada sobre o cabrestante. Você vai dizer que foi por causa dos homens e eu responderei: ha, ha!

— Pode dizer o que quiser, mas essas coisas funcionam: eu poderia lhe contar histórias que fariam sua peruca subir acima da cabeça.

— E seus presságios do mar são presságios de desastre; e, claro, com homens na situação de infelicidade atual, amontoados em quantidade excessiva e gastando todo o tempo extra e todo o tesouro arrebentando os irmãos, qualquer presságio sombrio tem probabilidade de se realizar; mas o seu cadáver, o seu pastor, o seu fogo de santelmo não são a causa da tragédia.

Jack balançou a cabeça, sem se convencer; e depois de mastigar o bife duro como um pedaço de pau durante algum tempo disse:

— Quanto à sua formação liberal, também posso dizer ha ha. Nós, marinheiros, praticamente não temos qualquer formação. O único modo de se formar um oficial da Marinha é mandá-lo ao mar, e mandá-lo jovem. Eu estive num navio, mais ou menos, desde os doze anos; e a maioria de meus amigos jamais passou muito além da escola primária. Só conhecemos nossa profissão, se é que conhecemos: eu deveria ter tentado o canal de Moçambique. Não, não somos o tipo de homem por quem as jovens educadas, inteligentes, bem criadas atravessam mil milhas de oceano. Elas gostam bastante de nós em terra, são gentis e comemoram quando há uma vitória. Mas não se casam conosco, a não ser que façam isso imediatamente, a não ser que as abordemos em nossa própria fumaça. Tendo tempo para refletir, com freqüência elas se casam com pastores ou advogados mais espertos.

— Bom, quanto a isso, Jack, você subestima Sophia: amá-la é educação liberal em si. Claro que você é um homem educado, nesse sentido. Além disso os advogados são notórios maus maridos, devido ao hábito de arengar interminavelmente; ao passo que os marinheiros foram ensinados a manter a obediência muda — disse Stephen, e para afastar a tristeza de Jack acrescentou: — Giraldus Cambrensis afirma que os habitantes de Ossory podem se transformar em lobos ao bel-prazer.

De volta aos criptogramas, a consciência o perturbava: estivera fixo com tanta firmeza à sua própria busca — a esperança da Madeira, a certeza de Londres — que prestara pouca atenção à ansiedade de Jack, uma ansiedade que, como a sua, estivera crescendo à medida que o vago futuro encantador se tornava mais bem definido, mais perto do presente decisivo. Ele, também, estava oprimido por um sentimento de que essa grande felicidade de viajar mês após mês em direção a um final esplêndido logo seria partida: um sentimento não tanto de desastre iminente, e sim de alguma inquietação que ele não podia definir bem.

— Esse foi o golpe mais azarado — disse ele, pensando no *elas se casam com pastores*, de Jack. — *Absit, o absit omen* — já que, a mais profunda de suas superstições particulares, ou devoções ancestrais, era *falar atrai.*

Encontrou o capelão sozinho na praça d'armas, resolvendo um problema no tabuleiro de xadrez.

— Por favor, Sr. White — disse —, dentre os cavalheiros de sua profissão, o senhor conheceu um tal de Sr. Hincksey?

— Sr. *Charles* Hincksey? — perguntou o capelão, com uma educada inclinação da cabeça.

— Exatamente. Sr. Charles Hincksey.

— Sim. Conheço Charles Hincksey bem. Estivemos juntos em Magdalen: costumávamos jogar handball e caminhar longas distâncias. Um companheiro maravilhoso, sem luta, sem competição, e era muito benquisto na universidade, eu sentia orgulho de conhecê-lo. Também é um excelente helenista, e com boas conexões; tão boas que agora tem dois meios de vida, ambos em Kent, um deles está entre as mais rentáveis do país e o outro é capaz de melhoria. No entanto, o senhor sabe, não acredito que nenhum de nós se ressentisse dele ou o invejasse, mesmo os homens que não tinham benefícios. Ele é um bom pregador, confiável, a seu modo simples, não entusiasmado: ouso dizer que logo será bispo; tanto melhor para a igreja.

— O cavalheiro não tem defeitos?

— Ouso dizer que sim — respondeu o Sr. White. — Mas juro que não posso lembrar nenhum. Mas, mesmo que fosse outro Chartres, tenho certeza que as pessoas gostariam dele. É um daqueles sujeitos altos e bonitos, nem um pouco espirituoso ou alarmante, mas sempre boa companhia. Não sei como escapou do casamento até agora: o número de pretendentes jogadas em cima dele daria para encher um anfiteatro. Ele não é totalmente avesso à condição matrimonial, sei disso; mas ouso dizer que é difícil de satisfazer.

Agora os dias voavam: cada um longo em si mesmo, mas com que velocidade formavam uma semana, uma quinzena! Os ventos confusos e as calmarias da viagem de ida restauravam a média empurrando o navio para o norte atravessando o equador e entrando nos alísios praticamente sem pausa, e no momento o pico de Tenerife estava lá, na amura de boreste, um triângulo brilhante sob sua nuvem particular, a quase cem milhas distante.

A primeira ansiedade avassaladora de chegar à Madeira não diminuiu de modo algum; nem por um instante Jack deixou de impulsionar o navio frágil com uma quantidade de pano largado que beirava a imprudência; mas tanto em Aubrey quanto em Maturin havia uma tensão crescente, o pavor do acontecimento se combinando com o deleite.

A ilha pairava no norte de encontro a um céu ameaçador; antes do pôr-do-sol desapareceu na chuva, um aguaceiro constante caindo de nuvens baixas que descia em riachos pela nova pintura do casco da fragata; e de manhã lá estava a estrada de Funchal, cheia de navios, e a cidade branca e brilhante por trás, no ar luminoso. Uma fragata, a *Amphion*; a chalupa de guerra *Badger*; vários navios portugueses; um americano; inumeráveis tênderes, barcos de pesca e pequenas embarcações; e na extremidade mais distante três da Companhia das Índias com suas vergas superiores no convés. O *Lushington* não estava entre eles.

— Dispare, Sr. Hales — disse Hack; os canhões saudaram o castelo e o castelo trovejou de volta, a fumaça rolando longe sobre a baía.

— Proa. Larga o ferro. — A âncora se chocou na água e a amarra correu atrás; mas antes que ela pudesse unhar no fundo e rabear o navio, houve de novo o estrondo de canhões. Jack procurou algum recém-chegado, olhando para o mar, antes de perceber que os navios da Companhia estavam saudando a *Surprise*. O *Lushington* devia ter contado a eles sobre a escaramuça com Linois, e eles estavam satisfeitos.

— Dê-lhes sete, Sr. Hales — disse ele. — Arriem o escaler.

Stephen desceria primeiro. Ele hesitou na prancha, e Bonden, achando que seria uma insegurança física, sussurrou:

— Vá com calma, senhor. Dê-me o seu pé.

Jack o acompanhou ao som dos apitos do mestre do navio e foram para a terra, sentados lado a lado em seus melhores uniformes, de frente para a guarnição do escaler, todos barbeados, todos com roupa branca, usando largos chapéus brancos com fitas compridas que tinham o nome *Surprise*. As únicas palavras que Jack falou foram:

— Esticar a remada.

Foram direto ao correspondente de seus representantes, um inglês da Madeira.

— Bem-vindo, senhor — exclamou ele. — Assim que ouvi os navios da Companhia soube que devia ser o senhor. O Sr. Muffit esteve aqui na semana passada e nos contou sobre sua nobre ação. Permita-me desejar-lhe felicidade, senhor, e apertar sua mão.

— Obrigado, Sr. Henderson. Diga, há alguma jovem dama na ilha esperando por mim, trazida por um navio do rei ou da Companhia?

— Jovem dama, senhor? Não, não que eu saiba. Certamente não em nenhum navio do rei. Mas os da Companhia chegaram apenas na segunda-feira, sofreram tremendamente na baía, ela pode ainda estar num deles. Aqui estão as listas de passageiros.

Os olhos de Jack dispararam pelos nomes e se fixaram instantaneamente em *Sra. Villiers.* Duas linhas abaixo de *Sr. Johnstone.*

— Mas esta lista é do *Lushington.*

— É mesmo — disse o agente. — As outras estão no verso: *Mornington, Bombay Castle* e *Clive.*

Por duas vezes Jack as examinou, e uma terceira vez lentamente: não havia nenhuma Srta. Williams.

— Há alguma correspondência? — perguntou com a voz desanimada.

— Ah, não, senhor. Ninguém teria procurado pela *Surprise* na ilha nos próximos meses. Em casa nem teriam sabido que o senhor havia zarpado. Imagino que sua correspondência esteja a bordo do *Belerophon,* com o último comboio. Mas agora, pensando bem, havia uma mensagem no escritório, para um tal de Dr. Maturin, pertencente à *Surprise*; deixada por uma dama do *Lushington.* Aqui está.

— Meu nome é Maturin — disse Stephen. Ele reconheceu a letra, claro, e através do envelope sentiu o anel. Disse: — Jack, vou dar uma volta. Bom dia, senhor.

Caminhou morro acima até onde o caminho levava, e com o tempo passou pelos pequenos canaviais, pelos pomares, pelos vinhedos em terraços, chegando à floresta de castanheiras. Continuou através das árvores até que elas se transformaram em arbustos e os arbustos numa ressecada vegetação magra; e assim, agora além de todos os caminhos, foi até a ladeira vulcânica que descia em quedas atrás da crista central da ilha. Havia um pouco de neve suja nas sombras ali em cima, e ele pegou alguns punhados para comer; tinha chorado e suado toda a água do corpo; a boca e a garganta estavam secas e rachadas como a rocha nua em que havia se sentado.

Tinha andado até chegar a uma opaca apatia da mente, e ainda que suas bochechas continuassem molhadas — o vento soprava frio sobre elas — estava além da capacidade de dor imediata. Lá embaixo estendia-se uma paisagem atormentada, estéril numa grande extensão, depois com florestas; campos minúsculos mais além, alguns povoados, e em seguida toda a linha sul da ilha, com Funchal sob sua mão direita; os navios parecendo pequenas manchas brancas; e mais além o oceano erguendo-se para encontrar o céu. Olhou para tudo aquilo com um certo interesse residual. Por trás da grande ponta de terra a oeste ficava a Câmara de Lobos; diziam que as focas se reproduziam ali.

O sol não estava mais do que um palmo acima do horizonte, e nas inumeráveis ravinas as sombras iam de borda a borda, quase tão escuras quanto a noite.

— Descer... será um problema — disse em voz alta. — Qualquer pessoa pode subir, ah, quase indefinidamente, mas descer e descer com pisada firme é coisa muito diferente. — Era seu dever ler a carta, claro, e na última claridade do dia tirou-a do bolso e rasgou o envelope, som cruel. Leu-a com severidade dura, cruel; no entanto não podia impedir que uma espécie de ternura desesperada se esgueirasse em seu rosto no final. Mas não adiantava — a fraqueza jamais adiantaria — e com a mesma aparência de indiferença olhou ao redor procurando um buraco nas rochas onde pudesse se deitar.

Quando a lua estava quase se pondo, seu corpo tremendo e exausto relaxou e afundou finalmente na escuridão: algumas horas de sono profundo — ausência total. O sol circulando, tendo iluminado Calcutá e depois Bombaim, chegou do outro lado do mundo e chamejou inteiro sobre seu rosto levantado, trazendo-o de volta à força. Stephen continuava atordoado do sono quando se sentou, e mesmo estando consciente de uma dor extrema não conseguiu identificá-la de imediato. Os elementos deslocados da memória se encaixaram de novo: assentiu, enterrou o antigo anelzinho de ferro que ainda estava apertado na mão — a carta fora soprada para longe — e encontrou finalmente um trecho de neve para esfregar no rosto.

À tarde estava ao pé da montanha, e andando por Funchal encontrou Jack na praça da igreja.

— Espero não ter retido você — disse ele.

— Não. De jeito nenhum — respondeu Jack segurando-o pelo cotovelo. — Estamos embarcando água. Venha tomar um copo de vinho.

Sentaram-se, pesados e estúpidos demais para sentir vergonha. Stephen disse:

— Preciso lhe contar: Diana foi para a América com um tal de Sr. Johnstone, da Virgínia: vão se casar. Ela não tinha qualquer compromisso comigo, foi apenas sua gentileza comigo em Calcutá que deixou minha mente ir longe demais, minha inteligência estava desencaminhada. Não me sinto magoado de modo nenhum; bebo a ela.

Terminaram a garrafa, e outra; mas o vinho não teve qualquer efeito, e voltaram ao navio tão silenciosos quanto tinham vindo.

Tendo completado a água e com novas provisões a bordo, a *Surprise* suspendeu e partiu para o mar, contornando a ilha a leste e seguindo numa noite suja. A alegria na proa contrastava estranhamente com o silêncio mais à popa: como observou Bonden, o navio "parecia derrabado". Os homens sabiam que algo estava errado com o comandante, não tinham viajado por tanto tempo com ele sem ser capazes de interpretar sua expressão, já que o comandante de um vaso de guerra era um monarca absoluto no mar, distribuindo sol ou chuva. E também estavam preocupados com o doutor, que parecia muito pálido; no entanto, a opinião geral era que ambos haviam comido alguma coisa estrangeira e ruim em terra — que ficariam melhor em um ou dois dias, com uma dose trovejante de ruibarbo — e vendo que nenhuma palavra áspera vinha do tombadilho, cantavam e riam enquanto estivavam a âncora e desfraldavam velas, numa animação magnífica; porque esse era o último trecho da viagem, e eles tinham vento favorável até o Lizard. Esposas, namoradas e pagamento — Fiddler's Green finalmente à vista!

O peso na câmara não era uma tristeza, e sim uma cansada volta à vida normal, a uma vida lugar-comum sem muito significado — certamente sem cor brilhante. Stephen verificava a enfermaria e teve uma longa sessão com M'Alister sobre os livros dos dois; em cerca de uma semana o navio receberia o pagamento e eles teriam de entregar sua contabilidade, justificando sob juramento os gastos de cada dracma e cada escrópulo de medicamentos e suprimentos usados nos últimos dezoito meses, e M'Alister tinha uma consciência morbidamente melindrosa. Deixado a sós, Stephen olhou seu estoque particular de láudano, sua fortaleza engarrafada: num determinado momento tinha-o usado muito, até quatrocentas gotas por dia, mas agora nem mesmo tirava a rolha. Não havia mais qualquer necessidade de fortaleza, não sentia coisa alguma no momento, e não havia sentido na ataraxia artificial. Foi dormir sentado em sua cadeira, dormiu durante os exercícios dos canhões e até o quarto de 0 às 4 horas. Acordando abruptamente viu luz por baixo da porta, vinda da grande câmara, e lá encontrou Jack, ainda acordado, relendo suas observações para o hidrógrafo do Almirantado: inumeráveis sondagens de profundidade, desenhos do litoral, marcações simultâneas; observações valiosas e conscienciosas. Tinha se tornado um navegador científico.

— Jack — disse ele abruptamente —, estive pensando em Sophia. Pensei nela na montanha. E ocorre-me a coisa mais simples: por que não pensamos nisso antes? Que não há absolutamente nenhuma certeza quanto ao mensageiro por terra. São tantos, tantos quilômetros, através de países selvagens e desertos; e de qualquer modo, a notícia da morte de Canning deve ter viajado depressa. Pode ter ultrapassado o mensageiro; isso certamente deve ter afetado os sócios de Canning e seus desígnios; há todos os motivos para acreditar que sua mensagem não chegou até ela.

— É gentileza dizer isso, Stephen. — Jack olhou-o com afeto. — E é um excelente raciocínio. Mas sei que chegaram notícias à sede da Companhia há seis semanas. Brenton me disse. Não. Eles costumavam me chamar de Jack Aubrey Sortudo, você se lembra; e eu era mesmo, antigamente. Mas não sou mais tão sortudo assim. Lorde Keith me disse que a sorte acaba, e a minha acabou. Mirei alto demais, só isso. O que acha de uma música?

— De todo o coração.

Com a chuva caindo lá fora e o lampião pendurado balançando cada vez mais longe enquanto as ondas aumentavam, eles voaram com seu Corelli, seu Hummel, e Jack preparou o arco para o Boccherini quando baixou-o guinchando pelas cordas e disse:

— Aquilo foi um canhão.

Ficaram sentados imóveis, de cabeça erguida, e um aspirante pingando bateu na porta e entrou bruscamente.

— Com os cumprimentos do Sr. Pullings, senhor — disse o rapaz. — Ele acha que há um navio a sotavento.

— Obrigado, Sr. Lee. Vou ao convés imediatamente. — Em seguida pegou sua capa e disse: — Deus permita que seja um francês. Prefiro encontrar um francês agora do que... — Ele desapareceu, e Stephen guardou os instrumentos.

No convés a chuva fria e o refrescante vento sudoeste tiraram o seu fôlego depois do ar da câmara, onde o calor tropical, armazenado abaixo do equador, ainda brotava do casco. Apareceu por trás de Pullings, que estava agachado junto ao corrimão com sua luneta.

— Onde, Tom? — perguntou ele.

— Bem na alheta, senhor, naquele trecho de luar. Captei o clarão, e só por um momento pensei tê-lo visto mudar o rumo. Que dar uma olhada, senhor?

Pullings podia vê-lo toleravelmente bem, um navio sob velas de gávea a umas três milhas dali, com amuras a boreste — um navio que havia sinalizado para algum companheiro ou comboio não visto, dizendo que ia mudar de rumo; mas estava ligado ao seu comandante, estava perturbado pela infelicidade dele, e desejava lhe oferecer esse pequeno triunfo.

— Por Deus, Pullings, você está certo. Um navio. Com amuras a boreste, à bolina, cochada. Virar em roda, carregar velas de gávea, seguir a esteira dele e ver até onde o sujeito deixa que nos aproximemos. Agora não há pressa — murmurou. Depois, levantando a voz: — A seus lugares para virar em roda.

Os apitos e os berros da faxina do mestre acordaram o pessoal que dormia embaixo, e alguns minutos depois a *Surprise* navegava para atravessar a esteira do estranho apenas com papafigos, quase certamente invisível nessa escuridão. Tinha o vento dois pontos a um largo e se aproximou com firmeza, esgueirando-se para o estranho, canhões prontos, lanternas de batalha escondidas, brilhando debilmente ao longo do convés principal, sino silenciado, ordens dadas em voz baixa. Jack e Pullings estavam no castelo de proa, olhando através da chuva; agora não havia necessidade de luneta, nenhuma; e uma abertura nas nuvens tinha mostrado que era uma fragata.

Se fosse o que ele esperava, iria lhe dar uma tremenda descarga conjunta no primeiro momento, e antes que a surpresa terminasse cruzaria sua popa e a varreria duas vezes, talvez três, e então partiria para a sua alheta. Mais perto, mais perto; ouviu o sino da fragata; sete badaladas no quarto da madrugada, e ainda não havia alarme. Mais perto, e o céu estava se iluminando no leste.

— Guarnecer os estingues — ordenou em voz baixa. — Aí embaixo, atenção com as escorvas. — Mais perto ainda: seu coração estava batendo como uma marreta. — largar o pano — gritou. As velas de gávea se abriram, foram caçadas num instante e a *Surprise* saltou para a frente, partindo para a alheta do navio estranho.

Gritos e berros à frente.

— Que navio é esse? — rugiu ele em meio à confusão. — Que navio é esse? — E por cima dos ombros. — Aquartelar velachos. Guarnecer estingues de papafigos.

A *Surprise* estava ao alcance de um tiro de pistola, todos os canhões apontando, e ouviu a saudação de volta:

— *Euryalus*. Que navio é esse?

— *Surprise*. Atravesse ou eu o afundo — respondeu; mas o fogo verdadeiro havia sumido. Baixinho, disse: — Danem-se todos e vão para o inferno, seus marinheiros de água doce. — No entanto a esperança dizia que ainda podia ser um ardil, e enquanto os navios se chegavam ao vento ele ficou ali parado, com o dobro de seu tamanho natural e totalmente incandescente.

Mas era mesmo a *Euryalus*, e ali estava Miller em sua camisola, no tombadilho: Miller, muito mais antigo do que ele. Sentiu pena do oficial de quarto, dos vigias; pagariam o diabo — muita gente sangraria de manhã.

— Aubrey — saudou Miller —, de onde, diabos, você veio?

— Índias Orientais, senhor. E agora da ilha.

— Por que diabos não fez o sinal noturno, como um cristão? Se isso é uma piada, senhor, uma brincadeira desgraçada, não achei divertido. Onde, diabos, está minha capa? Estou me molhando. Sr. Lemmon, Sr. Lemmon, terei uma palavra com o senhor agora mesmo, Sr. Lemmon. Aubrey, em vez de pular feito um palhaço de caixa de surpresas, corra até o *Ethalion* e diga para ir mais devagar. Bom dia para você. — Ele desapareceu com um grunhido selvagem; e da escotilha de proa sob os pés de Jack uma voz disse:

— *Euryalus*?

— O quê — respondeu uma voz da escotilha mais de proa do *Euryalus*.

— Dane-se.

A *Surprise* arribou, deslizou tranqüilamente até o atrasado *Ethalion* à luz que aumentava — uma distância vergonhosamente enorme — enviou o sinal particular e repetiu a ordem do comandante Miller.

O *Ethalion* reconheceu, e Jack estava estabelecendo o rumo para Finisterra quando Church, o aspirante sinaleiro desse turno, e bem inexperiente, disse:

— Ele está sinalizando de novo, senhor. — Em seguida olhou pela luneta de alcance, lutou com as folhas de seu livro e, com a ajuda do timoneiro leu devagar: — *Capitão Surprise tenho duas mulas*... não, *mulheres para o senhor.* Próxima içada. *Uma é jovem. Por favor venha para o café-da-manhã.*

Jack pegou o timão, berrando:

— Largar velas, ajudem, ajudem, ajudem, em acelerado.

A *Surprise* disparou atravessando diante da proa do *Ethalion* e contornou para sotavento dela. Olhou com uma expressão de apreensão extrema, tentando acreditar e desacreditar; e Heneage Dundas gritou do tombadilho:

— Bom dia, Jack; estou com a Srta. Williams aqui. Você vem?

O escaler foi arriado espirrando água, meio se alagando no mar agitado; atravessou o espaço entre as fragatas; Jack saltou para a amurada, subiu correndo, tocou o chapéu para o tombadilho, esmagou Dundas num abraço e foi levado à câmara, barbado, sem se lavar, molhado, chamejando de júbilo.

Sophia fez uma reverência, Jack se curvou; os dois ficaram extremamente ruborizados e Dundas os deixou, dizendo que cuidaria do desjejum.

Palavras carinhosas, um beijo caloroso. Explicações intermináveis, perpetuamente interrompidas e recomeçadas — o caro comandante Dundas, tão infinitamente atencioso, havia passado para este navio — tinha estado fora, num cruzeiro — e eles tinham sido obrigados a perseguir um corsário praticamente até as Bahamas. Vários tiros tinham sido disparados!

— Vou lhe dizer uma coisa, Sophia — exclamou Jack. — Eu tenho um pastor a bordo! Estive maldizendo-o para cima e para baixo, considerando-o um estorvo, mas agora fico feliz: ele vai nos casar esta manhã.

— Não, meu caro — respondeu Sophia. — Vamos fazer as coisas direito, e em casa, e com o consentimento de mamãe, sim, quando você quiser. Agora ela jamais recusaria; mas eu prometi. No minuto em que chegarmos em casa você se casará comigo na igreja de Champflower, se realmente quiser. Mas se não quiser eu navego o mundo inteiro com você, querido. Como está Stephen?

— Stephen? Meu Deus, querida, que grosseiro egoísta eu sou. Aconteceu uma coisa tremendamente chocante. Ele achou que iria se casar com ela, ansiava por se casar com ela... acho que a coisa estava bem entendida. Ela vinha para casa num navio da Companhia, e na Madeira desembarcou e se juntou a um americano, um americano muito rico, pelo que dizem. Foi a melhor coisa que poderia ter acontecido para ele, mas eu daria minha mão direita para tê-la de volta, de tão abatido que ele está. Sophia, você ficaria de coração partido ao vê-lo. Mas será gentil, eu sei.

Os olhos dela se encheram de lágrimas, mas antes que pudesse responder sua criada entrou, fez uma reverência severa para Jack e disse que o desjejum estava pronto. A criada desaprovava tudo aquilo; e pela expressão apavorada, depreciativa do intendente atrás dela, estava claro que desaprovava os marinheiros também.

O café-da-manhã — com Dundas fazendo a Jack um relato circunstancial da escaramuça e do corsário, e insistindo num relato detalhado da batalha com Linois — foi uma refeição longa, cheia de falatório, com pratos empurrados para o lado e pedaços de torrada representando os navios, Jack manobrando com a mão esquerda, segurando a de Sophia por baixo da mesa com a direita e mostrando a disposição de sua linha em diferentes estágios da batalha, enquanto ela ouvia com inteligência ansiosa e uma firme compreensão das expressões navais. Uma refeição desconexa, exótica, que terminou com a fúria dos repetidos tiros de canhão do capitão Miller.

Chegaram ao convés; Jack pediu que fosse preparada uma guindola, e enquanto ela era preparada Stephen e Sophia acenaram um para o outro sem parar, sorrindo e gritando:

— Como vai, Stephen?

— Como vai, querida?

— Heneage — disse Jack —, estou muito agradecido a você, profundamente agradecido. Agora só preciso levar Sophia e meu tesouro para casa, e o futuro é puro paraíso.

As armas e o homem

CHARLTON HESTON

O PROBLEMA de se escrever sobre os livros de Patrick O'Brian é que são fascinantes demais. Ao mergulhar num deles para encontrar ganchos onde pendurar nossos comentários ficamos de novo hipnotizados por seu feitiço de narrador durante vinte, trinta páginas, simplesmente pelo puro prazer que ele dá. Em vez de escrever sobre os romances, nós os lemos de novo pela terceira vez. Ainda que seja recompensador, essa é uma reação inadequada ao prazo dado pela editora.

O fato é que O'Brian é um dos melhores escritores atuais em língua inglesa. Ainda que seu alcance se estenda até a biografia e a não-ficção, a expressão integral de seus dons extraordinários está na série de romances narrando a carreira do comandante Jack Aubrey, da Marinha Real, e seu amigo e colega de navio, o Dr. Stephen Maturin, nas batalhas navais da Inglaterra contra Napoleão nos primeiros anos do século XIX. Cada um deles é soberbo.

Também causam uma vontade irresistível de ler, de fato é praticamente impossível largá-los. Quando um novo volume é publicado, colegas, amigos e até parentes podem ficar irritadiços, esperando sua vez de ler.

Desde o início os críticos compararam O'Brian favoravelmente a C. S. Forester, há muito considerado o mestre do romance naval. Há alguns anos eu estava desgarrado, sem livros, numa locação cinematográfica na Noruega, onde os únicos romances disponíveis em inglês na livraria local eram toda a *ouvre* de Forester, que reli em algumas semanas, do princípio ao fim. O'Brian é melhor escritor "por uma longa milha náutica", como dizia Long John Silver, um dos maiores de todos os personagens que percorreram o mar. Não somente no conhecimento geral e no sentimento profundamente saturado de personagem, diálogos e época, mas com um sentido de comédia totalmente ausente na obra de Forester, O'Brian eclipsa seu distinto predecessor.

"Canto as armas e o homem" — Virgílio estabeleceu um alto padrão para os que escrevem sobre guerra. Os melhores, desde Homero, passando por Shakespeare, Stendhal e Tolstoi até Hemingway neste século, escreviam apenas sobre batalhas em terra, freqüentemente com eloqüência trágica, aguçada. Melville e Conrad, os maiores escritores inspirados pelo mar, jamais assumiram o desafio de Virgílio. Só podemos especular qual seria o motivo.

Talvez tenha a ver com a natureza aleatória da batalha naval nos tempos antigos. Os navios de guerra eram pouco mais do que fortalezas flutuantes cheias de soldados. A tecnologia náutica era tão primitiva que as batalhas costumavam se dissolver em escaramuças navais aleatórias, decididas principalmente pela sorte, e não por habilidade ou empreendimento.

Talvez por isso haja tão poucos textos sérios sobre a guerra no mar nesse período, e nenhum notável. A derrota de Marco Antônio na batalha de Actio mudou profundamente o curso da História, no entanto Plutarco a aborda superficialmente. Cervantes chegou a lutar na Batalha de Lepanto, uma batalha marítima historicamente crucial em que ele foi mutilado permanentemente (por sorte a mão esquerda, e não a direita). No entanto jamais escreveu uma palavra sobre ela.

No fim do século XVIII, a Inglaterra, dentre todas as grandes potências, tinha aprendido melhor a necessidade de navios eficientes e homens treinados para lutar neles. Estou convencido de que Patrick O'Brian estava de algum modo lá quando a Inglaterra sustentou os mares contra os franceses, tão real é sua narrativa que sopra vida na crucial contribuição de Jack Aubrey naqueles anos.

Em terra, no mar, na batalha e na cama, em mansões campestres na Inglaterra e em fétidas prisões francesas, Aubrey salta inegavelmente à vida. Ele é o paradigma de um comandante que luta na marinha de Nelson. Com o convés de uma fragata sob os pés (até mesmo uma chalupa ou um barco a remo), ele é um tático instintivo e sagaz, um camarada firme e compassivo e um líder a ser colocado junto de Alexandre (ou Nelson, seu ídolo).

Mas em terra, ainda que Aubrey não seja exatamente um peixe fora d'água, está um pouco deslocado de seu ambiente. Num tombadilho ele quase jamais pisa errado; em terra é vulnerável de um modo tocante, quase risível. Comete erros que um menino poderia evitar — a não ser que, como Aubrey, o menino tenha passado a maior parte da vida no mar.

O'Brian, por outro lado, jamais erra, seja em terra ou na água. Seu ouvido para as nuances da fala inglesa na virada do século XVIII, com pitadas de francês, catalão e latim, é incrível. Ganhei boa parte da minha vida percebendo as diferenças de sotaque e do uso do inglês no passar dos séculos e atravessando fronteiras nacionais e regionais. O'Brian faz tudo isso com tão pouco esforço que seria de jurar que ele simplesmente se transporta ao século XIX e toma notas: conversas à mesa que parecem ter saído direto de Jane Austen; marinheiros do castelo de proa de licença em terra; lordes do Almirantado em convocação solene em Whitehall — ele capta tudo impecavelmente. "Sim!", pensamos, lendo as falas espirituosas, cheias de textura, "certamente eles eram assim". Apenas um escritor extraordinário pode fazer isso.

Para as batalhas cruciais à saga homérica que ele canta, O'Brian fez uma escolha brilhante, delineada em sua nota ao primeiro volume da série, *Mestre dos mares.*

> Quando se escreve um livro sobre a Marinha Real Britânica do século XVIII e início do XIX é difícil dar-se a ênfase apropriada (...), muito freqüentemente a realidade improvável supera a ficção. Mesmo uma imaginação extraordinariamente fértil e engenhosa mal consegue fantasiar a frágil figura do comodoro Nelson saltando de seu seriamente danificado *Captain* de 74 peças de artilharia, passar através da janela na alheta do *San Nicolas* de 80 peças de artilharia, capturá-lo, correr pelo seu convés, abordar o imponente *San Josef* de 120 peças de artilharia, e desse modo "no tombadilho de um espanhol de primeira linha, por mais extravagante que a história possa parecer, recebi as espadas dos espanhóis conquistados; as quais, ao recebê-las, entreguei a William Fearney, um dos meus barqueiros, que as colocou, com o maior *sang froid*, sob o braço"[1].

O'Brian usa elementos dessa batalha incrível, imortalizada na história naval britânica como o "passadiço de Nelson", em seu primeiro romance sobre Aubrey. E de fato ele tem o cuidado de pesquisar os registros do Almirantado. Quando descreve praticamente cada uma das miríades de combates em seus romances ele detalha meticulosamente o clima, a força relativa dos navios e as táticas usadas. E não somente quando luta contra inimigos franceses, espanhóis ou americanos, mas também quando vai contra as forças da natureza — tempestades, icebergs e litorais a sotavento — ou ataques de piratas e traições que assolam Jack Aubrey através dos anos de sua carreira militar.

No entanto, como os cineastas sabem muito bem, nem mesmo as melhores cenas de ação, independentemente da exatidão com que são apresentadas, farão um filme, quanto mais um romance. No fim, tudo depende das pessoas que fazem parte da narrativa, e se nos importamos com elas. Patrick O'Brian apinha suas páginas com personagens ricamente complexos e eminentemente memoráveis

---

[1]Patrick O'Brian, *Mestre dos mares* (Editora Record, 2004), p. 9. (*N. do E.*)

com quem passamos a nos importar profundamente, desde almirantes a aborígenes, sultões do Sião, sargentos espanhóis, mercadores holandeses, revolucionários de Boston e mulheres de todo tipo e condição, desenhadas de modo memorável, incluindo duas disparatadas damas inglesas, cuja função não revelarei, e um tocante par de órfãs polinésias de dez anos que terminam como ajudantes de cirurgião. É de jurar que qualquer uma dessas pessoas saiu direto da história. Na verdade, algumas saíram.

Os mais recompensadores de todos são os marinheiros que passam pelos romances. A tripulação de Aubrey, alguns começando como aspirantes púberes mais tarde promovidos a outros navios e postos mais importantes, alguns que passamos a conhecer tão bem que lamentamos sua morte em combate ou acidente, como se fossem amigos.

Há Tom Pullings, que vimos pela primeira vez como um aspirante magricelo decidido a subir de posto, servindo com firmeza apesar da desfiguração causada por um corte de sabre no encaixe do maxilar, no entanto preservando de algum modo o bom humor juvenil e o equilíbrio sólido como se fosse, ele próprio, um comandante.

Bonden é o patrão das embarcações de Aubrey, a essência das guarnições navais inglesas desde a Guerra das Rosas até a Tempestade no Deserto, e Davies Desajeitado, um marinheiro imensamente hábil mas sem jeito, dedicado a Aubrey que o salvou de se afogar. Com Bonden ele flanqueia Jack em cada ação de abordagem, armado com um cutelo de açougueiro e literalmente espumando pela boca naquele êxtase doce, obsceno, da batalha.

Também há Killick Conservado (O'Brian tem um instinto adorável para nomes), o despenseiro pessoal de Jack. Killick é a própria mãe judia: rabugento, mal-humorado, sempre reclamando e tramando pelo bem do comandante, pelo menos segundo seu ponto de vista:

"A casaca se rasgou em cinco lugares, corte de alfanje no antebraço, como é que eu vou cerzir *isso*? Buraco de bala todo chamuscado, nunca vou conseguir tirar as marcas de pólvora. A calça toda imunda e esse sangue nojento em tudo que é canto, como se o senhor tivesse chafurdado num matadouro de porcos, senhor. O que a senhorita diria eu não sei, senhor. Que Deus me cegue. Dragona arrebentada, picada em pedacinhos. Meu Deus, que vida!"

Por fim, e de modo triunfante, no coração dos romances, alçando-os a literatura de primeira, está a amizade entre Jack Aubrey e Stephen Maturin. De modo apropriado, eles se conhecem no primeiro parágrafo do primeiro romance, onde logo parecem destinados ao campo de duelos. Em vez disso, tornam-se companheiros de navio e, segundo a expressão de Jack, "amigos particulares".

Mesmo não podendo ser mais diferentes, entendemos de imediato por que se tornam amigos: eles se complementam bem demais. Enquanto Jack é aberto, confiante, homem de ação e altamente físico, Stephen é reservado, intelectual e cheio de segredos. Na verdade, Stephen é espião, trabalhando na inteligência britânica com resultados soberbos. Além disso é médico na maioria dos navios de Jack, anatomista, biólogo, criptógrafo, um duelista mortal com uma espada e atirador de primeira. Também é um irremediável marinheiro de água doce e um inocente no mar.

Como faz com Jack Aubrey, ao torná-lo totalmente plausível e meticulosamente preciso como um comandante de uma fragata do tempo de Nelson, O'Brian se esforça tremendamente, seja através de pesquisas exaustivas ou por sabedoria natural, para tornar Stephen Maturin não somente um homem fascinante e multifacetado, mas a essência do médico e cientista do início do século XIX. Não é uma tarefa simples. Na verdade ele é o médico mais completo da ficção. O Dr. Watson, de Doyle, os vários doutores de Shaw e Chekov são interessantes personagens com pastas de médico, mas raramente atuam como médicos. O Dr. Jivago é um protagonista bem desenhado, mas não é significativamente um doutor. As habilidades médicas de Maturin são convocadas repetidamente, numa variedade de circunstâncias, sempre de acordo com a ciência de seu tempo e em geral cruciais para o enredo.

Aubrey e Maturin, ainda que muito diferentes, também têm em comum um alto grau de coragem física e moral, um firme interesse por mulheres e amor pela música; ambos são competentes músicos amadores. Tudo isso, claro, com muito mais. Basta dizer que, como amigos e companheiros de navio, eles são mais do que a soma de suas partes.

Na verdade, sua amizade é a mais atraente e interessante que conheço na literatura. A maioria das amizades de ficção são simplesmente declaradas pelo autor. Dâmon e Pítias, Athos e D'Artagnan, Huck Finn e o Negro Jim são todos personagens maravilhosos, mas sua amizade não é explorada de modo significativo. Até mesmo aquele par famoso, Sherlock Holmes e o Dr. Watson, que experimentei como ator, fazem muito pouco como amigos além de seguir juntos as tramas de Conan Doyle. Com Aubrey e Maturin os leitores passam a entender e a gostar de sua amizade talvez tanto quanto eles próprios.

O espanto é que os talentos de O'Brian tenham demorado tanto para ser adequadamente reconhecidos. Felizmente acho que isso agora está acontecendo. Ele é mais do que meramente um escritor popular. É um escritor *muito, muito* bom.

As velas de um navio redondo, desfraldadas para secarem em uma calmaria.

1 Giba
2 Bujarrona
3 Estai do velacho
4 Estai do traquete
5 Vela do traquete ou papafigo
6 Velacho
7 Joanete do traquete
8 Estai do grande
9 Estai da gávea
10 Formosa
11 Estai do joanete do grande
12 Grande
13 Gávea
14 Joanete do grande
15 Rebeca
16 Estai da gata
17 Estai da sobregata
18 Mezena
19 Ré
20 Gata
21 Sobregata

Fonte da ilustração: Serres, Liber Nauticus.
Cortesia de The Science and Technology Research Center
(Centro de Pesquisas de Ciência e Tecnologia),
The New York Public Library (Biblioteca Pública de Nova York)
Fundação Astor, Lenox e Tilden.

Este livro foi composto na tipologia Agaramond,
em corpo 11/15, e impresso em papel
off-white 80g/m², no Sistema Cameron da
Divisão Gráfica da Distribuidora Record.